William King
Der Blutkrieger

Zu diesem Buch

Auf der vom Krieg gebeutelten Welt Gaeia zieht der Söldner Rik in neue Schlachten. Zusammen mit seinen Gefährten kämpft er gegen den machtgierigen Lord Malkior. Dieser verschanzt sich in einer uneinnehmbaren Festung, bewacht von einer Schutztruppe aus Dämonen, Vampiren und übermächtigen Magiern. Als Rik nach einem verheerenden Gefecht in die Fänge Malkiors gerät, erwarten ihn Folter und Tod. Doch in Rik schlummern verborgene magische Fähigkeiten – seine einzige Hoffnung, zu entkommen und den Erzfeind zum entscheidenden Kampf zu fordern. William King bietet mit seinem Zyklus »Die Legende der Terrarch« hochspannende Kost für alle Fans kompromissloser Action-Fantasy.

William King, geboren 1959 in Schottland, studierte Englisch und schlug sich mit Gelegenheitsjobs in einer Schokoladenfabrik durch, bevor er »Warhammer«-Romane zu schreiben begann. Seine erfolgreichen Bücher über die ungleichen Helden Gotrek und Felix sind alle bei Piper erschienen. Mit »Der Dämonengott« und »Der Schlangenturm« legte er die ersten beiden Bände eines neuen Zyklus vor, mit dem er seine Fans in die düstere Welt der Terrarch führt. William King lebt mit seiner Familie in Großbritannien.
Weiteres zum Autor: www.trollslayer.net

William King

DER BLUTKRIEGER

Die Legende der Terrarch 3

Aus dem Englischen
von Barbara Röhl

Piper
München Zürich

Mehr über unsere Autoren und Bücher:
www.piper.de

Von William King liegen bei Piper vor:
Der Dämonengott. Die Legende der Terrarch 1
Der Schlangenturm. Die Legende der Terrarch 2
Der Blutkrieger. Die Legende der Terrarch 3

Warhammer – Die Abenteuer von Gotrek und Felix:
Schicksalsgefährten
Der Graue Prophet
Die Chaos-Wüste
Der Hort des Drachen
Dämonenkrieger
Vampirkrieger
Gigantenkrieger

ISBN 978-3-492-75003-5

Umschlaggestaltung: HildenDesign, München – www.hildendesign.de
Umschlagabbildung: Jacopo Bruno, Mailand
Autorenfoto: Radka Zimova
Satz: Filmsatz Schröter, München
Druck und Bindung: Pustet, Regensburg
Printed in Germany

1. KAPITEL

Um Kriege zu gewinnen, muss man Städte erobern.

Armande Koth, Kriegsführung im Zeitalter der Muskete und des Drachen

1

Halim brannte. Flammen loderten aus den Dächern, die mit roten Ziegeln gedeckt waren. Die uralten Mauern verschwanden fast hinter umhertreibenden schwarzen Rauchwolken. Das Donnergrollen der Kanonen, die die Hauptstadt von Kharadrea pausenlos unter Beschuss nahmen, hallte Rik schmerzhaft in den Ohren. Das war einer der Nachteile seiner privilegierten Stellung auf diesem Hügel oberhalb der zum Untergang verurteilten Stadt: Sie lag viel zu nahe an den Batterien der gewaltigen Belagerungsmaschinen.

Er war groß, schlank und dunkelhaarig. Der feine scharlachrote Uniformrock, den er trug, betonte den Anteil von Terrarch-Blut an seinem Erbe und ließ jeden Zoll an ihm so aussehen wie einen der nichtmenschlichen Herrscher dieser Welt. Nichts erinnerte mehr an den schmutzigen Straßenjungen, der er einst gewesen war. Er strich über das Heft seines Schwertes und beobachtete, wie die Befestigungen ineinander zusammenfielen; froh, dass er nicht dort unten zu sein brauchte, an jenen Stellen, wo sich die Soldaten bereit machten, sich in das Inferno der Schlacht zu stürzen, die unmittelbar bevorstand.

Rik beschattete die großen, mandelförmigen Augen mit den langen Fingern einer Hand und spähte mit zusammengezogenen Lidern nach unten. Auf den zertrampelten Feldern in der Umgebung der Stadt wimmelte es von Soldaten in den roten Uniformen von Talorea. Dicht gedrängt hockten Infanterieregimenter in einem Labyrinth aus Schützengräben und warteten auf den Angriffsbefehl. Hinter ihnen hatten Kavallerieschwadronen Stellung bezogen. Monströse Breitrücken-Wyrm, reptilienartige Vierbeiner, so groß wie ein Haus, bewegten sich unter drohendem Gebrüll auf die Frontlinie zu, die langen und schlangenartigen Hälse gen Himmel gereckt. Die Gondeln auf ihren Rücken waren mit Soldaten besetzt. Die Verteidiger auf den Mauern reagierten trotzig mit obszönen Beschimpfungen.

Nicht weit von Rik entfernt führten auf einem freien Gelände zwischen zwei Artillerie-Batterien Gruppen von Magiern arkane Rituale durch, um die Truppen unter ihnen vor feindlichem Zauber zu schützen – und wirkten gegen den Feind gerichtete Zaubersprüche. Sie waren sämtlich Terrarch, größer und schlanker als Menschen, und besaßen schöne Gesichter mit hohen Wangenknochen und Haar, so fein wie gesponnenes Silber. Ihre Ohren waren spitz, die Augen mandelförmig und riesengroß, ihre

Lippen schmal, mit einem grausamen Zug. Alle zeigten die Überheblichkeit von Wesen, die sich für die unbestrittenen Herren der Schöpfung hielten. Sie waren Gottes Auserwählte, und von dieser Überzeugung waren sie bis tief ins Mark erfüllt.

Unter ihnen, aber ein wenig entfernt von den anderen und näher bei Rik, befand sich die adlige Terrarch-Dame, die für Riks Aufstieg aus der Gosse bis an den Rand der taloreanischen Gesellschaft verantwortlich gewesen war, die überwältigend schöne Prinzessin Asea. Heute hatte sie sich zum Kampf gerüstet. Ein magischer Schutzanzug schmiegte sich an ihren hochgewachsenen, überschlanken Körper. Eine Silbermaske, in deren Mitte ein dunkles Juwel saß, bedeckte die obere Hälfte ihres Gesichts. Sie hatte sich das lange, dichte Silberhaar zu einem Zopf geflochten und im Nacken mit einer Spange festgesteckt. In der Hand hielt sie einen Ritualstab, der dazu diente, die Kreaturen, die sie gleich heraufbeschwören würde, zu binden und zu leiten. Hohe Gefäße standen inmitten eines Kreises aus fremdartigen Runen, die aus farbigen Salzen gestreut waren. Jedes davon enthielt eine gefesselte Elementarkraft.

Rik beneidete Asea um ihre Macht und ihr Selbstvertrauen. Seit Monaten, während des gesamten langen Sommerfeldzugs, unterrichtete sie ihn nun schon in den einfachsten Grundzügen der Magie, doch er war noch weit davon entfernt, auch nur deren Anfangsgründe zu meistern. Obwohl er sich große Mühe gab, konnte er nicht einmal den einfachsten Zauber wirken. Wahrscheinlich sollte er dankbar dafür sein, sich überhaupt hier zu befinden. Als hochrangige Magierin bei der Armee genoss Asea viele Privilegien, und zu diesen gehörte es, dass sie ihren

Schützling mit in ein solches, besonders abgeschirmtes Gebiet bringen konnte, das sie mit den Kreisen und Schutzzeichen ihres Amts bedeckt hatte.

Mit einem Mal zog eine Bewegung am nördlichen Himmel Riks Aufmerksamkeit auf sich.

Ein Schwarm Drachen, aus deren Nasenlöchern feuriger Atem drang, fegte mit ausgebreiteten Schwingen heran. Energiemuster tanzten um sie herum, als ihnen die Verteidiger jetzt alchemistische Waffen in den Weg schleuderten und die Magier der belagerten Stadt mächtige Zauber wirkten. Doch die gewaltigen geflügelten Reptilien blieben auf Kurs. In hohem Bogen warfen die Drachen zerstörerische Sphären ab, von denen jede so groß wie ein Bierfass war. Sie explodierten auf den Hausdächern und trugen mit ihrer flammenden Fracht noch zu dem Inferno unter ihm bei.

Von den Magiern, die in seiner Nähe standen, stieg ein bestürztes Gemurmel auf. Über der brennenden Stadt nahm eine gewaltige, glühende, beinahe humanoide Gestalt Formen an, als wäre sie aus diesem neuen Flammensturm geboren. Zuerst konnte Rik nicht erkennen, ob sie zu den Verteidigern gehörte oder auf ihrer Seite stand. Doch seine Frage sollte nur allzu bald beantwortet werden. Der Feuergigant zog alle Flammen an sich, sprang himmelwärts und versuchte die Drachen zu erreichen. Selbst aus der Entfernung von mehr als einer Meile hörte Rik noch, wie die aus Feuer bestehende Gestalt knatterte und röhrte. Die Drachenflotte teilte sich; eine Abteilung bog nach links ab, die andere aber flog weiter geradeaus. Das Elementarwesen brüllte vor Verzweiflung und Wut und warf sich auf die Armee seiner Gegner.

Kurzzeitig stieg in Rik Angst auf. Das magische Wesen

schien so hoch wie ein sechsstöckiges Mietshaus und viel größer als ein Breitrücken-Wyrm zu sein. Es sah aus, als wäre es in der Lage, die gesamte taloreanische Armee allein zu besiegen. Im Voranschreiten zog es die Flammen aus der brennenden Stadt an sich, sodass es noch weiter wuchs, während die Brände an den Gebäuden innerhalb der Stadtmauern erloschen.

Asea stand inmitten eines mit Schutzzeichen eingefassten Kreises. Sie war die stärkste Magierin der Taloreaner, und man hatte diesen Hügel eigens für sie ausgewählt, damit sie den Überblick über das gesamte Schlachtfeld hatte und zugleich die in der Nähe stationierte Artillerie der Belagerer abschirmen konnte. Am Fuß des Hügels war zu ihrem Schutz ein ganzes Infanterieregiment postiert, und nicht weit entfernt warteten zwei Kavallerie-Schwadronen.

Als das Feuer-Elementarwesen die Stadt verließ, forderten die Schutzzauber, die die Belagerungsarmee bewachten, ihren Tribut. Teile seines Körpers wurden abgerissen und erloschen zischend. Es versuchte, nach den Soldaten zu greifen, doch die waren durch Zaubersprüche gefeit. Nur einmal gelang es ihm, den Schutzschild zu durchbrechen und einen bedauernswerten Soldaten, dessen Körper dann auch sofort verkohlte, aus der Masse herauszureißen. Rik betete darum, dass es niemand war, den er kannte. Da unten stand das Siebte, sein altes Regiment, und schickte sich an, die Stadt zu stürmen, sobald die Mauern endlich durchbrochen waren.

Asea fiel in einen Sprechgesang. Auf dem Deckel eines der Gefäße, die vor ihr standen, erschien ein Glühen. Rik hatte so etwas schon einmal gesehen, in den Ruinen vor der von Dämonen bevölkerten unterirdischen Stadt Achenar. Damals hatte das Gefäß eine gefesselte Feuer-Elementarkraft enthalten; aber dieses hier sah anders aus. Der Deckel, der das Wesen band, bestand aus blauem Kristall, und das Terrarch-Schriftzeichen darauf ähnelte einer Schneeflocke. Aseas Gesang wurde, je näher der brennende Gigant kam, lauter und schriller.

Die Versiegelung auf Aseas Gefäß bekam Risse. Rik hoffte nur, dass sie genug Zeit haben würde, ihr Ritual abzuschließen. Enttäuscht hatte der Feuerriese seine Angriffe gegen die Soldaten eingestellt und kam nun auf sie zu, als würde er von einer bösartigen Intelligenz geleitet, die trotz der Tarnzauber, die angeblich ihre Stellung abschirmen sollten, genau wusste, um was es sich bei ihnen handelte. Das Wesen bewegte sich schneller als ein angreifendes Schlachtross, und je näher es kam, umso furchteinflößender wirkte seine Größe.

Der Deckel des Gefäßes brach auf. Dunstfetzen, kühl und feucht wie Nebel an einem Wintermorgen, stiegen heraus. Rik war plötzlich sehr kalt, obwohl er in seinen modischen, feinen Kleidern gerade eben noch geschwitzt hatte. Der Nebel huschte gen Himmel und nahm dort Formen an. Schneeflocken und eisige Regentropfen formierten sich zu einer riesenhaften Gestalt von menschlichen Umrissen, die aus Wolken voller Schnee bestand. In ihrem Inneren wirbelten kleine Tornados die kalte Luft umher.

Asea gab Befehle in einer Sprache, die Rik noch nie gehört hatte. Die Antwort des Elementarwesens hallte im Inneren seines Kopfes wider; eine Stimme von arktischer Kälte, in der die Macht eines gefesselten Hurrikans lag. Wenn ein Sturm aus den nördlichen Meeren, in denen Eisberge lagerten, eine Stimme besäße, dann würde sie genau so klingen, dachte Rik.

Das näher kommende Feuerwesen stieß ein weiteres Krachen und Röhren aus. Das Sturm-Elementarwesen spürte die Gegenwart seines alten Feindes und raste ihm entgegen. Sein Körper zog Dunstfetzen hinter sich her und schien aus Wolken zu bestehen, die von einem mächtigen Wind angetrieben wurden. Dann kam es über seinen Gegner wie eine Decke, die man über ein Feuer wirft, um es zu ersticken. Feuertentakel krallten sich in kalte Wolken.

Dort, wo das Feuerwesen den Boden berührt hatte, war das Gras schwarz und verkohlt. Wo sich das aus Sturm bestehende Elementarwesen befunden hatte, hatte sich die Erde nun mit einem schimmernden Eispanzer überzogen. Ozongestank stand in der Luft. Blitze zuckten um das Sturmwesen herum und fuhren in die flammende Kreatur. Sie reagierte, indem sie ihren Gegner mit Feuerstößen überzog.

Lange Zeit hätte man unmöglich sagen können, welches der Wesen den Sieg davontragen würde. Asea ließ ein weiteres Sturmwesen los, das sich sogleich in den Kampf stürzte. Bald hatte es zusammen mit seinem Bruder das Feuer-Ding auf die Größe eines Lagerfeuers geschwächt. Es schrumpfte weiter, bis es nur noch einer Kerzenflamme glich und verlosch. Die beiden Sturm-Elementarwesen bewegten sich jetzt auf die Stadtmauern zu, wo Kanonenkugeln eine Lücke in den Steinwall gerissen hatten, denn an diesen Stellen waren auch die Schutzzauber, die in die Wände eingearbeitet waren, geschwächt oder hatten ihre Wirkung ganz verloren. Als Erste drangen nun die von den Taloreanern heraufbeschworenen Sturmwesen in die Stadt ein.

Asea unterbrach ihren Sprechgesang einen Augenblick

lang und schenkte sich einen Becher von einer goldenen Flüssigkeit ein. Sie sah müde aus, doch der Trank schien ihr neue Kraft zu schenken, und sie konzentrierte sich wieder auf das Schlachtfeld, das sie nach weiteren magischen Bedrohungen absuchte. Unter ihnen, auf der Ebene, von der die Stadt umgeben war, erschollen Hörner, und Trommelwirbel fielen in ihre Klänge ein.

Katapulte schleuderten gläserne Sphären über die Stadtmauern. Die transparenten Kugeln zerschellten beim Aufprall. Manche enthielten alchemistisches Feuer; wieder andere entließen Giftgaswolken, die sich durch die Straßen wälzten. In den Mauern dieses Teils von Halem, der ihnen am nächsten lag, musste es wie in der Hölle zugehen, dachte Rik.

Dort unten machten seine Kameraden jetzt wahrscheinlich ihre Sturmleitern bereit und überprüften ihre Waffen. Sergeant Hef, Wiesel und der Barbar würden sich anschicken, Leutnant Sardec ins Gefecht zu folgen.

Er fragte sich, was sie wohl in diesem Augenblick gerade dachten.

2

Leutnant Sardec sah zu, wie sich die menschlichen Soldaten der ersten Kompanie des siebten taloreanischen Infanterie-Regiments um ihre Fahne sammelten und für die Schlacht bereit machten. Sie waren leicht zu erkennen. Alle seine Männer trugen den grünen Uniformrock der leichten Infanterie, der sogenannten Fourageure. Heute hatten sie sich zusätzlich eine breite, scharlachrote Schärpe um die Brust gebunden, denn auch die hiesigen Milizen trugen Grün, und es wäre nicht gut gewesen, mit ihnen verwechselt zu werden.

Der hochgewachsene Terrarch-Offizier beobachtete, wie die Menschen Abschied nahmen, und fühlte sich merkwürdig gerührt. Männer umarmten ihre Frauen und Kinder und schulterten ihre Ranzen und Gewehre. Einige Frauen aus dem Tross weinten und rangen die Hände, andere bewahrten ein stoisches Schweigen. Seine eigene Geliebte, die Menschenfrau Rena, suchte seinen Blick und winkte ihm zu. Er antwortete ihr mit einem eisigen Nicken und machte eine knappe Geste mit dem stählernen Haken, der dort saß, wo einmal seine Schwerthand gewesen war. Gern hätte er sie persönlicher gegrüßt, aber so etwas schickte sich zwischen einem Terrarch-Offizier und einer menschlichen Frau nicht. Die Vertreter der älteren Rasse mussten jederzeit eine würdevolle Haltung wahren, wenn sie als Befehlshaber ernst genommen werden wollten; und es wäre ganz unmöglich gewesen, wenn seine Männer Zeugen eines zärtlichen Abschieds von seiner Liebsten geworden wären.

Aber kam es denn jetzt noch darauf an? Gleich würde er in die Schlacht ziehen. Warum sollte er sich da jetzt noch Gedanken über Würde und über seine Stellung machen? Gut möglich, dass er in ein paar Minuten tot war. Doch er legte Wert auf solche Dinge, daher nahm er sich zusammen und konzentrierte sich wieder auf den Kampf.

Im Augenblick war es schwer zu beurteilen, wie genau die Lage aussah. Die reguläre Infanterie war bereits durch die Breschen in den Mauern von Halim eingedrungen. Er hörte Musketenschüsse und Kampfgeschrei. Dies war nun, so dachte er, der letzte Angriff, nachdem sie seit fast vier

Wochen vor den Mauern der kharadreanischen Hauptstadt standen. Zuerst hatten sie die Bastionen, von denen die Stadt umgeben war, eingenommen, dann hatten sie die Belagerungsmaschinen auf die nahen Hügel gezogen, und anschließend hatten sie mit dem Beschuss der Stadtmauern begonnen.

Bis jetzt war es fast zu einfach gewesen. Das Dunkle Imperium hatte nicht eingegriffen; keine gewaltige Armee aus dem Osten war aufmarschiert, um die Belagerer anzugreifen. Es sah aus, als wäre der Plan der Taloreaner aufgegangen, mit drei Armeen an verschiedenen Stellen von Nord bis Süd einzumarschieren und die Hauptstadt einzukreisen.

Er rief sich ins Gedächtnis, dass es kein vollständiger Erfolg gewesen war. Von der Armee des Nordens war noch nichts zu sehen. Sie hatte sich nicht rechtzeitig mit den anderen Truppenteilen vereinigen können, da sie unterwegs von Partisanen angegriffen und aufgehalten worden war. Glücklicherweise sah es so aus, als wären die Armee des Ostens unter Fürst Elekar und Fürst Azarothes Armee des Südens zusammen stark genug, um ihr Ziel einzunehmen. Am Ende dieses ersten Feldzugs würde die kharadreanische Hauptstadt in den Händen der Taloreaner sein – ein gewaltiger Sieg für sein Land.

Er fragte sich, wo die Sardeaner steckten. Warum hatten sie sich nicht blicken lassen? Jedermann hatte erwartet, dass die Armeen des Dunklen Imperiums mit ihrer ganzen Schlagkraft auf den taloreanischen Einmarsch nach Kharadrea reagieren würden; aber bis jetzt gab es nur unbestimmte Berichte über Truppenbewegungen weit im Osten des Landes. War der Angriff der Taloreaner so unerwartet gekommen? Hatten sie ihre Gegner überrumpelt?

Vielleicht hatten ihre Feinde ja damit gerechnet, dass die Armeen aus dem Westen auf andere Weise aufgehalten würden.

Denkbar war das schon. Die Taloreaner hatten großes Glück gehabt. Der von dem Propheten Zarahel und seinen Gefolgsleuten angezettelte Aufstand in den Bergen hätte Azarothes Armee monatelang binden können, wäre es ihnen nicht gelungen, ihn niederzuschlagen. Fürst Ilmarec hätte sie lange am Schlangenturm festhalten können, wäre er nicht auf so spektakuläre Weise von Aseas Schützling, dem halbblütigen Soldaten Rik, besiegt worden.

Sardec rang einen Anflug von Neid nieder. Die Heldentat des Halbbluts – er hatte den Schlangenturm zerstört, Kathea, die von den Taloreanern unterstützte Prätendentin auf den Thron von Kharadrea, aus den Klauen ihres verräterischen Onkels befreit und damit den Feldzug im Süden vor einer sicheren Niederlage bewahrt – hatte seinen eigenen Sieg über Fürst Esteril an der Furt von Abelen vollkommen überschattet. In der ganzen Armee wurde über nichts anderes gesprochen, und der halbblütige Soldat war von einem Außenseiter zu so etwas wie einem Helden geworden. Es hieß sogar, Königin Arielle wolle ihm persönlich ihre Anerkennung für seine Dienste aussprechen.

Der Leutnant sagte sich, dass das Lob wohl verdient war. Rik hatte sie alle vor dem sicheren Tod durch den wahnsinnigen Zauberer mit seinen mächtigen, von einem anderen Planeten stammenden Waffen gerettet. Wirklich, der junge Mann hatte in sehr kurzer Zeit viel erreicht. Es schien Sardec noch gar nicht lange her zu sein, seit er ihn wegen Insubordination hatte auspeitschen lassen; und nun war er gezwungen, ihn als Gleichgestellten zu behandeln, wenn sie einander in Fürst Azarothes Zelt begegneten.

Er zuckte die Achseln. Das alles war im Augenblick nicht so wichtig. Seine Aufgabe war es jetzt, die nächsten Stunden zu überstehen und dafür zu sorgen, dass so viele seiner Männer wie möglich überlebten. Rena allerdings dachte, das Achselzucken habe ihr gegolten, und wandte den Blick ab. Sardec gab es einen Stich ins Herz, doch er ließ nicht zu, dass sich das Gefühl auf seinem Gesicht abzeichnete. Irgendwie würde er das wieder gutmachen, gelobte er sich. Falls er diesen Tag überlebte.

Ein Horn erklang. Durch die Bresche in der Mauer zogen sich Soldaten zurück. Es sah aus, als wäre die taloreanische Infanterie auf Widerstand gestoßen, aber genau konnte man das von hier aus nicht feststellen. Um ihn herum wurden Trommeln gerührt, das Signal für seine eigenen Männer, in den Kampf einzugreifen. Nun ging es um Leben und Tod. Er trat zu dem kleinen, affengesichtigen Sergeant Hef.

»Zeit zum Ausrücken«, sagte er.

»Ja, Herr«, antwortete der Sergeant. Er gab den Männern, die sie umstanden, das Zeichen, also legten sie die Waffen an und bewegten sich auf die Mauern zu. Keiner von ihnen wirkte besonders begeistert, aber das war auch nicht zu erwarten gewesen. Eine Belagerung und der darauf folgende Häuserkampf waren die unangenehmste Seite des Kriegs, die Mensch oder Terrarch kannten. Nur eines entschädigte die Männer für ihre Mühsal, und wahrscheinlich war dies der richtige Zeitpunkt, es anzusprechen.

»Kommt, Männer«, rief Sardec. »Zeit, uns unseren Anteil an der Beute zu holen.«

Die Fouageure brachen in Jubel aus, doch Sardec fragte sich, wie viele überleben würden, um sich an den Reichtümern zu erfreuen, die sie bei der Plünderung der Stadt erworben hatten.

3

Rik beobachtete, wie die Soldaten durch die Breschen in den Mauern in die Stadt einrückten. Öliger Rauch verdüsterte den klaren frühherbstlichen Himmel. Weitere Drachen wurden gesichtet, doch aus dieser Entfernung hätte man unmöglich entscheiden können, zu welcher Seite sie gehörten. Da sie aus der Richtung der Stadt kamen und direkt auf ihren Hügel zuhielten, war es möglich, dass sie zu den feindlichen Kräften gehörten. Es waren nur drei, und sie waren ziemlich klein; obwohl »klein« bei diesen Kreaturen ein relativer Begriff war. Trotzdem wäre jedes einzelne der näher kommenden Ungeheuer in der Lage gewesen, einen Menschen mit einem Bissen zu verschlucken.

»Wir müssen wohl davon ausgehen, dass unsere Tarnzauber entdeckt worden sind«, meinte Asea. Sie beherrschte den Magierkniff, dass ihre Stimme weithin trug, obwohl sie nicht lauter zu sprechen schien als in einem gewöhnlichen Gespräch. Für eine Frau, die vielleicht bald von Drachen angegriffen würde, wirkte sie nicht besonders besorgt. Rik beneidete sie um ihre Ruhe, aber schließlich hatte sie auch zweitausend Jahre Zeit gehabt, sich diese Gelassenheit zuzulegen.

Die Magier hatten machtvolle Illusionen gewoben, um ihren Standort zu verbergen. Vielleicht hatte der Zauber versagt; oder jemand, der sich auf den Stadtmauern befand, hatte einfach darauf geschlossen, wo sie sich befinden mussten. So oder so, das Ergebnis war dasselbe. Von jetzt an mussten sie damit rechnen, massiv angegriffen zu werden.

Rik warf einen Blick auf die Erdwälle, mit denen ihre Stellung befestigt war. Himmelswächter, eine eigens zu diesem Zweck aufgestellte, besonders ausgebildete Einheit von Scharfschützen, sahen den näher kommenden Drachen entgegen und machten ihre langen Flinten schussbereit. Hinter ihnen legte Karl Mandrake, der vierschrötige riesige Wyrmjäger, eine seiner Spezialwaffen an, ein Gewehr, das eher einer kleinen Kanone glich. Auf einem Gestell standen griffbereit noch weitere solcher Waffen. Daneben lag ein zweihändiges Breitschwert, das mit einem scheußlich aussehenden Gift beschmiert war. Karl bemerkte Riks Interesse und grinste über sein ganzes hässliches, pockennarbiges Gesicht.

Die taloreanischen Magier begannen sich aus ihren Zauberkreisen zurückzuziehen und begaben sich in die unterirdischen Bunker. Nur Asea blieb in ihrem magischen Kreis stehen. Rik konnte sich nicht entscheiden, ob er in die unterirdischen Schutztunnel gehen sollte oder nicht. Er wollte das Geschehen verfolgen, und außerdem würde er lebendig begraben werden, sollten die Bunker zusammenbrechen. Auf der anderen Seite bedeutete es wahrscheinlich nicht die Garantie auf ein langes Leben, wenn er sich einem anfliegenden Drachen in den Weg stellte.

Asea schaute sich um und stellte fest, dass alle anderen Magier fort waren. »Komm zu mir, Rik«, sagte sie. »Aber gib acht, nicht auf irgendeine Linie des Kreises zu treten. Komm über den Näherungsvektor herein.«

Rik holte tief Luft und nickte. Er wusste, dass kein gewöhnlicher Mensch oder Terrarch diese in den Boden gezogenen Linien berühren durfte, sonst wurde der Zauber gestört. Es würde schon ausreichen, nur über sie hinweg zu treten. Aber er war nicht gewöhnlich. Er war ein Schattenblut und stammte von einer auf magische Weise erschaffenen Rasse von Killern ab. Wahrscheinlich hätte es nicht einmal eine Auswirkung, wenn er direkt über die Begrenzung des Zauberkreises trat. Das war auch einer der Gründe, aus denen Asea sein Fortkommen so am Herzen lag.

Trotzdem war er sehr vorsichtig, als er durch die beiden parallelen Linien, die den hinteren Teil des Kreises teilten, hineintrat und neben seiner Gönnerin Aufstellung nahm. Sie war größer als er, obwohl er für einen Menschen nicht eben klein war. Fließend glitt die Kapuze ihres ledernen Schutzanzugs an ihren Platz und bedeckte ihren Kopf. Ihre Silbermaske, die sich an ihre Züge anzupassen vermochte, gab ihre ernste Miene wieder.

»Nun kommt der Test«, erklärte sie. »Halte dein Schwert bereit.«

Rik hatte zwar keine Ahnung, was ihm sein Schwert gegen ein fünfzig Tonnen schweres, wütendes geflügeltes Reptil nutzen sollte, aber er zog die Klinge dennoch. Sie war auf ihrer ganzen Länge mit Runen bedeckt, die aufglühten, als sie die magischen Energieströme, die sie umwirbelten, auffingen. Sie hatte ihm die Waffe nach seiner Rückkehr vom Schlangenturm geschenkt. Die uralte Klinge stammte noch von ihrer Heimatwelt Al'Terra, und er vermutete, dass sie über große Macht verfügte.

Um sie herum donnerten weiter die Kanonen. Die Drachen sanken tiefer und setzten zum weit ausgreifenden

Landeanflug an. Die gepanzerten Gestalten ihrer Reiter waren jetzt deutlich zu erkennen.

Rik fragte sich, wie es sich wohl anfühlen mochte, eines dieser Wesen zu reiten.

Feuer quoll aus den Nüstern der Drachen. An Ketten befestigt baumelten alchemistische Eier vor ihrer Brust. Ihre Harnische zeigten nicht die taloreanischen Farben, Rot und Schwarz, sondern das Grün und Gelb von Kharadrea. Auf Bannern, die hinten an den Sätteln der Reiter befestigt waren, flatterte das Drachensymbol von Halim im Wind.

Die Himmelswächter eröffneten mit ihren Gewehren das Feuer und zielten sowohl auf die Reiter als auch auf die explosiven Feuersphären, die sie kontrollierten. Wenn eines dieser Geschosse traf, konnte es ihre gesamte Stellung auslöschen. Hier stand eine Menge Schießpulver herum. Es wurde zwar in mit Messing beschlagenen Fässern, die mit dem Schutzzeichen für »Eis« markiert waren, aufbewahrt, aber explodieren konnte es trotzdem. Fehler beim Schutz des Schießpulvers hatten schon den Verlauf so mancher Schlacht verändert. Der Schießpulvervorrat einer ganzen Artillerie-Batterie konnte eine fürchterliche Schweinerei anrichten, wenn er einmal hochging. Wer auch immer die Drachen zu ihrer Stellung geschickt hatte, er wusste ganz genau, was er tat.

Kugeln bohrten sich in die Schuppen der Drachen und schlugen in die Metallsphären ein, die sie um den Hals trugen. Einer der Drachenreiter kippte zur Seite. Mit seinem magisch verstärkten Plattenpanzer war er gegen Kugeln praktisch unempfindlich. Aber offensichtlich hatten sich die Riemen, die ihn im Sattel hielten, gelöst, und der Einschlag der Kugel schleuderte ihn heraus, sodass er hundert Fuß tiefer auf dem Boden aufschlug. Nicht einmal mit seinem Panzer hätte er das überleben können. Sein führerloser Drache schwang sich daraufhin höher in die Lüfte.

Die Himmelswächter waren heute in großer Form. Ein weiterer Kugelhagel brachte eines der alchemistischen Eier, die vor der Brust des zweiten Drachen hingen, zur Explosion, was eine Kettenreaktion zur Folge hatte. Ein zweites und ein drittes Ei detonierten. Rik unterdrückte ein entsetztes Aufstöhnen. Ganz offensichtlich waren die Waffen scharf gewesen. Nun wurde es äußerst eng. Der zweite Drache stürzte ab. Die Erde bebte, als er aufkrachte und sich durch seinen eigenen Schwung in die Befestigungsanlagen bohrte. Hölzerne Palisaden gaben nach und Schützengräben stürzten ein, als der riesige Körper voranschlitterte.

Der dritte Drache warf seine Fracht ab, die geradezu aus brennendem Tod bestand. Rik sah drei sich um sich selbst drehende Sphären auf den Boden zurasen. Beim Auftreffen explodierten sie, und eine Feuerwalze aus beißenden, stinkenden Flammen rollte donnernd auf ihn zu. Er hörte die Schreie sterbender Himmelswächter und die Explosionen von geladenen Musketen. Und dann raubte ihm eine Flammenwand die Sicht.

2. KAPITEL

Kein Werk, gleichgültig ob von Mensch oder Terrarch geschaffen, ist unvergänglich. Imperien stürzen, Städte zerfallen.

Propheten

1

Sardec rannte durch die Bresche in den eingestürzten Mauern. Es stank nach Schießpulver und Blut. Seine ganze Umgebung sah aus wie ein Schlachthaus, das von einer Granate getroffen worden war: Überall lagen verstümmelte Leichen und abgerissene Gliedmaßen, kalt und mit Blut und Eingeweiden bedeckt. Einige waren von fallendem Mauerwerk erschlagen worden. Über ihnen trat ein Mann auf lose Steine ein, offenbar in der Absicht, sie auf die Kämpfenden herabstürzen zu lassen. Dass er dabei ebenso seine eigenen Kameraden wie die Eindringlinge treffen konnte, schien ihm gleich zu sein.

Sardec winkte Wiesel heran und wies nach oben. Der große, magere, kahlköpfige Fourageur zeigte sein leicht irres, furchtloses Grinsen. Dann legte er seine lange Flinte an und schoss. Der Kopf des Zerstörungswütigen explodierte – und er sackte zusammen. Das wäre schon unter den besten Bedingungen ein schwieriger Schuss gewesen, aber hier – bei dem Geschrei und Geheul des Kampfes und inmitten des umhertreibenden Pulverdampfs – war es eine beeindruckende Leistung. Der ehemalige Wilddieb hatte sich seinen Ruf als bester Scharfschütze der Kompanie redlich verdient.

Die Fourageure warfen sich in die Bresche. Sardec kämpfte neben dem Barbaren, einem riesigen Nordmann mit einem Walross-Schnurrbart und langem, blonden Haar. Er hatte seinen Dreispitz verloren, sodass sein kahler Oberkopf zu sehen war. In der einen Hand hielt er ein langes Messer, eine Waffe der Bergbewohner, die so lang wie ein Kurzschwert war, und in der anderen ein Bajonett. Der Barbar, dessen Bewegungen von entsetzlicher, noch dazu kontrollierter Wut gelenkt wurden, schlug eine brutale, blutbesudelte Schneise durch das Kampfgetümmel und machte dem Rest der Fourageure so den Weg frei.

Hinter den beiden lief Sergeant Hef, und neben ihm der Schöne Jan, der sogar inmitten dieses kreischenden Mahlstroms adrett aussah und die Regimentsflagge trug. Das von Kugeln durchlöcherte Banner, das eine nackte Frau mit Drachenflügeln vor einem schwarzen Hintergrund darstellte, flatterte stolz. Sardec bewegte sich darauf zu, während er mit dem Haken, der seine rechte Hand ersetzte, um sich schlug und in der Linken seine Pistole schussbereit hielt.

»Weiter, Männer!«, brüllte er. »Hackt diese Bastarde in Stücke!«

In der Nähe rangen hoch über den Dächern zwei gewaltige Elementarkräfte miteinander. Ein Wirbelwind und eine Feuersäule hielten sich in einer tödlichen Umarmung umklammert. Die Böen, die ihr Kampf hervorrief, fegten durch die Straßen und wirbelten allen möglichen Schutt durch die Luft. Staubwolken versperrten Sardec die Sicht und ließen seine Augen tränen.

Plötzlich hatten sie die Bresche hinter sich gelassen und befanden sich in den mit Trümmern übersäten Straßen, die sich dahinter erstreckten. Sardec spürte Kopfsteinpflaster unter seinen Stiefeln. Vor sich sah er eine schmale Gasse, die von hohen, brennenden Häusern gesäumt wurde. Das war gar nicht gut, dachte er. Diese Gebäude konnten jederzeit einstürzen und Taloreaner und Kharadreaner gleichermaßen töten. Die Gassen konnten leicht zur Todesfalle werden. Also mussten sie die breiteren Straßen, die irgendwo vor ihnen lagen, erreichen. Er winkte dem Schönen Jan und wies nach vorn. Der Soldat begriff und schwenkte die Fahne. Sie rannten weiter, durch das Flammenmeer hindurch.

2

In Erwartung der Feuerwalze, die über ihn hinwegtosen und seine neue Galauniform in Brand setzen würde, zuckte Rik zusammen. Doch nichts geschah. Die Flammenwand teilte sich und umfloss den schützenden Kreis wie die einlaufende Flut einen Felsbrocken. Es wurde wärmer, aber nicht so heiß, wie er befürchtet hatte. Der Kopf Aseas, die ihre Magie einsetzte, um sie abzuschirmen, war von einem Lichtschein umgeben.

Ein gewaltiger Schatten zog über sie hinweg. Rik wusste, das war der dritte feindliche Drache. Er fragte sich, ob er sich umwandte, um eine neue Attacke zu starten, oder ob der Reiter angesichts ihres entschlossenen Widerstands beschlossen hatte, in die Stadt zurückzukehren.

Die Flammen verloschen, und Rik erblickte die Verwüstung, die sie angerichtet hatten. Das gesamte Gras auf dem Hügelhang war verschwunden; nur Aseas Schutzkreis war davon verschont geblieben. Ein ölig wirkender schwarzer Belag überzog den Boden. Dutzende von Himmelswächtern lagen tot in ihren Schützengräben. Das alchemistische Feuer hatte ihre Haut verkohlt und aufspringen lassen. Noch mehr Männer lagen schwer verbrannt am Boden und schrien und stöhnten vor Qualen.

Der riesige Drache lag in der Furche, die er bei seinem Aufprall gezogen hatte. Sein Schwanz zuckte, sein schlangengleicher Hals reckte sich aufwärts. Er schüttelte sich und richtete sich auf. Dann breitete er die titanischen Flügel aus, die so groß waren wie die Segel einer Galeone. An seinen Bewegungen erkannte Rik jedoch, dass etwas mit ihnen nicht stimmte. Große, mit ledrigem Fleisch überzogene Rippen stachen durch die Haut. Dieser Drache würde nie wieder fliegen. Er war verletzt und sehr, sehr wütend.

Das Tier zischte wie ein gigantischer Kessel und torkelte vorwärts. Seine Schuppen waren mit grünlichem Blut bespritzt. Der tote Reiter hing schlaff im Sattel und schlenkerte in der Parodie eines fröhlichen Winkens mit den zerbrochenen Gliedern. Der Drache erhob sich auf die Hinterbeine, stützte sich mit dem Schwanz ab und war jetzt mindestens zehn Mal so groß wie Rik. Wie erstarrt stand er da und fühlte sich wie ein Kaninchen vor der Schlange.

»Das ist nicht gut«, sagte Asea. Eine gelungene Untertreibung, fand Rik.

3

Sardec führte die Fourageure auf einen offenen Platz. In der Mitte plätscherte ein Springbrunnen, dessen Wasserstrahl aus dem Rachen eines steinernen Flussdrachen entsprang. Überall lagen weitere Leichen mit purpurrot angelaufenen Gesichtern und fleckiger Haut. Sardec sog die Luft ein und nahm noch eine Spur von dem bitteren Geruch des Giftgases wahr, das diese Menschen getötet hatte. Es musste schon einige Zeit her sein, dachte er. Der Kampf der Elementarkräfte hatte das Gas zerstreut. Die Fourageure hatten großes Glück gehabt, nicht selbst in die Wolke hineingeraten zu sein.

Hier und da liefen ein paar Frauen und Kinder verwirrt umher. Einige der Soldaten begannen bereits, die Frauen beiseite zu ziehen und zerrten an ihren Röcken.

»Das reicht jetzt!«, brüllte Sardec, packte den nächstbesten Mann und setzte ihm seinen Stahlhaken an den Schritt. »Noch ein Mal, und ich reiße euch die Eier ab.«

Das Mädchen sah ihn dankbar an und rannte in den nächsten Hauseingang.

»Ihr habt gehört, was der Leutnant gesagt hat«, rief Sergeant Hef. »Ihr habt noch genug Zeit zum Schänden und Plündern, wenn der Kampf vorüber ist.«

Ganz so hatte Sardec das zwar nicht gemeint, aber für den Augenblick würde es ausreichen müssen. Hektisch sah er sich um und versuchte zu entscheiden, was sie als Nächstes unternehmen sollten. Sie befanden sich in der Stadt, und offenbar waren die Kämpfe zumindest zeitweise zum Erliegen gekommen. Wenn er den Männern nicht rasch etwas zu tun gab, würde ihre Disziplin dahin sein – und sie würden mit dem Plündern beginnen. Er hatte nichts gegen das Beutemachen an und für sich; aber es gab für alles eine Zeit und einen Ort, und geplündert wurde erst, wenn man sich auch sicher war, den Feind geschlagen zu haben.

Plötzlich tauchte hinter ihnen ein riesiger Breitrücken-Wyrm aus den Rauchschwaden auf. Zuerst war sich Sardec nicht sicher, ob er Freund oder Feind vor sich hatte. Er sah nur die haushohe Gestalt des großen Vierbeiners und den Blick der kleinen Reptilaugen. Der Kopf mit dem drohenden Schnabel kam auf seinem Schlangenhals immer näher. Angst und Wut standen in den Augen des Tiers; obwohl es für so etwas ausgebildet war und sein Wyrmführer laut brüllte und es mit seinem Lenkstab piekte, fühlte es sich hier inmitten von Rauch und Flammen ganz offensichtlich nicht wohl.

Sardec fragte sich, ob seine letzte Stunde gekommen sei; aber der Wyrm trampelte an ihm vorbei, und dann hörte er, wie ihn die Infanteristen in der Gondel freundlich anriefen und sah die taloreanischen Farben – schwarzer Drache auf rotem Grund – auf den Wimpeln der Gondel flattern. Erleichtert atmete er auf. Das waren ihre eigenen Leute.

Eine Gruppe von Männern kam aus einer Seitenstraße gehuscht. Mit Messern stachen sie auf die Knöchel des Wyrm ein und versuchten, seine Sehnen zu durchtrennen. Dabei hielten sie sich so dicht an dem Tier, dass es für die

Männer auf seinem Rücken geradezu unmöglich war, auf sie zu schießen. Der Wyrm versuchte, den schmerzenden Messerstichen auszuweichen und warf sich hektisch hin und her. Die Gondel geriet gefährlich ins Wanken und drohte sich loszureißen.

»Holt sie euch«, schrie Sardec. Einige der Fourageure legten ihre Gewehre und Musketen an und feuerten. Andere zogen Kampfmesser oder griffen mit aufgesetztem Bajonett an. Die Kharadreaner befanden sich in der Unterzahl.

Erst als eine Granate mit sprühender Zündschnur im Bogen aus der Seitenstraße geflogen kam, wurde Sardec klar, dass dies eine Falle gewesen war. »Auf den Boden«, brüllte er, und dann explodierte die Bombe schon inmitten des Kampfgetümmels.

»Du Bastard«, hörte er jemanden in der Straße schreien. »Du hast unsere eigenen Männer mit umgebracht.« Einen Herzschlag später kam ein grün uniformierter Terrarch-Offizier aus der Gasse gerannt, verfolgt von wutentbrannten Menschen. Er rutschte auf dem Blut der Männer, die er soeben in die Luft gesprengt hatte, aus, stürzte und sah flehend zu Sardec auf. Er wirkte sehr jung, ungefähr so alt wie Sardec selbst, und so vollkommen schockiert, als wäre er gar nicht auf die Idee gekommen, seine Männer könnten sich wegen seiner Tat gegen ihn wenden.

»Helft mir«, rief der Kharadreaner. Sardec sah auf die Leichen der Männer, die der andere Terrarch kaltblütig umgebracht hatte, und schüttelte den Kopf. »Töte ihn«, befahl er Wiesel.

»Mit Vergnügen, Herr«, gab der Scharfschütze zurück und schoss dem Offizier eine Kugel durch den Kopf. Sardec konnte gut nachvollziehen, wie der tote Terrarch gedacht hatte: Er hatte ein paar seiner Männer geopfert, um eine größere Anzahl von Sardecs Menschen zu töten. Für ihn war das wahrscheinlich ein ganz vernünftiges Tauschgeschäft gewesen, und es hatte eine Zeit gegeben, da hätte Sardec ihm sogar Recht gegeben. Doch jetzt konnte er eine solche Einstellung nicht länger billigen.

Kurz darauf wurde ihm klar, dass er größere Probleme hatte. Der Wyrm, der durch die Granate verletzt worden und durch die Explosion verängstigt war, lief Amok. Der Führer hatte ihn nicht mehr unter Kontrolle. Obwohl er sich die größte Mühe gab, ging das gigantische Tier jetzt auf die Männer in seiner Umgebung los, ganz gleich, ob Freund oder Feind. Unerbittlich fuhren die riesigen Kiefer, die so scharf wie der Schnabel einer Schnappschildkröte waren und einen Mann mit einem Biss zweiteilen konnten, herab und kamen immer näher.

4

Ehrfürchtig staunend sah Rik zu dem Drachen auf. Das Schwert in seiner Hand kam ihm furchtbar unzulänglich vor, also zog er stattdessen seine Pistole. Wenn das Monstrum versuchte, nach ihm zu schnappen, würde er auf seine Augen zielen. Dann bestand eine verschwindend geringe Chance, dass die Kugel bis in sein Hirn dringen würde. Der Drache riss den Rachen noch weiter auf und enthüllte Reihe auf Reihe rasiermesserscharfer Zähne. Er schien sich über Riks Vermessenheit zu amüsieren. Wenn er an der Stelle dieses Wesens wäre, dachte Rik, so würde er wahrscheinlich dasselbe empfinden.

Asea begann erneut, ihre Zauberformeln zu intonieren,

doch Rik wusste, dass es zu spät war. Ehe sie ihr Ritual vollenden konnte, würde das riesige Reptil ihre Schutzzauber mit roher Gewalt durchbrechen und sie beide verschlingen. Er versuchte, seine zitternde Hand zu beherrschen, hob die Pistole, zielte über Kimme und Korn und drückte ab. Pulverdampf stieg auf, der Drache kreischte. Die Kugel war in sein Auge eingeschlagen. Aus seinen Nüstern brach ein Feuerstoß und entwich nach oben. Sein nach Schwefel stinkender Atem umwaberte Rik.

Hinter ihnen erscholl ein lautes Krachen, und etwas zischte über Riks Kopf hinweg. In der Brust des Drachen klaffte plötzlich ein gewaltiges Loch. Er hörte jemanden fluchen und drehte sich um: Es war Karl Mandrake, der Wyrmjäger. Irgendwie hatte er überlebt. Vielleicht hatte ihn die Feuerwalze nicht überrollt, weil er knapp hinter Aseas Kreis gestanden hatte.

Rik kniete nieder und lud seine Pistole nach. Die Lage war hoffnungslos, doch ihn trieb die Macht der Gewohnheit, die er während seiner Ausbildung erworben hatte. Abgesehen von Flucht war es das Einzige, was ihm übrig blieb; und wenn er sich umdrehte und wegrannte, würde er für seine Mühe wahrscheinlich nur eine riesige Klaue in den Rücken bekommen. Er hatte keinerlei Aussicht, diesem kolossalen Wesen rasch genug zu entkommen.

Zornig schlug der Drache mit dem Schwanz, der wie eine riesige Peitsche knallte. Das Tier beugte sich nach vorn und sein Schatten fiel über Rik. Eine gewaltige Klaue fuhr herab und traf auf einen der Behälter. Der Schlag war so hart, dass er zerschmettert wurde. Etwas Kaltes, Dämonisches stieg daraus auf. Niemand brauchte Rik zu sagen, dass die Wesenheit nicht unter Kontrolle war. Das Elementarwesen entwich völlig ungefesselt in diese Existenzebene, und das Erste, was es sah, war der Drache. Es nahm eine von fern an einen Menschen erinnernde Gestalt an und fuhr in die Höhe. Vielleicht bestand zwischen den beiden ja eine Art urtümlicher Abneigung – der Gegensatz zwischen Eis und Feuer –, denn es richtete seine Wut ausschließlich auf das monströse Reptil.

Der Drache breitete die Flügel aus und versuchte sich in die Luft zu erheben, doch seine gebrochenen Gelenke trugen ihn nicht. Er wandte dem Elementarwesen den Kopf zu und spie Feuer. Das Eiswesen schrumpfte daraufhin wie ein Spinnennetz, an das man eine Fackel hält. Es warf sich zur Seite, und ein Blitz traf den Drachen. Ozongestank stand in der Luft. Von Riks Pistolenlauf sprangen Funken, ihm standen die Haare zu Berge.

Der Drache krümmte und wand sich und drohte sie unter seinem schweren Körper zu erdrücken. Schon senkte sich eine riesige Klaue über Asea herab. Rik sprang auf sie los und riss sie durch die Wucht seines Aufpralls mit. Einen Lidschlag später setzte ein titanischer Fuß dort auf, wo sie gerade noch gestanden hatte.

Dann lagen sie beide lang hingeschlagen auf dem Boden und sahen zu den urtümlichen Wesen auf, die über ihnen miteinander rangen. Es sah aus, als würde der Drache von einem Tornado umschlungen. Er schlug mit dem Schwanz um sich, spie Feuer und stieß ein wütendes, Ohren betäubendes Gebrüll aus, das sogar über das Tosen der entfesselten Winde hinweg zu hören war. Die Sturmkreatur begann allmählich ihre Gestalt zu verlieren, aber der von ihr geschleuderte Blitz hatte große Teile der Haut des Drachen verbrannt. Dort, wo seine Schuppen weggesengt worden waren, war nun fleckige, rosige Haut zu sehen.

Riks Schwert lag noch auf dem Boden, wo er es hingeworfen hatte. Instinktiv griff er danach, obwohl er sich nicht sicher war, was er mit einer so lächerlich unangemessenen Waffe würde ausrichten können. Doch er war entschlossen, nicht kampflos zu sterben. Hinter ihm erscholl ein weiterer Donnerschlag. Er warf sich herum und erblickte die vierschrötige, riesige Gestalt Karl Mandrakes, der eine gewaltige, rauchende Waffe in den Händen hielt und eine metallende Schutzmaske vor dem Gesicht trug. Ungläubig schüttelte er den Kopf, als er sah, dass der Drache noch lebte; dann rannte er zu seinem Waffenstand zurück. Rik wünschte ihm Glück.

Er robbte vorwärts und hieb mit dem Schwert auf ein Bein des Drachen ein. Das fremdartige Metall der Klinge fuhr durch die Schuppen wie durch Wasser; aber trotzdem war es, als versuche man, einem Ochsen mit einer Nadel beizukommen. Der Drache war viel zu sehr in seinen tödlichen Kampf mit dem Elementarwesen verstrickt und beachtete ihn nicht.

Plötzlich war Riks Kopf wieder klar. Er hatte hier nichts mehr zu suchen. Ein Blick auf Asea verriet ihm, dass sie immer noch benommen da lag. Er rannte zu ihr, packte ihre Hand und zog sie auf die Beine. Ihr Blick wirkte seltsam leer. Rik hatte schon gehört, dass es zu allen möglichen Komplikationen führen konnte, wenn man beim Wirken eines Zaubers unterbrochen wurde, doch zum ersten Mal sah er es mit eigenen Augen. Er zerrte sie zu den nahe gelegenen Schützengräben und hoffte, der Drache würde sie vergessen, sobald er sie nicht mehr sah.

Erleichtert aufatmend stieß er Asea in den Graben und sprang hinterher. Wenn es ihnen gelang, sich unsichtbar zu machen, hatten sie vielleicht doch noch eine Überlebenschance. Auf seiner Klinge zischte und brodelte das Blut des Drachen, um dann zu Rauchwölkchen zu verdunsten. Er fragte sich, ob das normal war, oder ob es etwas mit dem Schwert zu tun hatte. Wenn sie hier lebend herauskamen, würde er die Magierin danach fragen.

Die Erde bebte, als sich das monströse Wesen im Kampf mit seinem Feind umherwarf. Rik riskierte einen Blick über den Rand des Schützengrabens und sah, dass seine Bewegungen unkoordiniert wirkten und rosiger Schaum aus seinem Maul troff. Feuer schien es nicht mehr spucken zu können. Das Elementarwesen war verschwunden, doch der Drache kämpfte noch immer gegen eine unsichtbare Macht an. Vielleicht nahmen seine Augen etwas wahr, das Rik nicht sehen konnte.

Seine Bewegungen wurden langsamer und ruckartiger, wirkten immer krampfartiger und fiebriger. Ein Mann sprang neben Rik in den Graben: Karl Mandrake, der ein weiteres, riesiges Gewehr in den Händen hielt. Sorgfältig zielte er und feuerte. Die massive Kugel schlug in den Körper des Drachen ein, und dieses Mal fiel Rik etwas auf, das er zuvor nicht bemerkt hatte. Die Wunde war größer, als sie eigentlich hätte sein dürfen; so gewaltige Kugeln verschoss nicht einmal die großkalibrige Waffe des Drachenjägers. Eine ganze Partie Schuppen war weggerissen, und in dem Fleisch glitzerte es metallisch. Es sah aus, als hätten sich dort Granatsplitter hineingebohrt.

Wieder röhrte der Drache, doch sein Gebrüll klang keuchender, kurzatmiger als zuvor. Sein langer Hals zuckte krampfartig, und seine Kiefer schnappten ziellos ins Leere. Er richtete sich zu seiner vollen Größe auf. Irgendwo in der Nähe donnerte eine Kanone. Einem

Artilleristen musste es gelungen sein, sein Geschütz zu laden und es auf das Wesen zu richten. Das Geschoss traf den verwundeten Drachen und warf ihn auf den Rücken. Ein gewaltiger Blutschwall schoss aus seinem zerschmetterten Brustkasten. Sein Schwanz zuckte.

Erleichterung stieg in Rik auf, als ihm klar wurde, dass die Kreatur im Sterben lag. Vielleicht gelang es ihnen ja doch noch, hier lebend herauszukommen.

»Er ist tot«, schrie er Karl Mandrake zu.

»Er war schon tot, seit ich ihn zum ersten Mal getroffen hatte.«

»Wie kannst du dir so sicher sein?«

»Die Kugeln waren mit Drachengift präpariert und so angefeilt, dass sie beim Aufprall in mehrere Stücke zerbrechen mussten. So hat sich das Gift in seinem ganzen Körper verteilt. Es war nur eine Frage der Zeit, bis es ihn getötet hat.«

»Vielleicht hat ja die Kanonenkugel auch ihren Teil dazu beigetragen.«

Karl riss seine Maske herunter. Seine ungeschlachten Züge waren zu einem irren, wölfischen Grinsen verzogen. »Kann schon sein«, meinte er. »Aber ich schätze, dass wir beide dafür einen Orden kriegen.«

»Stimmt es wirklich, dass angefeilte Kugeln zerspringen?«, fragte Rik, nur um etwas zu sagen.

»Jawoll – ist zwar eine scheußliche Arbeit, aber das ist das Präparieren mit Drachengift ja auch.«

Dagegen konnte Rik nichts einwenden.

5

Sardec sprang beiseite, als der Wyrm an ihm vorüberdonnerte. Schreiend befahl er den Fourageuren, in Deckung zu gehen, und betete, dass keiner von ihnen zertrampelt würde. Kurz darauf war das führerlose, rasende Monstrum die Straße hinuntergerannt und verschwand hinter Rauch und Flammen. Er machte eine Bestandsaufnahme. In der Nähe lagen ein paar Leichen. Qualmwolken zogen durch die Luft. An einer Mauer stand eine Gruppe uniformierter Männer mit erhobenen Händen. Wiesel und der Barbar nahmen ihnen die Waffen ab. Sie zwangen sie auch, ihre Taschen umzudrehen und ihre Geldbeutel herauszurücken, aber Sardec sah keinen Grund, seinen Leuten Einhalt zu gebieten.

Irgendwo vor ihnen wurde auf einem Horn ein lang gezogener, melancholischer Ton geblasen. Er hörte Jubel, Schreie und dann wieder Siegesgeheul. Das Horn erklang noch einmal, und dann begannen Trommeln einen langsamen, unerbittlichen Rhythmus zu schlagen. Wie zur Antwort auf den Ruf des Horns fingen auch Tempelglocken zu läuten an. Überall kamen kharadreanische Soldaten aus den Seitenstraßen und warfen ihre Waffen fort. Schreiend boten sie an, sich zu ergeben, und langsam begriff Sardec, dass das Horn und die Glocken wohl ein zuvor bekannt gemachtes Signal gegeben haben mussten.

Sergeant Hef näherte sich raschen Schrittes; ein Terrarch-Offizier in der Uniform der hiesigen Milizen begleitete ihn. Er hielt das Schwert in der rituellen Stellung mit dem Heft voraus in der linken Armbeuge.

»Habt Ihr hier das Kommando, Leutnant?«, fragte der feindliche Offizier. Sein Gesicht war rußverschmiert, sein

Blick wirkte seltsam leer. Die Stimme klang teilnahmslos.

»So ist es«, antwortete Sardec.

»Dann wäre es mir eine Ehre, wenn Ihr meine Kapitulation – und auch die meiner Männer – annehmen würdet. Es sieht aus, als wäre Halim gefallen.«

Sardecs Lippen verzogen sich zu einem breiten Lächeln, und eine enorme Erleichterung stieg in ihm auf. Offenbar war die Belagerung vorüber und die Taloreaner hatten gesiegt. Triumph erfüllte ihn. Sie hatten gewonnen, und er war noch am Leben, um sich daran zu erfreuen. Offenbar hatte sich die Nachricht rasch verbreitet, denn die Fourageure begannen bereits, Türen einzutreten und Häuser zu durchwühlen. Das war nicht richtig, dachte Sardec.

»Sammelt die Männer, Sergeant«, sagte er. »Warum wollt ihr diese armseligen Hütten plündern, wenn da Paläste vor uns liegen?«

Hef nickte verständnisvoll. »Ganz recht, Herr, ganz recht.«

3. KAPITEL

Ich habe Soldaten gekannt, die behaupteten, aus jeder Niederlage etwas gelernt zu haben. Doch die meisten lernen nur, wie furchtbar eine Niederlage ist.

Armande Koth, Kriegführung im Zeitalter der Muskete und des Drachen

1

Im Feldlager der Sieger war es Nacht geworden. Die Scheiterhaufen für die Gefallenen loderten, und auch innerhalb der Stadtmauern standen noch immer Gebäude in hellen Flammen. Der Gestank brennenden Fleisches wetteiferte mit dem Duft von Räucherwerk. Zwischen den Zelten der taloreanischen Befehlshaber hatte man eine weitläufige Fläche geräumt. Vor ihrem Pavillon erhoben sich die Banner der Armeen des Südens und des Ostens. Am südlichen Rand des improvisierten Versammlungsplatzes waren in der Mitte zwei hohe, thronartige Sessel aus Holz aufgestellt, und dort saßen die Kommandeure der Roten und warteten darauf, die Kapitulation der Besiegten entgegenzunehmen.

Rik stand rechts hinter Asea in der Gruppe der taloreanischen Zuschauer. Sie schien sich von der Rückzündung ihres Zauberspruchs vollständig erholt zu haben. Jetzt wirkte sie genauso souverän wie immer – und auch genauso schön. Ihre lächelnde Miene machte, genau wie die der meisten Offiziere, einen leicht verblüfften Eindruck. Sie hatten diesen Feldzug mit einem überwältigenden Sieg abgeschlossen. Die Hauptstadt von Kharadrea befand sich in ihrer Hand, und ihre Generäle und Edelleute kamen zu ihrem Lager gepilgert, um ihre Kapitulation anzubieten. Asea und Rik standen ziemlich weit vorn in der Zuschauermenge, von wo aus man einen guten Überblick über die Zeremonie haben musste.

Rik betrachtete die Kommandeure aufmerksam. Fürst Azarothe war groß und mager; sein Körper wirkte zerbrechlich und verbraucht. Eine antike Silbermaske verdeckte sein Gesicht, von dem Gerüchte wissen wollten, es werde von einer furchtbaren Krankheit zerfressen. Sein roter Uniformrock war einfach geschnitten und recht zweckmäßig. Ein langes Schwert lehnte wie beiläufig abgestellt an der Armlehne seines Thrones. Seine ganze Haltung brachte Müdigkeit und Überdruss zum Ausdruck.

Im Gegensatz zu ihm hatte General Elakar sein Gesicht nicht bedeckt, so wie es modern war. Mit seinen Zügen hätte er das Modell für eine Bronzebüste abgeben können, die das Schönheitsideal der Terrarch abbildete. Er wirkte hochmütig und grausam wie ein Drachenfürst. Seine Uniform war eine prachtvolle Komposition aus scharlachroter Seide, goldenen Tressen und mit Runen eingelegten Knöpfen. In den Händen hielt er das offizielle, mit Juwelen besetzte Szepter eines Vizekönigs. Zwischen den Generälen saß Kathea auf einem Thron, der die Sessel der beiden überragte. Die Taloreaner hatten sie bereits als Königin von Kharadrea anerkannt. Nun hatten sie die Stadt eingenommen, in der traditionell die Krönung der Herrscher dieses Landes vollzogen wurde. In ihrer langen, grün-roten Robe wirkte sie majestätisch und wies keinerlei Ähnlichkeit mehr mit der aufgelösten, verängstigten jungen Frau auf, die Rik aus dem Schlangenturm gerettet hatte.

Aus der Ferne vernahm Rik Musik und Festlärm. Er fragte sich, wie es wohl jetzt in der Stadt aussah. Eine Armee, die nach der Schlacht von der Notwendigkeit, diszipliniert zu sein, befreit und von Erleichterung erfüllt war, konnte etwas Furchteinflößendes haben. Sogar die Versuche der Männer, sich zu amüsieren, würden auf Kosten der verängstigen Stadtbewohner gehen. Rik vermutete, dass viele der Gebäude, die jetzt im Stadtzentrum brannten, erst von den einmarschierenden Soldaten aus dem Westen angezündet worden waren. Viele der Adligen, die hergekommen waren, um den Kommandeuren der Roten Armee ihre Ehrerbietung zu erweisen, befanden sich wahrscheinlich ebenso zu ihrem eigenen Schutz hier, wie um an dem Übergaberitual teilzunehmen.

Eine gewaltige Kolonne von Terrarch wälzte sich durch die offenen Stadttore auf sie zu. Dienstboten waren nicht zugelassen, daher trugen die Edelleute selbst ihre Licht spendenden Stäbe, an deren Ende phosophoreszierende Sphären glommen. Besorgnis zeichnete sich auf allen kharadreanischen Gesichtern ab. Sie hatten sich der heranrückenden Armee widersetzt und sogar verweigert, sich zu ergeben, als ihre Stadt bereits eingekesselt war. Nach dem ungeschriebenen Gesetz des Krieges waren sie den Siegern daher auf Gedeih und Verderb ausgeliefert. Die Wahrheit war, dass den taloreanischen Befehlshabern auch nicht viel anderes übrig blieb. Ihre Soldaten hatten das Gefühl, sich mit Recht für die Gefahren entschädigen zu dürfen, denen sie sich durch die Halsstarrigkeit der Verteidiger hatten aussetzen müssen. Daher hatten sie kaum eine andere Wahl, als ihnen die traditionellen drei Tage zuzugestehen, während derer straflos geplündert werden durfte. Mit jedem anderen Vorgehen hätten sie unter diesen Umständen in ihrer eigenen Armee eine Meuterei riskiert. Die brennende Frage, die alle Besiegten umtrieb, war nur die, wie stark genau ihnen das taloreanische Oberkommando ihren Widerstand übel nahm.

Als die Kharadreaner den Platz betraten, hob Elakar sein Szepter, und Soldaten traten herbei, um den Neuankömmlingen Einhalt zu gebieten. Noch eine Handbewegung des Generals, und man gestattete einer prachtvoll gewandeten Delegation adliger Terrarch, sich zu nähern.

»Nennt Euren Namen«, befahl Elakar. Seine Stimme klang kalt und schneidend und verriet nicht, ob er den Rang der Geschlagenen anerkannte. Falls Fürst Azarothe verärgert darüber war, dass sein Kollege vor ihm das Wort ergriffen hatte, so ließ er sich jedenfalls nichts anmerken. Wenn überhaupt, dann wirkte er noch um einen Bruchteil gelangweilter und gleichgültiger. Kathea sah aus, als wolle sie etwas sagen, wage es aber nicht. Ihre Macht war noch keineswegs so gesichert, wie die Taloreaner ihr Volk glauben machen wollten.

»Ich bin Telarn Vashaka, Gouverneur von Halim«, erklärte ein älterer Mann, ein stattlicher, silberhaariger Terrarch. Tiefe Linien durchzogen sein Gesicht, und seine

Haut wirkte im Licht der magischen Kugeln so knittrig und dünn wie Pergament. Erschöpfung und Trauer schienen wie eine Wolke über ihm zu hängen. Rik fragte sich, wie alt er wohl sein mochte. Vieles, was bei einem Menschen als Alterserscheinung gegolten hätte, war bei den Terrarch eher ein Anzeichen für eine Krankheit.

»Ihr seid derjenige, der entschieden hat, sich unserem rechtmäßigen Begehr nach Kapitulation zu widersetzen. Damit habt Ihr den Untergang über Euer Volk gebracht, das zu beschützen Eure gesetzliche Pflicht war.«

»Das bestreite ich nicht, Fürst Elakar. Um Gnade bitte ich nur für meine Leute, nicht für mich selbst.«

»Die Soldaten der Königin mussten kämpfen. Sie fordern ihr Recht ein, die Stadt zu plündern.«

»Ihr wollt doch gewiss nicht alle Bürger von Halim für die Torheit eines alten Mannes bestrafen«, hielt ihm Telarn Vashaka entgegen. Offensichtlich hatte er beschlossen, die ganze Verantwortung auf sich zu nehmen; vielleicht in der Hoffnung, dass der Gegner seine Familie und seine Freunde verschonen würde. Rik hätte seine Geste nobel gefunden, wenn sie nicht zugleich so müßig gewesen wäre. Die Plünderung der Stadt hatte begonnen, und nichts würde die Soldaten jetzt noch aufhalten. Er hatte so etwas schon erlebt, während der Rebellion des Uhrmachers in Talorea.

»Ich glaube nicht, dass wir in dieser Angelegenheit eine große Wahl haben«, schaltete sich Fürst Azarothe ein. »Die Ereignisse haben uns längst überholt.«

Elakar starrte den anderen General an, als wäre er von dessen Aufrichtigkeit schockiert. Rik vermutete, dass er kein Terrarch war, der jemals zugeben würde, in einer Angelegenheit ohnmächtig zu sein. »Halim hat Widerstand geleistet, und Halim wird den Preis dafür zahlen«, sagte er schließlich. »In drei Tagen werdet Ihr sehen, was Eure Torheit Eure Stadt gekostet hat.«

»In drei Tagen werde ich nicht mehr am Leben sein«, entgegnete Telarn Vashaka. »Ich werde meine Dummheit mit meinem Leben büßen.«

»Verratet mir doch, warum Ihr uns Widerstand geleistet habt«, sprach ihn Azarothe an. »Es muss doch offensichtlich gewesen sein, dass Ihr unseren Streitkräften nicht gewachsen wart.«

»Man hat uns Verstärkung versprochen«, sagte der Gouverneur von Halim. »Doch diese Truppen sind nie eingetroffen.«

»Wer hat Euch diese Verstärkung zugesagt?«

»König Khaldarus.«

»Khaldarus ist kein König«, warf Elakar ein. »Er erhebt lediglich Anspruch auf einen Thron, der rechtmäßig seiner Schwester zusteht.«

Telarn sah aus, als wolle er Einwände erheben. Einen Augenblick lang wirkte sein Gesicht beinahe lebhaft; doch dann streckte jemand aus seinem Gefolge, eine große Terrarch-Frau mit fein geschnittenen Zügen, die Hand nach der seinen aus und berührte sie.

»Es ist so, wie Ihr sagt«, erklärte er beinahe widerwillig.

»Und er ist nicht nur ein bloßer Thronprätendent, sondern ein Mann, der diejenigen, die ihm vertraut haben, belogen und verraten hat. Wie Ihr zu Eurem eigenen Schaden feststellen konntet.«

»Ihr habt ja recht, Fürst Elakar. Deswegen sind wir gekommen, um uns Eurer Gnade anzuempfehlen und uns selbst als Geiseln für unsere Stadt zu stellen. Wir legen unser Schicksal in Eure Hände und bitten Euch, sowohl

Ehre und Barmherzigkeit als auch Weisheit walten zu lassen.«

»Ihr dürft nähertreten«, sagte Elakar. »Wir nehmen Eure Kapitulation und Euer Ehrenwort an.«

Elakar betrachtete die herankommenden Kharadreaner, als hätte er persönlich jeden von ihnen im Kampf Mann gegen Mann geschlagen und erwarte nun Beifall und Anerkennung für seine Leistung. Man hätte meinen können, er und nicht Azarothe wäre der berühmte General gewesen, dessen Schlachtplan zum Sieg geführt hatte.

Einzeln traten nun die Kharadreaner vor und wurden mit ihrem Namen vorgestellt. Elakar tat durch Gesten seine Zustimmung kund, sagte aber nichts weiter. Gelegentlich ergriff Azarothe das Wort, um einen alten Bekannten, der sich unter den Besiegten befand, zu begrüßen. Es schien ziemlich viele davon zu geben. Schließlich war die Prozession nach mehreren Stunden vorbeigezogen, und die Stadtbewohner wurden in ein abgegrenztes Zeltlager in der Nähe geführt. Azarothe drehte sich zu Elakar um, und der andere General nickte.

»Halim hat kapituliert«, erklärte Elakar. »Der Triumph ist unser. Lasst uns unseren Sieg feiern.«

Die Taloreaner brachen in Jubel aus. Azarothe erhob sich von seinem Thron und hinkte müde zurück in seinen Pavillon.

2

Sardec saß in den Ruinen des ausgebrannten Gebäudes und beobachtete seine Männer. Ihre Uniformen waren schmutzig und ihre Gesichter rußgeschwärzt, aber sie sahen glücklich – und ziemlich betrunken – aus. Alle trugen mit Beute gefüllte Säcke mit sich herum. Die Armee war wie ein Heuschreckenschwarm, der ein Getreidefeld kahlfrisst, über Halim gekommen. Alles, was auch nur den geringsten Wert besaß, hatten sich die Soldaten geschnappt und alles, was sie an alkoholischen Getränken oder Bier fanden, konfisziert. Jetzt schlangen sie gestohlenes Essen herunter und kippten den gestohlenen Wein.

Sardec konnte ihnen nicht böse sein. Seit Monaten riskierten sie ihr Leben für den jämmerlichen Sold, den die Armee ihnen zahlte. Dies war ihre Chance, endlich für ihre Mühen belohnt zu werden. Trotzdem fand er das Ganze ernüchternd. Die Männer benutzten kostbare Gobelins als Decken oder hängten sie sich um; und in ihren Feuern brannten Bilderrahmen. In der Ferne hörte er Frauen schreien, und dann und wann stand ein Mann von seinem Platz am Lagerfeuer auf und begab sich in diese Richtung. Manche wirkten beschämt, andere wieder erwartungsvoll, aber die meisten gingen. Ein paar Mann saßen am Feuer und murmelten Gebete gegen die Versuchung, aber einige, die Sardec für die frömmsten überhaupt gehalten hatte, hatten es am eiligsten gehabt, über die Frauen herzufallen. Es war, als wären alle üblichen Verhaltensregeln aufgehoben. Zu dieser Zeit, an diesem Ort, gab es kein Gesetz. Männer konnten tun, wofür sie zu anderen Zeiten aufgehängt worden wären, und ein beträchtlicher Teil von ihnen nutzte diesen Umstand weidlich aus.

Wehe den Besiegten, in der Tat, dachte Sardec. Er wusste aus Erfahrung, dass sich viele dieser Männer für das, was sie jetzt taten, in ein paar Tagen schämen würden. Er vermutete sogar, dass sie das genauso gut wussten wie er, und doch hielt es sie nicht von ihren Ausschweifungen ab. Immer wieder erstaunte es ihn, was der Krieg aus Menschen machte. Manchmal konnten sie selbstlos und heldenhaft wie Heilige sein und ihr eigenes Leben opfern, um verletzten Kameraden zu helfen. Und dann wieder benahmen sie sich nicht viel besser als Tiere.

Da draußen in der Nacht wurde jetzt eine ganze Stadt von marodierenden Banden geplündert. Zehntausende von Menschen litten, und Tausende ihrer Mitmenschen fanden Vergnügen an ihrem Leid und bereicherten sich daran.

Er dachte an die entfesselten Elementarkräfte, die er heute gesehen hatte. Es waren dämonische Wesenheiten, die man fesseln und dem Willen eines Magiers unterwerfen konnte; sie wären mächtig, und doch vermochten sie außerhalb ihrer angestammten Dimension nicht lange zu überleben. In dieser Welt ähnelten sie einem Fisch auf dem Trockenen, oder einem Taucher, der tief unter der Oberfläche eines Flusses die Luft anhält.

Heute Nacht jedoch war eine andere Art von Geist aus der Flasche gelassen worden. Er fragte sich, wie lange es dauern würde, bis er sich wieder auflöste, oder ob er überhaupt jemals wirklich verschwand. Das größte Entsetzen jagte ihm die Vorstellung ein, dass er vielleicht die ganze Zeit über da war und hinter den respektvollen Mienen der Männer, die ihm folgten, oder dem unterwürfigen Lächeln der Dienstboten lauerte.

Vielleicht hatten ja diejenigen recht, die behaupteten, der Schatten habe diese Welt geschaffen. Er nahm noch einen Schluck Wein. Er schmeckte sauer.

3

Azarothes Zelt war erstaunlich spartanisch möbliert, dachte Rik. Er stand neben Asea und einer kleinen Anzahl hoher Offiziere aus dem Stab des Generals. Einige sahen ihn verärgert an, andere voller Neid; der Grund war ohne Frage das gezielt gestreute Gerücht, er sei Aseas Liebhaber. Einige Blicke waren berechnend. Er stand in der Gunst der Mächtigen, und es hieß, die Kunde von seiner Tapferkeit sei bis an die Ohren der Königin von Talorea gedrungen. Zweifellos überlegten sie, wie sie diesen Umstand für sich ausschlachten konnten. So waren die Terrarch nun einmal. Ihr Leben war Politik, und Politik war ihr Leben. Doch das traf inzwischen auch auf ihn zu, dachte er verdrossen.

Azarothe winkte seinen Gästen, Platz zu nehmen. Dienstboten in der Livree seiner Familie brachten Wein und füllten Kelche. Azarothe hob sein Glas, und alle Anwesenden taten es ihm nach.

»Auf den Sieg«, sagte er. Seine Stimme klang ausdruckslos und trocken, doch sie war im ganzen Zelt so deutlich zu vernehmen, als hätte er gerufen. Rik hätte viel darum gegeben, diesen Trick zu beherrschen.

»Auf den Sieg«, wiederholten die Gäste.

Die Gläser wurden erneut gefüllt. »Auf Ihre Majestät, Königin Arielle von Talorea.«

»Auf Ihre Majestät.«

»Auf Ihre Majestät, Königin Kathea von Kharadrea.«

»Auf Ihre Majestät.«

Der General schien ein hämisches Vergnügen daran zu finden, einen Toast nach dem anderen auszubringen und seine Gäste betrunken zu machen. Rik nippte jedes Mal nur an seinem Glas. Heute Abend wollte er einen klaren Kopf behalten.

Die raffiniert gewürzten Gerichte der Terrarch wurden serviert. Man trank und plauderte weiter. »Ich fand, Fürst Elakar hat sich sehr in seinem Triumph gesonnt«, bemerkte ein Oberst am anderen Ende des Tisches.

»Es war sein Recht, als Erster zu sprechen«, wandte Prinzessin Asea ein. »Die Königin hat ihm den Vortritt gelassen.«

Riks Blick glitt von ihr zu Azarothe. Beide ließen keine Regung erkennen. Kein Wunder, dachte er, sie besaßen schließlich mehrere tausend Jahre Übung darin, ihre Gedanken zu verbergen. »Er benimmt sich wie ein Vizekönig«, bemerkte jemand anders.

»Und er zieht sich auch wie einer an«, sagte der Oberst. »Wo hat er bloß dieses Szepter ausgegraben?«

»Wir sind nicht hier, um über Kharadrea zu regieren«, wandte Azarothe ein. Seine Stimme klang gleichmütig und ruhig, doch untergründig befahl sie seinen Zuhörern, ihm zu glauben, obwohl sich auch kaum spürbare spöttische Untertöne hineinmischten. Schon wieder Magie, dachte Rik. »Wir sind hier, um dafür zu sorgen, dass Königin Kathea bekommt, was ihr rechtmäßig gehört.«

»Wenn das so ist, dann ist unsere Aufgabe fast erfüllt«, sagte der Oberst. »Die Hauptstadt ist unser. Der Adel steht Schlange, um Kathea Treue zu schwören, und die verfluchten Sardeaner haben sich nicht blicken lassen.«

Azarothes Ton war sehr trocken. »Es war schon immer einfacher, die Kharadreaner zu einem Treueschwur zu bewegen, als dafür zu sorgen, dass sie ihren Eid auch einhalten. Im Augenblick sind sie Kathea ergeben, weil wir zu siegen scheinen. Wenn sich unser Glück auf dem Schlachtfeld wendet, werden sie im nächsten Jahr Khaldarus folgen.«

»Das halte ich nicht für wahrscheinlich«, sagte der Oberst. »Wir haben bewiesen, dass die Sardeaner Feiglinge sind. Das Dunkle Imperium hat nicht gewagt, sich einzumischen, als wir nach Kharadrea einmarschiert sind.«

»Ich wiederhole, dass wir nicht hier sind, um Kharadrea zu erobern, Oberst. Wir sind hier, um seine Königin auf ihren Thron zu setzen. Und wenn Ihr glaubt, dass die Sardeaner Angst vor uns haben, so fürchte ich, dass Ihr Euch gewaltig irrt.«

»Warum haben sie dann ihre Armeen nicht in Bewegung gesetzt, Fürst Azarothe?«, fragte Oberst Xeno, der Befehlshaber des Siebten Regiments.

»Möglicherweise, weil der Thronprätendent sie nicht darum ersucht hat«, meinte Azarothe. Ein allgemeines Aufstöhnen verriet Rik, dass alle Anwesenden dies für höchst unwahrscheinlich hielten. Nur Asea fiel nicht in die allgemeinen Unmutsbekundungen ein. Ihre ganze Aufmerksamkeit schien Fürst Azarothe zu gelten.

»Vielleicht liegt es ja auch in ihrem Interesse, ihn in eine prekäre Lage zu manövrieren«, mutmaßte sie. »Sie wollen ihm klar machen, wie sehr er ihnen verpflichtet ist. Es soll offensichtlich werden, dass er keine Chance hat, Königin Kathea allein zu schlagen.«

Das brachte die Gäste zum Schweigen. »Kann auch sein, dass sie abwarten, bis wir richtig tief in der Sache stecken«, setzte Azarothe hinzu. »Dann können sie als Retter auftreten, die Kharadrea von der Unterdrückung durch die taloreanischen Invasoren befreien, und außerdem können sie alle unsere Armeen aus dem Osten gleichzeitig im Feld stellen.«

Azarothe wandte Rik seinen wachen, durchdringenden Blick zu. »Wie denkt Ihr darüber, junger Mann?«

Rik spürte, wie sich aller Augen auf ihn richteten. Er fühlte sich im Mittelpunkt der Aufmerksamkeit unwohl, dachte aber für einen Augenblick über die Frage nach. »Es gibt noch eine andere Möglichkeit«, erklärte er dann.

Jemand lachte. Rik wahrte eine gleichmütige Miene. Was immer er hier von sich gab, irgendein Terrarch würde ihn auf jeden Fall dafür verhöhnen, daher kam es darauf nicht an.

»Fahrt fort«, sagte Azarothe. Falls er beleidigt war, weil ein halbblütiger Jüngling angedeutet hatte, ihm könne etwas entgangen sein, so ließ er sich jedenfalls nichts davon anmerken.

»Die Sardeaner sind sich vielleicht untereinander nicht einig. An jedem Hof gibt es immer mindestens zwei Fraktionen. Es muss auch Terrarch geben, die gegen diesen Krieg sind.«

Oberst Xeno lachte. »Die Sardeaner sind das kriegslüsternste Volk auf ganz Gaeia.«

»Sie haben den Frieden von Oslande über hundert Jahre lang eingehalten«, gab Asea zu bedenken. »Wir sind diejenigen, die ihn verletzt haben.«

»Um der Gerechtigkeit zum Sieg zu verhelfen und die Ambitionen der Sardeaner einzudämmen«, sagte der Oberst. Seine Lippen zuckten. Er wusste genau, wie zynisch seine Worte klangen, aber er war halt ein Terrarch.

»Unser junger Freund hat recht«, erklärte Azarothe. »In Sardea wird es auch Kräfte geben, die gegen eine Auseinandersetzung sind. Ein Krieg ist immer ein Risiko, auch wenn man über eine starke Armee verfügt oder glaubt, eine gerechte Sache zu verfechten.«

»Ihr glaubt also, es ist unwahrscheinlich, dass die Sardeaner intervenieren.«

»Ich denke, dass sie uns augenblicklich noch beobachten. Sie versuchen, unsere Kraft und Entschlossenheit abzuschätzen und wägen ihre und unsere Truppenstärke ab. Meiner Ansicht nach werden sie warten, bis wir unsere Nachschublinie so weit ausgedehnt haben, dass wir nicht weiter vorrücken können. Und dann werden sie im nächsten Jahr mit aller Kraft intervenieren. Und täuschen wir uns nicht, meine Damen und Herren und mein junger Freund, sie sind wirklich sehr stark. Ich glaube, dies ist der letzte einfache Sieg gewesen, den wir errungen haben.«

»Ihr seid der Ansicht, dass dies ein leichter Feldzug war, General?«, verlangte der Oberst zu wissen.

»Ihr habt im letzten großen Krieg zwischen Talorea und dem Dunklen Imperium gekämpft, Oberst. Was meint Ihr?«

»Ich glaube, Ihr habt recht, General.« Der Rest der Feier verlief in gedämpfterer Stimmung, und der Sieg schien nicht mehr ganz so süß zu schmecken.

4

Nach dem Essen begleitete Rik Prinzessin Asea zurück zu ihrem Pavillon. Ihrer Ansicht nach war es das Beste, weiter so zu tun, als wären sie ein Paar. Das Gerücht hatte sich ohnehin schon in der Armee verbreitet. Rik war ganz ihrer Meinung. Immer noch besser, als dass die Leute die schreckliche Wahrheit erfuhren, nämlich seine Schattenblut-Abstammung, und dass Asea seine Fähigkeiten zu ihrem Nutzen einsetzen wollte.

Sobald sie im Zelt waren, sprach sie einen Befehl, und eine von einem Dreifuß gehaltene phosphoreszierende Sphäre erwachte zum Leben und spendete Licht. Ein weiteres Wort, und um sie herum wurden Schutzzauber aufgerichtet, die alle Geräusche, die von außen kamen, dämpften, sodass es sich anhörte, als kämen sie von sehr weit her. Sie ließ sich auf einen Klappstuhl fallen und wirkte plötzlich sehr erschöpft.

»Geht es Euch auch gut?«, fragte er.

»Ja, ich bin nur müde.«

»Es war ein langer Tag«, sagte er.

»Als wir diesem Drachen heute gegenüberstanden, dachte ich, meine letzte Stunde sei gekommen.« Rik sah sie verblüfft an. Er hatte noch nie gehört, dass sie eine Schwäche eingestand. »Ich habe dir mein Leben zu verdanken. Das werde ich dir nicht vergessen.«

»Wir leben ja noch«, gab er zurück.

»Ja, aber nur mit viel Glück.«

»Sehr triumphierend klingt das aber nicht.«

»Sollen doch Idioten wie Elakar ihre Siegesansprachen halten. Der Krieg hat gerade erst richtig begonnen. Ich weiß es, du weißt es, und Azarothe weiß es ebenfalls.«

»Ihr glaubt, dass das Dunkle Imperium bald eingreifen wird.«

»Wir wissen beide, dass das schon geschehen ist. Du hast in Morven mit dem Nerghul gekämpft. Du hast gesehen, was ihr Agent Zarahel im Bergland ausgeheckt hat. Ich frage mich nur, welche Überraschung sie uns als Nächstes bereiten werden, aber ich fürchte, es wird nicht lange dauern, bis wir es herausfinden.«

Rik konnte ihr nur beipflichten. Strahlend lächelte sie.

»Und nun wollen wir deine Ausbildung in den Grundzügen der Magie fortsetzen.«

»Ich freue mich schon darauf«, stöhnte Rik.

»Das ist schön.«

4. KAPITEL

Paläste sind ein wahrer Tummelplatz für Verräter.

Pergamon, Politische Notwendigkeit

1

Als sich die Kutsche dem Platz vor dem Parlament näherte, sah Rik aus dem Fenster. Die Räder ratterten über die Pflastersteine. Karim, Aseas höchst gefährlicher, aus dem Süden stammender Leibwächter, saß neben dem Kutscher. Selbst hier hielt er seinen Bogen schussbereit in der Hand. Einen Monat nach dem Fall von Halim war es auf den Straßen immer noch so gefährlich, dass diese Vorsichtsmaßnahme nötig war. Einige Menschen in der Menge, die den Platz füllte, sahen zwar wohlhabend aus, doch es gab auch viele Hungernde, die genau wussten, dass sich ihre Lage mit dem Winter nur noch verschlechtern würde. Ihre verhärmten Gesichter und geflickten Kleider standen in schroffem Gegensatz zu der eleganten Linienführung der wunderschönen alten Gebäude. Halim war eine große Stadt und monumental angelegt. Sie war einst – kurz bevor sich das Reich der Terrarch gespalten hatte – als neue Hauptstadt des Imperiums erbaut worden. Heute wirkte Halim merkwürdig krank und düster, wie eine vom Alter verwüstete Frau, die einmal schön gewesen ist und nun immer noch ein Kleid aus besseren Zeiten trägt.

Die Kutsche bog auf den Platz ein. Auf der Westseite reckte sich der große Drachenturm des Himmels in die Sonne. Im Norden lag die gewaltige, mit Kolonnaden geschmückte Fassade des Parlamentsgebäudes. Der königliche Palast stand auf der Ostseite. Eine ziemlich traditionelle Anordnung, die man so in allen alten Städten der Terrarch antraf. Alle Gebäude waren gigantisch und wirkten merkwürdig heruntergekommen. Sie wurden bestenfalls punktuell in Stand gehalten, waren aber errichtet worden, um die Menschheit einzuschüchtern und übten diese Wirkung noch immer aus. Allein ihre monumentalen Ausmaße unterstrichen die Macht der Terrarch und den Umstand, dass sie gekommen waren, um sich dauerhaft auf Gaeia niederzulassen. Nie hatten Menschen etwas so Großes und Prachtvolles erbaut. Und trotz ihrer gewaltigen Ausmaße besaßen die Bauwerke eine Schönheit, die das Herz bewegte. Aus Wandnischen schauten kolossale Statuen von Heiligen, Drachenreitern und Heroen auf die Menschen herunter, ließen sie winzig klein erscheinen und erinnerten sic daran, wer diese Welt beherrschte und warum.

Asea saß neben Rik, angetan mit der offiziellen Hofgarderobe. Das Haar trug sie hochgesteckt, sodass ihre spitzen Ohren zu sehen waren. Ihre großen Augen, die hohen Wangenknochen und vollen Lippen betonte sie gekonnt mit etwas Schminke. Für den Preis der edelsteinbesetzten Schutzzeichen, die sie um den Hals trug, hätte man die gesamte Menschenmenge auf dem Platz eine Woche lang verpflegen können. Rik betrachtete sie mit dem Interesse eines einstigen Berufsdiebs. In seinem früheren Leben hätte er es nicht für möglich gehalten, dass er sich so nahe neben einem Vermögen aufhalten und nicht daran denken könnte, es zu stehlen. Wie sich doch alles verändert, dachte er.

»Unruhig?«, fragte Asea. Sie klang wie eine strahlende junge Frau auf dem Weg zu ihrem ersten Ball und nicht wie das zweitausend Jahre alte, praktisch unsterbliche Wesen, das sie in Wirklichkeit war. Ihre ständigen Stimmungsumschwünge, ihr immer wieder verändertes Auftreten waren für ihn schwer zu verstehen. Er hätte erwartet, dass eine so beeindruckende Person gefestigter wäre. Wenn man tief genug unter ihre schillernde Schale sah, würde man wahrscheinlich auf einen stahlharten Kern stoßen. Aber sie verstand sich darauf, ihn zu verbergen. Schließlich hatte sie auch genug Zeit zum Üben gehabt.

»Nein«, sagte er, eine Lüge. Er war schon weniger nervös gewesen, wenn er bei einem nächtlichen Raubzug sein Leben riskiert hatte – oder vor einer Schlacht. Heute würde er Prinzessin Kathea offiziell vorgestellt werden, die jetzt ihren Palast bezogen hatte und auf den großen Tag ihrer feierlichen Krönung wartete; und er war sich unangenehm bewusst darüber, dass sie noch stärker als Asea in der Lage war, sein Leben zu verändern. Sie konnte ihn mit Privilegien belohnen, die sich ein Straßenjunge aus Drangsal nicht einmal in seinen kühnsten Träumen vor stellen mochte.

In Gedanken ging er noch einmal die Feinheiten des

Hofprotokolls durch, in denen ihn Aseas Etikette-Lehrer unterwiesen hatte. Er wusste genau, wie weit er sich der erlauchten Persönlichkeit nähern durfte und wie tief er sich exakt zu verneigen hatte. Es war ihm nicht gestattet, den Kopf zu heben, bevor ihm die zukünftige Königin erlaubte, sie anzusehen. Er war sich ganz sicher, dass er wusste, was er zu tun hatte. Für so etwas hatte er ein gutes Gedächtnis. Man hatte ihm erklärt, er dürfe sein Schwert tragen. Für einen Mischling wie ihn bedeutete dies eine besondere Gunst. Er vermutete, dass ihm die zukünftige Königin vertraute. Hätte er sie tot sehen wollen, so hätte er sie schließlich schon bei ihrer Flucht aus dem Schlangenturm umbringen können, oder während ihres langen Rückmarsches nach Morven.

»Du siehst sehr elegant aus«, bemerkte Asea. Das war auch das Mindeste, dachte er. Schließlich hatte sie ein Vermögen ausgegeben für die Kleider, die er trug. Sein mit goldenen Tressen verzierter dunkelroter Rock war so viel Geld wert, dass eine Familie da draußen monatelang davon hätte leben können. Mit den Fingern der rechten Hand strich er über die Borte an der umgeschlagenen Manschette.

»Du musst damit aufhören«, sagte sie.

»Womit?«

»Darüber nachzudenken, was die Kleider gekostet haben. Ein adliger Terrarch tut das nicht.«

»Ihr habt wohl meine Gedanken gelesen, edle Dame. Sagtet Ihr nicht, die Schutzzeichen, mit denen Ihr mich versehen habt, würden so etwas verhindern?« Er lächelte, um ihr zu bedeuten, dass er scherzte.

»Nein, Rik. Ich habe dich nur im Lauf der letzten paar Monate ziemlich gut kennengelernt.« Für jemanden, der so verschlossen war wie er, war es ein furchtbarer Gedanke, so leicht zu durchschauen zu sein; aber wenn überhaupt jemand in der Lage dazu war, dann Asea. Ihre Erfahrungen mit den Gemütszuständen und der Körpersprache von Sterblichen reichten Jahrhunderte zurück. Er fragte sich, wie viele ihrer offenbar magischen Fähigkeiten einfach das Ergebnis dieser äonenlangen Beobachtungen sein mochten.

»Sind wir Menschen denn ein so offenes Buch für Euch?«

»Du bist alles andere als leicht durchschaubar, Rik. Meine Bemerkungen beruhen zu gleichen Teilen auf Vermutungen und Gewissheiten.« Er fragte sich, ob das stimmte oder ob sie ihm nur schmeichelte, um ihn in Sicherheit zu wiegen. Ob sie ihm auch diese Gedanken vom Gesicht ablas? Falls ja, dann ließ sie jedenfalls nichts davon erkennen.

»Ich hatte wirklich darüber nachgedacht, was diese Kleider gekostet haben«, gestand er, obwohl er sich nicht ganz sicher war, warum er ihr die Richtigkeit ihrer Beobachtungen bestätigte.

»Tu es nicht.«

»Ich bin kein adliger Terrarch-Spross.«

»Bald wirst du einer sein. Du wirst von meinem Haus adoptiert werden. Ich habe bereits an Königin Arielle geschrieben und um die Erlaubnis gebeten.« Rik war verblüfft, obwohl er so etwas schon geahnt hatte. Seine Miene musste ihn verraten haben.

»Ich habe es dir doch gesagt«, erklärte sie. »Und ich halte, was ich verspreche. Im Guten und im Bösen.«

Auch das stimmte. Sie zahlte ihre Schulden immer, Ehrenschulden wie Blutschulden. Rik beschloss, dass er ihr ebenso gut auch jetzt die Frage stellen konnte, die ihm im Kopf herumging.

»Warum ist Kathea eigentlich noch nicht gekrönt worden? Wenn es nach mir gegangen wäre, hätten wir sie gleich, nachdem wir die Stadt erobert hatten, auf den Thron gesetzt.«

Asea lächelte. »Dafür gibt es zwei Gründe.«

»Und der erste wäre?«

»Bei den Terrarch finden Krönungen immer am Fest des Heiligen Balthazar statt. Das soll Glück bringen, und wir sind nun einmal ein sehr konservatives Volk.«

»Ich vermute, dies ist nicht der Hauptgrund.«

»Da vermutest du richtig. Es sind Einladungen an alle adligen Familien in Kharadrea ergangen. Es muss so viel Zeit verstreichen, dass alle diese Familien die Einladungen erhalten und ihren Empfang bestätigen können. Wer dann nicht erscheint, gilt als Verräter an der Krone, und sein Besitz wird konfisziert. Eine ganze Reihe adliger Familien in Talorea ist darauf aus, ihre Güter in Kharadrea zu vermehren. Aber solche Vorgänge müssen immer korrekt und den Gesetzen entsprechend abgehandelt werden.«

»Dann rechnet Ihr damit, dass einige Familien nicht kommen werden?«

»Ich bin mir sogar sicher.«

Goldene Trompeten schmetterten und kündigten ihr Eintreffen an. Durch den großen Torbogen fuhren sie in den Innenhof des königlichen Palasts ein. Kurz darauf kamen die Pferde, die die Kutsche zogen, zum Stehen, und livrierte Lakaien stellten hölzerne Trittstufen an die Türen, die es ihnen gestatten würden, bequem auszusteigen.

Rik sprang als Erster hinaus und half dann Asea. Die weit ausgestellten Röcke ihres wallenden Gewandes waren für solche Zwecke nicht gerade praktisch. Über einen roten Teppich schritten sie unter einem Bogenportal hindurch. Ein Palastdiener begrüßte sie unterwürfig und führte sie durch ein Labyrinth von Gängen.

Rik folgte Aseas Beispiel, setzte eine ausdruckslose Miene auf und ließ ein leises Lächeln um seine Lippen spielen. Er versuchte dreinzublicken, als wäre er inmitten eines solchen Reichtums aufgewachsen und sähe ihn jeden Tag; in Wahrheit hatte er so etwas höchstens einmal erblickt, wenn er in Drangsal in die Häuser der Reichen eingebrochen war.

Wieder stellte er fest, dass er im Gehen den Wert der Ausstattung abschätzte. Die Gemälde stammten von Scorelle; jedes von ihnen war Tausende wert. Die vergoldeten, mit Blattmustern verzierten Bilderrahmen kosteten wahrscheinlich ebenso viel wie seine Kleider. Die Bilder zeigten größtenteils berühmte historische Szenen – große Schlachten und Kämpfe, aufständische Generäle, die vor König Orodruine kapitulierten. Da die politische Landschaft Kharadreas in Fraktionen zerfallen war, die einander erbittert bekämpften, herrschte in der Historie des Landes kein Mangel an solchen Szenen, obwohl die große Anzahl von drachengeflügelten Engeln, die auf die Siege des Königs herablächelten, dem Versuch einer realistischen Darstellung eher zuwiderliefen. Um die Wahrheit zu sagen, der Eindruck, den die Bilder vermittelten, war vollständig falsch. Orodruine war weder ein großer Krieger noch ein erfolgreicher General gewesen. Während eines großen Teils seiner langen Regierungszeit hatte sein Reich ein Schlachtfeld abgegeben, auf dem die feindlichen Armeen Taloreas und Sardeas aufeinandergeprallt waren. Und während seiner restlichen Geschichte hatten übermächtige Adelskoalitionen den Ton im Lande angegeben. Die auf den Gemälden abgebildeten martialischen Posen hatten etwas, das Rik an die Prahlerei eines betrunkenen Feiglings erinnerte.

»Hör auf damit«, murmelte Asea.

»Womit?«, fragte er ebenso leise zurück.

»Zu überlegen, wie viel die Gemälde wert wären, wenn du sie an einen Hehler verkaufen würdest.« Er unterdrückte ein Lächeln. Dieses Mal hatte sie nur teilweise richtig geraten.

»Ich werde es versuchen.«

»Sieh zu, dass du es schaffst, ehe wir vor die Königin treten. Ich bezweifle, dass es ihr gefallen wird, wenn du ihr Eigentum mit diesem Blick betrachtest.«

»Nach der Länge dieses Flurs zu urteilen habe ich noch ein paar Minuten Zeit, meine Gier unter Kontrolle zu bringen.«

Noch während er sprach, bemerkte er ein Gemälde, auf dem der König einen Menschen auszeichnete und ihn mit einer goldenen Schärpe in den Adelsstand erhob. Der Mann trug den mit Gold abgesetzten Dreispitz eines Generals; ihm fehlten ein Arm und ein Auge. Rik wusste, das konnte nur Armande Koth sein, der legendäre menschliche General, der schließlich sowohl die Taloreaner als auch die Sardeaner aus Kharadrea vertrieben hatte. Außerdem hatte er die Lehrbücher der militärischen Taktik praktisch neu geschrieben. Einen kurzen, atemberaubenden Augenblick lang wurde Rik klar, dass Koth in den Tagen seines Ruhms, vor seinem tragischen Tod, höchstwahrscheinlich durch genau diese Flure gegangen war.

Dieser Gedanke ging ihm immer noch im Kopf herum, als sie das riesige Vorzimmer betraten, das zu Katheas Gemächern führte. Der Diener führte sie rasch an der Menge von Höflingen und Trabanten, die dort warteten, vorbei zu einem hochgewachsenen, langnasigen Terrarch, der sich tief verneigte und dann an die Tür klopfte. Während sie darauf warteten, eingelassen zu werden, war sich Rik nur allzu bewusst, wie viele Augen sich auf sie richteten. Wieder einmal stellte er fest, dass ihm so viel öffentliche Aufmerksamkeit unangenehm war.

2

Die Türen wurden von innen aufgetan. Rik sah in einen etwas kleineren Raum, der von einem per Magie betriebenen Kronleuchter erhellt wurde. An den Wänden hingen Gemälde, unter jedem stand ein hochgewachsener Terrarch-Kavallerist im Dunkelgrün und Schwarz der Palastgarde von Kharadrea. Auf einem erhöhten Thron am anderen Ende des Raumes saß Königin Kathea. Mit ihren prachtvollen grünen Roben und dem Diadem im Haar wirkte sie weit majestätischer als die zerzauste Person, die Rik aus dem Schlangenturm gerettet hatte.

Zu ihrer Rechten saß, ein kleines Stück hinter ihr, Fürst Azarothe. Mit Rücksicht auf seine Krankheit war ihm gestattet worden, sich auf einem kleinen, mit Schnitzwerk verzierten Schemel niederzulassen. Sardonisch neigte er den Kopf zur Seite, als er Asea erblickte. Sie und Rik traten ein und stellten sich so vor, wie es die Hofetikette verlangte, und die Dienstboten schlossen hinter ihnen die Türen.

Als Rik zur Königin aufsah, bemerkte er erneut, dass sie sich in seiner Gegenwart unwohl zu fühlen schien, und das weckte seinen Argwohn. Kathea zählte jetzt zu den mächtigsten Persönlichkeiten in diesem Land, und bald würde sie Königin sein. Wenn er ihr ein ungutes Gefühl verschaffte, so würde sie binnen Kurzem in der Lage sein, diese kleine Störung zu beseitigen – zusammen mit seinem Kopf. Doch im Augenblick konnte er nicht allzu viel dagegen unternehmen. Ihm blieb also nichts anderes übrig, als mit trockenem Mund und mit einem flauen Gefühl in der Magengegend da zu stehen und mit dem Drang zu kämpfen, am engen Kragen seiner Galauniform zu nesteln.

Asea sprach gewandt und gut. Sie besaß die Haltung einer Hofdame und dazu ein diplomatisches Talent für die höfische Sprache, um das Rik sie nur beneiden konnte. Es schien ihr nicht die geringste Mühe zu bereiten, über die Gesundheit ihrer Majestät und andere Themen zu plaudern. Die Königin brachte ihre Freude über die bevorstehende Krönung zum Ausdruck und überraschte Rik dann, indem sie ihn um ein Gespräch unter vier Augen ersuchte. Damit verursachte sie bei dem blasierten Kammerherrn und den Leibwächtern ziemliche Aufregung. Nur Asea und Azarothe wirkten nicht im Mindesten erstaunt, und er fragte sich, ob sie diese Unterhaltung wohl arrangiert hatten. Schließlich setzte sich Kathea über die Proteste ihres Gefolges hinweg, man führte ihn in einen kleinen Nebenraum. Das Licht fiel durch winzige, vergitterte Fenster ein, und ihm wurde klar, dass sich die Wachen selbst hier, hoch oben im Palast, um ihre Sicherheit sorgten. Unter den Fenstern stand eine kleine Couch, und davor, im einfallenden Licht, ein Tisch, auf dem sich ein Buch und Erfrischungen befanden. Rik war sich nicht ganz sicher, was von ihm erwartet wurde, und wartete nun darauf, dass ihm Kathea ein Zeichen gab. Die zukünftige Königin erstaunte ihn, indem sie laut seufzte, sich auf das Sofa fallen ließ und einen Schuh auszog.

»Sie drücken«, sagte sie, als sie seine Miene sah. Damit hatte er nicht gerechnet.

»Die Schuhe, Euer Hoheit?«

»Die Schuhe, Rik.« Sie schenkte sich einen Kelch Wein ein. Diese kleine Geste schien ihr Freude zu bereiten. Rik bezweifelte, dass sie oft Gelegenheit hatte, so etwas selbst zu tun. Mit offensichtlichem Genuss nahm sie einen Schluck. »Wo sind nur meine Manieren geblieben?«, sagte sie dann. »Möchtest du auch?«

»Ich finde, ich sollte das einschenken, Eurer Hoheit«, sagte er, vor allem, weil er glaubte, dass diese Antwort von ihm erwartet wurde.

»Rede keinen Unsinn.« Sie schenkte ein und hielt ihm das Weinglas mit eigener Hand hin. Er nahm es und dankte ihr.

»Noch ein paar Monate, und ich werde nie wieder so etwas tun können, weil es dann unter meiner königlichen Würde liegt. Besser, ich nutze jetzt die Gelegenheit.« Sie klang bedauernd, so als würde sie solche kleinen, alltäglichen Verrichtungen vermissen. Rik fühlte sich ziemlich überrumpelt.

»In ein paar Monaten werdet Ihr gekrönt, Euer Hoheit.«

»Daran brauchst du mich nicht zu erinnern, Rik. Offensichtlich haben sich alle hier verschworen, das ständig zu tun. Das heißt, bis auf euren Fürst Azarothe. Ich finde, er ist ein netter alter Herr.«

Ganz so hätte Rik den General zwar nicht beschrieben, aber sie sah wahrscheinlich Aspekte seiner Persönlichkeit, die er niemals kennenlernen würde.

»Darf ich fragen, warum Ihr mit mir sprechen wolltet, Euer Hoheit?«

»Ich wollte dir dafür danken, dass du mir das Leben gerettet hast.«

»Das war meine Pflicht, Hoheit, und es war mir ein Vergnügen«, log er gewandt. In Wahrheit war er damals von Entsetzen erfüllt und verzweifelt gewesen.

»Nein, es war eine Heldentat, und ich bin dir dafür sehr dankbar. Du warst besonders mutig. Ich kann mich nur selbst an nicht allzu viel erinnern. Alles ging so schnell. Habe ich mich schlecht benommen?«

Darum ging es also! Aus diesem Grund war sie so beunruhigt. Sie fragte sich, was er wohl anderen über ihr Verhalten erzählen mochte. Jetzt glaubte er zu verstehen, warum er sie so unruhig machte.

»Das Verhalten Eurer Hoheit war zu jedem Zeitpunkt königlich«, erklärte er. »Manchmal hat mich nur das Beispiel Eurer Kühnheit meine eigene Fassung wahren lassen.«

»Ich danke dir für das Kompliment.«

»Es stand Euch zu, nichts weiter, Euer Hoheit.«

»Prinzessin Asea hat mir erzählt, dass du ein äußerst diskreter junger Mann bist.«

»Darauf könnt Ihr vertrauen, Euer Hoheit.«

»Dann kannst du auch auf meine Dankbarkeit vertrauen.« Sie tauschten ein verschwörerisches Lächeln aus. Rik hatte das Gefühl, dass sie zu einer Einigung gekommen waren; wie zwei Diebe im Bazar von Drangsal, die gerade abgesprochen hatten, was sie der Stadtwache erzählen wollten, wenn sie geschnappt würden.

Sie stand von der Couch auf und stellte ihr Glas auf dem Tisch ab. Er tat es ihr nach. Offenbar war das Gespräch vorüber. Mit einer Handbewegung wies sie ihn an, ihr die Tür aufzuhalten. Zusammen traten sie in den Thronsaal, und der Kammerherr führte Rik nach draußen. Asea blieb mit der zukünftigen Königin und dem General zurück.

3

Rik suchte sich eine ruhige Ecke und wartete dort. Sein Gesicht zeigte eine ausdruckslose, gefasste Maske. Ein hochgewachsener, älterer Terrarch, offensichtlich von Adel, eine schöne Terrarch-Frau und ein Teil ihres Gefolges traten zu ihm.

»Wie ich höre, seid Ihr der junge Soldat, dem wir dafür zu danken haben, dass er das Leben der Königin gerettet hat«, sagte der Edelmann. Seine Umgangsformen waren vollendet und sein verhaltenes Lächeln so glatt poliert wie die Schmucksteine im Schaufenster eines Goldschmieds. Rik fragte sich, wer er war und welche Stellung er bei Hof einnahm, und ob er auf die Probe gestellt werden sollte, um festzustellen, was er nach ihrem Gespräch sagen würde.

»Ich habe nur meine Pflicht erfüllt«, sagte Rik. »Und die Königin selbst hat sehr viel mehr zu ihrer Rettung beigetragen als ich. Sie hat sich unter dieser großen Anspannung ganz vorbildlich verhalten.«

Die attraktive Dame lächelte noch breiter und musterte ihn mit unverhüllter Begierde von Kopf bis Fuß. Er erwiderte ihren Blick ausdruckslos. Begegnungen mit dieser Art von Terrarch-Frauen hatten ihn schon in tödliche Gefahr gebracht. Unwillkürlich dachte er an Tamara. Er vermutete, dass sie ihre kurze Affäre ausgenutzt hatte, um ihm einen Dämon auf den Hals zu hetzen.

»Möchtet Ihr uns davon erzählen?«, fragte die Unbekannte. Rik hatte plötzlich das gleiche Gefühl wie früher, wenn er sich in eine durch Hunde, Wachposten und magische Schutzvorrichtungen abgeschirmte Villa eingeschlichen hatte: Jeder falsche Schritt konnte sich als verhängnisvoll erweisen.

»Dies ist, so fürchte ich, weder der Ort noch die Zeit dazu. Ich finde, ich sollte um die Erlaubnis Ihrer Hoheit nachsuchen, bevor ich über solche Dinge spreche. Wenn, dann sollte sie diese Geschichte erzählen.«

»Nicht nur heldenhaft, sondern auch diskret. Das ist eine sehr nützliche Eigenschaft bei einem jungen Mann«, erklärte die Dame. Ihr Blick machte klar, dass sich Diskretion auf viele Gebiete beziehen konnte. Der ältere Adlige lächelte.

»Meine Gattin hat ganz recht«, sagte er. »Ich hoffe, wir begegnen einander bald wieder. Ich bin Fürst Sardontine.«

»Es war mir ein Vergnügen, Eure Bekanntschaft zu machen.« Unter Verneigungen verabschiedeten sie sich voneinander. Gerade in diesem Augenblick trat Prinzessin Asea aus dem Audienzsaal.

»Wenn Ihr mich entschuldigen würdet«, sagte Rik und verbeugte sich noch einmal. »Ich muss mich um meine Gönnerin kümmern.«

»Selbstverständlich«, gab Fürst Sardontine zurück. »Man vergisst immer, wie zauberhaft Prinzessin Asea aussieht. Ich habe seit über einem Jahrhundert nicht mehr mit ihr gesprochen. Bitte grüßt sie von mir.«

Mit einer weiteren Verneigung zog sich Rik zurück. Kurz darauf eilte er neben Asea her. Ein livrierter Diener führte sie hinaus.

»Ich habe gesehen, dass du mit Fürst Sardontine gesprochen hast«, sagte sie leise.

»Er schickt Euch Grüße.«

»Ich nehme sie mit Vergnügen entgegen.« Ein Blick und eine Geste mit ihrem Fächer bedeuteten ihm, dass dies nicht der richtige Ort war, um über solche Personen zu sprechen. Allerdings war ihm das auch selbst klar gewesen. Rik war ungeheuer erleichtert, als sie in die Kutsche stiegen und den Palast hinter sich ließen und auf den Platz vor dem Parlament hinausfuhren. Er hatte das Gefühl, soeben mit knapper Not aus einem Schlangennest entkommen zu sein.

»Was hat sich denn bei der Audienz zugetragen?«, fragte Rik. »Habt Ihr noch etwas Interessantes mit der Königin besprochen?«

»O ja. Sie hat mir Gemächer im Palast zugewiesen. Du wirst mich begleiten.«

»Wir brauchen nicht mehr in Zelten zu leben? Das wäre aber schön.«

»Es ist ein Zeichen königlicher Gunst, und vermutlich ist ihr deine Anwesenheit eine Beruhigung. Nach eurem gemeinsamen Abenteuer im Schlangenturm überrascht mich das jedenfalls nicht.«

Rik schwieg. Das mochte ein Grund sein, aus dem Kathea ihn in ihrer Nähe wissen wollte, aber er konnte sich auch noch andere denken. Im Palast wäre es für sie ein Leichtes, sich seiner zu entledigen, falls sie sich denn dazu entschloss.

5. KAPITEL

Das Betrüblichste am gesellschaftlichen Aufstieg
ist es, seine Freunde zurücklassen zu müssen.

Mercurio, Erzählungen aus dem Hochadel

1

Sardec saß am Tisch und kritzelte eine weitere Zahl auf das Pergament, das vor ihm lag. Es fiel ihm schwer, mit der Linken zu schreiben. Seine Handschrift war nicht mehr so elegant und flüssig wie früher, als er seine Briefe mit der rechten Hand geschrieben hatte, aber er war entschlossen, das Schreiben neu zu erlernen. Schließlich war das für einen Offizier in der Armee der Königin unerlässlich.

Die Listen, die er vor sich hatte, boten eine deprimierende Lektüre. Eine Menge neuer Soldaten waren zu ihnen versetzt worden, und alle brauchten ein Quartier, etwas zu essen und ihren Sold. In der letzten Schlacht hatte seine Kompanie weniger Männer verloren, als er befürchtet hatte, vor allem im Vergleich mit ihrem katastrophalen

Einsatz in der unterirdischen Stadt Achenar. Aber dennoch hatten sie Verluste erlitten. Viele der Gefallenen waren Neuzugänge gewesen, doch es hatte auch Männer getroffen, die damals mit ihm in der Stadt des Spinnengottes gekämpft hatten. Gewiss, es war das Los eines Soldaten, für die Königin zu sterben, wenn es die Pflicht erforderte, aber Sardec war erstaunt darüber, wie sehr es ihn schmerzte, diese Namen auf der Liste der Toten zu sehen. Er war verantwortlich für diese Männer gewesen, und er hatte das Gefühl, bei jedem Einzelnen versagt zu haben.

Sie waren nur Menschen gewesen, sagte er sich. In ein paar Jahren wären sie ohnehin gestorben. Aber irgendwie machte dieser Gedanke alles nur noch schlimmer. Vielleicht würden sie ja in dem niedrigeren, den Menschen vorbehaltenen Himmel belohnt werden, doch Sardec fiel es immer schwerer, daran zu glauben. Bevor die Terrarch auf die Menschen getroffen waren, hatte es diese Vorstellung eines geringeren Himmels nicht gegeben; erst dann hatten die Propheten begonnen, sich in dieser Hinsicht zu äußern. Er hegte den Verdacht, dass dahinter eher politische Notwendigkeit steckte als eine religiöse Wahrheit. Dann sagte er sich, dass er viel zu viel Zeit in Prinzessin Aseas Gesellschaft verbrachte. Der Zynismus der uralten Terrarch-Frau begann auf ihn abzufärben.

Mit der Rückseite seines Hakens rieb er sich die Stirn und stieß einen lang gezogenen Seufzer aus. Zumindest hatte man der Kompanie ein anständiges Quartier zugewiesen, eine alte, befestigte Villa am Rand des ärmeren Viertels, unweit des Marktplatzes. Er hatte seine Beziehungen spielen lassen müssen, um in der überfüllten Stadt ein so angenehmes und gut zu verteidigendes Quartier aufzutun, aber schließlich war es ihm gelungen. Nach der

Schlacht an der Furt von Abelen war er im Hauptquartier wohl gelitten, und auch bei denen, die er hatte bestechen müssen, hatte ihm sein neues Ansehen geholfen.

Zumindest hatte er dafür gesorgt, dass seine Soldaten gut untergebracht waren, und ihre Familienangehörigen schienen ebenfalls in der Nähe zu wohnen. Auch die Händler, die der Armee folgten, hatten sie schon wieder gefunden, und trotz Sardecs Warnungen waren die Männer bereits dabei, ihre Beute zu einem Bruchteil ihres Wertes zu verscherbeln und mit dem Erlös Alkohol und Essen zu überhöhten Preisen zu kaufen.

Wahrscheinlich war das verständlich – wenn man am Ende des Sommers schon tot sein konnte, wofür sollte man sparen? Da konnte man sich ebenso gut jetzt ein schönes Leben machen. Sardec war da allerdings ganz anders – die Schätze, die ihm in die Hände gefallen waren, standen schon katalogisiert und in Kisten verpackt bereit, um auf seine Familiengüter transportiert zu werden. Sein Vater hatte recht gehabt; ein Krieg konnte sich als äußerst einträglich erweisen, wenn man wusste, was man tat.

Er sah zu Rena hinüber und war selbst ganz erstaunt darüber, wie schön sie ihm erschien. Sie saß auf dem Bett, das sie in den Räumen, die er im Hauptgebäude genommen hatte, teilten, und glättete sich das Haar mit der silbernen Bürste, die er ihr geschenkt hatte. Sardec fragte sich, wem diese Bürste wohl einmal gehört hatte. Einer adligen Terrarch-Dame? Oder der Ehefrau eines reichen Kaufmanns? Doch darauf kam es jetzt nicht mehr an. Nun gehörte sie Rena, und ihre offen gezeigte Freude über das Geschenk hatte Sardec für den kleinen Teil an seinem Gewinn, den er dafür hatte aufwenden müssen, mehr als entschädigt.

Sie sah, dass er sie anschaute, und schenkte ihm ein strahlendes Lächeln, bei dem sein Herz einen Satz tat. Manchmal wünschte Sardec, er wäre in der Lage, ihr zu sagen, wie sehr ihn ihre Schönheit berührte; aber irgendwie vermochte er sich nie über die Distanz hinwegzusetzen, zu der er sich Menschen gegenüber verpflichtet fühlte, obwohl er sich sagte, dass das albern war. Die Frau hatte in leidenschaftlicher Umarmung unter ihm gelegen. Der Gedanke war töricht, danach noch auf Distanz zu pochen, und doch … Trotzdem konnte er sich nicht überwinden, ihr seine Gefühle einzugestehen.

Sie trat zu ihm und streichelte seine Wange. In dieser Geste lag eine Zärtlichkeit, die ihn berührte, obwohl er zugleich das Gefühl hatte, sie zurückweisen zu müssen. Schließlich war es Menschen nicht gestattet, so etwas zu tun, ohne dazu aufgefordert worden zu sein. Er zwang sich, tief auszuatmen und sich zu entspannen.

»Woran denkst du?«, fragte sie.

Jetzt, dachte er. Sag ihr, dass sie wunderschön ist, und dass sie dein Herz erfreut, wie du das noch nie erlebt hast und wahrscheinlich auch nie wieder erleben wirst. »An nichts«, sagte er stattdessen.

»Du hast an die Toten gedacht«, entgegnete sie mit einem Blick auf die Listen. Er wusste, dass sie nicht lesen konnte, aber er hatte ihr erzählt, worum es in den Papieren ging.

»Das hatte ich«, antwortete er.

»Es ist nicht deine Schuld, dass sie gefallen sind. Sie waren Soldaten, und das war eine Schlacht.« Jetzt wünschte er, er hätte nicht über seine Zweifel mit ihr gesprochen; aber er war ein wenig betrunken und auch ein wenig niedergeschlagen gewesen; und mit den anderen Offizieren konnte er nicht über seine Ängste und Unzulänglichkeiten sprechen. Sie waren Terrarch und ohnehin schon geneigt, ihn zu verachten, weil er ein Krüppel war, weil er eine menschliche Geliebte hatte, wegen aller möglichen Dinge. Da wollte er ihnen nicht noch mehr Munition für ihren Spott liefern.

»Ich weiß, ich weiß, aber trotzdem …«

»Du bist ein guter Mensch«, sagte sie und klang beinahe, als überrasche sie das selbst.

»Ich bin überhaupt kein Mensch, Rena. Ich bin ein Terrarch.« Sie fuhr ein wenig zurück, als fürchte sie, ihn beleidigt zu haben. An diese Angst, die sie zeigte, konnte er sich einfach nicht gewöhnen, denn er würde ihr niemals etwas zuleide tun. Und doch wusste er, dass ihre Furcht wohlbegründet war. Es gab Terrarch, die sie für eine solche Äußerung hätten auspeitschen lassen. Vor nicht allzu langer Zeit wäre sie dafür mit dem Tod bestraft worden. Dies war eine grausame Welt für Menschen, dachte er. Dann sah er auf seinen Armstumpf hinunter. Sie konnte auch zu Terrarch grausam sein.

Er streckte die gesunde Hand aus und umarmte sie. Ihre Lippen trafen sich. Langsam führte sie ihn zum Bett.

2

Rik parierte Karims Hieb und konterte. Der Mann aus dem Süden wehrte seinen Angriff mit Leichtigkeit ab. Er wirkte gelassen, frisch und völlig unangestrengt. Dagegen war Riks Hemd schweißnass, sein Atem ging schwer und stoßweise und seine Hand zitterte vor Erschöpfung. Sie übten sich jetzt seit einer Stunde im Schwertkampf, und die Anstrengung begann ihren Tribut von ihm zu fordern. Karim war ganz in Schwarz gekleidet, ein Schal verbarg seine untere Gesichtshälfte. Er zeigte kein Anzeichen von Müdigkeit und atmete kaum rascher als normal.

Karims Gegenschlag riss ihm das Schwert aus der Hand. »Ihr wart mit Euren Gedanken gewiss anderswo, junger Herr«, sagte er.

»Ihr habt recht«, gestand Rik. Er hatte festgestellt, dass er in solchen Dingen am besten ehrlich zu Karim war. Zumindest was den Schwertkampf betraf, konnte der Mann aus dem Süden seinen Gemütszustand ausgezeichnet beurteilen. Er sah sich auf dem Palasthof um. Eine Anzahl Terrarch-Offiziere beobachtete sie und einige Terrarch-Damen ebenfalls.

»Ihr könnt Euch nicht erlauben, Euch ablenken zu lassen, wenn Schwerter im Spiel sind, Rik. Wäre dies kein Übungskampf gewesen, dann wäret Ihr jetzt ein toter Mann.«

»Ich würde ohnehin jeden richtigen Kampf gegen Euch verlieren, Karim.«

»Das stimmt, junger Herr, zumindest zu diesem Zeitpunkt noch. Aber Ihr seid jung, und Ihr seid gewandt und sehr vielversprechend. Ihr seid schon jetzt schneller mit dem Schwert als viele andere Männer. Ich hoffe, dass Ihr eines Tages ein Meister sein werdet.«

»Es ist sehr freundlich von Euch, das zu sagen, Karim.«

»Verzeiht, wenn ich Euch widerspreche, aber Freundlichkeit gehört nicht zu meiner Natur. Aufrichtigkeit schon eher. Ich würde so etwas nicht sagen, wenn es nicht wahr wäre. Manche Männer sind geborene Kämpfer – und Ihr gehört dazu. Es ist, als wäret Ihr geboren, um ein Schwert zu führen. Ich vermute, Ihr wäret mit fast jeder

Waffe geschickt, die Ihr in die Hand nehmt, und mehr als geschickt mit einer, an der Ihr ausgebildet wurdet.«

Rik runzelte die Stirn. Er dachte an das, was ihm Asea über sein Schattenblut-Erbe erzählt hatte, nämlich dass er ein geborener Killer war, der einer langen Ahnenreihe geborener Killer entstammte. Sie vermutete, seine Vorfahren hätten zu einem Clan von Wesen gehört, die einer der Fürsten des Schattens als seine Privatarmee herangezüchtet hatte. Und jetzt sollte er ihr persönlicher Killer werden. Wahrscheinlich war er das bereits. Natürlich war sie bereit, ihn dafür gut zu entlohnen, sie tat es jetzt schon. Aber ihre Schirmherrschaft war auch gefährlich. Wenn man als Schattenblut enttarnt wurde, drohte einem die Todesstrafe. Noch so etwas, das ihr enorme Macht über ihn verlieh.

»Es freut mich, dass Ihr so denkt«, sagte er.

»Ich weiß es«, gab Karim zurück. Es lag sogar eine Spur von Wärme in seiner sonst kühlen Stimme. Rik beschloss, die Frage zu stellen, die ihm schon seit einer Weile im Kopf herumging.

»Wie kam es eigentlich, dass Ihr in Prinzessin Aseas Dienste getreten seid – wenn Euch die Frage nichts ausmacht.«

»Das tut sie nicht. Meine Herrin sagte mir, dass Ihr Euch danach erkundigen würdet, und hat mir erlaubt, Euch zu antworten, wenn ich das wünsche.«

»Und, wollt Ihr?«

»Ein andermal«, sagte Karin. »Aber eines Tages werde ich es Euch erzählen.«

Rik bemerkte, dass ein großer, schwer gebauter Mann auf den Hof getreten war. Er war wie ein Konstrukteur gekleidet und trug mehrere zusammengerollte Pläne unter dem Arm. Höflich sah er sich um und wartete darauf, angesprochen zu werden. Er war ein Mensch und wies die dunklen Züge eines Mazareaners auf. Sein Bart war schlecht gefärbt. Keiner der Terrarch schenkte ihm Aufmerksamkeit, daher rief er einen Diener an.

»Benjario hat Geschäfte mit Prinzessin Asea«, erklärte der Mann selbstgefällig. Rik spürte, wie seine Neugier erwachte. Der hochgewachsene Mann hatte Asea schon mehrmals aufgesucht und immer Berge zusammengerollter Pergamente mit sich geführt, die mit Diagrammen und merkwürdigen Zeichen bedeckt waren. Zuerst hatte er vermutet, dass es sich um Magie handelte, doch jetzt überlegte er, ob etwas anderes dahintersteckte. Er hatte den Namen Benjario schon einmal gehört. Das war doch der Verrückte, der glaubte, dass Menschen eines Tages würden fliegen können. Was in aller Welt aber suchte er bei Asea?

Rik beschloss, dies auf jeden Fall in nicht allzu ferner Zukunft herauszufinden. Aber jetzt war er erst einmal mit Wiesel und dem Barbaren verabredet. Einmal um der alten Zeiten willen; doch er wollte auch erfahren, was sie so trieben. Wenn ihm jemand eine Vorstellung davon verschaffen konnte, was in dieser Stadt vor sich ging, dann diese beiden.

3

Das Quartier der Fourageure lag nicht gerade inmitten von Palästen. In dem Teil der Stadt, in dem sie untergebracht waren, verkehrten die wohlhabenderen Bürger von Halim gar nicht. Es war ein älteres Viertel; so alt, dass es noch aus der Periode vor dem Bau der imperialen Hauptstadt stammte; gebaut worden war es zu einer Zeit, als noch die Menschen diese Welt beherrscht hatten. Überall waren solche Viertel seither niedergerissen worden, um Platz für die neuen Villen der Terrarch-Aristokratie zu schaffen. Aber an diesem Teil der Stadt waren die Säuberungen vorbeigegangen. Die Mietshäuser, die Rik umgaben, waren hoch und die Straßen schmal. Die ganze Gegend wirkte verkommen, dicht bevölkert und voller Männer in Uniform. Dazu kamen noch diejenigen, bei denen man sich darauf verlassen konnte, dass sie in ihrem Kielwasser auftauchten: die Frauen und Kinder aus dem Tross, Huren, Geldverleiher, zwielichtige Händler, Falschspieler, Pfandleiher, Bettler und Gaukler.

Der Geruch, der hier herrschte, war Rik aus seiner Kindheit vertraut, eine Mischung aus menschlichen und tierischen Exkrementen, ungewaschenen Körpern, Essen, das auf offener Straße über Kohlepfannen zubereitet wurde, aus billigem Duftwasser, Räucherwerk und Holzrauch. Die heiseren Rufe der Verkäufer und das Kreischen der Barmädchen übertönte das allgemeine Stimmengewirr der Händler und Passanten. Rik lächelte. Er hatte das Gefühl, nach Hause zu kommen. Niemand zollte ihm die geringste Beachtung, denn er hatte seine feinen Terrarch-Kleider abgelegt und den alten grünen Uniformrock sowie geflickte, braune Kniehosen angezogen, da er nicht vorhatte, jeden Taschendieb und Straßenräuber des Viertels auf sich aufmerksam zu machen. An Geld führte er nur so viel mit, dass es für einen unterhaltsamen Abend reichte. Er hatte sein Schwert zurückgelassen und trug zu seinem Schutz ein Bajonett, das in seinem Gürtel steckte, und ein Messer, das in einer Scheide, die ihm im Ärmel steckte, verborgen war.

Gelegentlich blieb er stehen, um mit einem Straßenhändler um unglaublich überteuerte Spieße zu feilschen, die nach Katzenfleisch schmeckten, als er hineinbiss. Er war auch nicht wirklich am Essen interessiert, sondern sprach mit den Leuten, um ein Gefühl für die Gegend zu bekommen und sich nach dem Weg zum Quartier der Fourageure zu erkundigen. Wie sich herausstellte, handelte es sich um eine wuchtige alte Villa, die wahrscheinlich einmal einem Kaufmann gehört hatte. Sardec – oder bei wem auch immer diese Entscheidung heute lag – hatte das Gebäude offensichtlich ausgesucht, weil es gut zu verteidigen war. Der Komplex war von einer Mauer umgeben und rund um einen Innenhof errichtet. Der einzige Zugang war ein Torbogen, den man leicht verbarrikadieren und gegen einen Angreifer halten konnte, was immer als ein wichtiger Gesichtpunkt galt, wenn man mit einem Aufstand rechnen musste.

Als er näherkam, erblickte er eine weibliche Gestalt. Der Mund wurde ihm trocken. Es war Rena, das Barmädchen, mit dem er damals in Rotturm – es kam ihm vor, als wäre das Ewigkeiten her – eine Liebesbeziehung gehabt hatte. Doch sie hatte ihn mit Sardec betrogen und war bei diesem geblieben. Heute war sie besser angezogen, aber ihre üppige Schönheit berührte ihn noch so stark wie immer. Er unterdrückte den Drang, sich in eine Seitengasse zu drücken, und ging weiter. Er wollte verdammt sein, wenn er sich vor ihr versteckte.

Sie trug einen Einkaufskorb aus Weidengeflecht und wurde von denselben zwei Mädchen begleitet, die mit ihr in das Lager bei Morven gekommen waren. Um diese Tageszeit würde keine Frau allein durch diese Straßen gehen. Er bemerkte Froschgesicht und den Schönen Jan, die mit den Mädchen plauderten. Entweder waren sie abgestellt worden, um sie zu beschützen, oder sie interessierten sich für sie. Vielleicht auch beides. Froschgesicht sah zu Rik hinüber, und Verblüffung war auf seinem hässlichen, pockennarbigen Gesicht zu lesen. Mit den Mädchen im Schlepptau kam er auf ihn zu.

»Ich hätte nicht erwartet, dich hier zu sehen«, sagte er. »Und dann in dieser Kleidung. Bist du es etwa leid geworden, dich unter den Hochwohlgeborenen herumzudrücken, und hast beschlossen, wegzulaufen und wieder Soldat zu werden?«

»So etwas in der Art. Ich treffe mich mit Wiesel und dem Barbaren.«

Der Schöne Jan bewunderte unterdessen sein eigenes Profil in einer Spiegelscherbe und wies eines der Mädchen auf seine zarte Wange hin. Sie schien ihm beizupflichten.

»Hallo, Rik«, sagte Rena. Ihre Stimme klang tief und heiser, argwöhnisch beobachtete sie ihn. Ihr letztes Zusammentreffen war nicht allzu harmonisch verlaufen. Er sah sie an und verfluchte sich innerlich. Warum fühlte sich sein Mund so trocken an? Wieso pochte sein Herz so schmerzhaft gegen seine Rippen? Sie hätte nicht diese Macht über ihn haben dürfen, doch so war es eben.

»Hallo«, sagte er.

»Du siehst gut aus.« Banalitäten schienen die einzige Möglichkeit zu sein, überhaupt miteinander sprechen zu können.

»Du auch.«

Die beiden anderen Mädchen sahen ihn mit so etwas wie ehrfürchtigem Staunen an. Als er ihnen das letzte Mal begegnet war, hatten sie sich noch ganz anders verhalten.

»Wir haben gehört, du hättest die Königin gerettet und den Schlangenturm zerstört«, sagte die eine. Ihre Stimme klang ziemlich piepsig, die Augen hatte sie weit aufgerissen. Sie schien zu erwarten, dass er jeden Augenblick eine weitere Heldentat vorführte.

»Es heißt, die Königin will dich adeln oder zum Herzog ernennen oder so etwas.«

Der Schöne Jan starrte ihn missmutig an. Es gefiel ihm nicht, wenn er nicht im Mittelpunkt der Aufmerksamkeit stand. Rik fiel auf, dass Rena gar nichts dazu sagte.

»Darüber hat Ihre Hoheit zu entscheiden«, sagte er und verfluchte sich sofort, weil er wie ein eingebildeter Esel geklungen haben musste. Umgeben von diesen Menschen aus seinem alten Leben – und dabei gerade aus seinem neuen Leben kommend – fühlte er sich plötzlich wie entwurzelt.

»Da können wir uns ja geehrt fühlen, dass du dich zu uns in die Niederungen begibst«, versetzte der Schöne Jan. Ja, er war eindeutig missgünstig.

»Rede keinen Unsinn«, sagte Rik.

»Ich bin nicht derjenige, der hier Unsinn redet«, entgegnete der Schöne Jan. Rik fragte sich, ob er eine Prügelei vom Zaun brechen wollte. Mit einem solchen Empfang hatte er jedenfalls nicht gerechnet. »Und ich bin auch nicht derjenige, der einer Terrarch-Edelfrau als Lustknabe dient.«

»Du bist bloß neidisch, weil ich erreicht habe, was dein höchster Ehrgeiz im Leben ist.« Jans Miene verriet Rik, dass er ins Schwarze getroffen hatte. War das wirklich der Grund?

Er bemerkte, dass Rena sie beide jetzt wütend anstarrte. Welchen Grund aber hatte sie, eifersüchtig zu sein? Sie hatte sich doch als Erste mit einem adligen Terrarch eingelassen. Dann fiel ihm auf, dass ihr Blick größtenteils Jan galt. Seine Anwürfe hatten sie ebenfalls beleidigt. Nicht erstaunlich, wenn er über die Umstände nachdachte. Wahrscheinlich lebte sie noch immer mit Sardec zusammen.

»Ich habe gehört, du hättest eine Einladung zur Krönung«, warf Froschgesicht ein. Er leckte sich die Lippen, wobei seine lange Zunge fast bis an seine Nase huschte.

»So ist es«, sagte er, weil er wusste, dass dies den Schönen Jan verdrießen würde, und er war ärgerlich auf ihn. »Ich werde unmittelbar neben Prinzessin Asea sitzen.«

Rena schenkte ihm einen kalten, abschätzigen Blick. Vielleicht hatte er mit seiner Prahlerei auch sie ärgern wollen. Er war nicht mehr der bettelarme junge Soldat, der er bei ihrer ersten Begegnung gewesen war. Er war jemand geworden. Das zumindest war die Theorie. In Augenblicken wie diesem fühlte er sich allerdings wie ein Hochstapler, genau wie bei seinen Auftritten vor dem Terrarch-Adel. Er fragte sich, ob er wohl jemals mit sich und der Welt ins Reine kommen würde, und kam zu dem Schluss, dass dies recht unwahrscheinlich war.

»Ich muss aufbrechen; ich treffe Wiesel und den Dicken«, sagte er. Einfach, um Eindruck zu schinden, zeigte er nun die formvollendetste Verneigung, die ihn Aseas Protokollmeister je gelehrt hatte, und richtete sie hauptsächlich an Rena. Kurz darauf marschierte er die Straße entlang, die zu dem neuen Quartier der Fourageure führte. Er brauchte dringend etwas zu trinken.

4

»Genau das Richtige für mich«, sagte der Barbar und ließ den Blick durch die Taverne *Zum alten Klepper* schweifen, als gehöre sie ihm. Er rieb sich die gewaltigen Pranken und kratzte sich den kahlen Oberkopf. In der Tat, das war genau die Umgebung, in der er sich wohl fühlte, dachte Rik. Er bezweifelte, dass er je hässlichere Huren gesehen oder härteren Wodka gekostet hatte; aber wenigstens war das Bier stark und die Musik nicht zu laut. In einer Ecke saß eine Frau mit traurigem Gesicht, die auf einer Fiedel Melodien des Nomadenvolkes spielte, während ein mageres Mädchen, das vielleicht ihre Tochter war, leise dazu sang. Das war anders als zu Hause in Talorea. In Drangsal hätte man die beiden aus einer solchen Taverne hinausgeworfen. Die Kharadreaner schienen ein melancholisches Völkchen zu sein, und Rik vermutete, dass sie auch reichlich Grund dazu hatten.

Wiesel nickte. »Im Hinterzimmer ist ein gutes Kartenspiel im Gange. Die Jungs halten mir einen Platz warm.«

»Ich hoffe, dieses große Mädchen da drüben hält ihren Platz für *mich* warm, wenn ihr versteht, was ich meine«, sagte der Barbar und stieß Rik in die Rippen, nur für den Fall, dass er die Anspielung nicht begriffen haben sollte.

»Und – wie ist das Leben im Palast?«, fragte Wiesel.

»Kriegst du auch genug?«, verlangte der Barbar in anzüglichem Ton zu wissen. Rik beachtete ihn nicht.

»Ganz nett, aber ein bisschen langweilig.«

»Hast du deswegen beschlossen, dem *Alten Klepper* die Ehre zu erweisen?«, erkundigte sich Wiesel. Rik war es langsam ein wenig leid, dass ihm seine alten Kameraden misstrauten.

»Nein, ich wollte einfach hören, wie es bei euch so geht.«

»Wir fühlen uns geehrt«, gab der Barbar zurück.

»Fang bloß nicht auch noch an. Sarkastische Bemerkungen habe ich mir vom Schönen Jan schon genug angehört.«

»Was erwartest du, Halbblut?«, sagte Wiesel. Einen Augenblick lang wirkte er ernst. Wenn er wollte, konnte er nämlich durchaus ernsthaft sein, und er war weit schlauer als der Barbar. Manchmal hatte Rik sogar den Verdacht, dass Wiesel klüger war als er selbst. »Du bist jetzt ein Terrarch.«

»Findest du?«

»Soweit es die meisten der Jungs betrifft, ja. Sie hören all diese Geschichten – wie du in den Schlangenturm einbrichst, Prinzessinnen rettest, dich mit Hexen in den Laken wälzt –, und das macht sie nervös.«

»Was ist mit dir?«

»Nervös werde ich bloß, wenn der Barbar zu denken anfängt.«

»Freut mich zu hören. Wir haben zusammen schon allerhand angestellt.«

Alle drei sahen sich argwöhnisch um. Es war viel mehr als das gewesen. Sie hatten Dinge getan, für die sie auf dem Scheiterhaufen brennen würden, wenn die Inquisition jemals davon erfuhr. Der Barbar lachte. »Zeit für eine Fleischpastete«, erklärte er. »Die sind hier wirklich gut. Heiß und saftig, genau wie ich sie mag.«

Wiesel und Rik sahen einander an und sprachen lautlos die Worte mit, von denen sie wussten, dass er sie gleich sagen würde: »Genau wie meine Frauen.«

»Pass lieber auf – ich habe gehört, dass in diesen Pasteten einige ziemlich seltsame Zutaten verarbeitet werden.«

»Alles nur Gerede«, gab der Barbar zurück. Er kippte ein ganzes Glas Wodka herunter und brüllte nach einem weiteren. »Ich glaube nicht, dass jemand Leichen einsammelt, um Pasteten zu backen. Da sind die Ghule schneller.«

Rik warf ihm einen raschen Blick zu. Als Kind hatte er Ghule für die fürchterlichsten Kreaturen gehalten, die man sich nur vorstellen konnte. Ein lebhaftes Bild aus diesen Tagen stand ihm sofort vor Augen: eine entsetzlich magere Kreatur mit grauer, schimmelfleckiger Haut, scharfen Zähnen und Augen, in denen unsagbarer Hunger brannte. Und das Schlimmste war, dass man sich in einen von ihnen verwandeln konnte. Es war eine Krankheit, die durch ihren Biss übertragen wurde. »Wie denn das?«

»Du solltest zusehen, dass du ein bisschen öfter aus dem Palast herauskommst, Halbblut«, riet ihm Wiesel. »Ganze Stadtteile werden von diesen Leichen fressenden Bastarden überrannt. Der Quartiermeister sagt, wir werden bald auf Ghul-Jagd geschickt.«

»Sind es so viele?«

»Ich kann mir nicht vorstellen, dass sie durch die Palastgärten laufen, aber offenbar geistern ganze Horden auf den Friedhöfen herum.«

»Was meinst du, woran liegt das?«, fragte Rik. »Ich habe immer gehört, man würde in einen Ghul verwandelt werden, wenn man vom Fleisch toter Menschen isst. Aber wir haben Halim doch gar nicht so lange belagert, dass eine Hungersnot hätte ausbrechen können.«

»Vielleicht solltest du deine Herzallerliebste danach fragen. Sie weiß es wahrscheinlich.«

»Vielleicht tue ich das sogar.«

»Wenn du etwas Interessantes herauskriegst, lass es mich wissen. Die Nachricht könnte den richtigen Leuten etwas wert sein.« Wiesel hielt einen Augenblick inne und überlegte. »Das heißt, falls du überhaupt noch an unserer Art von Geschäften interessiert bist.«

Das war Rik tatsächlich. Nicht, weil er das Geld nötig gehabt hätte, sondern weil er die Verbindung zu seinen alten Freunden und dem Leben, für das sie standen, brauchte. Man wusste schließlich nie, wann es sich als notwendig erweisen konnte, wieder unerkannt in der Masse der Menschen unterzutauchen.

»Was gibt's Neues vom Quartiermeister?«

»Alles beim Alten. Siehst du den Dicken mit dem Schnäuzer da drüben?«

»Der die vielen Leibwächter bei sich hat? Schwarzes Haar, wahrscheinlich gefärbt?«

»Genau der. Sein Name ist Uri, und er ist ein hohes Tier bei den hiesigen Banden. Wir haben ein paar Schwarzmarktgeschäfte mit ihm gemacht.«

»Für den Quartiermeister?«

»So ist es. Wenn er Lust hat, erzählt er uns manchmal interessante Sachen. Diese Art von Dingen, die für deine Herzensdame und ihre Kumpane nützlich sein könnten, wenn du verstehst, was ich meine.«

»Willst du uns nicht vorstellen?«

»Wenn du meinst. Ich hoffe bloß, dass du Wodka noch verträgst, denn diese Burschen heben gern mal einen.«

»Irgendwie werde ich es schon überleben.«

»Dann lass uns rübergehen und sie begrüßen. Eine Warnung allerdings.« Wiesel wirkte ernst.

»Worum geht's?«

»Pass auf, was du über Leichen sagst. Uri und seine Jungs handeln damit.«

»Leichenräuber?« Das war ein Geschäft, das Rik missfiel. Solche Leute verkauften frische Leichen zum Sezieren an Medizinstudenten, oder für die merkwürdigen Experimente von Nekromanten. Und sie waren oft nicht wählerisch, wenn es darum ging, an ihr Rohmaterial zu kommen.

»Genau. Aber abgesehen davon sind es gute Burschen«, sagte Wiesel. »Und sie spielen gern Karten.«

»Dann lass uns ein paar Worte mit ihnen plaudern und vielleicht auch ein paar Runden spielen.«

»Ich komme nicht mit«, sagte der Barbar und wies auf ein paar mollige Barmädchen, die ihm zuwinkten. »Sieht aus, als wäre heute mein Glückstag.«

»Das wird er morgen früh nicht mehr sagen«, meinte Wiesel und drängte sich durch die Menge.

6. KAPITEL

Manchmal träume ich vom Fliegen, und manchmal fliege ich wie in meinen Träumen.

Aernis, Träume und Prophezeiungen

1

»Du siehst aus, als hättest du dir die Pest zugezogen«, erklärte Asea und sah von dem komplexen Diagramm auf, das sie studierte. Rasch faltete sie das riesige Pergament zusammen, doch Rik erhaschte gerade noch einen Blick auf etwas, das wie der Grundriss eines Gebäudes aussah – während seiner Zeit als Dieb in Drangsal hatte er viele solcher Zeichnungen gesehen. Doch diese Skizze sah anders aus als alles, was ihm bisher untergekommen war.

»Mein Kopf fühlt sich an, als hätte ein Breitrücken darauf herumgetrampelt. Ich bin gestern mit Wiesel und dem Barbaren ausgegangen.«

»Hast du etwas Wichtiges herausbekommen?«

»Das Übliche, ungewöhnlich war nur …«

»Was?«

»Offenbar werden ganze Stadtteile von Ghulen überlaufen – es wimmelt geradezu von ihnen … wie von Ratten auf einem Müllhaufen. Die Fourageure sollen heute Jagd auf sie machen.« Rik beneidete die Männer nicht um diese Aufgabe.

Asea schürzte die Lippen und legte die Finger unter dem Kinn zusammen. »Ghule kommen am häufigsten dort vor, wo es eine Verdichtung nekromantischer Energien gibt – wenn in einem Gebiet Todesmagie präsent ist, scheint dies das Auftreten der Krankheit zu fördern.«

Ohne dass sie ihn dazu aufgefordert hätte, setzte sich Rik auf einen der dick gepolsterten Stühle mit den Klauenfüßen, die vor dem Schreibtisch standen. »Hättet Ihr etwas dagegen, mir das zu erklären? Ich bin nur ein unwissender Knabe aus den Elendsvierteln von Drangsal.«

»Jede Magie bringt Energie hervor, Rik. Philosophen glauben, dass sie aus der Großen Tiefe in unsere Welt hereinsickert. Manchmal erzeugen auch andere Dinge besondere Arten magischer Energie, so wie zum Beispiel die magischen Maschinen im Schlangenturm. Einige Formen gewaltsamen Todes scheinen Löcher in das Gewebe der Wirklichkeit zu reißen, sodass giftige Energien aus dunkleren Bereichen eindringen können. Vielleicht ist das der Grund dafür, dass auf Schlachtfeldern und dort, wo jemand ermordet worden ist, Geister umgehen. Besonders häufig treten sie auf, wo zur gleichen Zeit, in der die Schlacht oder der Mord stattfand, dunkle Magie eingesetzt worden ist.«

»Aber warum sollten sich gerade hier solche Energien finden?«

»Nach dem Schisma wurde Halim von der Großen Pest

heimgesucht. Manche betrachteten sie als Gottes Strafe für den Mord an Königin Amarielle. Es gab so viele Tote, dass man sie nicht mehr einzeln begraben oder verbrennen konnte. Auf dem großen Friedhof hob man Massengräber aus, in die man die Leichen einfach hineinwarf. Es gibt Tausende davon. Anschließend hat man ungelöschten Kalk und alchemistisches Feuer eingesetzt und dann die Gruben zugeworfen. Niemand rührt sie an – aus Angst, die Seuche könnte wieder ausbrechen.«

»Ist das denn wahrscheinlich?«

»Wer will das mit Sicherheit sagen? Tatsache ist, dass es auf dem großen Friedhof Rückstände von Todesenergien gibt. Deswegen verfügt er auch über eine eigene Wachtruppe. Zumindest war das so.«

»Was ist geschehen?«

»Die Männer wurden zur Stadtwache eingezogen, um gegen uns zu kämpfen. Sie sind jetzt schwer unterbesetzt. Deswegen tun deine Freunde ihre Arbeit.«

Rik hatte das Gefühl, genug darüber gehört zu haben.

»Was waren das für Pläne, die Ihr vorhin angeschaut habt?«, fragte er. »Habt Ihr vor, so eine Art Tempel mit Kuppeldach zu bauen?«

»Das sind Signor Benjarios Pläne für eine Flugmaschine.«

»Eine Flugmaschine?« Gedanken an den Schlangenturm und den fliegenden Sarg, in dem er daraus entkommen war, schossen ihm durch den Kopf. Sie gehörten jedoch nicht zu seinen liebsten Erinnerungen. »Ihr wollt aber doch keine bauen, oder?«

»Nein, Rik. Dagegen habe ich ihn beauftragt, mir eine zu bauen.«

»Das ist nicht Euer Ernst.«

»Doch, Rik. Todernst. Wir werden dem guten Konstrukteur später am Nachmittag noch einen Besuch abstatten. Doch deswegen bist du heute nicht hier. Wir werden deinen Magie-Unterricht fortsetzen. Schließlich hast du dich danach gedrängt.«

Rik unterdrückte ein Aufstöhnen. Sein ganzes Leben lang hatte er sich gewünscht, die verbotenen Künste zu studieren. Aber nie hätte er geahnt, dass sich dies als derart langweilig herausstellen könnte. Seine Ausbildung schien aus nichts anderem als Meditation zu bestehen: Er sollte seinen Geist leeren, sich auf seinen Herzschlag und seine Atmung konzentrieren und versuchen, magische Symbole vor seinem inneren Auge erscheinen zu lassen. Keine Dämonenbeschwörungen, keine Liebestränke und nichts von den seltsamen, im Drogenrausch vollzogenen Ritualen, von denen die billigen Romane, die er so gern las, voll waren. Die größte Gefahr drohte im Augenblick nicht seiner Seele, sondern seinem Denkvermögen, denn das Ganze war derart öde, dass es ihn schier um den Verstand brachte.

»Du musstest auch zuerst krabbeln, ehe du das Laufen gelernt hast«, sagte Asea. »Magische Kräfte kann man nicht über eine Abkürzung erwerben, auch wenn dir manche Geheimbruderschaften das einreden möchten.«

»Das glaube ich Euch gern«, gab er verdrossen zurück. »Und wie lange wird es nun dauern, bis ich so weit bin, Zaubersprüche zu lernen?« Er stellte die Frage fast jeden Tag, und fast täglich bekam er die gleiche Antwort.

»Wie du weißt, hast du bereits Zauberformeln gelernt, Rik. Du bist nur noch nicht in der Lage, sie zu wirken.« Die wenigen Zaubersprüche, die Asea ihn bisher gelehrt hatte, gelangen einfach nicht – wenn er sie anrief, geschah überhaupt nichts. Es war, als hätte er keinen Funken jenes Talents, das er, wie sie ihm versichert hatte, doch besaß.

»Lasst es mich noch einmal anders ausdrücken – wann werde ich endlich solche Zauberformeln lernen, die auch wirken?«

»In Jahren erst – möglicherweise. Bei einem Terrarch kann es Jahrzehnte dauern, bis er in Kontakt zu den Machtströmen tritt. Du bist bereits viel weiter fortgeschritten als andere Lehrlinge in deinem Alter – was nur zu erwarten war. Menschen entwickeln ihre Kräfte wesentlich früher.«

»Zerstört die Magie deswegen ihren Verstand?«

»Teilweise. Es liegt auch daran, dass sie sich nicht die Zeit nehmen, die Schutz- und Filterrituale zu lernen, und dass dann die Energien, die sie aufnehmen, ihr Gehirn schädigen.«

Rik kam plötzlich ein Gedanke. »Muss ich mich deswegen ständig auf die Schutzzeichen konzentrieren?«

Sie klatschte ironisch in die Hände. »Bravo, Rik. Ich wusste doch, dass du es irgendwann begreifen würdest. Die Beherrschung der Schutzzeichen ist der erste Schritt auf dem Weg zum Magier. Du musst in der Lage sein, sie unter praktisch allen Umständen anzurufen und zu visualisieren, ganz gleich unter welchem Druck durch deine Umwelt du auch stehst. Sie werden dir erlauben, die magischen Energien, die uns umgeben, zu kontrollieren und zu reinigen. Und nun leere deinen Verstand, konzentriere dich auf deine Atmung und versuche, dir einen fünfzackigen Stern im Inneren eines Kreises vorzustellen.«

Er schloss die Augen und tat wie ihm geheißen.

»Der Kreis muss vollkommen geformt sein und der Stern leise glühen.«

Er konzentrierte sich weiter, doch als das Zeichen langsam Gestalt annahm, spürte er etwas Seltsames. Er hätte es nicht beschreiben können, doch es war wie ein Prickeln am äußersten Rande seines Bewusstseins, so als berühre sein Geist etwas, oder etwas berühre ihn. Er wollte schon Asea darüber berichten, doch dann verschwand seine Konzentration und die Empfindung war fort.

Er begann noch einmal von vorn.

2

Sardec sah zuerst Sergeant Hef an und dann den Eingang des Friedhofs. Das Portal wirkte gewaltig, denn dieser Totenacker war uralt und lag am Rande der Stadt. Die Statue eines riesigen Engels mit Drachenflügeln, der eine Sense trug, bewachte den Eingang; auf der anderen Seite stand sein weibliches Gegenstück.

»Noch Fragen, die Herren?«, wollte Sardec wissen. Die Fourageure lachten, ihre Belustigung schien echt zu sein. Es kam nämlich nicht oft vor, dass ein Terrarch Menschen als »Herren« anredete.

»Nur eines noch, Leutnant«, meldete sich Wiesel zu Wort. Sardec überlegte schon, ob der schlacksige Scharfschütze noch einen Witz reißen wollte, aber er schien seine Frage ganz ernst zu meinen.

»Warum überprüfen wir diesen Friedhof?«

»Weil wir bei der Eroberung der Stadt alle Grabwächter umgebracht haben.«

»Und warum brauchen diese Kharadreaner Grabwächter?«, fragte jemand, der weiter hinten stand.

»Weil sie ihre Toten nach dem alten Ritus begraben,

statt sie zu verbrennen. Unter diesen Grabsteinen und in diesen Mausoleen befinden sich tatsächlich Leichen.«

Einigen der Männer stand das Entsetzen ins Gesicht geschrieben. Für sie war es beinahe obszön, den Verstorbenen kein sauberes Ende auf einem Scheiterhaufen zu gewähren, andererseits aber waren Bräuche verschieden. Vielleicht sollten ja die Generäle der taloreanischen Armee eine neue Verordnung erlassen und die Leute dazu zwingen. In der Erde begrabene Leichen gaben schließlich das Rohmaterial für nekromantische Experimente ab und waren Nahrung für die Ghule. Auf der anderen Seite riskierte man mit Sicherheit einen Aufstand, wenn man sich in die religiösen Zeremonien anderer einmischte.

»Und wenn sich ein unreiner Geist Zugang zu einem Körper verschafft, Herr?«

»Sie begraben ihre Toten auf dem Bauch liegend. Sollten sie versuchen, an die Oberfläche zu kommen, graben sie sich nur tiefer in den Boden ein.«

»Und wir sollen dieses ganze Gebiet überprüfen, Herr?«

»Ich glaube nicht, dass dies nötig sein wird, Wiesel, aber wenn, dann werden wir es tun. Hat jeder seine Feensilber-Kugeln zur Hand?« Sardec hoffte es. Er hatte diese Kugeln auf eigene Kosten besorgt und hatte nun keine Lust, einen Mann auspeitschen zu lassen, weil der sie auf dem Schwarzmarkt verkauft hatte. Doch er vermutete, dass etliche genau dies getan hatten.

Alle Soldaten nickten. »Und denkt daran, wenn ihr wirklich auf Ghule trefft, seht auf jeden Fall zu, dass sie euch nicht beißen. Und falls doch, dann gießt Whisky in die Wunde, und wenn es sein muss, brennt sie auch noch aus. Ich weiß, das ist eine Vergeudung von gutem Schnaps; aber besser, als ein seelenloses Ungeheuer zu werden.

Wenn wir keine Probleme bekommen, könnt ihr das Zeug nachher immer noch trinken.«

Sardec fragte sich, wie die Magier der Armee auf so etwas kamen. Er konnte sich nicht vorstellen, wie das Auswaschen einer Wunde mit Whisky und die anschließende Kauterisierung die Ansteckung verhindern sollte, aber ohne Frage steckte ein tiefgründiges alchemistisches Prinzip dahinter. Das alles ging über seinen Horizont.

»Wenn ihr einen Ghul seht, schießt sofort. Wenn es zum Äußersten kommt, gebraucht euer Bajonett, aber versucht, die Kreaturen nicht zu nahe herankommen zu lassen. Ihr geht zu zweit, einer davon mit einer Fackel. Ghule haben Angst vor Feuer.«

»Das habe ich auch«, gab Wiesel zurück, »besonders, wenn guter Whisky damit in Brand gesetzt wird.«

Die Fourageure rückten auf den Friedhof vor. Sardec war sich sicher, dass untote Augen sie aus dem Dunkel heraus beobachteten.

3

Die Manufaktur befand sich in einem großen Schuppen in den Außenbezirken der Stadt. Es stank nach alchemistischen Substanzen. In einer lang gestreckten Halle fügten ein Dutzend Näherinnen aus Stoffbahnen ein überdimensionales Etwas zusammen. An einer anderen Stelle behandelten Handwerker eine große Menge Stoff mit einer chemischen Mixtur. Alle Anwesenden hatten Tücher ums Gesicht gewickelt und trugen Handschuhe.

In einem Teil des Raumes drehten Seiler lange Hanfstränge zusammen. In einem Winkel stand der größte

Korb, den Rik je gesehen hatte. In der entferntesten Ecke der Halle arbeiteten Schmiede an Metallzylindern. Meister Benjario führte die Oberaufsicht über das ganze geschäftige Treiben und hielt nur gelegentlich inne, um eine Prise Schnupftabak zu nehmen oder aus einem Weinglas zu trinken, das ihm eine kleine dunkelhäutige Frau, die ihn ständig ausschimpfte, nachtrug. Als Rik und Asea eintraten, kam er zu ihnen gewieselt.

»Prinzessin Asea, junger Herr. Benjario ist hocherfreut, dass Ihr seine bescheidenen Räumlichkeiten besucht.«

»Ich freue mich auch, hier zu sein, Meister Benjario, und ich bin froh zu sehen, dass sich meine Investition gelohnt hat. Ich hoffe doch, Ihr macht gute Fortschritte.«

»Mehr als gute, meine Dame. Mehr als gute. Ganz ausgezeichnete. Wie könnte es auch anders sein unter Benjarios Leitung?«

Ein Mangel an Selbstbewusstsein gehörte nicht zu den Schwächen des Konstrukteurs, dachte Rik bei sich.

»Ist für unseren Flug denn nun alles bereit?«, fragte Asea. Benjarios Blick wurde ein wenig unstet.

»Zweifelt die Prinzessin an Benjarios Wort?«

»Nicht im Geringsten, Meister Benjario. Es gibt nur wenige Sterbliche, denen ich mehr vertraue. Doch ich bin ganz aufgeregt bei der Aussicht auf eine Reise durch die Lüfte.«

Benjario lächelte nachsichtig und küsste seine Fingerspitzen. »Eure Hoheit wird den Himmel ebenso schmücken wie der Glanz der Sonne.«

Die dunkelhäutige Frau hinter Benjario warf diesem einen wütenden Blick zu. Seine Frau, vermutete Rik. Sie bemerkte, dass Rik sie anblickte, und sah ihn ebenfalls scharf an. Offenbar schüchterten sie seine feinen Kleider jedoch nicht ein. Rik nickte ihr so freundlich zu, wie er nur konnte.

»Doch es ist Euer Apparat, der das möglich machen wird, Meister. Ich freue mich schon sehr auf morgen.«

»Morgen?«, fragte Rik.

»Ja, morgen«, wiederholte Asea.

»Morgen …«, murmelte Benjario leicht verunsichert.

»Ihr habt mir versichert, der Luftwagen sei morgen fertig«, sagte Asea. »Dann wird es doch wohl so sein. Unmöglich, dass Benjario sich verrechnet haben sollte. Dazu ist sein Genie zu groß.«

Bei diesem Lob blies sich Benjario auf wie eine Kröte, und sein Lächeln wurde noch breiter. »Es könnten ein paar kleine Verzögerungen auftreten, edle Dame«, sagte er trotzdem. »Meine Arbeiter sind faul, und sogar Benjario kann nicht überall zugleich sein. Ich möchte jede Einzelheit der Vorbereitungen überprüfen. Nichts darf schief gehen, wenn wir triumphierend in die Lüfte aufsteigen. Es wäre eine Tragödie, sollten der Welt Benjarios Genie und Prinzessin Aseas Schönheit verloren gehen.«

»Da habt Ihr natürlich vollkommen recht«, sagte Asea. »Dennoch hattet Ihr mir versichert, Ihr hättet mehr als genug Zeit, Eure Vorbereitungen abzuschließen. Es ist wichtig, dass wir am Festtag der Heiligen Aviara aufsteigen. Sie ist die Schutzheilige der Vögel, und daher wird dies ein äußerst glücklicher Tag für unsere Reise sein. Ihr möchtet doch sicherlich, dass ein möglichst großes Publikum Zeuge unseres Triumphes wird.«

»Allerdings, meine Dame; aber auf der anderen Seite ist doch ein Festtag so gut wie der andere. Was macht schon eine Verschiebung um eine Woche aus, wenn man kurz davor steht, in die Geschichte einzugehen?«

»Natürlich, Ihr habt ganz recht, Meister Benjario«, gab Asea mit einer, wie Rik fand, für sie erstaunlichen Duldsamkeit zurück. »Fürstin Sybea hat mir allerdings gestern berichtet, ihre Schützlinge, die Brüder Gazarone, wollten in zwei Tagen fliegen.«

»Die Gazarones! Diese Scharlatane! Benjario hat mehr über die Stratosphären-Wissenschaft vergessen, als sie je gewusst haben.«

»Das dachte ich mir schon«, sagte Asea. »Daher habe ich Fürstin Sybea auch gesagt, es sei unmöglich, dass sie an Benjarios Stelle in die Annalen der Luftfahrt eingehen. Ich hege keinerlei Zweifel daran, dass Euch Euer Platz in der Geschichte sicher ist, Meister Benjario. Wenn Ihr mir versichert, dass sie ihr Fahrzeug in zwei Tagen nicht zum Fliegen bringen, dann wird es auch nicht möglich sein. Zwei kharadreanische Scharlatane können einfach nicht mehr über diese Dinge wissen als Ihr.«

»In zwei Tagen, sagt Ihr, Edle Dame?«

»Das behauptet Fürstin Sybea, aber darauf kommt es jetzt nicht an. Ich werde ihr sagen, der große Benjario habe mir etwas anderes versichert, und ich bin mir sicher, dass sie ihren Irrtum sofort einsehen wird.«

»Aber Prinzessin, wenn es auch entfernt denkbar ist, dass sie doch innerhalb von zwei Tagen ihren Flugwagen fertig stellen, dann müssen wir morgen aufsteigen.«

»Auf gar keinen Fall, Meister Benjario. Ihr habt mir versichert, dass so etwas nicht möglich ist, und ich möchte nicht so vermessen sein, Euch auf Eurem eigenen Fachgebiet Vorschriften zu machen.«

»Selbst die größten Geister können sich gelegentlich verrechnen, edle Dame, sogar Benjario, wenngleich das nur sehr selten vorkommt. Aber ein wirklich überragender

Geist darf nie die Möglichkeit eines Irrtums ausschließen.«

»Und wie sieht es mit der Sicherheit aus?«

»Benjario lacht der Gefahr ins Gesicht.«

»Aber was ist mit der Gefahr für Prinzessin Asea?«, verlangte Rik zu wissen.

»Wenn es tatsächlich eine Gefahr gäbe, stellt Benjario sich ihr gern allein.«

»Wenn Meister Benjario glaubt, dass sein Gefährt für ihn sicher genug ist, dann wird es auch sicher genug für uns sein, Rik«, erklärte Asea mit einem völlig ausdruckslosen Lächeln.

»Uns?«, fragte Rik zurück.

»Ich hoffe doch, dass du mich begleiten wirst.«

Rik starrte sie an. Benjario verneigte sich. »Wenn Ihr mich jetzt entschuldigen würdet, edle Dame. Ich muss dafür sorgen, dass dieses faule Pack bei der Arbeit nicht trödelt, damit unser Luftwagen bereit steht, um uns in die Geschichtsbücher zu tragen.«

»Selbstverständlich, Meister Benjario«, sagte Asea und nickte gnädig. Während sie aufbrachen, hörte Rik noch, wie Benjario seine Leute wie ein Stier zusammenbrüllte. Alle gehorchten eilig – bis auf seine Frau, die in der Nähe stand und mit dem Finger kreisende Bewegungen an ihrer Schläfe machte.

7. KAPITEL

Sie lauern dort, wo die Toten ruhen, unreine Wesen, die sich an Fleisch, Würmern und dem Mark der Knochen ergötzen.

Marlon Sheldrake, Verbotene Lehren der Alten Welt

1

Sardec sah sich um. Auf dem Friedhof wurde es dunkel, und gefunden hatten sie noch immer nichts. Die Männer begannen sichtlich unruhig zu werden. Was beinahe wie ein Ausflug begonnen hatte, war im Laufe des Tages zu einer immer unangenehmeren Aufgabe geworden. Wolken zogen auf, verdeckten den Himmel und ließen ihre Umgebung noch düsterer erscheinen. Das Laub der *Sere*-Bäume, die auf dem Friedhof wuchsen, raschelte unter seinen Schritten.

Sie setzten ihre Suche jetzt auf jenem Teil des Friedhofs fort, der den Wohlhabendsten vorbehalten war. Die Mausoleen wirkten eher wie kleine Villen, und dabei war das nur der Teil, der über der Oberfläche lag. Die Krypten, die darunter lagen, waren noch weitläufiger. In mancherlei Hinsicht schien es, als durchwandere man eine kleine Stadt – wenn auch eine sehr stille – voll alter, reich verzierter Gebäude. Seit sie gekommen waren, hatten sie niemanden gesehen, nicht einmal die Wärter, deren Aufgabe es doch angeblich war, die Anlage zu pflegen und Grabräuber fern zu halten. Die in Gruppen von je zehn Leuten aufgeteilte Kompanie ging die Wege zwischen den Gräbern ab; immer wieder riefen die Männer einander leise an; mehr um sich Mut zu machen als aus irgendeinem anderen Grund.

Als sich die Luft abkühlte, stieg Nebel vom Boden auf und ließ die Soldaten zuerst wie schwarzweiße Gestalten und dann wie schattenhafte Silhouetten erscheinen. Fackeln knisterten. Männer sprachen leise. Sardec überlegte schon, ob er den Einsatz abbrechen sollte, ehe noch jemand verloren ging oder sich im Nebel davonmachte. Wenn es hier Ghule gab, so dachte er, wäre jetzt die beste Gelegenheit für einen Angriff. Der Vorteil, den die Musketen den Männern verschafften, würde durch die schlechte Sicht wieder zunichte gemacht werden.

Die feuchte Luft drang ihm unter den Kragen. Ein eigenartiger Geruch stieg ihm in die Nase. Irgendwo in der Nähe wurde eine Handglocke geläutet, und er fuhr zusammen. Er hörte Schritte, die sich näherten und fast nach einer marschierenden Kolonne klangen. »Sagt den Männern, sie sollen ruhig bleiben«, befahl er Sergeant Hef. »Das ist nur ein Trauerzug.«

Er stieß einen langen Atemzug aus. Undenkbar, wenn die Fourageure das Feuer eröffnet hätten. Ihr Verhältnis zu den Einheimischen war schon gespannt genug, auch ohne dass die Soldaten bei einem Begräbnis einen Haufen

Trauergäste massakrierten. Er wusste, dass so etwas schon vorgekommen war. Sein Vater hatte ihm davon erzählt. Er würde nicht zulassen, dass eine solche Panne geschah, während er das Kommando hatte.

Die Glocke kam näher, und er hörte den Singsang von Gebeten. Dann tauchte eine Gruppe von Priestern aus dem Nebel auf, gefolgt von einer Gruppe, die eine ganze trauernde Familie hätte darstellen können und einen Sarg trug. Offenbar handelte es sich um eine reiche menschliche Kaufmannssippe, denn alle waren in schwere schwarze Stoffe gekleidet, die mit dem traditionellen Trauer-Gold abgesetzt waren. Offenbar hatten sie nicht einmal die Gerüchte über eine Ghul-Plage davon abgeschreckt, die Zeremonie abzuhalten. Sardec nahm an, dass sie dem Toten Achtung erweisen und ihn keinesfalls in irgendein namenloses Armengrab legen wollten.

»Die haben sich aber eine nette Zeit für ein Begräbnis ausgesucht«, hörte er Wiesel murren, als der Trauerzug sie passierte. »Hoffen wir, dass die Ghule sie nicht kriegen.«

»Hoffen wir, dass sie dein idiotisches Gewäsch nicht hören«, zischte Sergeant Hef mit leiser, aber zorniger Stimme. Der Sergeant war ein frommer Mann und nicht ohne Mitgefühl für die Trauernden. Der Gedanke verdross ihn, dass Wiesel diese Menschen vielleicht in ihrer Trauer störte.

»Ich meine ja nur, Sergeant«, sagte Wiesel. »Vielleicht sollten wir nachsehen, ob dort alles in Ordnung ist. Oder eine Wache am Grab aufstellen … nur für den Fall, dass irgendwelche Leichenfresser Appetit auf einen schönen frischen Imbiss bekommen.«

Eigentlich keine üble Idee; ihr stand allerdings entgegen, dass Ghule verfaultes, wurmzerfressenes Fleisch bevorzugten. Und natürlich wäre es nicht besonders taktvoll, eine Trauergesellschaft mit Soldaten zu umstellen.

Die Familie verschwand in einem der nahe gelegenen Mausoleen. Sardec hörte, wie zwei Mal aufgeschlossen wurde; zunächst die Außentür, und dann das Tor, das ins Innere führte. Er wusste, dass solche Gewölbe üblicherweise von außen doppelt verschlossen wurden, wahrscheinlich, um ihre Insassen aufzuhalten, falls es sie nach einem Spaziergang gelüstete

Er sah, dass ein paar nervöse Fackelträger am Eingang Stellung bezogen hatten. Das alles führte doch zu nichts, dachte er.

»Gebt allen Bescheid, Sergeant Hef. Wir ziehen uns zurück. Die Friedhofswache ist für heute zu Ende.«

»Freut mich zu hören, Herr. Ich möchte lieber nicht mehr hier sein, wenn die Tore für die Nacht verschlossen werden.«

In diesem Augenblick vernahm er eine Stimme aus dem Dunkel. »Ich glaube, wir haben etwas gefunden, Herr.«

»Na großartig«, hörte er den Barbaren murren. »Gerade noch rechtzeitig.«

2

Wiesel kniete nieder und untersuchte den Abdruck im schlammigen Boden.

»Was hältst du davon?«, fragte Sardec.

In der Luft zog Wiesel den Umriss der Spur nach. »Menschliche Größe. Trägt offensichtlich keine Stiefel, und er hat sich die Zehennägel schon längere Zeit nicht mehr geschnitten als der Barbar. Entweder das, oder er hat sich Klauen wachsen lassen.«

»Wie alt ist der Abdruck?«

»Nicht alt. Die Spur ist sogar ziemlich frisch.«

»Ich dachte, Ghule kämen nur bei Nacht ins Freie«, murmelte jemand.

»Es ist neblig. Vielleicht hat sich unser Freund vertan. Oder er hat das Begräbnis gewittert und konnte seinen Hunger nicht bremsen. Möglich auch, dass der Weihrauchduft ebenso auf ihn wirkt wie gebratene Zwiebeln auf mich.«

»Sind es mehrere?«, wollte Sardec wissen.

»Keine Ahnung, Herr. Ich kann die Umgebung nach Spuren absuchen, aber selbst wenn sie hier waren, haben die Männer wahrscheinlich das meiste davon zertrampelt.«

»Wir wissen also, dass mindestens einer von ihnen hier ist«, erklärte Sergeant Hef. »Vielleicht auch mehr.«

»Einer reicht mir schon«, fiel Froschgesicht ein.

»Glaubst du, du könntest ihn aufspüren?«, erkundigte sich Sardec bei Wiesel. Der Scharfschütze kratzte sich den Nasenrücken und sog Luft durch die Zähne.

»Es ist neblig, Herr, und das Licht ist nicht gut.« Sardec sah ihm an, dass er genauso wie alle anderen nach Hause wollte.

»Auf jeden Ghul ist ein Preis ausgesetzt«, erinnerte er die Fourageure. »Für eine Silbermünze kann ein Mann eine Menge Wodka trinken.«

Wiesel grinste. »Das reicht für ein Glas pro Mann in der Kompanie, Herr. Vielleicht.« Sie waren zahlreich, und für einen toten Ghul bekämen sie nicht allzu viel gegen den Durst. Außerdem besaßen die Soldaten noch einen Teil ihrer Kriegsbeute, sodass sie nicht gerade knapp bei

Kasse waren. Unter diesen Umständen konnte ihnen Sardec die mangelnde Begeisterung keineswegs verübeln. Er war nicht begieriger als sie, noch länger auf dem Friedhof zu verweilen.

Ein Schrei ertönte, gefolgt von einem zweiten. Dann herrschte Schweigen.

»Das kam von den Mausoleen«, meinte Wiesel. »Da hatte doch jemand Appetit auf einen Happen.«

»Macht eure Waffen schussbereit, Männer«, rief Sardec plötzlich. »Sieht aus, als bekämen wir es doch noch mit ein paar Ghulen zu tun.«

3

»Seid Ihr Euch sicher, dass das ein guter Plan ist?«, fragte Rik Asea, als sie wieder in ihre Gemächer im Palast traten. Sie lächelte und sprach die Worte für die Schutzzauber. Der von draußen eindringende Straßenlärm verstummte.

»Ich glaube, du hast Angst, Rik«, sagte sie mit einem spöttischen Lächeln.

»Mein letztes Erlebnis mit Flugmaschinen hat mich nicht gerade begierig darauf gemacht, mich noch einmal in die Lüfte zu erheben.«

»Meister Benjarios Maschine wird fliegen, Rik. Ich habe seine Berechnungen selbst überprüft.«

»Das beruhigt mich ein wenig, edle Dame, aber ich fürchte dennoch um Eure Sicherheit. Unfälle kann es immer geben. Und manchmal werden sie auch mit Absicht herbeigeführt.«

»Ich kann mir nicht vorstellen, dass Meister Benjario Selbstmord begehen würde, nur um die Welt von mir zu befreien, Rik. Ich habe schon ganz andere gekannt, die dazu bereit gewesen wären, doch zu denen gehört er nicht.«

»Aber seine Frau vielleicht«, bemerkte Rik nur halb im Scherz. »Ich hatte allerdings auch mehr an Sabotage gedacht.«

»Wir werden uns sehr gründlich vorbereiten. Alles wird eingehend überprüft, bevor wir abheben.«

»Ihr seid wirklich entschlossen, das zu tun, stimmt's, meine Dame?«

»Das bin ich.«

»Warum?«

»Weil es mich begeistert, Rik.« Er sah sie aufmerksam an, um festzustellen, ob sie sich über ihn lustig machte, doch er hätte es nicht sagen können. Wenn er so langlebig wäre wie sie, würde er dann dieses Leben aufs Spiel setzen?

»Ist Euer Dasein wirklich so langweilig?«

»Das wird eine ganz neue Erfahrung«, erklärte sie. »Und so etwas erlebe ich nicht mehr allzu oft.«

»Es könnte die letzte Erfahrung sein, die Ihr jemals macht.«

»Alles und jedes ist mit einem Risiko verbunden, Rik. Man kann auch zu Tode kommen, indem man einfach über die Straße geht.«

4

Ein Stück vor Sardec wimmelte ein Rudel Ghule um einen der Fackelträger herum. Sie hatten sich in seiner Kehle verbissen und rissen nun mit blutigen Fängen an seinem Fleisch. Entsetztlicherweise bewegte sich der Mann immer noch, aber die Kreaturen hatten ihm die Zunge herausgebissen, sodass nur leise, gluckernde Laute zusammen mit dem Blut aus seinem Mund drangen. Rund um das Mausoleum huschten weitere Ghule herum. Sie sprangen in scheußlichen Sätzen, manchmal aufrecht, manchmal auf allen vieren und dann wieder in einer kauernden Haltung, die zwischen beidem lag. Ihre Bewegungen wirkten torkelnd und unkoordiniert, als stimme mit ihrem Nervensystem etwas nicht. Zweifellos hatte die durch die Krankheit verursachte Degeneration damit zu tun.

Die Haut der Ghule war grau und fleckig. An manchen Stellen sah sie aus wie mit nässenden Wunden überzogen, an anderen feucht und schimmlig und dann wieder schuppig. Viele von ihnen hatten Finger, Nasen oder Augen verloren. Einige besaßen noch ein paar Haarsträhnen, doch die meisten waren kahl. In ihren gelb verfärbten Augen stand der Wahnsinn. Meist waren sie still, doch ab und zu drang ein Grunzen oder Lallen aus ihren mit Fangzähnen bewehrten Mündern.

Schüsse fielen. Einer der Ghule stürzte, begann sich dann aber trotz des Lochs in seiner Brust wieder aufzurappeln. »Zielt auf die Köpfe!«, schrie Sardec. »Das hält sie auf.«

Er wünschte, er wäre sich so sicher, wie er klang. Er hatte keine Ahnung, ob sein Plan glücken würde, und durch das Halbdunkel und den Nebel war dieser Befehl leichter gegeben als ausgeführt. Ihre Krankheit schien die Ghule immun gegen Schmerz und vielleicht auch gegen die meisten Verletzungen zu machen. Hoffentlich würde es sie ausschalten, wenn man das Gehirn zerstörte.

Sardec hob die Pistole und drückte den Abzug. Der Ghul warf sich zur Seite und der Schuss traf seine Schulter. Durch die Wucht des Einschlags taumelte er zurück, doch richtete er sich wieder auf und kam weiter auf Sardec zu. Er warf die Pistole in die Luft und packte sie am Lauf, um den schweren Griff wie eine Keule einzusetzen. Als sich der Ghul näherte, nahm er seinen Geruch wahr: feuchte, schimmlige Kleidung, vermischt mit dem Gestank nach faulendem Fleisch und dem stechenden Gestank lange nicht gewaschener Körper. Ein Blick in die Augen erfüllte Sardec mit Entsetzen. Diese gelben, blutunterlaufenen Augen glühten vor Heimtücke und Irrsinn. Das Wesen grinste und enthüllte gräuliches Zahnfleisch und spitze, blutige Zähne.

Sardec wartete nicht, bis es ihn erreichte, sondern sprang nach vorn und schlug ihm den Griff der Pistole gegen die Schläfe. Ein durchdringendes Knacken ließ sich hören – der Ghul sackte zusammen. Sardec schlug ihm seinen Haken in die Kehle, zerrte daran und drehte das Wesen so, dass sein Gesicht von ihm weg wies. Er wollte auf keinen Fall das Risiko eingehen, gebissen zu werden. Der Haken drang in die Luftröhre, und Sardec riss mit einer Drehung des Handgelenks die Kehle des Ghuls auf. Pfeifend entwich Luft aus dem Loch. Er trat so auf die Kreatur ein, dass sie nach vorn fiel und lang hingestreckt auf dem Gesicht lag. Dann tat er einen Satz und landete mit den Stiefeln voran und seinem ganzen Körpergewicht im Nacken des Ghuls. Wirbel krachten. Sardec taumelte zur Seite und trat immer wieder auf das Wesen ein, bis sein Kopf nur noch eine breiige Masse war, die trockene Haut sich ablöste und darunter weiße Knochen sichtbar wurden. Ein Auge, das noch an einem Sehnerv hing, kugelte herum und quietschte wie eine platzende Tomate, als er darauf trat.

Von oben vernahm Sardec ein unheimliches, spöttisches Gelächter. Er blickte auf und sah durch den wirbelnden Nebel hindurch, dass eine seltsame, entsetzliche Gestalt auf dem Dach des Mausoleums aufgetaucht war. Als ihm klar wurde, was das war, erstarrte er. Sein Mund fühlte sich trocken an, sein Herz hämmerte zum Zerspringen.

»Ihr werdet keinen meiner Leute mehr töten«, kreischte eine Stimme. »Nicht einen. Keinen Einzigen mehr. Keinen.«

An den schmückenden Steinornamenten des Daches lehnte eine in ein zerfetztes Leichenhemd gehüllte weibliche Gestalt. Das Gewand stand vorne offen und enthüllte schlaffe Brüste. Die Haut war albinohaft blass. In ihrem langen, wirren Haar hatten sich Blätter und Zweige verfangen. Die Nägel der Frau waren so lang wie Klauen, und ihre Augen hatten einen starren, irren Blick. Doch zumindest für Sardec war es am schlimmsten, dass sie kein Mensch war. Sie war eine Terrarch, und nach ihrer Kleidung zu urteilen, war sie einmal von Adel gewesen.

Für Sardec bekam diese Sache damit eine geradezu furchterregende, persönliche Bedeutung: Bis jetzt war es ihm gelungen, seine Ängste beiseite zu schieben. Ghule waren für ihn bisher einfach eine weitere niedere Spezies gewesen, die in der natürlichen Ordnung der Dinge weit unter ihm stand; so, wie er einst auch die Menschen betrachtet hatte. Doch jetzt begriff er, dass auch sein eigenes Volk nicht gegen diese verheerende Krankheit gefeit war. Wenn er gebissen wurde, konnte er nur allzu bald wie diese Kreatur auf dem Dach dort enden. Der Gedanke lähmte ihn beinahe. Aber nur beinahe.

Er drehte sich um und konnte sehen, dass Wiesel mit dem Nachladen seiner langen Flinte fast fertig war. »Töte diese Perversität!«, brüllte Sardec und wies mit seinem Haken auf die Frau.

Wiesel nickte. »Ja, Herr!« Er stand auf und legte das Gewehr an. In diesem Augenblick tauchte hinter ihm etwas aus dem Nebel auf und versuchte ihm an die Kehle zu gehen. Sein sicherer Instinkt warnte den Scharfschützen, und er fuhr herum, um sich dem Angreifer zu stellen. So flink wie das Tier, nach dem er gerufen wurde, zog er der Kreatur den Kolben seines Gewehrs über den Kopf und schlug dann noch einmal zu. Der zweite Schlag zertrümmerte dem Wesen den Schädel. Sardec drehte sich um und hielt nach der Anführerin der Ghule Ausschau, doch sie war längst vom Dach verschwunden. Aber irgendwo aus dem Nebel erscholl ihr durchdringender, wahnsinniger Schrei.

»Fort, meine Kinder, fort!« Sardec wusste mit tiefster Gewissheit, dass die Stimme zu ihr gehörte. Offenbar befehligte sie auch in ihrem neuen Zustand die Menschen, wie sie es schon im Leben getan hatte. Sofort brachen die Ghule in ein Ekel erregendes Gebrabbel aus, zogen sich von ihren Gegnern zurück und verschwanden im Nebel. »Lasst euch nicht von den Außenseitern fangen!«, schrie die Frau noch einmal.

Im Nebel tat sich eine Lücke auf, und für kurze Zeit war die Ghulin zu sehen. Beinahe beiläufig legte Wiesel sein Gewehr an und drückte den Abzug. Pulverdampf und Funken stiegen auf und der Kopf der einstigen Terrarch-Dame explodierte. »Hab ich dich«, murmelte Wiesel.

Aus dem Inneren des Mausoleums drang ebenfalls lautes Gebrabbel, Ghule kamen herausgewimmelt. Manche der Wesen hielten abgetrennte Köpfe und Gliedmaßen in den Klauen. Ein paar konnten die Fourageure niedermähen, die Übrigen aber verschwanden im Dunkel und im Nebel, während die Soldaten eine Bestandsaufnahme ihrer Verluste anstellten.

»Sergeant Hef«, sagte Sardec. »Nehmt zwei Abteilungen und sucht im Mausoleum nach Überlebenden.«

»Jawohl, Herr«, gab der Sergeant zurück. Brüllend gab er den Befehl an die Soldaten weiter, die offenbar nicht bereit waren, sich in das dunkle Grabmal zu wagen. Sardec konnte ihnen ihren Unwillen nicht einmal übel nehmen. Vermutlich würden sie dort unten nur auf Tote stoßen, und vielleicht noch auf ein paar versprengte Gegner, die sich dort noch versteckten.

Er ging unter den Männern umher und erkundigte sich nach Bissen und Verletzungen. Wer gebissen worden war, musste seine Wunden mit Whisky auswaschen und ausbrennen. Obwohl man den Kampf erbittert geführt hatte, hatten seine Männer erstaunlicherweise keine Verluste zu beklagen. Jedenfalls noch nicht, rief er sich ins Gedächtnis. Vielleicht waren sie ja mit einer langsam zum Tode führenden Krankheit infiziert, die sie bei lebendigem Leibe auffressen würde.

Sergeant Hef kehrte zurück. »Wir haben nichts gefunden, Herr, nur Leichen. Offenbar haben die Ghule alle umgebracht.« Er bemerkte, dass der Sergeant auf seine Hand starrte, und folgte seinem Blick. Bissspuren. Wann mochte es dazu gekommen sein? Er konnte sich nicht erinnern. In der Hitze und Erregung des Kampfes hatte er keinen Schmerz gespürt. Vielleicht war es geschehen, als er mit dem Ghul gerungen hatte. Er betete zum Licht, er möge sich nicht angesteckt haben. Jetzt blieb ihm nur eines übrig, wenn er nicht so enden wollte wie die untote Frau dort drüben.

»Sergeant, würdet Ihr mir freundlicherweise eine Fackel und Whisky holen?«

Sergeant Hef tat wie ihm befohlen, Sardec goss den starken Alkohol auf seine Wunde und zündete ihn an. Der Gestank des brennenden Fleisches erinnerte ihn unangenehm daran, wie er seine Hand verloren hatte.

»Eines finde ich merkwürdig, Herr«, sagte der Sergeant. Sardec sah ihn an. Wenn Sergeant Hef Bedenken anmeldete, lohnte es sich meist, ihm zuzuhören.

»Was denn, Sergeant?«

»Es ist etwas, das diese alte Hexe gebrabbelt hat. Sie schien zu glauben, wir wollten die Ghule einfangen, statt sie zu vernichten.«

Zusammen mit Hef ging er zu der Leiche, um sie anzusehen. Im Tod bot die Terrarch-Frau einen obszönen Anblick, wie sie so im Schmutz lag und ihr Hirn aus dem Loch in ihrem Kopf quoll. Sardec hätte sie jetzt nicht einmal mit seinem Haken angerührt.

»Vielleicht war sie verrückt«, sagte Sardec.

»Schon möglich, Herr.« Der Sergeant wandte den Blick ab und sah in den Nebel. Sardec wusste, was ihm durch den Kopf ging, denn er dachte dasselbe. Wer, der seinen Verstand noch beisammen hatte, würde wohl Ghule einfangen wollen? Und warum?

8. KAPITEL

In die Lüfte aufzusteigen ist recht einfach. Schwieriger ist es, wieder herunterzukommen.

Amari Malineau, Grundlagen der Stratonautik

1

»Seid Ihr Euch sicher, dass dies eine gute Idee ist, edle Dame?«, fragte Rik. Argwöhnisch betrachtete er das magische Gerät und fragte sich, wie dieses Ding sie in die Lüfte erheben sollte. Es war noch früh am Morgen – und kalt. Die spätherbstliche Sonne hatte noch keine Gelegenheit gehabt, die Luft zu erwärmen. Benjario hatte ihnen versichert, dies sei die beste Tageszeit für ihr Vorhaben. Offenbar waren die Luftgeister zu dieser Stunde besonders freundlich gesonnen.

Von einer Plattform in der Nähe aus sah Fürst Azarothe zu. Da er seine Maske trug, war es unmöglich, von seiner Miene auf seine Gedanken zu schließen, aber seine ganze Haltung strahlte Gleichgültigkeit aus. Er stützte sich auf seinen Gehstock mit dem elfenbeinernen Griff.

Rund um den Hügel hatte sich eine Zuschauermenge versammelt. Offenbar hatte sich die Nachricht von ihrem Experiment in der ganzen Stadt verbreitet. Rik brauchte sich nicht zu fragen, wie es dazu gekommen war. Klatsch gab es überall. Irgendjemand hatte gewusst, dass General Azarothes Leibwächter hier einen Pavillon für ihn aufbauten. Jemand hatte diesen Pavillon errichtet. Jemand hatte geredet. Vielleicht war dieser Jemand sogar Benjario selbst gewesen. Dieser Mann brannte geradezu darauf, seinen Namen in den Geschichtsbüchern zu lesen. Hoffentlich, dachte Rik und betrachtete die Menge, hatte keiner von Prinzessin Aseas zahlreichen Feinden beschlossen, dass dies eine wunderbare Gelegenheit wäre, sie loszuwerden. Er warf Karim einen Blick zu. Ebenso konzentriert wie Rik beobachtete der Mann aus dem Süden das Meer von Gesichtern.

»Ich hätte gedacht, nach deinem Erlebnis im Schlangenturm würden dir Flugmaschinen nichts mehr ausmachen«, gab Asea zurück. Heute trug sie weder Maske noch Schutzanzug, sondern nur ein langes rotes Gewand. Ihre Wangen waren rosig angehaucht und sie wirkte aufgeregt. Wahrscheinlich hatte sie recht, überlegte Rik: Sie bekam nicht jeden Tag die Gelegenheit, etwas Neues zu erleben. Er wünschte nur, er bräuchte nicht an diesem besonderen Erlebnis teilzunehmen. Ein Blick auf die Zuschauer verriet ihm, dass ihn niemand darum beneidete, obwohl er die reizvolle Asea begleiten würde.

»Wie Ihr Euch erinnern werdet, habe ich mich diesem Erlebnis nicht ganz freiwillig unterzogen«, entgegnete er. »Und es war auch nicht wirklich angenehm.«

»Dann wirst du vielleicht dieses Mal Freude daran haben«, erwiderte sie. Rik schüttelte den Kopf. Das konnte er sich kaum vorstellen. Die ganze Anordnung wirkte ziemlich … empfindlich. Da war ein Weidenkorb, groß genug für drei oder vier Passagiere. Er war über lange Taue mit einem gewaltigen Sack aus alchemistisch behandelter Seide verbunden. Im Inneren des Korbes stand ein umgebauter Athanor, ein alchemistischer Ofen, wie ihn manche Zauberer einsetzten.

»Ich kann Euch aber versichern, dass es vollkommen sicher ist«, erklärte der Schöpfer des Mechanismus. Benjarios langes Haar und der buschige Schnurrbart waren frisch gefärbt. Offensichtlich wollte er anlässlich seines Eingehens in die Geschichte so gut wie möglich aussehen; aber das Haar war an einigen Stellen zu dunkel geraten und an anderen noch grau geblieben. Der Anblick flößte Rik nicht gerade Vertrauen in seine Behauptung ein, Meister der alchemistischen Künste zu sein. »Ich würde weder mein Leben noch das der Prinzessin aufs Spiel setzen«, erklärte Benjario.

Rik gefiel die Reihenfolge, in die der Alchemist sein Leben und das Aseas gebracht hatte. Vielleicht konnte man ihm ja doch vertrauen, obwohl Rik kein Geld darauf gesetzt hätte. Benjario war Mazareaner, und die Einwohner dieses heißen Landes im Süden waren für ihre Impulsivität berühmt.

»Es wäre eine Tragödie, wenn Prinzessin Aseas Schönheit und Benjarios Genie der Welt verloren gingen«, setzte er hinzu, und Rik zuckte zusammen.

Sardec war gekommen. Er wirkte gebeugt und besorgt. Rena stand neben ihm; sie sah nachdenklich aus. Rik winkte ihr knapp und ironisch zu, was sie jedoch überging.

Er bemerkte einige seiner alten Kameraden unter der Zuschauermenge. Sie lagen jetzt mit halbem Sold im Winterquartier, daher hatten sie genug Zeit zum Herumlungern. Rik winkte Wiesel und dem Barbaren zu, die heute besonders verwegen aussahen. Und sie grüßten zurück.

»Wie arbeitet die Flugmaschine eigentlich noch mal?«, fragte er.

»Es ist ganz einfach«, sagte Benjario, »wie ich Prinzessin Asea schon mehrmals erklärt habe.«

»Tut meinem Schützling doch den Gefallen«, bat sie. »Er ist sehr wissbegierig.«

Benjarios Naserümpfen besagte, dass ein Genie wie er Besseres zu tun hatte, als einem Lakaien seine Arbeit zu erklären, er es ihr zuliebe aber tun würde. Einen Augenblick lang zwirbelte er seinen Schnurrbart, um seine Gedanken zu sammeln, und dann begann er. »Der Athanor wird mit Sumpfgas betrieben, das ein gefangenes Feuer-Elementarwesen nährt. Er erhitzt die Luft, und diese heiße Luft wird dann in den großen Sack geleitet, den ich einen Ballon nenne. Da warme Luft leichter ist als die kalte in der Umgebung, hebt sie den Sack in die Höhe.«

»Ihr behauptet also, dass die Luft selbst uns in die Lüfte heben wird«, wiederholte Rik. Er war nicht in der Lage, den ungläubigen Unterton aus seiner Stimme zu verbannen. Benjario wirkte gekränkt.

»Indem die Elementarkräfte der Luft durch das Feuer-Element angeregt werden. Es wird gelingen. Ich habe in meiner Heimat Mazarea schon viele Versuche unternommen. Und Ihr habt sicher selbst auch schon gesehen, wie eine Papiertüte einen Kamin hinaufschwebt.«

»Es ist aber ein Unterschied, ob man in einem Kamin

eine Papiertüte steigen lässt, oder ob man das Gewicht dreier Erwachsener und dieses Korbes transportieren will«, wandte Rik ein.

»Nur, was die Größe betrifft.«

»Es wird funktionieren, Rik«, warf Asea vollkommen überzeugt ein. »Ich habe Benjarios Zahlen und Theorien studiert, und ich stimme mit seinen Schlussfolgerungen überein, wenngleich nicht mit der Sprache, in die er sie gefasst hat.«

»Habt Ihr bei Euren Versuchen auch Menschen aufsteigen lassen?«, fragte Rik in einem letzten, verzweifelten Versuch, Asea von ihrem Vorhaben abzubringen.

Benjario kaute auf den Lippen und zupfte aufgeregt an seinem Schnurrbart. »Nein. Nur Steine«, gestand er dann.

»Dann werden wir die ersten Personen sein, die mit Eurer Methode fliegen«, folgerte Rik.

»Soweit ich weiß, ja.«

»Vielleicht sollten wir Meister Benjario gestatten, seinen ersten Probeflug allein zu unternehmen«, schlug Rik vor. »Damit wir sehen, ob seine Apparatur auch wirklich fliegt.«

»Benjario ist dazu bereit«, erklärte der Ingenieur.

»Ich möchte es aber, Rik. Ich möchte mit dieser Maschine fliegen. Drachen sind mir untersagt, aber so werde ich fliegen.«

»Und wenn etwas schief geht?«, wandte Rik ein.

»Ich bin bereit, dieses Risiko einzugehen. Du brauchst mich nicht zu begleiten, obwohl ich mich darüber freuen würde.«

»Aber warum nur, meine Dame?«, fragte er ein letztes Mal. Er war sich sicher, dass dahinter mehr stecken musste als diese vagen Äußerungen, etwas Neues erleben zu wollen.

»Weil es ein alter Traum von mir ist, hier auf Gaeia fliegen zu können, und wie oft bekommt man schon die Chance, seine Träume wahr werden zu lassen? Sogar in einem so langen Leben wie dem meinen bietet sich eine solche Möglichkeit nicht oft.«

Rik begriff, dass sie sich nicht von ihrem Plan abbringen ließ. Sie war entschlossen, ihn zu verwirklichen, und als er jetzt noch einmal darüber nachdachte, meinte er auch den Grund dafür zu verstehen. Nur die Drachenreiter wussten, wie es sich anfühlte, durch die höheren Luftschichten von Gaeia zu reisen. Noch nie in der Geschichte war jemand in einen von Elementarkräften gezogenen Weidenkorb gestiegen und hatte sich in die Lüfte erhoben. Indem sie dies unternahm, würde Asea erneut in die Geschichte eingehen und an ihrer eigenen Legende weiterschreiben. Er fragte sich, ob sie so ruhmsüchtig sein konnte, dass sie bereit war, dafür ihr Leben zu riskieren. Oder trieb sie etwas ganz anderes dazu? Sie sah ihn lächelnd an.

»Auf Al'Terra sind wir in großen Schiffen über den Himmel gereist. Auf diesem Planeten ist dazu nicht genügend magische Energie vorhanden, aber durch dies hier – wenn es funktioniert – wird uns auf gewisse Weise der Himmel wiedergeschenkt. Ich habe schon miterlebt, wie sich aus ganz einfachen Experimenten im Laufe der Jahrhunderte bedeutende Schulen der Magie entwickelt haben. Vielleicht ist das ja der Beginn von etwas Neuem. Möglich, dass es eines Tages, in Jahrhunderten, wieder Flugmaschinen gibt, solche, die der alten Magie nicht bedürfen, um vom Boden abzuheben. Und dann werde ich darin fliegen können.«

Ihre Aufregung steckte ihn an, und die Vorstellung nahm seine Phantasie gefangen und vertrieb einen Teil seiner Furcht. Dann kam ihm ein neuer Gedanke. »Wie kommen wir auf die Erde zurück?«

»Wir verringern einfach nach und nach die Zufuhr von heißer Luft in den Ballon«, erklärte Benjario. »So sinken wir wieder zu Boden.«

»Müssten wir dann nicht abstürzen?«

»Nein. Die Luft kühlt langsam ab, und wir schweben sanft herunter. Wollen wir aufbrechen, edle Dame? Der Tag wird nicht jünger. Und wir müssen aufsteigen, solange die Bedingungen günstig sind.«

Asea nickte. Benjario öffnete ein kleines Einstiegstor in der Seitenwand des Weidenkorbs, damit sie an Bord gehen konnten, und band sie dann wieder zu. Drinnen angekommen, zündete er den Athanor an und drehte einen Knopf, um ihn mit dem gefesselten Elementargas zu füttern. Ein seltsam süßlicher Geruch stieg auf, Rik wurde leicht schwindlig. Ein Feuerstrahl wie der Atem eines Drachen röhrte auf. Die Menge schrie los und wich zurück, zugleich entsetzt und gefesselt.

Diener hielten das offene Ende des Ballons auf, und Rik sah, dass er sich tatsächlich so langsam zu füllen begann wie eine Papiertüte, in die jemand hineinbläst. Er hoffte nur, dass er nicht auch mit einem Knall zerplatzen würde. Bald füllte die heiße Luft den Ballon und er richtete sich steil auf.

»Erinnert mich an was«, brüllte der Barbar nicht weit entfernt. »Obwohl er nicht ganz so groß ist wie meiner.«

Die Menge johlte und stöhnte.

»Er hat von seinem Kopf geredet«, schrie Wiesel. »Genauso aufgebläht und leer.«

»Jeder ist der größte Scherzbold«, murrte Benjario. »Benjario wird Geschichte schreiben, und sie reißen Witze darüber. Aber bald werden wir ja sehen, wer zuletzt lacht.«

Riks Magen tat einen Satz, als der Korb zitterte und ruckte und der Ballon himmelwärts stieg. Er sah Asea an. Mit ruhiger Miene beobachtete sie die Zuschauermenge; aber ihre Augen wirkten riesig, ihre Nasenlöcher waren geweitet. Beim Licht, dachte Rik, das könnte tatsächlich gelingen.

Er blickte nach oben. Der Ballon wirkte über ihnen unglaublich riesig. Die heiße Luft blähte ihn auf, der Stoff wellte sich leicht im Wind. Und wenn er riss?, überlegte er, wagte aber nicht zu fragen. Benjario musste auch daran gedacht haben, sagte er sich, und wenn nicht, dann hatte Asea es wahrscheinlich getan.

2

»Macht die Taue los«, schrie Benjario und zog wie ein Gaukler mit einer schwungvollen Bewegung seinen breitkrempigen Hut. Der Ballon war mit Halteseilen am Boden verankert, doch jetzt ließen die muskulösen Diener sie fahren. Einige von ihnen taumelten und stürzten. Ein Aufschrei lief durch die Menge. Der Ballon hob ab, gefolgt von dem Korb. Bevor er noch richtig wusste, wie ihm geschah, befand sich Rik in der Luft: ein Gefühl fast, als träume er. Er sah Menschen, die zu ihm aufschauten. Einige winkten, andere standen mit offenem Mund da. Wiesel und der Barbar machten obszöne Gesten und verliehen ihrer Begeisterung mit lautem Gebrüll Ausdruck.

Erneut machte der Korb einen Satz – und Riks Magen ebenso. Er wusste, dass sich jetzt nur noch eine dünne Schicht geflochtener Gerten unter seinen Füßen befand. Er schätzte die Entfernung ab. Bis jetzt befanden sie sich nur etwa zehn Fuß hoch in der Luft. Wenn er wollte, konnte er immer noch abspringen. Ihre Höhe verdoppelte sich. Er bemerkte, dass sie sich, vom Wind davongetragen, fortbewegten. Die Zuschauermenge glitt unter ihm hinweg, der Boden blieb immer weiter zurück.

Sie waren jetzt so hoch wie der Kopf eines Breitrückens. Rik wusste das so genau, weil sie soeben einen passiert hatten. Das gewaltige Wesen starrte sie offenbar erstaunt an, dann riss es das Maul auf und brüllte laut. Aseas Lachen klang gleichermaßen aufgeregt und fröhlich. Benjario wedelte mit dem Hut nach dem Tier, als wolle er einen neugierigen Hund verscheuchen. Rik hielt sich am Rand des Korbs fest und spürte staunend seine Angst und Erregung.

Er war vollkommen schwindelfrei. Anders konnte man als Dieb in Drangsal nicht erfolgreich tätig sein. Er war schon über Hausdächer geflüchtet, während ihm bewaffnete Wachen auf den Fersen waren und unter seinen Füßen die Dachziegel zerbrachen und wegrutschten. Ein anderes Mal war er von einem Haus zu einem anderen gesprungen, obwohl ihn bei einem einzigen Fehltritt der Sturz auf die dazwischen liegende Straße umgebracht hätte. Er hatte mit seinen schweißnassen, glitschigen Fingern an Fenstersimsen gehangen, während sich die Hausbewohner drinnen bewegten. Doch noch nie hatte sein Herz so geklopft wie heute. Er versuchte herauszufinden, warum das so war, und konzentrierte sich auf die Empfindungen, die das Fliegen in ihm hervorrief.

Er spürte, wie aus dem Athanor hinter ihm heiße Luft aufstieg, obwohl die kalte Brise über seine Wangen strich und sein Haar aufwirbelte. Das kratzige Weidengeflecht stach ihm in die Hände, so fest umklammerte er den Rand, während sich der ganze dahinschwebende Korb sanft wiegte. Er hörte das Knistern der Flamme und das Rascheln des Stoffballons.

Vielleicht machte ihn ja das Neuartige dieses Gefühls so nervös, dachte er, oder es lag daran, dass so viel schief gehen konnte. Was immer sonst noch bei seinen Raubzügen geschehen war, zumindest hatte er die festen Gebäude unter den Füßen gehabt – und selbst wenn er gestürzt wäre, wären sie weiterhin fest stehen geblieben. Im Ballon dagegen hatte er die schreckliche Empfindung, unter ihm befinde sich nichts als leere Luft. Wenn die Seile rissen oder der schwebende Stoffberg über ihnen Feuer fing, würden sie in den Tod stürzen. Er stellte ein paar rasche Überlegungen an. Sollte es aussehen, als würde der Korb abstürzen, dann würde er springen und sich an den Tauen festklammern. Vielleicht konnte er sich so lange halten, bis der Ballon wieder auf der Erde landete. Das wäre immerhin eine kleine Chance, dachte er; und dann fiel ihm ein, was genau ihn störte.

Sein Schicksal war ihm aus der Hand genommen. Wenn es einen Unfall gab, konnte er fast nichts unternehmen. Weder durch Geschick, durch Schnelligkeit, Reflexe oder rohe Kraft konnte er sich retten. Hier oben befand er sich vollständig in der Hand Gottes. Dieses Gefühl gefiel ihm zwar nicht, aber er konnte überhaupt nichts daran ändern. Als er das begriff, entspannte er sich ein wenig und achtete genauer auf das, was da unter ihm lag.

Sie flogen jetzt sehr hoch. Die Menschen sahen winzig

aus, und er konnte die Umrisse von Feldern erkennen. Bäume wirkten klein und – aus diesem seltsamen Blickwinkel gesehen – merkwürdig geformt. Vor ihnen erstreckten sich die Türme und Dächer der Stadt. Asea wies auf den Tempel, den Platz vor dem Parlament und den königlichen Palast. Deutlich wie auf einer Karte lag die Anlage der Stadt vor Riks Augen; die breiten Ausfallstraßen, die wie die Achsen eines großen Rades am Parlamentsplatz entsprangen und bis zu den Stadttoren verliefen, sowie die Gebäude, die an ihnen errichtet waren. Die Stadt war nach einem beeindruckenden Plan erbaut worden.

Er sah den Fluss, der von den Hafenanlagen im Westen aus südwärts floss. Wenn sie hoch genug stiegen, dachte er, konnte er vielleicht seinen gesamten Verlauf bis zum Drachenmeer verfolgen. Aus dieser Entfernung wirkten die riesigen Handelsbarken und die Wyrm, die sie schleppten, schon jetzt wie Kinderspielzeuge.

Menschen sahen auf, als sie über ihnen hinwegzogen. Einige winkten ihnen, anderen aber rannten nach drinnen, als hätten sie einen riesigen Dämon erblickt und fürchteten, er könne auf sie herabstoßen und sie verschlingen. Ein paar Soldaten legten sogar die Gewehre an und schienen nicht übel Lust zu haben, auf sie zu schießen.

»Idioten! Idioten sind das!«, schimpfte Benjario, drehte an dem Einstellknopf und fütterte die Feuer-Elementarkraft mit noch mehr Sumpfgas.

Asea murmelte einen Zauberspruch, und Rik spürte, wie ein Prickeln über seine Haut lief. Ob es nun an der Entfernung lag oder an Aseas Magie, jedenfalls verfehlten die Schützen ihr Ziel. Rik war froh darüber, dass Wiesel nicht unter den Scharfschützen war, die auf sie gefeuert hatten. Er hätte nicht danebengeschossen und mit Sicherheit ein Loch in den Ballon gerissen.

Bald befanden sie sich so hoch, dass der Beschuss vom Boden keine Gefahr mehr bedeutete. Unter ihnen breitete sich die Stadt aus. Inzwischen waren die Straßen voller Menschen, und Rik meinte das Geschrei und die Rufe der Menge zu hören, die miteinander verschmolzen und wie das Tosen des Meeres oder das Donnern eines Wasserfalls klangen.

»... Artiellerie-Aufklärung ...«, hörte er Benjario sagen, und dann erkannte er, dass – was auch immer Asea behaupten mochte – diese Flugmaschine keineswegs nur ein Vergnügungsfahrzeug war. Man konnte sie einsetzen, um feindliche Armeen oder Artillerie-Stellungen auszukundschaften oder Karten von belagerten Städten zu zeichnen. Die von Triumph verzerrte Miene des Alchemisten wirkte beinahe dämonisch. Sein Lebenstraum hatte sich erfüllt. Auch Asea schien kaum weniger begeistert zu sein.

Natürlich, dachte Rik, hatte diese Methode auch Schwachpunkte. Die Ballons konnten von Drachen oder Magie angegriffen werden. Offensichtlich gab es keine Möglichkeit, sie zu lenken, obwohl er vermutete, dass man sie durch das Auswerfen von Ankerseilen anhalten könnte. Man könnte sie selbstverständlich in der kalten Jahreszeit einsetzen, wenn die Drachen Winterschlaf hielten, und wahrscheinlich konnte man sie durch Schutzzauber auch vor magischen Attacken bewahren. Aber wer führte schon im Winter Krieg? Soweit Rik also sah, war der Nutzen dieser Flugapparatur begrenzt.

Sie stiegen noch höher, und Rik bemerkte, dass es kälter wurde. Er rückte näher an den Athanor heran, um sich zu wärmen, und schaute zurück. Sie waren jetzt von Wolkenfetzen umgeben, und er vermochte nichts zu sehen. Wasser kondensierte auf seinem Gesicht.

»Ich finde, wir sollten jetzt hinuntergehen«, hörte er Asea sagen, die er im Augenblick nur als geisterhaften Umriss im Dunst der Wolken erkannte.

»Benjario ist Euer Diener«, antwortete der Alchemist. Rik hörte, wie er mit dem Athanor hantierte, und dann sank der Ballon langsam. Sie ließen die Wolken hinter sich, und er sah Felder und den Fluss unter ihnen liegen, und dahinter, in einiger Entfernung, die Stadt. Eine Kavallerie-Einheit galoppierte die Straßen entlang, offenbar in der Absicht, mit ihnen mitzuhalten und sie bei ihrer Landung abzufangen. Rik war sehr froh darüber, dass Asea bei ihnen war. Sie war eine Adlige aus den Reihen der Ersten und befreundet mit der Königin. Wären Benjario und er allein gewesen, so hätte es ihm gar nicht gefallen, einem Terrarch-Kavalleriehauptmann erklären zu müssen, was genau sie beide dort oben unternommen hatten.

3

Ein Blick über die Schulter verriet ihm noch etwas anderes. Am Horizont war ein Fleck aufgetaucht, der sich rasch vergrößerte, und selbst auf diese Entfernung konnte er erkennen, dass er viel zu groß für einen Vogel war. Er schloss schnell zu ihnen auf, und bald glitzerten grünlichrote Schuppen sowie die polierte Silberrüstung des Reiters in der Sonne.

»Ein Drache«, rief er und betete zum Licht, der Reiter möge sie nicht für einen Feind halten. Der Drache war in der Lage, den Ballon mit einem feurigen Atemstoß in

Brand zu setzen oder sie mit einem Klauenhieb vom Himmel zu fegen. Das Wesen kam noch näher.

»Wir haben Glück, einem Drachen zu begegnen«, rief Asea. »Um diese Zeit des Jahres werden sie für gewöhnlich träge und beginnen, in den Winterschlaf zu fallen.«

Rik fürchtete sich schrecklich, doch er wusste, dass er diesen Anblick niemals vergessen würde. Wie viele Sterbliche hatten wohl jemals einen fliegenden Drachen aus solcher Nähe erblickt – und es überlebt? Schön anzusehen waren die großen Kreaturen auch am Boden, aber hier schienen sie ebenso in ihrem Element zu sein wie ein Vogel oder ein Teufelsflügel. Mit seinen gewaltigen, ausgestreckten Schwingen und dem langen, schlangenartigen Schwanz war der Drache größer als ihr Ballon – und auch weit anmutiger. Er schwebte so dicht an ihnen vorbei, dass Rik die Kristall-Linsen an der Schutzbrille des Reiters glitzern sah und die Musterung der Schuppen an den Flanken des Drachen erkennen konnte. Der Drachenreiter hob grüßend die Faust, und Rik wurde klar, dass das alles geplant war. Natürlich hatte Asea die zuständigen Amtspersonen über ihr Vorhaben in Kenntnis gesetzt, und der Drache und die Kavallerie am Boden waren höchstwahrscheinlich auch hier, um Aseas Sicherheit zu gewährleisten oder ihre Leiche zu bergen, falls es zu einem Unfall kam. Rik warf Benjario einen Blick zu. In dem unwahrscheinlichen Fall, dass er vorgehabt hätte, sie zu entführen, waren sie in Sicherheit, und das wusste der Mazareaner.

Der Drache umkreiste sie jetzt beinahe spielerisch, und wieder staunte Rik über seine Schönheit und Eleganz. Er fragte sich, wie es sich anfühlen mochte, auf diesem Berg von Muskeln und magischen Kräften zu reiten. Ganz bestimmt aufregender, als in einer solchen wackligen Flugmaschine, dachte er. Seiner Meinung nach setzte Asea auf das falsche Pferd. Wer brauchte einen Ballon auf einem Planeten, auf dem es Drachen gab?

Beinahe sofort fiel ihm die Antwort ein. Jeder konnte in einem Ballon reisen. Das Fliegen auf dem Rücken eines Drachen war einer geringen Anzahl von Terrarch vorbehalten, die über den immensen, für den Unterhalt dieser Wesen notwendigen Reichtum sowie die Ausbildung und die magischen Fähigkeiten verfügten, die man brauchte, um die gewaltigen Kreaturen zu reiten. Ballonfahren war dagegen eine Art des Fliegens, die für jeden zugänglich sein würde, und in mancherlei Hinsicht wie ein Vorbote eines neueren, demokratischeren Zeitalters wirkte. Dessen war sich Asea natürlich bewusst, und als eingefleischte Rote sorgte sie dafür, dass ihr Name damit in Verbindung stand.

4

Je tiefer der Ballon sank, umso höher stieg Riks Achtung vor Aseas Klugheit und ihrem Mut. Sie sah zu ihm hin und zwinkerte ihm zu.

Der Ballon sank weiter zur Erde hinab, und Rik entdeckte eine neue Bedrohung. Viele der Felder waren von Hecken umgeben, andere von Steinmauern. Es würde ihnen sicher nicht gut bekommen, bei der Landung auf ein solches Hindernis zu prallen. Nun, da sich der Flug seinem Ende zuneigte, begann er es schon zu bedauern. Es hatte etwas seltsam Befriedigendes darin gelegen, fast lautlos über das Land hinwegzuschweben und Kharadrea von einer Perspektive aus zu betrachten, die sonst nur Gott, den Vögeln und den Drachen vorbehalten blieb.

Sie befanden sich jetzt auf einer Höhe mit den Baumwipfeln und hielten auf eine Hecke zu. Als Benjario das bemerkte, gab er dem Elementarwesen in dem Athanor noch etwas Sumpfgas, und sie stiegen ein wenig. Rik merkte, dass sie das Hindernis überfliegen würden. Es sah aus, als würden sie weich und ohne Probleme landen. Der Drache kam herbei, als wolle er sie begrüßen.

Die Härte des Aufpralls verblüffte Rik dann aber doch. Mit einem Mal polterte der Weidenkorb über ein Feld und stieß sich dabei offenbar an jedem einzelnen Stein. Der Aufschlag rüttelte den Korb heftig durch, und die drei Passagiere wurden im Inneren durcheinandergeworfen. Es erschien lächerlich, dass sie sich gerade jetzt, auf diesem Acker, verletzen könnten, während sie vorher ohne jeden Zwischenfall durch die Lüfte geschwebt waren. Doch man konnte sich nur allzu leicht vorstellen, dass einer von ihnen stürzte oder gegen die rot glühende Außenhülle des Athanors stieß. Oder der Ofen könnte umkippen und auf einen von ihnen fallen.

Und plötzlich war der Flug vorüber. Der Korb lag auf der Seite, und aus dem Ballon, der neben ihnen gelandet war, entwich die Luft. Langsam kletterten die drei aus dem Korb und sahen sich in ihrer Umgebung um.

»Das hätte besser ausgehen können«, meinte Rik. Trotzdem fühlte er sich äußerst erleichtert. Er war zurück auf der Erde und fühlte festen Boden unter den Füßen. Und er war noch am Leben, und seine Begleiter ebenfalls. Er war durch die Lüfte gereist und gehörte zu den allerersten Menschen, die geflogen waren und es überlebt hatten.

Aus den Fenstern einer nahe gelegenen Steinkate spähten sie ein Pächter und seine Familie ängstlich an. Über ihnen kreiste der Drache. Die Kavallerie-Abteilung kam auf sie zugedonnert, richtete sich zu einer Linie aus und präsentierte die Schwerter, um Asea zu grüßen. Die Soldaten strahlten, und auf ein Zeichen ihrer kommandierenden Offiziere hin brachen sie in Jubelgeschrei aus. Die Terrarch-Prinzessin nahm diesen Tribut mit der Huld einer Frau entgegen, die Jahrhunderte lang Übung in so etwas hatte. Benjario verneigte sich ebenfalls, was niemandem etwas auszumachen schien. Sogar Rik erhielt Beifall. Es sah aus, als wären alle drei die Helden des Tages.

Eine Stunde später fuhren sie in einer eilig herbeigeholten Kutsche in die Stadt zurück. Rik schwelgte immer noch in seinem Triumphgefühl.

9. KAPITEL

Mit der Magie verhält es sich ebenso wie mit vielen anderen Unternehmungen: Die ersten Schritte sind die schwierigsten.

Aernis, Grundprinzipien der Magie

1

Rik folgte Asea die Treppe hinunter. In den Kellergewölben unterhalb des Palasts war es warm und dunkel. Er musste gebückt gehen, sonst wäre er mit dem Kopf gegen die Decke gestoßen.

Vor Aufregung schlug sein Herz schneller. Heute würde er seinen ersten richtigen Zauber wirken. Irgendwie hatten sie mit der gestrigen Ballonfahrt eine Schwelle überschritten, und Asea hatte entschieden, dass er nun bereit sei, in das erste der großen Mysterien ihrer Kunst eingeführt zu werden. Er war sich nicht sicher, was sie vorhatte, aber jedenfalls war es etwas, das Dunkelheit und Verschwiegenheit erforderte. Eine ganze Flucht von Kellerräumen war unter dem Palast für das Ritual geräumt worden.

Eine dicke Tür führte in den Raum, in dem das Ritual stattfinden sollte. Daneben wartete Karim mit gezogenem Schwert. Seine Miene war leer und ausdruckslos. Sie traten in die Kammer, Asea schob den schweren Riegel vor. Rik betrachtete die mit Metall beschlagene Tür und den massiven Riegel und überlegte sich, dass beides eine kleine Armee abwehren könnte. Wenn sie so starke Sicherheitsvorkehrungen brauchte, dann würde sie das Ritual wohl ziemlich angreifbar machen. Dabei ging es natürlich um Aseas Sicherheit. Ob er lebte oder starb, war für niemanden von Interesse.

Alles war für sie vorbereitet. Jemand hatte mit Kreide komplexe Anordnungen aus Schutzzeichen und alchemistischen Runen auf den Boden gezeichnet. An den Rändern befanden sich wirbelnde Muster aus gefärbtem Salz. Im Zentrum des größten Kreises, in der Mitte der Kammer, stand eine kleine Kohlenpfanne, in der sich eine dampfende Schale befand. An mehreren Schnittpunkten der Muster waren weitere Kohlebecken platziert.

»Begib dich in den zentralen Kreis, Aspirant«, befahl Asea. Er gehorchte, wobei er darauf achtete, die Muster nicht zu berühren, wie sie es ihn gelehrt hatte. Diese Muster stellten nämlich Schutzzauber dar; und wurden sie verletzt, so konnte einen das gegenüber feindlichen Kräften, die jenseits des gewöhnlichen Raums und der gewöhnlichen Zeit wohnten, verwundbar machen.

Nachdem er sich dort befand, durchschritt auch Asea die Korridore des Musters und sprach magische Worte, bei denen sich die Kohlenpfannen entzündeten. Der Duft betäubenden Räucherwerks stieg auf. Riks Haut prickelte, ihm brannten die Augen. Asea trat zu ihm in den zentralen Kreis. Sie nahm einen Zauberstab, schloss den Eingang zu dem Korridor aus Linien, durch den sie gekommen waren, und vervollständigte damit das Muster. Sie sprach die Worte einer uralten Beschwörung, verneigte sich dann aus der Hüfte in alle acht astrologischen Himmelsrichtungen und rief die Namen verschiedener Schutzgeister an. Anschließend bedeutete sie ihm, sich, wie er es gelernt hatte, im Schneidersitz vor die Kohlepfanne zu setzen und tat es ihm nach.

Unter den Instrumenten, die neben der Kohlepfanne ausgelegt waren, wählte sie ein Messer und hielt es in die Glut, bis es heiß war. Dann nahm sie pulverisierte alchemistische Substanzen aus einer kleinen Kräuterschachtel und streute sie auf die Klinge, wo sie knisternd zerschmolzen.

»Streck die Hand aus.« Er hielt sie ihr offen entgegen, und sie machte einen Schnitt in die Handfläche. Die Kräuter drangen in die Wunde ein, wo sie zuerst brannten und dann prickelten, bis sich die Wunde schließlich taub anfühlte. Sie nahm nun die gleiche Prozedur an sich selbst vor und legte dann ihrer beider Hände zusammen, sodass sich an den Einschnitten ihr Blut vermischte. Mit der freien Hand reichte sie ihm eine Oblate. So, wie sie ihn zuvor angewiesen hatte, biss er eine Hälfte ab, kaute und schluckte, während sie sich die andere Hälfte in den Mund steckte.

So hielten sie die verschränkten Hände weiter über die Kohlepfanne. Ihre Hand war kühl und glatt, und ihre Finger waren kräftiger, als sie aussahen. Er atmete die rauchgeschwängerte Luft ein und ihm drehte sich der Kopf. Schwindel und Übelkeit verwirrten seine Sinne.

Asea sprach in einem singenden Tonfall Worte, und er wiederholte sie, ohne sie zu verstehen. Sie hatten einen seltsamen Rhythmus, ein Versmaß, das seinen Herzschlag wiederspiegelte. Ihr Gesang verlangsamte sich, sein Puls ebenfalls. Er fragte sich, ob ihr Körper wohl ebenso reagierte.

Alle seine Gliedmaßen fühlten sich jetzt taub an, und er überlegte, ob sie ihn vergiftet hatte.

Alle Drogen können in gewissem Maße als Gift gelten. Der Gedanke huschte von anderswo her in seinen Kopf. Es hätte ihn stärker erschreckt, wenn er nicht schon einmal etwas Ähnliches erlebt hatte, als er sich tief im Schlangenturm mit dem uralten, außerirdischen Priester verständigt hatte. Bildete er sich das nur ein, oder hörte er tatsächlich Prinzessin Aseas Stimme in seinem Kopf?

Es ist wirklich, doch es fällt mir schwer. Dein Geist ist gegen ein solches Eindringen geschützt, und nur die Drogen, der körperliche Kontakt und das Ritual machen es überhaupt möglich. Du bist tatsächlich also das, was ich vermutet habe, Rik.

Ein Schattenblut?

Ja.

Während sie diese Gedanken austauschten, fuhren sie in ihrem Sprechgesang fort. Sie übermittelte ihm die Worte jetzt telepathisch, sodass ihre Stimmen miteinander verschmolzen. Sein Magen tat einen Satz, und dann schrie sein schwindelnder Geist entsetzt auf. Er befand sich außerhalb seines Körpers und sah auf sich selbst herab.

Angst erfüllte ihn, schlimmer als die Angst vor dem Fliegen während der Ballonfahrt. Hatte sie ihn umgebracht? Fühlte sich so der Tod an?

2

Sardec sah dem Arzt in die Augen und versuchte seine Antwort zu erraten. Der Doktor war ein hochgewachsener, schlanker Terrarch und trug weiße Roben. Seine Miene blieb undeutbar. Er fühlte Sardecs Puls und untersuchte seine Augen.

»Werde ich sterben?«, fragte Sardec schließlich. Nach seiner Rückkehr von dem Friedhof hatte der Arzt seine Verbrennung behandelt und ihn gebeten, in einigen Tagen wiederzukommen.

Der Arzt schenkte ihm ein kühles Lächeln. »Nein. Aber ich glaube eigentlich nicht, dass Euch der Gedanke an den Tod Sorgen bereitet.«

»Werde ich mich in einen Ghul verwandeln?«

»Das halte ich für unwahrscheinlich. Diese Krankheit kommt bei Terrarch nur sehr selten vor, und auf Al'Terra gab es sie überhaupt nicht. Sie war die Geißel der Menschheit, bevor wir kamen und begannen, die Kreaturen auszulöschen.«

»Die Terrarch-Frau auf dem Friedhof war ein Ghul. Sie sah sogar wie die Königin aller Ghule aus.«

»Ich sagte zwar, dass diese Krankheit unsere Art nur sehr selten befällt, nicht aber, dass es unmöglich wäre.«

»Wie groß ist das Risiko, dass ich … wie sie werde?«

»Weit, weit geringer als für Eure Männer, die gebissen worden sind.«

»Aber es ist nicht völlig auszuschließen?«

»Nein.«

»Wie lange wird es dauern, bis ich mir sicher sein kann?«

»Wenn Ihr ein Mensch wäret, könnten die Symptome

innerhalb von vierundzwanzig Stunden auftreten. Zeigen sich in drei Tagen keine, so kann man davon ausgehen, dass Ihr Euch nicht angesteckt habt. Deswegen habe ich Euch auch gebeten, heute wiederzukommen.«

»Aber natürlich bin ich kein Mensch.«

»Nein.«

»Wie lange also?«

»Ich weiß es nicht. Fälle der Ghul-Krankheit sind bei Terrarch schon recht selten, und Aufzeichnungen darüber gibt es noch weniger. Ich würde meinen, in ein paar Tagen müssten wir Bescheid wissen.«

»Noch ein paar Tage …« Sardec platzte fast vor Empörung.

»Vielleicht auch länger. Unter Menschen kommen Fälle vor, in denen sie gebissen werden und jahrelang keine Anzeichen der Krankheit zeigen; und dann, eines Tages plötzlich, fallen sie über ihre Nachbarn, Freunde und Familienmitglieder her. Natürlich tun Menschen das ohnehin, ohne dazu eine Krankheit als Vorwand zu brauchen.« Sardec war klar, dass der Arzt versuchte, die angespannte Atmosphäre mit ein wenig Humor aufzulockern, doch er fand seine Bemerkung nicht gerade komisch.

»Ihr sagt, dass die Krankheit auch jahrelang ruhen kann.«

»Anscheinend, oder die Menschen, von denen wir sprechen, hatten sich während der ganzen Zeit schon heimlich mit Ghulen zusammengetan. Bei Menschen weiß man so etwas nie.« Der Arzt war offenbar ein wenig beleidigt, weil er nicht auf seinen Scherz reagiert hatte, und versuchte es jetzt mit einer Variante. Sardec lächelte höflich. Wahrscheinlich fiel es dem Arzt leichter als ihm, in dieser Lage ruhig zu bleiben. Schließlich war er nicht derjenige, der einen Biss abbekommen hatte. Sardec überlegte, ob er den Sanitätsoffizier beißen sollte. Dann würde er vielleicht begreifen. Er musste über die groteske Komik des Gedankens grinsen, und der Doktor erwiderte sein Lächeln.

»Ich würde mir keine Sorgen machen, Leutnant. Ihr und Eure Männer habt alle notwendigen Vorsichtsmaßnahmen getroffen. Ich würde sogar sagen, dass Ihr eine ausgezeichnete Prognose habt, die Krankheit nie zu entwickeln.«

Das klang allerdings ein wenig beruhigender. Sardec stellte die Frage, von der er gehofft hatte, sie nicht aussprechen zu müssen. »Aber wenn sie … es haben … oder ich, was können wir dann unternehmen?«

Das kühle Lächeln des Arztes verschwand. »Nicht viel, fürchte ich. Wenn die Krankheit einmal ausbricht, ist sie unwiderruflich und unheilbar.«

»Nichts?«

»Nichts. Höchstens, Euch aus Eurem Elend zu erlösen.«

»Dann sollten wir besser beten, meine Männer und ich«, sagte Sardec.

»Tut das, wenn es dazu beitragen kann, dass Ihr Euch besser fühlt«, sagte der Arzt. »Legt die Angelegenheit in Gottes Hand.«

3

Rik betrachtete seinen leblosen Körper. Neben sich erblickte er einen schimmernden, durchscheinenden Umriss: Asea. Sie sah auf eine gar nicht zu beschreibende Weise ein wenig anders aus als im wirklichen Leben, und er fragte sich, ob dies wohl das Bild war, das sie von sich selbst hatte.

Wenn das der Tod ist, dann bin ich ebenfalls gestorben. Aber es ist nicht der Tod, nur etwas Ähnliches.

Ist das Eure Seele? Ist das hier die meine?

Vielleicht. Nein, eigentlich ist das nur das ka, *eine Projektion deines Geistes außerhalb deines Körpers, eine Einprägung deines Willens in den Äther.*

Rik war sich nicht sicher, ob das für ihn einen Unterschied machte, doch für Asea schien es bedeutsam zu sein. Ihre geistige Stimme wandte sich erneut an ihn.

Komm – wir müssen gehen, bevor die Wirkung der Droge nachlässt.

Gehen? Wohin?

In die Tiefe, die Große Tiefe. Mit den Augen deines Geistes wirst du das erste und allerwichtigste Geheimnis der Magie erblicken.

Er nahm ihre körperlose Hand. Das Gefühl war ganz anders, als die Haut eines anderen Wesens zu spüren. Raum und Zeit schienen sich um ihn herum zu krümmen und zu fließen, und plötzlich erschien ein Wirbel in der Luft, an dessen äußeren Rändern die Realität zerfloss. Aus seinem Inneren hörte er Stimmen, die in seine Seele drangen; Laute, vernehmbar nur für unstoffliche Ohren.

Was ist das?, fragte er.

Ein Eingang zu etwas anderem.

Wohin?

In das Reich des Geistes. Deines Geistes.

Das begreife ich nicht.

Du brauchst es auch nicht zu verstehen – folge mir nur einfach.

Asea tauchte kopfüber in die wirbelnde, verzerrte Stelle

innerhalb der Wirklichkeit ein. Einen Augenblick lang zögerte er, dann folgte er ihr unter Aufbietung seines ganzen Willens und stürzte sich auf eine völlig andere Daseinsebene.

Unter ihnen befand sich kein Land. Zumindest zu Beginn nicht. Sie schwebten in pechschwarzer Nacht. Um sie herum war bis auf den Schimmer, den sie selbst aussandten, alles dunkel. Rik fühlte sich schwindlig und verwirrt. Alles war chaotisch, ein Durcheinander von Bildern und Empfindungen, die seinen Verstand zu überwältigen drohten.

Dann schien seine Sicht klarer zu werden. Ein Kaleidoskop von Bildern zog durch sein Bewusstsein. Er sah die Straßen von Drangsal, aber diese Straßen waren breiter als in seiner Erinnerung und die Häuser so viel höher, dass sogar die Bauwerke von Halim dagegen klein gewirkt hätten. Er war von Riesen umgeben. Ihm wurde klar, dass dies seine frühesten Erinnerungen aus der Zeit waren, nachdem Leon und er aus dem Waisenhaus des Tempels ausgerissen waren. Die Passanten um ihn herum wirkten alle eigenartig, monströs, eher wie Ungeheuer denn wie Menschen. Er sah Asea an. Sie war noch immer die gleiche, eine schimmernde Gestalt von menschlicher Größe.

Was tun wir hier?

Wir suchen nach einem Ort, an dem du in Verbindung zu deiner Kraft treten kannst.

Und wo ist das?

Das weiß niemand wirklich – er könnte im Inneren deines Geistes liegen, oder in der Tiefe. Oder es ist der Ort, an dem sich beide begegnen. Nun sei still und öffne dein Bewusstsein. Führe die Übungen durch, die ich dich gelehrt habe. Wenn du etwas spürst, lass dich dorthin ziehen.

Rik gehorchte. Er konzentrierte sich auf die Schutzzeichen, versuchte seinen Geist zu leeren, tief in sein Inneres zu greifen und die Macht zu berühren, von der sie ihm versichert hatte, sie sei da. Dann spürte er zum ersten Mal etwas. Es war schwach und weit entfernt, doch es rief ihn zu sich. Er versuchte, sein Bewusstsein zu leeren und ließ sich ziehen. Ihm fiel auf, dass der Boden unter ihm zurückfiel, obwohl sich Aseas Geist noch in seiner Nähe befand. Je höher sie stiegen, umso rascher bewegten sie sich. Er konnte die Geschwindigkeit nicht spüren, aber die Welt unter ihnen wurde schnell kleiner, und die Sterne schienen näher zu rücken.

Nein. Was er für Sterne gehalten hatte, waren Lichtpunkte, die viel näher waren als die Sterne am Himmel. Sie wirkten wie winzige Inseln, die in dieser großen Leere dahintrieben. Zwischen ihnen nahm er ein Glühen wahr. Durch reine Willensanstrengung schoss er mit atemberaubender Geschwindigkeit darauf zu. Bald schwebten sie beide über der Oberfläche eines winzigen Globus. Seine Oberfläche war mit seltsamen Runen beschrieben, schimmernde Muster wirbelten vor seinen körperlosen Augen.

Was ist das?

Dein Ort der Macht, deine Verbindung mit der Großen Tiefe.

Er dachte an das, was sie ihn über die Große Tiefe gelehrt hatte. Das war doch der Ort, von dem alle magische Energie stammte. Er lag unterhalb, oberhalb und rund um ihre heimische Daseinsebene herum und überschnitt sich mit anderen Ebenen. Die Portale verbanden sie. Dies war der Weg nach Al'Terra, auf diesem Weg waren die Terrarch zwischen den Welten gereist.

Wie ist es möglich, dass sich die Tiefe im Inneren meines Geistes befindet?

Der Geist jeden Wesens berührt sie auf die eine oder andere Weise. Der Unterschied ist nur, dass sich ein Magier dessen bewusst ist und sich dieses Umstands bedienen kann. In der Tiefe wohnen Kreaturen, die dies ebenfalls wissen. An dieser Stelle können Dämonen in deinen Geist durchbrechen, wenn du sie lässt.

Warum habt Ihr mich hierher gebracht?

Damit du es sehen kannst. Damit du anfangen kannst zu verstehen. Und damit du eine Verbindung zur Tiefe herstellen kannst, denn sie ist die Quelle aller Macht. Um Magie zu wirken, musst du deine Kraft aus ihr beziehen.

Wie mache ich das?

Ich werde es dir zeigen. Dieser Ort ist dein Ort der Macht. Aber es birgt auch Gefahren, die Verbindung zu ihm herzustellen.

Worin bestehen diese Gefahren?

Hör zu, und ich will es dir sagen.

Rik hörte ihr zu. Um sich herum spürte er das Pulsieren fremdartiger Energien. Er fühlte, wie die Wirklichkeit verschwamm und sich verzerrte. Vielleicht war dies eine Auswirkung der Drogen, die er dort in dem Kellerraum genommen hatte, doch er bezweifelte das. Er hatte das Gefühl, dass diese Erscheinungen irgendwie mit der Natur dieses Ortes selbst zu tun hatten.

Die Dinge sind nicht so, wie du sie hier siehst, Rik. Dies ist ein fremdartiger Ort. Deine Wahrnehmung ist nur die Art, wie dein Geist etwas, das ihm vollständig fremd ist, deutet. Er versucht, das Unbegreifliche begreifbar zu machen.

Eine sehr eigenartige Vorstellung.

Nicht merkwürdiger als unsere Existenz auf Gaeia. Es liegt noch eine ganze Welt hinter dem, was wir mit unseren sechs Sinnen wahrnehmen, Rik. Dies ist eine der ersten Erkenntnisse eines Magiers. Wir sehen nicht die Wirklichkeit, sondern nur einen Ausschnitt davon. Hunde riechen Dinge, die wir nicht riechen können, sie hören, was wir nicht hören. Du selbst kannst im Dunkeln Dinge sehen, die kein gewöhnlicher Mensch wahrnimmt. Katzen können noch weiter sehen. Wir nehmen nicht die Wirklichkeit wahr, sondern nur einen Teil davon.

Rik verstand die Logik, die hinter Aseas Ausführungen stand, doch er begriff nicht, was das mit dem zu tun hatte, was sich um ihn herum abspielte.

Die Wirklichkeit ist ein Konstrukt unseres Bewusstseins. Normalerweise verläuft der Vorgang nur in einer Richtung. Magier lernen, das Modell der Wirklichkeit in ihren Köpfen umzuformen und die Wirklichkeit zu zwingen, sich ihm anzupassen.

Das klingt verrückt.

Vielleicht ist es das auch. Aber es kann vollbracht werden, wenngleich nur in geringem Maßstab und nur mit sehr viel Unterstützung. Du musst eine Energiequelle anzapfen, um es zu tun. Du musst diese Energie beherrschen, sie formen und dann in unsere Welt bringen. Die Tiefe ist der Ort, von dem diese Energie stammt.

Sie hatte ihm oft von dem *tau* erzählt, der magischen Energie, die einer bestimmten Umwelt inne wohnt, und gesagt, auf Al'Terra sei mehr davon vorhanden gewesen als auf Gaeia. Aus diesem Grund war die Magie, die sie hier wirken konnte, nur ein schwacher Abglanz dessen, zu was sie auf dem Heimatplaneten der Terrarch imstande gewesen war. Er fragte sie nach dem Grund dafür.

Die Barrieren zwischen den Welten sind auf Gaeia dicker. Es ist schwieriger, die Tiefe zu erreichen, man muss viel tiefer graben. Der Prozess dauert länger, und die Energie ist nicht so reichlich vorhanden, zumindest an den meisten Stellen nicht.

Es gibt aber Stellen, an denen diese Wände dünner sind, wandte er ein. Er wusste, dass dem so war. Zum Beispiel in der unterirdischen Stadt Achenar, wo Uran Uhltar in ihre Welt durchgebrochen war.

Ja, und an diesen Stellen ist die Macht am stärksten. Deswegen waren sie auch die heiligen Orte der Hexen aus alter Zeit, die Stellen, von denen die Dämonengötter ihre Kraft bezogen. In Wahrheit sind diese Plätze einfach Schwachpunkte im Gewebe unserer Wirklichkeit, an denen fremdartige Energien einsickern. Sie entspringen dort wie Wasser aus einer Quelle. An solchen Orten können sogar Personen, die fast keine magische Begabung besitzen, Zauber wirken, so wie Zarahel das getan hat; aber je weiter man sich von diesen Punkten entfernt, desto stärker dünnt sich diese Energie aus, bis sie praktisch nicht mehr vorhanden ist. Wenn du regelmäßig Magie einsetzen willst, benötigst du eine direkte Verbindung zu einer Energiequelle. Du musst in der Lage sein, nach einer Machtquelle zu greifen und sie anzuzapfen.

Und das tun wir jetzt hier.

Nein. Du tust es. Streck die Hand aus und berühre diese Quelle. Lege die Hand hinein. Es wird weh tun, aber du wirst es ertragen. Die Energie kann dich vernichten. Sie kann dich in den Wahnsinn treiben. Jedem Menschen, der das versuchte, würde das mit Sicherheit so gehen, aber du bist nur zur Hälfte ein Mensch.

Und wenn ich nicht will?

Dann wirst du nie ein echter Magier werden. Du wirst deiner Umgebung ausgeliefert sein und unfähig zu echter Magie bleiben.

Rik dachte darüber nach. Wie immer wünschte er, er könnte feststellen, ob ihre Worte der Wahrheit entsprachen. Vielleicht gab es ja viele Arten, eine Machtquelle anzuzapfen. Jedenfalls wiesen manche Legenden darauf hin, und die Alte Hexe, die ihn zuallererst die Magie gelehrt hatte, hatte das ebenfalls behauptet. Asea schien zu spüren, welche Richtung seine Gedanken nahmen.

Oh, du wirst schon in der Lage sein, Thanatomantie zu üben, das heißt, anderen die Lebenskraft auszusaugen, um sie in deinen Ritualen zu gebrauchen. Du wirst ihre Seelen verschlingen können wie ein Tier seine Beute, und wie Nahrung werden sie dir Kraft schenken. Doch auf lange Sicht wird dich das in den Wahnsinn führen, und du wirst zu einer Kreatur des Schattens werden. Ist es das, was du willst?

Rik wusste, dass sie ihn prüfte. Es kam eigentlich nicht auf das an, was er wollte, sondern auf das, was Asea sich vorstellte; und er argwöhnte, dass sie ihn vernichten würde, wenn er die falsche Antwort gab. Er war sich sicher, dass sie nicht den Wunsch hegte, noch einen dunklen Magier auf die Welt loszulassen. Hätte er das denn gewollt? Er glaubte nicht.

Es geht nicht um das, was du zu wollen glaubst, Rik, sondern darum, wer du bist. Du bist ein Magier, und die Macht ruft nach dir. Irgendwann wirst du versucht sein, sie zu gebrauchen, und du wirst einen Weg finden, es zu tun. Du bist auf diesem Weg schon zu weit gegangen, um jetzt umzukehren. Die Frage ist nur, in welcher Richtung du weitergehen wirst. Der Pfad gabelt sich hier – und ein Weg führt zum Schatten. Der andere führt zur Meisterschaft.

Nicht zum Licht?

Nein. Nicht zum Licht – aber zu einem Ort, an dem du der Herr deiner Macht sein wirst, statt dich von ihr beherrschen zu lassen.

Doch dieser Weg könnte auch hier und jetzt zu Vernichtung und Wahnsinn führen, stimmt's?

Genau. Jetzt ist die Zeit der Entscheidung gekommen. Welchen Weg wählst du, Rik, welchen Weg?

4

Als Sardec ins Zimmer trat, blickte Rena, die auf einem Stuhl vor dem Kamin saß, von ihrem Strickzeug auf. Sie wirkte sehr friedlich, in ihrem Lächeln lag eine tiefe Gelassenheit. Sardec stieß einen langen Atemzug aus und zerrte an seinen Stiefeln.

»Lass mich dir helfen«, sagte sie. »Setz dich, und ich ziehe sie dir aus.«

Ein unverständlicher Zorn stieg in Sardec auf. Er wollte nicht tun, was sie sagte. Wer war sie, dass sie ihm Befehle erteilte? »Ich bin kein Krüppel«, versetzte er und war sich doch allzu bewusst, dass dies eine Lüge war.

»Das habe ich nie behauptet«, sagte Rena. Sie wirkte erschrocken und ein wenig ärgerlich. Wie konnte sie es wagen, ärgerlich auf ihn zu sein? Wie mutig sie geworden war! Noch vor ein paar Tagen hätte sie nie zugelassen, dass sich solche Gefühle auf ihrer Miene malten.

»Du nimmst dir zu viele Freiheiten heraus!«, brüllte er. Sie fuhr zurück. Jetzt standen ihr Angst und noch etwas anderes ins Gesicht geschrieben. In seinem gegenwärtigen Gemütszustand bereitete ihm das eine widersinnige Freude. Er setzte sich auf seinen Stuhl und widmete sich seinen Stiefeln. Mit nur einer Hand und einem Haken war das schwierig, also kam er sich sehr ungeschickt dabei vor. Er spürte, wie sein Gesicht vor Anstrengung und Verlegenheit rot anlief; aber jetzt konnte er sie doch nicht mehr um Hilfe bitten. Er ruckelte und zog weiter an seinem Stiefel, verärgert darüber, dass sie hier keine Dienstboten hatten.

Sie wich in eine Ecke zurück, als hätte sie Angst vor ihm, was ihn noch weiter verdross. Hatte er ihr jemals einen

Grund gegeben, ihn zu fürchten? Er war doch die Freundlichkeit in Person gewesen. Zu nett vielleicht, wenn sie sich in seiner Gegenwart so aufführte.

»Was hast du?«, fragte sie. »Ist etwas nicht in Ordnung?«

»Alles ist in Ordnung.« Sardec brüllte beinahe und war sich bewusst, dass hier etwas ganz und gar nicht stimmte. War das schon die Krankheit? Hatte sie bereits begonnen, seine Persönlichkeit zu verändern, oder war sein Aufgewühltsein nur eine Antwort auf den Druck?

»Du bist doch sonst nicht so.« Mit einem lang gezogenen Seufzer stieß er den Atem aus. Langsam beruhigte er sich.

»Du hast recht«, sagte er. Er konnte sich nicht überwinden, sie um Verzeihung zu bitten. Für einen Terrarch seines Ranges wäre es nicht schicklich gewesen, sich einem Menschen auf diese Weise zu verpflichten. »Du hast recht.«

Sie lief zu ihm und nahm seine verbundene Hand. »Was ist geschehen?«

Er erzählte ihr von dem Ghulbiss und der Terrarch-Frau auf dem Friedhof.

»Ich glaube nicht, dass dir etwas geschehen wird«, sagte sie.

»Ich wünschte, ich wäre mir genauso sicher.«

»Der Arzt schien die Gefahr aber für sehr gering zu halten.«

»Das war sie wohl auch – für die Frau aus dem Mausoleum.«

»Du darfst dich nicht entmutigen lassen. Du bist ein tapferer Mann. Lass nicht zu, dass dich diese Sache bedrückt. Warum sich Sorgen machen um etwas, das vielleicht nie geschehen wird?« Sie lächelte ihn an, und er sah, dass sie sich jetzt schon um ihn sorgte. Das rührte ihn, und merkwürdigerweise ließ sein Drang, sie zu beruhigen, seine eigenen Kümmernisse in den Hintergrund treten. Er zwang sich zu einem Nicken. »Du hast ja recht. Und verzeih mir, dass ich dich eben so angeschrien habe. Das wollte ich nicht.«

»Da gibt es nichts zu verzeihen«, sagte sie, doch er wusste es besser. Wenn sie seine Gedanken lesen könnte, so würde sie ihm eine Menge zu vergeben haben.

5

Rik kam zu dem Schluss, dass er in dieser Angelegenheit keine allzu große Wahl hatte. Wenn er in seinen Körper heimkehren wollte, dann würde er sich diesem gefährlichen Pfad stellen müssen. Er würde eine Verbindung zu der Machtquelle, die sie hier gefunden hatten, herstellen. Und das sagte er Asea auch.

Nun gut, dann steck die Hand in den Strudel.

Er streckte die Hand aus und berührte den wirbelnden Zyklon aus magischer Energie. Er wusste nicht, womit er rechnen sollte. Feuer und Schmerz vielleicht, aber dann fühlte es sich ganz anders an als alles, was er erwartet hatte. Da war Schmerz, aber da waren auch andere Empfindungen: eine schwellende Freude, die so stark war, dass er am liebsten geweint hätte; ein Gefühl von Wohlbefinden, von Frieden und Ruhe, das er nie wieder loslassen wollte. Er spürte, wie sich sein Bewusstsein ausbreitete und verrann, so wie die kreisförmigen Wellen in einem Teich, die entstehen, wenn man einen Stein hineinwirft. Es war, als hätte er den Geist Gottes berührt.

Schmerz und Macht brodelten in ihn hinein, reinigten ihn und zeigten ihm die Dinge, die in den dunklen Winkeln seines Geistes lauerten. Irgendwie flößten sie jetzt, nachdem er sie angesehen hatte, nicht mehr so viel Furcht ein, sondern wirkten eher klein und unbedeutend, so wie er selbst. Er spürte den Drang, seinen Geist zu öffnen, sich von dem Wissen und dem Staunen durchfließen zu lassen, eins mit dem Kosmos zu werden und zuzulassen, dass sein Bewusstsein in tausend Fragmente zerfiel und vom Universum aufgesogen wurde. Vielleicht fühlte sich der Tod so an, dachte er, und wenn das so war, dann war er gar keine dermaßen schlimme Sache.

Er konnte sich selbst loslassen, seine kleinlichen Ängste und Ansprüche. Wer war er schon, was spielte er im großen Weltenplan schon für eine Rolle? Es war seine eigene Selbstsucht, die ihn behinderte. Er brauchte nur loszulassen und sich aufzulösen. Dann würde er Frieden finden, und alle Mühsal und aller Schmerz wären vorüber. Die Macht stieg in ihm auf, und er hörte einen Gesang, der wie ein Engelschor klang. Wenn er sich nur selbst losließ, sich von der Schönheit dieser ätherischen Stimmen davontragen und reinigen ließ, dann konnte er wie sie werden, dann konnte er in alle Ewigkeit an ihrem Glück teilhaben.

Doch irgendwo in den Tiefen seines Bewusstseins stemmte sich eine kleine, unzufriedene Stimme gegen den Gesang. Er sagte sich, dass das, was er da hörte, unecht war, eine Lockung der Dämonen und des Todes. Seine Seele glaubte das nicht ganz, aber es war wichtig, dass er Widerstand leistete. Ein Teil von ihm wollte sich nicht ergeben, sondern wollte weiter existieren, wollte tun, was er unter den Lebenden noch zu erledigen hatte.

Er versuchte, den Gesang auszublenden, seiner Verlockung zu widerstehen und die Hand aus dem magischen Strudel zu ziehen. Doch das gelang ihm nicht. Der Sirenengesang und seine Quelle hielten ihn fest. Angst stieg am Rande seines Bewusstseins auf und falsche Töne schlichen sich in den harmonischen Triumphgesang. Die Musik kam ihm mit einem Mal nicht mehr so überwältigend spirituell vor.

Jetzt konzentrierte er sich auf seine Angst und versuchte, Kraft daraus zu ziehen, und auch aus dem Zorn, der ihr unvermeidlich auf dem Fuße folgte. Angst und Zorn, die beiden Empfindungen, die sein Denken beherrschten und ihn Zeit seines Lebens bestimmt hatten. Er schöpfte aus den Erinnerungen, die sie mitbrachten, an die Prügel im Waisenhaus, an den ständigen Überlebenskampf auf den Straßen von Drangsal. Er erinnerte sich an seinen Zorn auf Sabena, die ihn verraten hatte, und an seine entsetzliche Furcht vor Antonio, dem fetten Bandenkönig, der ihr Liebhaber war und den sie beide betrogen hatten. Er erinnerte sich an die Schlachten, die er zusammen mit den Fourageuren geschlagen hatte, und ebenso an seine Wut und sein Entsetzen, als Sardec befohlen hatte, ihn auspeitschen zu lassen. Langsam und Stück für Stück setzte er seine Persönlichkeit wieder zusammen, zuerst als einen Mechanismus aus Zorn und Angst. Dann füllte er die Lücken dazwischen aus und erinnerte sich an seine kleinen Freuden und Vergnügungen und die wenigen, sorgfältig gehüteten schönen Erfahrungen, die ihm zuteil geworden waren.

Er dachte an die guten Zeiten mit Sabena, und auch mit Rena. Er erinnerte sich an seine Freundschaft mit Leon und seine Freunde unter den Fourageuren. Ja, auf eine eigenartige Weise fühlte er sich sogar Asea freundschaftlich verbunden. Langsam kam er sich selbst wieder näher und entfernte sich immer weiter von den verführerischen Stimmen. Zoll um Zoll zog er seine Hand aus dem Strudel, und dann bemerkte er, dass er von Feuer umkränzt war und ihn Lichtfäden mit dem Ding verbanden.

Ich dachte, du wärest verloren.

Ich glaube, das war ich auch, aber jetzt habe ich mich wiedergefunden.

Er war sich nicht sicher, was aus ihm geworden war, aber er wusste genau, dass er sich verändert hatte.

Zeit, dass wir zurückkehren.

10. KAPITEL

Unsere Fähigkeit zum Spott ist es, die uns von den Tieren unterscheidet.

Enceladion, Theaterstücke über die Moral

1

Rik schlug die Augen auf und sah eine weiße Sonne über sich schweben. Langsam dämmerte ihm, dass sie aus Gips geformt war und sich an der Decke seines Zimmers im Palast befand. Er fühlte sich müde und schwach, die Hand tat ihm weh. Die Geschehnisse in der Welt des Geistes kamen ihm in der Erinnerung wie ein Traum oder sogar ein Albtraum vor. Er versuchte sich aufzusetzen, doch die Kraft verließ ihn. Als er sich wieder in die dicken, mit Gänsefedern gefüllten Kissen sinken ließ, sah er, dass Asea auf der anderen Seite des Zimmers in einem reich verzierten Sessel mit Klauenfüßen saß. Sie legte das Buch beiseite, in dem sie gelesen hatte. »Beim ersten Mal ist es immer besonders schwierig«, sagte sie. »Manche erholen sich nie davon.«

»Ich werde es überstehen«, gab Rik zurück. »Jedenfalls glaube ich das.«

Sie lächelte. »Das ist gut.«

»Was ist denn nun wirklich geschehen? War das ein Traum, oder habe ich tatsächlich das Reich des Geistes besucht und die Große Tiefe berührt?«

»Schon möglich. Niemand versteht diesen Vorgang *wirklich*, und jede Schule der Magie hat unterschiedliche Theorien dazu. Manche sind der Meinung, das Ritual stelle nur eine gemeinsame Halluzination da, die dazu beitrage, die Kräfte eines Magiers zu wecken.«

»Und was glaubt Ihr, meine Dame?«

»Das, was ich dir erklärt habe, als wir dort drüben waren. Ich glaube, dass es sowohl ein Traum als auch eine Wirklichkeit ist, in der der Geist die Tiefe berührt.«

Rik schloss die Augen und holte tief Luft. Er fühlte sich verändert. Trotz seiner großen Schwäche war ihm, als habe er Zugang zu einer geheimen Quelle der Macht und könne Kraft daraus ziehen. Er sprach seinen Gedanken auch laut aus.

»Das kannst du, Rik. Du hast eine direkte Verbindung zwischen der Tiefe und deinem Geist geschmiedet. Du bist jetzt daran gebunden und kannst magische Energie daraus schöpfen, sobald du die richtigen Techniken kennst.«

»Techniken?«

»Techniken, Zaubersprüche, wie immer du das nennen willst. Beschwörungen und Rituale sind nur Methoden, um Geist und Seele vorzubereiten und Aufmerksamkeit und Willenskraft zu fokussieren.«

»Werdet Ihr mich darin unterrichten?«

»Ich habe bereits damit begonnen. Viele der Grundübungen, die wir praktiziert haben, werden dich jetzt in die Lage versetzen, aus dieser Kraft zu schöpfen. Diese Zaubersprüche, von denen du geglaubt hast, dass sie niemals wirken würden. Aber es gibt auch Gefahren. Bevor du so etwas unternimmst, solltest du deinen Geist reinigen, indem du über die Schutzzeichen meditierst. Das ist das grundlegendste und wichtigste Werkzeug von allen.«

»Ich werde daran denken.«

»Sieh zu, dass du es nicht vergisst. Ich habe noch nie einen Lehrling verloren, und ich möchte nicht, dass du der Erste sein wirst.«

»Dann habt Ihr schon andere ausgebildet?«

»Viele im Lauf der Jahre. Größtenteils auf Al'Terra, bevor die Fürsten der Schatten kamen.« Er spürte, dass sie dieses Thema nicht weiter vertiefen mochte.

»Worin bestehen diese Gefahren?«

»Das habe ich dir doch schon einmal erklärt. Wenn du dir Energie holst, stanzt du ein kleines Loch in das Gewebe der Wirklichkeit, durch das Substanzen aus den Schatten eindringen können. Du musst darauf Acht geben, dass du nicht davon vergiftet wirst. Und du musst sehr vorsichtig vorgehen, wenn du aus der Macht schöpfst. Über den Energiefluss können Kreaturen aus der Tiefe in dich hinein gelangen.«

»Kreaturen?«

»Dämonen. Wesen voller Macht und Bosheit.«

»Und durch die Verbindung, die ich auf Euer Geheiß geknüpft habe, können sie mich finden?«

»Wenn du in Verbindung zu der Macht trittst, schon. Wenn nicht, ist dieser Faden so fein, dass er unsichtbar bleibt. Erst wenn du Magie einsetzt, beginnt er in der Tiefe zu glühen. Die Möglichkeit, dass darüber etwas eindringt, ist verschwindend gering, doch es gibt sie. Je mächtiger die Magie, die du anwendest, umso größer ist auch die Gefahr, einen solchen Dämon anzulocken.«

»Wann werde ich in der Lage sein, Magie zu wirken?«

»Ah! Die ewige Frage des eifrigen Lehrlings.« Ein Hauch von Spott lag in ihrer Stimme. »Du kannst es jetzt tun. Geh die Schutzzeichen durch, die ich dich gelehrt habe, und versuche dann, das Licht zu aufzubauen.«

Er schloss die Augen und beschwor das Bild der Schutzzeichen herauf. Hell strahlten sie vor seinem inneren Auge. Dann stellte er sich vor, wie eine Lichtsphäre über dem Bett auftauchte. Als er dazu die Worte sprach, die sie ihn gelehrt hatte, reagierte etwas in ihm auf den Rhythmus des Spruchs – so heftig wie noch nie zuvor. Eine schwach leuchtende Kugel tauchte über dem Bett auf. Zuerst war sie so hauchzart, dass er sich nicht einmal sicher war, ob sie überhaupt da war, doch als er seine Anrufung fortsetzte, wurde sie heller. Triumph stieg in ihm auf. Er hatte seinen ersten bescheidenen Zauber vollbracht. Ein solches Gefühl hatte er noch nie gekannt, nicht einmal als er den Engelsstimmen aus dem Strudel gelauscht hatte. Jetzt war er ein Magier, auch wenn er noch ganz am Anfang stand. Er sah zu Asea hinüber. »Danke«, sagte er.

»Bedanke dich noch nicht.«

Etwas brannte nun in seiner Brust, und das Gefühl breitete sich über seine Adern aus. Schwäche überrollte ihn wie eine Woge, und die Kraft rann aus ihm heraus wie Wein aus einem umgestürzten Glas. Die Lichtkugel verlosch jäh. Ihm war auf einmal furchtbar übel. Sein Atem ging in heftigen Stößen, Schweiß stand auf seiner Stirn.

»Was war denn das?«

»Magie laugt den Magier aus. Sehr. Selbst das Wirken

eines einfachen Zaubers erschöpft den Körper ebenso wie ein langer Wettlauf oder das Heben eines sehr schweren Gewichts.«

»Warum habt Ihr mich nicht gewarnt?«

»Das habe ich doch. Oft sogar, aber du scheinst es vergessen zu haben.«

»Gerade eben, meine ich.«

»Das ist etwas, das man am besten selbst erlebt. Dann erinnert man sich besser daran.«

»Wird das immer so schlimm bleiben?«

»Mit der Magie ist es wie mit allem anderen. Je mehr du übst, umso besser wirst du. Oder man könnte es mit dem Gewichtheben vergleichen. Da beginnst du auch mit einer kleinen Last und baust deine Kraft auf, bis du schließlich schwerere Gewichte stemmen kannst.«

»Ich bin Euch trotzdem dankbar. Dies ist das größte Geschenk, das ich jemals bekommen habe.« Es war ihm ernst, aus tiefstem Herzen ernst. Es war die schlichte Wahrheit. Sie hatte einen seiner Kindheitsträume wahr werden lassen. Was immer sie war, was immer sie tat oder tun würde, nichts würde etwas daran ändern.

»Du hast die Gabe immer besessen, Rik. Ich habe nur dazu beigetragen, sie zu wecken. Aber im Lauf der Jahre wirst du feststellen, dass diese Gabe auch zum Fluch wird.«

»Das kann ich mir nicht vorstellen.«

»Niemand kann das. Zumindest zu Beginn nicht. Jetzt ruh dich aus. Gewinne deine Kraft zurück. Wir haben viel zu tun und nicht viel Zeit, es zu vollbringen.«

2

Sardec schritt durch die Straßen der Stadt. Rena ging an seiner Seite. Die Wege durch die Altstadt waren gewunden und dicht von Menschen bevölkert, die versuchten, alles zu kaufen, was überhaupt zu bekommen war. Wie immer befanden sich überall fliegende Händler, die alles feilboten – von Süßigkeiten bis zu gebrauchter Kleidung.

Er versuchte die neugierigen Blicke der Menschenmengen und einiger hiesiger Terrarch zu ignorieren, und wahrte eine erstarrte Miene aristokratischen Hochmuts. Niemand hier hatte das Recht, ein Urteil über ihn zu fällen. In seinen Adern floss das Blut der Drachenherren, und was er tat, und mit wem, das ging nur ihn selbst und niemanden sonst etwas an. Das sagte er sich immer wieder, doch tief im Innern fiel es ihm schwer, daran zu glauben. Er wusste, dass manch einer dort draußen das Gefühl hatte, über ihn urteilen zu dürfen, und dass diese Leute das auch tun würden. Er würde Tratsch und Geschwätz und die üblichen verstohlenen Seitenhiebe einer Gesellschaft ernten, die süchtig nach Klatsch war.

Er fühlte sich zwischen zwei Gefühlen hin- und hergerissen; der Freude über Renas Anwesenheit und der Besorgnis wegen des Ghul-Bisses. Schon dass sie einfach neben ihm herging, machte ihn auf eine Weise glücklich, wie er das nie für möglich gehalten hätte. Noch nie hatte er sich einem anderen lebenden Wesen so nahe gefühlt, und das hatte nichts mit Herkunft, Geist oder Bildung zu tun, sondern spielte sich auf einer weit grundsätzlicheren Ebene ab. Es war, als wäre er über einen magischen Bann an sie gebunden, und er hatte nicht das Geringste dagegen einzuwenden. In ihrer Nähe vergaß er wenigstens für kurze Zeit seine Sorgen.

Allerdings wirklich nur kurz. Er wusste jetzt, dass er sterben konnte, und dies auf eine ganz besonders scheußliche Art. Schon seit Achenar, wo er seine Schwerthand verloren hatte, hatte er seine Sterblichkeit empfunden. Seitdem hatte er gewusst, dass er sich glücklich schätzen konnte, am Leben zu sein, und dieses Gefühl wurde nach jeder Schlacht noch stärker. Er war daran gewöhnt, schließlich war er Soldat. Aber dieser Biss war etwas anderes. Er konnte ihn um seinen Stolz bringen, seinen Geist, ja sogar seine Seele, wenn es zutraf, was man sich erzählte.

Ein leiser Schrei neben ihm riss ihn aus seiner Tagträumerei. Er war derart in seine eigenen Gedanken versunken gewesen, dass er seine Umwelt ganz aus den Augen verloren hatte. Jetzt bemerkte er, dass um ihn herum Essensbrocken zu Boden fielen. Die meisten davon trafen Rena, und dann sah er, woher sie kamen.

Am Tisch einer Schenke saß eine Gruppe von Terrarch-Offizieren. Auf der Tischplatte stand eine ganze Anzahl leerer Weinflaschen. Brotstücke lagen in einem Weidenkorb. Die Gesichter der Terrarch waren ein wenig gerötet. Sie rissen das Brot in Stückchen und bewarfen Rena damit. Sardec löste sich von Rena und trat auf sie zu. Ein Stück Brot traf ihn ins Gesicht. Er starrte den Offizier an, der es geworfen hatte.

»Was genau glaubt Ihr, was Ihr da tut, mein Herr?«, fragte er. Der Zorn musste seine Stimme gefärbt haben, denn der Offizier, den er ansah, zuckte unter seinem Blick zusammen. Dann wurde ihm klar, dass er sich hatte einschüchtern lassen, und dies schien ihn noch mehr zu ärgern.

»Wir haben Euren Affen gefüttert.« Sardec spürte, wie er ebenfalls vor Zorn rot anlief. Vielleicht war auch ein wenig Beschämung dabei.

Sardec sah Rena an und richtete den Blick dann wieder auf den Offizier. »Ich besitze keine Affen, Herr, und ich glaube auch nicht, dass es sich für Terrarch-Offiziere schickt, sich wie eine Horde dieser Tiere zu benehmen.«

Einer der Freunde des Offiziers zog eine Grimasse. »Oh … der berühmte Leutnant Sardec möchte nicht, dass wir sein Affenweibchen füttern. Vielleicht gibt er ihr lieber selbst zu essen. Und ich glaube, wir können uns schon vorstellen, womit er sie am liebsten füttert.«

Rena zupfte an seiner Hand. »Komm hier fort«, flüsterte sie ihm ins Ohr. »Diese Männer sind betrunken und wissen nicht, was sie reden.«

»Ich befinde mich Euch gegenüber im Nachteil, mein Herr«, sagte Sardec. »Ihr scheint meinen Namen zu kennen, doch ich weiß den Euren nicht.«

»Komm weg«, flüsterte Rena noch drängender. Sardec wusste, dass sie recht hatte. Er sollte diese Rüpel einfach nicht beachten, aber etwas in ihm reagierte auf ihre höhnischen Bemerkungen. Er hatte etwas gefunden, das ihn von seinen Sorgen und Ängsten ablenkte.

»Es sieht aus, als nähme der Leutnant Befehle von seinem Affen entgegen«, sagte jener Offizier, der zuerst gesprochen hatte.

»Ich würde behaupten, dass ein solches Verhalten einem Terrarch-Offizier nicht ansteht«, erklärte der zweite Betrunkene. Sardec streckte seinen verstümmelten Arm aus, fuhr mit dem Haken in die Uniformjacke des Offiziers und riss ihn so hoch, dass sie einander gegenüberstanden.

»Ich habe Euch nach Eurem Namen gefragt, Herr, also

seid bitte so freundlich, ihn mir zu nennen.« Die Säufer sprangen auf, Hände fuhren an Schwertgriffe.

»Wollt Ihr mit mir kämpfen, Leutnant?«, erkundigte sich der Offizier spöttisch. »Welche Waffen wählt Ihr: Haken im Morgengrauen?«

Darüber brüllten seine Freunde erneut vor Lachen.

»War das eine Forderung zum Duell?«, fragte Sardec gelassen. Er fühlte sich jetzt eiskalt. Auf keinen Fall würde er sich von diesen Schwachköpfen beleidigen lassen. Er sah, wie der Offizier, mit dem er sich angelegt hatte, schluckte, doch er fing sich wieder. »Ich werde doch mit einem Krüppel meine Klinge nicht kreuzen.«

»Vielleicht würdet Ihr die Pistolen vorziehen?«, schlug Sardec vor. Sein Zorn verlieh seiner Stimme eine Höflichkeit und Ruhe, wie er das nie für möglich gehalten hätte. Er war sich seiner Umgebung plötzlich so deutlich bewusst, wie er das sonst nur im Kampf kannte. Er sah die Gesichter der Zuschauer. Die Terrarch wirkten geradezu besorgt. Den Kharadreanern sah man an, dass sie sich über diesen Streit unter den Besatzern freuten. Rena sah vollkommen verängstigt aus. Doch trotz ihrer entsetzten Miene entfuhren ihm einfach die Worte: »Oder fürchtet Ihr Euch etwa?«

Das war eine Herausforderung, auf die ein Offizier der Königin nur eine Antwort geben konnte, und alle Anwesenden wussten das. Die Betrunkenen waren mit einem Mal verstummt, als ihnen der Ernst der Lage klar wurde. Der Offizier schluckte noch einmal. Sein Blick wirkte panisch. Sardec gestattete sich ein leises, kaltes Triumphlächeln. »Oder habt Ihr etwa Angst?«, wiederholte er.

Der Offizier schüttelte den Kopf. Entsetzen stand ihm ins Gesicht geschrieben. Er fragte sich, wie er so rasch in diese Lage hatte geraten können. Sardec empfand genauso, doch er hatte im Kampfgetümmel gelernt, mit diesem Gefühl umzugehen. »Vielleicht würdet Ihr Euch lieber bei meiner Begleiterin entschuldigen«, setzte er hinzu, teilweise, um seinen Gegner zu demütigen, und zum anderen Teil, um ihm einen ehrenhaften Ausweg aufzuzeigen.

»Ich entschuldige mich nicht bei einem Affen«, platzte der Offizier heraus. Gelassen ohrfeigte ihn Sardec. Es war kein heftiger Schlag, was die Beleidigung nur noch verstärkte. Der Abdruck seiner Hand hob sich als roter Fleck auf der Wange des anderen Terrarch ab. Dieser Makel konnte nur auf eine Weise getilgt werden, wenn er seine Ehre retten wollte.

»Ich bin Leutnant Deakan«, erklärte der Offizier. »Meine Sekundanten werden sich mit Euch in Verbindung setzen, um einen Ort und eine Zeit für das Duell festzusetzen. Angesichts Eurer Behinderung wäre das Schwert eine unehrenhafte Wahl, daher entscheide ich mich für Pistolen.«

»Das ist höchst zufriedenstellend«, gab Sardec zurück.

»Nein«, flüsterte Rena. Sardec nahm ihren Arm und schlenderte davon, doch seine Lässigkeit war nur vorgetäuscht. Hinter sich vernahm er Stimmengewirr: Deakans Offizierskollegen, die ihn mit Ratschlägen und Warnungen überschütteten. Er spürte, wie ihn jemand am Ärmel zupfte, drehte sich um und sah den Offizier, der mit der ganzen Auseinandersetzung angefangen hatte.

Sardec zog eine Augenbraue hoch. »Wollt Ihr Euch ebenfalls duellieren, mein Herr? Wenn, dann werde ich mich mit Euch beschäftigen, nachdem ich meine Rechnung mit Eurem Kameraden beglichen habe.«

Der Offizier wirkte beschämt. »Das ist alles ein Irrtum, Leutnant Sardec. Unser Verhalten hat Euch und Eure Gefährtin beleidigt. Ich hoffe, Ihr nehmt meine Entschuldigung an und vergesst diese Angelegenheit.«

»Wenn Leutnant Deakan ebenso empfindet, dann darf er gern kommen und sich selbst entschuldigen.«

»Das will er nicht, Herr, aber ich – ich wünsche aus tiefstem Herzen, die Sache beizulegen. Bitte lasst diese Geschichte nicht aus dem Ruder laufen.«

»Er hat recht, Herr«, warf Rena ein. Der Offizier warf ihr einen wütenden Blick zu; es gefiel ihm nicht, dass sie für ihn eintrat. Sardec hätte ihr fast gesagt, dass er dies hier für sie tat; doch dann wurde ihm klar, dass es eine Lüge gewesen wäre. Er tat es doch für sich selbst, um seinen eigenen Stolz zu retten und sich von seiner Angst wegen des Ghul-Bisses abzulenken.

»Diese Sache ist schon aus dem Ruder gelaufen, als Ihr begonnen habt, meine Begleiterin zu beleidigen. Ich wiederhole: Wenn Euer Freund sich entschuldigt, dann können wir die Sache vergessen.«

»Er kann sich nicht bei einer menschlichen Hu …« Der Offizier biss sich gerade noch rechtzeitig auf die Zunge. Selbst in seinem Rausch war ihm klar, dass er die Sache um ein Haar noch unendlich viel schlimmer gemacht hätte. »Das wisst Ihr doch«, setzte er schwach hinzu.

Sardec zuckte die Achseln. »Dann bleibt es dabei.«

Wut verzerrte das Gesicht des anderen Terrarch. »Ihr habt Deakan in eine unhaltbare Lage gebracht. Wenn er Euch tötet, so hat er einen Krüppel ermordet. Wenn Ihr gewinnt, dann ist er tot.«

»Deakan hat sich selbst in diese Lage manövriert, und er weiß durchaus, wie er sich daraus befreien kann. Ich werde Eure Worte aber übergehen, da Ihr offensichtlich tief bestürzt seid. Ich wünsche Euch einen guten Tag.«

Arm in Arm mit Rena ging er davon. Wider Willen spürte er eine leise Genugtuung, denn der andere Terrarch war sprachlos zurückgeblieben.

11. KAPITEL

Duell – eine legale Art von Mord.

Malery Trout, Das noch exaktere Wörterbuch

1

Sardec erwachte, bevor der Morgen dämmerte. Im Zimmer war es kalt, und es fiel ihm schwer, aus dem Bett zu kommen. Seine Träume waren unruhig gewesen – wie so oft – und voll lebhafter Bilder von Uran Uhltars spinnenartigen Dienern und den verborgenen Tunneln der unterirdischen Stadt Achenar, wo er seine Hand verloren hatte.

Einen Augenblick lang fühlte er sich verwirrt und wusste nicht recht, wo er war. Das Gefühl, dass etwas nicht stimmte, ließ ihm keine Ruhe. Neben ihm bewegte sich Rena und schmiegte sich mit ihrem warmen Körper an ihn. Sie sprach leise im Schlaf, und er fühlte sich von seiner Zuneigung zu ihr übermannt. Und dann, plötzlich und erschreckend, begriff er: Heute sollte er im Duell gegen Leutnant Deakan antreten. In ein paar Stunden war er vielleicht schon tot. Einen Augenblick lang erschütterte ihn die ungeheuerliche Vorstellung. Aus heiterem Himmel und mitten im Frieden streckte der Tod die knochigen Klauen nach ihm aus.

Seufzend schwang er die langen Beine aus dem Bett. Als seine Füße den Holzboden berührten, fürchtete er kurz, er könnte sich einen Splitter einreißen. Dann lächelte er nervös, als ihm klar wurde, wie albern der Gedanke war. In nicht allzu ferner Zukunft würde möglicherweise eine Kugel sein Hirn zerschmettern – und er machte sich wegen eines Splitters Sorgen! Wie eigenartig doch der Verstand arbeitete! Ungeschickt zog er sich die Hosen an und kratzte an dem Schorf auf seinem Handrücken.

Wenn ihn heute eine Kugel traf, wäre das möglicherweise sogar eine Gnade. Wenigstens würde er sterben, solange er noch er selbst war. Er wusste nicht genau, wie es dazu gekommen war, aber er war zu der Überzeugung gelangt, es müsse sein Los sein, dass die Krankheit ausbrach; und er schien nicht in der Lage zu sein, diesen Gedanken abzuschütteln. Es kam ihm so unentrinnbar wie der Sonnenuntergang vor. Er fragte sich, ob dieser Pessimismus ein Zeichen dafür war, dass er schon begann, den Verstand zu verlieren, oder ob es einfach nur daran lag, dass er müde und hungrig war.

Er trat ans Fenster und sah hinaus. Am herbstlichen Himmel war gerade der erste Lichtschimmer erschienen. Die Straßen lagen in einem geisterhaften Zwielicht, das die wenigen Händler, die hindurchschlurften, merkwürdig unwirklich erscheinen ließ. Die ersten Straßenbettler regten sich bereits und wühlten im Abfall, auf der Suche nach etwas, nach irgendetwas, das ihnen helfen würde, den nächsten Tag zu überleben.

Wie oft hatte er schon aus Fenstern wie diesem geschaut, ohne diese Menschen auch nur zu bemerken? Für ihn hatten sie immer nur einfach zum Hintergrund gehört, ein belebter Teil der Landschaft, die mit seinem Leben nicht mehr zu tun hatten als die Ladenschilder, die über ihren Köpfen hingen. Doch jetzt überlegte er, wie es sein würde, zu ihnen zu gehören, ihr Leben zu führen, mühsam ein unsicheres Dasein zu fristen und sich niemals Gedanken über Ehre, Stellung oder Vorankommen machen zu müssen.

Er wandte sich um und schaute Rena an. Sie stammte aus einer Straße wie dieser. Etwas sagte ihm, dass das Leben dort nicht weniger kompliziert war als seines, nur härter; und zwangsläufig und auch nicht zum ersten Mal wurde ihm klar, was für ein wunderbares Dasein er eigentlich fristete. Sein ganzes Leben vor Achenar war angenehm und müßig gewesen.

Während er sich weiter anzog, konzentrierte er sich auf das Mädchen. Wie hübsch sie aussah, wenn sie so da lag. Ihr Haar floss über die Laken wie schimmerndes Rabengefieder. Er staunte darüber, dass sie ihn auf eine Weise anrührte, wie es keine seiner früheren Geliebten je getan hatte; und das, obwohl sie Terrarch gewesen und ihre Lebensumstände den seinen viel ähnlicher waren. Woran das liegen mochte? Hatte Rena einen versteckten Makel in seinem Charakter aufgedeckt, oder war es eher das Gegenteil, eine Stärke, von der er nicht gewusst hatte, dass er sie besaß? Vielleicht war teilweise auch schlichte Selbstsucht der Grund. Er rebellierte gegen seine Herkunft und bewies, dass er sich von allen anderen Terrarch unterschied. Etwas daran zog ihn an, obwohl er wusste, wie lächerlich das erschien. Er war bei Weitem nicht der einzige Offizier in der taloreanischen Armee, der sich eine menschliche Geliebte hielt; da war es doch nur wahrscheinlich, dass er ebenfalls nicht der Einzige war, der echte Zuneigung zu ihr empfand.

Sie war wach und sah ihn an; offenbar hatte sie nicht mehr geschlafen. »Guten Morgen«, sagte er leise und lächelte, doch sie erwiderte sein Lächeln nicht. Sie wirkte erschrocken und betrübt.

»Willst du das wirklich tun?«, fragte sie.

»Ich habe wohl keine andere Wahl.«

»Doch, die hast du. Du brauchst einfach nicht hinzugehen.«

»Damit würde ich mich zum Gespött der ganzen Armee machen.«

»Immer noch besser, als tot zu sein«, entgegnete sie. Ihm lag schon die einfache Standardantwort auf der Zunge: Vielleicht für dich – so hätte er sagen sollen –, aber ich bin ein Terrarch und Offizier. Solche Sätze sagten doch die Helden in Theaterstücken ständig.

»Schon möglich«, meinte er stattdessen und dachte an seinen Vater, der an einem schrecklichen Auszehrungsleiden langsam starb, dachte an die Krankheit, die sich vielleicht in diesem Augenblick in sein Hirn fraß. »Vielleicht kommt es darauf an, wie man stirbt.«

Sie sah ihn nur an und schüttelte den Kopf. Gerade jetzt hätte er ihr gern so vieles gesagt, ihr erklärt, wie er für sie empfand, sie gebeten, keine Angst zu haben, ihr versichert, dass er sich trotz allem nicht fürchtete. Doch da pochte jemand an die Tür; es war ein Geräusch, das in der morgendlichen Stille wie ein Donnerschlag wirkte.

»Leutnant Sardec, wir müssen uns auf den Weg zum Feld der Ehre machen.« Die Stimme gehörte Leutnant Jazeray, seinem Sekundanten; doch es hätte ebenso gut eine Stimme sein können, die ihn zum Jüngsten Gericht rief. Als er ging, hörte er Rena weinen.

2

Jazeray wirkte ernst, als die Kutsche durch die stillen Straßen rumpelte. Sardec war es ganz zufrieden, mit seinen Gedanken allein zu sein. Seine anfängliche Furcht war verflogen, und er empfand eine schwebende, leicht störbare Ruhe. Er stellte fest, dass seine Gedanken sehr klar waren und ihn eine gewisse Nostalgie erfüllte. Er sah aus dem Fenster und nahm die Straßenszene begierig in sich auf, die Gestalten, die sich durch die Arkaden bewegten, die Bettler mit ihren Schalen und Krücken, die Kuchenverkäufer, die ihre Waren in Bauchläden zur Schau stellten. Merkwürdigerweise bekam er mit einem Mal Appetit auf eine mit Taubenfleisch gefüllte Pastete. Doch er unterdrückte den Anflug, der daraufhin verschwand.

Seine Gedanken wandten sich der letzten Nacht zu. Rena und er hatten sich wie im Fieber geliebt, und dabei hatte er eine so rasende Leidenschaft empfunden wie noch nie zuvor, eine Ekstase, die so heftig war, dass sie ihn wie ein Blitzschlag durchzuckt hatte. Bei ihr hatte er immer größere Lust gespürt als bei jeder anderen Frau, mit der er je geschlafen hatte, gestern aber hatte er noch einmal eine Steigerung dieses rauschhaften Begehrens empfunden. Dafür lohnte es sich beinahe, zu diesem Duell anzutreten.

»Beim Licht, für einen Terrarch, der gleich dem Tod ins

Auge schauen wird, seht Ihr sehr vergnügt aus«, gestand Jazeray. In seiner Stimme lagen Bewunderung und Kummer zugleich. Sardec wurde klar, dass er bei der Erinnerung an die letzte Nacht gelächelt hatte, und setzte eine gleichmütige Miene auf. Bald, dachte er, musste er seinen Verstand zusammennehmen. Höchstwahrscheinlich würde er in Kürze sterben. Obwohl er viel geübt hatte, war er mit der linken Hand kein besonders guter Schütze.

»Ist Deakan eigentlich … geschickt mit der … Pistole?«, fragte Sardec.

»Diese Frage hättet Ihr vielleicht stellen sollen, bevor Ihr ihn zum Duell gefordert habt.«

»In der Tat. Schade, dass Ihr nicht dabei wart, um mir gute Ratschläge zu geben. Ich hätte sie vielleicht befolgt.«

Jazeray wahrte eine kühle Miene, doch seine Augenwinkel zuckten und verrieten, dass er aufrichtig amüsiert war. In diesem Augenblick empfand Sardec eine kameradschaftliche Zuneigung zu ihm wie noch nie zuvor. Die beiden hatten einander nie wirklich nahe gestanden – um die Wahrheit zu sagen, hatte Sardec noch nie ein engeres Verhältnis zu einem seiner Mitoffiziere gehabt. Jazeray war bereit gewesen, seinen Sekundanten zu spielen, weil die Regimentsehre das gebot. Doch jetzt war Sardec froh darüber, dass er da war. Jazarayas Lächeln verflog.

»Nach allem, was man hört, ist er ein ausgezeichneter Schütze. Seid Ihr so darauf aus, Euch umzubringen? Da gibt es doch angenehmere Methoden – ich kann Euch ein besonders gutes Gift empfehlen; saladanisches Kakerlakengift. Es ruft eine Ekstase hervor, die Stunden dauert, bis dann endlich der Tod eintritt.«

»Einer meiner Männer, der Barbar aus dem Norden,

behauptet immer, ein Straßenmädchen in Harven zu kennen, das dasselbe vermag.«

»Vielleicht solltet Ihr sie aufsuchen.«

»Versucht Ihr, mich von meinem Vorhaben abzubringen?«

»Das gehört zu meinen Pflichten als Sekundant.«

»Bis jetzt erfüllt Ihr sie bewunderungswürdig. Weiter so.«

»Ihr könntet Euch einfach bei Deakan für die Ohrfeige entschuldigen.«

»Würdet Ihr das an meiner Stelle tun?«

Darüber dachte Jazaray eine Weile lang nach. »Ich hätte ihn wahrscheinlich selbst geschlagen.«

»Dann müsstet Ihr mich eigentlich verstehen.«

Ein kurzes Schweigen trat ein. »Bei den Schattenfürsten, Sardec«, sagte Jazaray schließlich fast verlegen, »Ihr habt wirklich Mumm. Was immer heute Morgen geschieht, das Regiment wird stolz auf Euch sein, das kann ich Euch versichern.«

Wieder verstummten sie, und Sardec dachte über die Frage seines Offizierskollegen nach. War er entschlossen, sich umzubringen? Vielleicht. Möglicherweise war ihm diese Todesart sogar lieber, als der Ghul-Krankheit zum Opfer zu fallen. Oder es war etwas anderes, etwas, das seit seiner Geburt in seinem Charakter verborgen gewesen war und auf diesen Augenblick gewartet hatte, um an die Oberfläche zu kommen. Vielleicht wollte er auch einfach seine und Renas Ehre verteidigen. Noch vor ein paar Monaten hätte er gelacht, wenn ihm jemand vorhergesagt hätte, dass er sterben würde, um die Ehre einer der Menschenfrauen zu verteidigen, die der Armee nachzogen. Jetzt lachte er aus einem anderen Grund.

Er warf noch einen Blick aus dem Fenster. Sie hatten die Stadt hinter sich gelassen und fuhren durch die Felder. Noch vor Kurzem, während der Belagerung, hatten hier Soldaten kampiert, hatten hier gelebt und waren gestorben. Ehe dieser Morgen verginge, würde weiteres Blut diesen Boden nähren, und höchstwahrscheinlich war es sein eigenes.

Die Äcker, die vor dem Fenster vorbeizogen, erinnerten ihn ein wenig an das Landgut seines Vaters, das vor den Toren der Hauptstadt lag. Auch dort war die Landschaft flach und wurde von Schatten spendenden Bäumen aufgelockert. Er erinnerte sich, wie er als Junge über diese Felder gerannt war, Schmetterlinge gejagt, in Flüssen gebadet und Reiten gelernt hatte. Seine Erinnerungen an diese Zeit, bevor er begonnen hatte, die Welt als Erwachsener zu sehen, schienen ihm in goldenes Licht getaucht zu sein; genau wie seine Erinnerungen an den Winter, in denen die Landschaft immer schneebedeckt war. Er wusste, dass es auch graue oder regnerische Tage gegeben haben musste, oder solche Tage, an denen der Boden mit Schlamm oder Schneematsch überzogen war. Doch er vermochte sich nur noch schwer darauf zu besinnen.

Die Straße durchzog einen Wald. Das braune und rote Herbstlaub an den Bäumen ließ ihn daran denken, wie er im Haus seines Vaters vor dem prasselnden Kaminfeuer gesessen hatte. Er erinnerte sich an Schulstunden zusammen mit seinen Schwestern und an Feiertage; daran, wie sie sich zum Errettungsfest Masken aufgesetzt und zu Mittwinter Kerzen auf den Altären angezündet hatten. Er dachte daran, wie er in den Büchern in der Bibliothek seiner Mutter gelesen hatte und verblüfft über die Diagramme und die merkwürdigen Zeichensysteme in den

Grimoires gewesen war. Seine Schwestern hatten seit jeher mehr magisches Talent besessen als er. Jetzt erst fiel ihm auf, dass er gestern Abend wirklich an seine Schwester und an seinen Vater hätte schreiben und ihnen sagen sollen, was er für sie empfand. Vielleicht hätte er sogar einen Brief an seine Mutter verfassen sollen. Doch dafür war es jetzt natürlich zu spät. Viel zu spät.

Die Straße verlief über eine Lichtung, und dort hielt die Kutsche an. Sie waren da.

3

Deakan und seine Sekundanten waren vor ihnen eingetroffen und standen zusammen unter einem Baum. Sie wirkten alle ziemlich jung und unschuldig. Sardec taten sie beinahe leid, obwohl er wahrscheinlich an Jahren noch jünger war als sie. Bei ihnen befanden sich zwei Personen, die er nicht wiedererkannte, es waren ein Mensch und ein Terrarch in einem langen Gehrock. Der Mensch trug einen großen schwarzen Kasten bei sich, worin höchstwahrscheinlich die Pistolen lagen.

Er stieg aus der Kutsche und rückte seinen Rock zurecht. Es war ein kalter Morgen, und der Nebel machte die Luft feucht. Sein Atem wölkte sich vor ihm, obwohl die Sonne inzwischen vollständig aufgegangen war. Sardec überlegte, wie viele Minuten er wohl noch zu leben hatte. Wahrscheinlich nicht viele. Er atmete tief ein und genoss die Frische der erdig riechenden Luft, die ihm nach dem Schmutz in der Stadt besonders klar und rein vorkam. In dem langen Gras hing noch Tau. Er lächelte Jazeray zu und begrüßte die Wartenden mit einem Nicken. Die

Ruhe, die er an den Tag legte, überraschte ihn selbst. Er fühlte sich eher wie ein Schauspieler auf der Bühne denn wie jemand, der gleich sein Leben aufs Spiel setzen würde, und er fragte sich, ob Deakan wohl genauso empfand.

Als er näherkam, wurde ihm klar, dass die Antwort wahrscheinlich *Nein* lautete. Sein Gegner sah blass aus, und unter seinen Augen lagen dunkle Ringe, als hätte er nicht geschlafen. Er und seine Kameraden rochen nach Alkohol. Wahrscheinlich waren sie die ganze Nacht wach geblieben und hatten getrunken. Manche Leute machten sich auf diese Weise Mut. Die Offiziere wirkten nicht erfreut, ihn zu sehen, doch er lächelte ihnen zu. »Guten Morgen«, sagte er, doch niemand antwortete ihm.

Der hochgewachsene Terrarch, der bei dem Menschen stand, trat auf ihn zu, und jetzt erkannte ihn Sardec. Es war der Regimentsarzt. Er war der Letzte, den Sardec hier erwartet hätte; aber wenn er recht darüber nachdachte, so war es wohl sinnvoll, jemanden mit seinen Kenntnissen zur Hand zu haben. Sein Anblick erinnerte Sardec aber auch an seinen Ghulbiss, und eine Kälte, die eisiger war als die morgendliche Kühle, kroch ihm ins Herz. Der Arzt winkte Sardec und Deakan zu sich.

Er legte jedem der Kontrahenten eine behandschuhte Hand auf die Schulter. »Ihr seid heute auf dem Feld der Ehre angetreten, weil jeder von Euch einen Groll gegen den anderen hegt«, begann er. »Ich beschwöre Euch im Angesicht Gottes, Euren Streit beizulegen und Frieden zu schließen. Heute braucht kein Blut zu fließen, und Ihr könnt Euch beide ehrenhaft zurückziehen.«

Das war natürlich nicht wahr. Wenn sie von dem Duell zurücktraten, würden sie sich zum Gespött aller anderen

Terrarch machen; der Form halber mussten diese Worte jedoch gesprochen werden.

»Leutnant Sardec hat mich geschlagen. Keine Entschuldigung, die er vorbringen könnte, würde daran das Geringste ändern oder sein rüpelhaftes Verhalten entschuldigen.« Sardec bemerkte, dass Deakan leicht stammelte. War der andere Offizier nervös? Schon möglich. Sein Atem stank nach Wein, und er wich Sardecs Blick aus. Der Arzt wandte den Blick Sardec zu.

»Und wie steht es mit Euch?«

»Meine Ehre verbietet mir, mich zurückzuziehen.«

»Dann wird wohl Blut fließen müssen. Wenn ich mich recht erinnere, waren Pistolen die Waffen der Wahl.«

Sardec und Deakan nickten. »Bitte, Bulger«, sagte der Arzt zu dem Menschen, der die steinerne Miene eines Totengräbers zur Schau trug.

Der Mann öffnete die schwarze Holzschatulle. Darin befanden sich zwei Pistolen, schöne Stücke, die mit filigranen Goldfäden eingelegt waren und nach Öl und altem Holz rochen. »Jeder von Euch wählt eine Waffe; Leutnant Sardec, Ihr seid zuerst an der Reihe. Ihr dürft beide Eure Pistole mit Pulver und Schießwolle laden. Ich werde das Pulver aus demselben Beutel abmessen. Angesichts von Leutnant Sardecs Behinderung hat sicherlich niemand etwas dagegen, wenn sein Sekundant die Waffe lädt.«

Deakan schüttelte den Kopf. »Bedeutet dies, dass Ihr nichts einzuwenden habt?«, versicherte sich der Arzt.

»Keine Einwände«, sagte Deakan. Es schien ein wenig zu dauern, bis er die Worte herausbrachte, und als er die Pistole endlich nahm, zitterten seine Hände. Sardec bemerkte erfreut, dass die seinen ruhig blieben, obwohl er deswegen kaum auf seinen Gegner herabsehen konnte. Es war eine Sache, die Waffe in der Schlacht zu ziehen, während um einen herum das Kampfgetümmel tobte. Aber dieses Laden der Waffen in der Morgendämmerung, allein und mit einem einzigen Gegner, dem man in die Augen sehen, ja mit dem man vor dem Duell auch noch reden musste, das war eine ganze andere Geschichte. Sardec war selbst erstaunt darüber, wie gelassen er das alles hinnahm.

Jazaray nahm die Pistole und die Dosis Pulver, die der Arzt in einen Beutel abgemessen hatte. Er überprüfte die Funktion der Waffe sorgfältig und lud sie dann. Dazu brauchte er lange; offenbar war ihm nur zu bewusst, dass das Leben eines anderen Offiziers in seinen Händen lag. Kurz überlegte Sardec, ob er in letzter Zeit etwas getan hatte, um Jazaray zu beleidigen, kam jedoch zu dem Schluss, dass dem nicht so war und er ihm vertrauen konnte. Auch dieser Gedanke ließ ein Lächeln auf sein Gesicht treten. Er bemerkte, dass Deakan ihn anstarrte, als sei er erstaunt über seine Ruhe. Er selbst hatte beim Laden seiner Waffe ein wenig Pulver verschüttet und musste um mehr bitten, falls Sardec nichts dagegen hätte.

»Ganz und gar nicht«, antwortete Sardec freundlich. Auf merkwürdige Weise unterhielt er sich recht gut. Die offensichtliche Nervosität seines Gegners würde vielleicht sein mangelndes Geschick mit der linken Hand ausgleichen. Ein weiterer Blick auf den Arzt erinnerte ihn an die Ghul-Krankheit und daran, dass Deakan ihm vielleicht einen Gefallen tat, wenn er ihn umbrachte.

Schließlich waren die Vorbereitungen abgeschlossen. »Meine Herren«, ließ sich der Arzt vernehmen, »Ihr nehmt bitte Rücken an Rücken Aufstellung und lasst den Sekundanten und mir Zeit, uns zu entfernen. Auf ›Los‹

macht ihr zehn Schritte, dreht euch um und feuert. Wenn ihr alles gehört habt und damit einverstanden seid, antwortet mit ja.«

»Ja«, sagte Sardec.

»J… ja«, stotterte Deakan.

Sardec sah zu, wie der Arzt und seine Gefährten zurücktraten. Sie wirkten alle unruhiger, als er sich fühlte. Er ließ einen letzten Blick über ihre Gesichter und über die Bäume schweifen, sah zum Himmel auf und dachte an Rena. Dann wartete er und spürte die tödliche Last der Waffe in seiner Hand.

Hinter sich hörte er Deakan schwer atmen. Ein schwacher Schmerz flackerte in seiner rechten Hand auf, der Phantomhand, wie manchmal nach besonders belastenden Erlebnissen. Doch dann empfand er plötzlich ein Gefühl vollständiger Freiheit und Leichtigkeit, wie er sie noch nie gekannt hatte. In ein paar Sekunden würde so oder so alles entschieden sein.

»Los«, befahl der Arzt. Sardec setzte einen Fuß vor den anderen. Er war sich jeder leisen Regung seiner angespannten Beinmuskeln bewusst. Eins, zählte er bei sich.

Er tat noch einen Schritt und dann einen weiteren. Und wenn Deakan sich früher umdrehte und schoss? Die Muskeln in seinem Rücken verspannten sich, als rechneten sie damit, dass jeden Augenblick eine Kugel in sie einschlagen könnte. Er ging weiter, fünf Schritte, sechs. Vor seinem inneren Auge sah er, wie Deakan herumfuhr und feuerte. Er schob den Gedanken beiseite. Er würde dieses Duell nach den Regeln bestreiten oder aber bei dem Versuch sterben. Sieben, acht, neun, zehn. Er drehte sich herum und sah, dass Deakan sich bereits umgedreht und die Pistole angelegt hatte. In diesem Moment wusste Sardec, dass er sterben würde. Das Spiel war vorüber. Er lächelte.

Deakan hob die Pistole, wobei seine Hand sichtbar zitterte. Sardec machte sich gar nicht erst die Mühe, seine Waffe zu zücken. Gleichmütig sah er zu, wie sein Gegner den Arm streckte und den Abzug drückte. Eine Rauchwolke stieg auf, und der Schuss knallte wie ein Donnerschlag, viel zu laut für diese frühe Morgenstunde. Ein brennender Schmerz fuhr durch Sardecs rechten Arm. Er wartete darauf, dass es schwarz um ihn würde, doch nichts geschah. Dann sah er an sich herunter und stellte fest, dass sein Hemdärmel aufgerissen war und sein rechter Bizeps blutete. Eine Fleischwunde, dachte er.

Deakan starrte ihn an. Entsetzen und Verzweiflung malten sich auf seinem Gesicht. Die Lage hatte sich ins Gegenteil verkehrt. Kurz überlegte Sardec, ob er in die Luft schießen und erklären sollte, Blut sei geflossen und der Ehre Genüge getan. Doch dann wurde er von Zorn ergriffen und schüttelte den Kopf. Dieses Stück Dreck hatte versucht, ihn umzubringen, und wenn er nicht so schlecht gezielt hätte, wäre ihm das auch gelungen. Langsam und sehr sorgfältig hob Sardec die Pistole und zielte genau zwischen die Augen, die in seine eigenen Augen sahen. Er drückte den Abzug. Auf Deakans Stirn erschien ein roter Fleck, und er stürzte rückwärts zu Boden – tot.

12. KAPITEL

Auf dem Schlachtfeld sind unsere Feinde wenigstens so anständig, Uniformen zu tragen, damit wir sie von unseren Freunden unterscheiden können. Im Ballsaal gilt dies allerdings nicht.

Enceladion, Betrachtungen

1

Rik trat in Aseas Gemach. »Ihr wolltet mich sehen?«

Die Magierin schaute von dem Manuskript auf, an dem sie geschrieben hatte. »Wir sind heute Abend wieder eingeladen. Fürst Elakar gibt einen Ball.« Asea wirkte merkwürdig erfreut.

»Einen Ball?«

»Für den neuen sardeanischen Botschafter. Alle werden dort sein.«

»Wir geben Empfänge für Botschafter aus dem Dunklen Imperium?«

»Die Diplomatie wird fortgesetzt, auch wenn wir uns im Krieg befinden, Rik.«

»Das wird mir langsam auch klar.«

»Die Wege der Kommunikation müssen offen gehalten bleiben. Das ist nur zivilisiert.« Rik zog ein Gesicht. »Und was machen deine Stunden bei Karim?«

»Er hat mich gelehrt, wie man die Stärken seines Gegners gegen ihn wendet. Seiner Meinung nach werden die meisten, die mir mit einer Klinge gegenübertreten, zu selbstbewusst sein, und das könnte ich zu meinem Vorteil ausnutzen.« Rik hatte das Gefühl, dass Asea schon wusste, worin ihn Karim unterrichtet hatte. Sie unterzog ihn nur einer Prüfung.

»Dasselbe Prinzip trifft auf viele Umstände zu, Rik. Du tust gut daran, das nicht zu vergessen.«

»Ich werde mein Bestes tun.«

»Ich habe nach einem Schneider geschickt«, erklärte sie. »Er wird dafür sorgen, dass du für die heutige Gala angemessen gekleidet bist.«

»Ich verfüge schon über mehr Kleidungsstücke, als ich je in meinem Leben besessen habe.«

»Man kann nie zu viele Kleider haben, Rik. Das ist eines der ersten Gesetze, wenn man ein Adelsspross ist.«

»Ich nehme an, wir müssen uns für unsere Feinde ganz besonders herausputzen.«

»So ist es.« Wieder lächelte sie geheimnisvoll. Was ging hier vor? Was wusste sie, das er nicht wusste? Aber Rik fragte wohlweislich gar nicht erst danach.

2

Liebliche Musik klang durch den Saal, stieg unter der gewaltigen Kuppeldecke auf und hallte weiter durch die langen, gefliesten Korridore. Uniformierte Offiziere, Beamte in ihrem höfischen Sonntagsstaat, mit Goldborten abgesetzt, und Frauen in langen Abendkleidern glitten unter den magiegespeisten Kronleuchtern wie von den Klängen getragen dahin. Fürst Elakar hatte sich eine besonders hübsche Villa unmittelbar hinter dem Parlamentsgebäude ausgesucht. Die Vorbesitzer hielten sich offensichtlich bei Prinz Khaldarus in Sardea auf. Man hatte bereits begonnen, den Besitz von Katheas Gegnern aufzuteilen.

Der General saß nicht bei seinen Gästen, sondern empfing sie auf einem Thron, der eines Königs würdig war. Es sah aus, als würde er und nicht Kathea bald zum Herrscher von Kharadrea gekrönt. Vielleicht fand er, dass das gewissermaßen auch der Fall war. Falls ihm klar war, dass er die Einheimischen verprellte, so schien ihm das nichts auszumachen.

Rik ließ sich durch die Menge treiben und lauschte dem allgemeinen Stimmengewirr.

»Erstaunlich, dass sie die Dreistigkeit besitzen, hierher zu kommen«, sagte eine hochgewachsene Terrarch-Schönheit zu ihrem Begleiter, einem Offizier. »Nachdem sie die Feinde der Königin unterstützt haben.«

»Pssst«, machte der Mann, der die Uniform eines der kharadreanischen Garderegimenter trug. »Sie haben das Recht, hier zu sein.« Er bemerkte, dass Rik ihnen zuhörte. »Selbst wenn sie der Feind sind«, setze er hinzu.

Die Gegenstände dieser Aufmerksamkeit glitten durch den Saal. Einer war ein hochgewachsener, dunkler Terrarch, der eine tiefblaue Hofuniform und hohe Lederstiefel trug. Er strahlte sowohl gelangweilte Schönheit als auch aristokratischen Hochmut aus und lächelte freundlich, als sei er sich entweder nicht bewusst, dass sich alle Blicke auf ihn und seine Begleiterin richteten, oder als sei es ihm gleich.

Die Terrarch-Frau neben ihm wirkte erstaunlich jung. Sie besaß nicht die glatte, alterslose Erscheinung wie die meisten ihrer Frauen. Wenn sie lächelte, erschienen Grübchen in ihren Wangen. Ihre Augen waren riesig, und ihr goldblondes Haar sah nicht aus, als wäre es gefärbt. In ihrem weißen, mit Goldborten abgesetzten Kleid sah sie atemberaubend und unschuldig aus; doch Rik wusste, dass dieser Eindruck äußerst trügerisch war. Als er Tamara zuletzt gesehen hatte, war sie als Mann verkleidet gewesen und hatte sich in einer Spelunke in Morven herumgetrieben. Damals hatte er die Nacht mit ihr verbracht, und bei dieser Erinnerung stieg immer noch ein Prickeln in ihm auf. Außerdem hegte er den Verdacht, dass sie es gewesen war, die ihm ein fast unbesiegbares untotes Monstrum auf die Fersen geschickt hatte. Sie hatte versucht, ihn umzubringen, und das wäre ihr um ein Haar auch gelungen. Er war sich nicht ganz sicher, warum sie das getan hatte, aber es fiel ihm nicht schwer, ihr deswegen zu grollen.

»Ich weiß wirklich nicht, was sich der Gouverneur dabei denkt«, sagte eine andere Terrarch-Frau mit silbernem Haar. Sie war genauso gekleidet, wie Rik es auf Gemälden gesehen hatte, von denen er wusste, dass sie über fünfhundert Jahre alt waren.

»Sie hatten Beglaubigungsschreiben von der Königin und Kaiserin«, meinte ein männlicher Terrarch dazu, der in eine Hofuniform aus der gleichen Epoche gekleidet war. »Sie treten als ihre Botschafter auf, zumindest habe ich das gehört.«

»Wohl eher als Spione«, warf die Frau ein, doch sie klang nachdenklich. Wie jeder Terrarch, der irgendwie mit Politik zu tun hatte – das hieß alle –, wusste sie offensichtlich, wie wichtig es war, die diplomatischen Kanäle nicht versiegen zu lassen.

»Ich finde es eher angenehm, dass wir noch immer dem alten diplomatischen Höflichkeitsprotkoll folgen. In diesem verfluchten Bürgerkrieg haben viel zu viele junge Leute diese Tugenden ganz und gar vergessen.«

»Ich glaube, sie ist die Tochter von Fürst Malkior. Ein äußerst charmanter Herr. Am Hof der alten Königin kannte ich ihn gut. Ein Jammer, dass diese Zeiten vorüber sind.«

Wenn man sie so hörte, hätte man nie gedacht, dass diese gute alte Zeit mit der Ermordung der Königin und einem Bürgerkrieg, der das Imperium der Terrarch gespalten hatte, zu Ende gegangen war. Mit den Folgen hatten sie bis heute zu tun. Die meisten Terrarch betrachteten den gegenwärtigen Krieg als eine einfache Fortsetzung des Schismas.

Rik trat wieder zu Asea. Sie lächelte. Obwohl sie ebenso gut wie er wusste, dass dieses Pärchen versucht hatte, sie beide durch eine Hexerei von der übelsten Sorte umzubringen, was ihnen auch fast gelungen wäre, wirkte sie bei ihrem Anblick nur freundlich amüsiert.

»Du hast gewiss bemerkt, wer da eben gekommen ist«, sagte sie. Ihre Stimme klang kühl und belustigt. »Unsere alten Freunde, Fürst Jaderac und Fürstin Tamara.« Wie immer fragte sich Rik, wie viel sie genau über ihn und Tamara wusste. Tamara hatte ihm viel dafür geboten, Asea zu ermorden; ein Umstand, den er seiner Gönnerin gegenüber nie erwähnt hatte.

»Das konnte mir auch schwerlich entgehen. Alle reden über sie.«

»Ja, sie scheinen ziemliches Aufsehen erregt zu haben.«

»Warum hat man sie nicht verhaftet? Eine Menge Leute hier scheinen der Meinung zu sein, das wäre eine gute Idee.«

»Fürst Jaderac ist der Botschafter der Kaiserin und Königin von Sardea und einer der Favoriten unter ihren Liebhabern. Und Tamara ist die Tochter ihres vormaligen Kanzlers. Solche Leute sperrt man nicht ein, Rik. Man bittet sie auf seine Feste.«

»Sie würden ganz ausgezeichnete Geiseln abgeben.«

»Ich vermute, das weiß auch die Kaiserin und Königin, und Tamaras Vater weiß es ebenfalls. Doch sie genießen hier diplomatische Immunität. Ihnen wird kein Leid geschehen.«

»Es gibt immer wieder Unfälle«, fügte er hinzu. Sie sah ihn an und lächelte wieder.

»Ich fürchte, dein schlechtes Blut schlägt durch, Rik.«

»Mir fällt es sehr schwer, Leuten zu verzeihen, die versucht haben, mich umzubringen.«

»Du solltest dich lieber daran gewöhnen. Oh, schau – da sind Fürst und Fürstin Sardontine. Sie kommen hierher. Die Fürstin scheint erfreut, dich zu sehen.«

Rik verneigte sich vor dem näher herantretenden Paar. Bald war der Fürst tief in ein Gespräch mit Asea versunken, und Rik machte mit seiner Gattin die Runde durch den Ballsaal.

3

Zu seinem großen Erstaunen stand Rik kurz darauf Tamara gegenüber. Er hatte sich mit Fürstin Sardontine unter die Menge gemischt, und diese hatte die Jüngere herangewinkt, um sie einander vorzustellen. Tamara lächelte, als wären sie einander nie zuvor begegnet.

»Ich habe viel über Eure Heldentaten gehört«, zwitscherte sie, ganz die hohlköpfige Unschuld. »Und über Euren Triumph über die Dämonen, die dieser bösartige alte Zauberer Ilmarec losgelassen hat. Ihr müsst mir davon erzählen.«

»Unser junger Held ist in solchen Dingen sehr bescheiden«, sagte Fürstin Sardontine und legte Rik besitzergreifend die Hand auf den Arm. Als Tamara das bemerkte, wurde ihr Lächeln um ein Winziges strahlender.

»Meine Bescheidenheit hat gute Gründe«, warf Rik ein. Beide Frauen lachten, als nähmen sie seine Antwort nicht ernst. »Ich muss gestehen, dass ich verblüfft darüber war, wie Ihr den Turm vernichtet habt«, sagte Tamara. »So etwas habe ich noch nie gesehen. Ein Ehrfurcht gebietender Anblick war das – wie er sich erst auf einer Feuersäule in den Himmel erhoben hat und dann in den Gewitterwolken verschwunden ist.«

Fürstin Sardontine starrte sie mit offenem Mund an. »Ihr wart dort?«

»Fürst Jaderac und ich hatten Ilmarec nur wenige Stunden zuvor im Schlangenturm unsere Aufwartung gemacht.«

Tatsächlich hatten Jaderac und Tamara den alten Zauberer zu überreden versucht, sich auf die Seite der Dunklen Kaiserin zu schlagen.

»Wir haben Euch schmerzlich vermisst, als Fürst Azarothes Armee nach Morven einmarschiert ist«, versetzte Rik boshaft.

»Dringende Geschäfte riefen Fürst Jaderac fort. Ich wäre ja geblieben, um Fürst Azarothe zu begrüßen, doch ich musste natürlich mit Seiner Hoheit gehen. Er hat schließlich unsere Leibwache kommandiert, und er kann so … nun ja … überzeugend sein.«

Tamaras Augen blitzten. Sie machte sich über ihn und Jaderac lustig und ließ es ihn auch wissen. Fürstin Sardontine musste das bemerkt haben, denn ihr Gesicht war maskenhaft starr geworden.

»Damals waren eine Menge beeindruckender Hexenwerke im Gange«, bemerkte er und dachte an den Nerghul, der ihn fast umgebracht hatte. »Wir sollten einmal darüber sprechen.«

»Ich weiß nicht allzu viel über solche Dinge. Die Magie ist viel eher Fürst Jaderacs Fachgebiet als meines. Er würde sich gewiss freuen, sich mit Euch darüber zu unterhalten.«

Rik hatte mit eigenen Augen gesehen, wie sie Magie gewirkt hatte, doch er beschloss, das für den Augenblick nicht zu erwähnen.

»Ich würde aber lieber über weniger erschreckende Themen plaudern, zum Beispiel über die prachtvolle neue Uniform, die Ihr da tragt. Ein Geschenk von Prinzessin Asea?«

Was sonst? Er besaß nicht viel eigenes Geld. »Allerdings«, antwortete er. Tamara kicherte. »Sie ist sehr großzügig, und Ihr seht äußerst attraktiv darin aus.«

Miteinander verbunden stellten ihre Bemerkungen eine eindeutige Anspielung dar; aber so, wie sie es sagte, wirkte sie beinahe zufällig. Fürstin Sardontine sah sie scharf an; offenbar argwöhnte sie, dass hinter Tamara mehr steckte, als auf den ersten Blick offensichtlich war. Dann wandte sie die Augen ab. Ihr Mann winkte ihr von der anderen Seite des Saals aus zu. »Wenn Ihr mich für eine Weile entschuldigen würdet«, sagte sie und ging. Rik blieb mit Tamara zurück.

»Ob du es glaubst oder nicht, ich freue mich wirklich, dass du noch am Leben bist«, gestand sie. In Anbetracht der Zuschauer, die sie beobachteten, wahrte sie ihre harmlose Miene, doch ihr Ton war alles andere als das.

»Es fällt mir ein wenig schwer, das zu glauben«, gab er zurück. Sie nahm keinen Anstoß an seiner Bemerkung, doch sie klappte ihren Fächer auf, um ihr Lächeln, das die Grübchen in ihren Wangen hervortreten ließ, zu verbergen.

»Wie konntest du aus dem Turm entkommen? Das interessiert mich wirklich.«

»Ich bin geflogen«, antwortete er.

»Das scheinst du in letzter Zeit aber oft zu tun. Ich habe auch von eurer Ballonfahrt gehört. Was hast du als Nächstes vor?«, fragte sie.

»Ich weiß es nicht. Und was führt Euch her?«

»Fürst Jaderac ist der Gesandte Ihrer Majestät, und ich bin hier, um ihn auf jede mir mögliche Weise zu unterstützen. Meine Stellung ähnelt der eines Sekretärs, verstehst du.«

»Das bezweifle ich.«

»Ihr seid heute Abend ständig voller Zweifel, edler Herr.«

»Unter den Umständen könnt Ihr mir das kaum verübeln.«

»Nicht im Geringsten.« Rik stellte fest, dass er ihr Lächeln erwiderte. Das Problem mit Tamara war, dass er sie mochte, was immer sie ihm auch angetan hatte. Das war ein gefährliches Gefühl.

»Und Ihr, lungert Ihr immer noch verkleidet in gemeinen Tavernen herum?«

»Das ist eine besonders ungalante Frage auf einer solchen Gesellschaft.«

»Ich bin eben ein ungalanter Mann«, sagte er.

»Das seid Ihr wohl. Ich finde, das ist bei einem Mann eine sehr anziehende Eigenschaft. Bei Hof hat jedes männliche Wesen den Drang, sich als den Inbegriff der Ehre zu präsentieren. Das kann äußerst langweilig werden.«

Das Orchester begann wieder zu spielen. »Sollen wir tanzen?«, fragte sie.

»Warum nicht?«, gab er zurück. Er nahm sie bei der Hand und führte sie auf die Tanzfläche.

4

Leutnant Sardec trat zu Prinzessin Asea. Er war nicht in der Stimmung zum Tanzen und verspürte auch nicht den Wunsch, an dem Klatsch der anderen Offiziere teilzunehmen. Was ihn gerade zu Asea zog, wusste er nicht – früher hatte er sich in ihrer Gegenwart immer eingeschüchtert gefühlt –, aber auf irgendeine merkwürdige Weise fühlte er sich ihr seit jener Nacht in Morven, als sie zugesehen hatten, wie der Schlangenturm in den Wolken verschwand, verbunden. Außerdem vermutete er, dass sie über die Neuankömmlinge sprechen wollte. Vielleicht konnte sie ihm auch etwas über die Ghul-Krankheit erzählen, obwohl er sich inzwischen weniger Sorgen deswegen machte. Der Arzt hatte ihn noch einmal untersucht und war zu dem Schluss gekommen, dass die Möglichkeit, er könne sich angesteckt haben, beinahe auszuschließen war, da bis jetzt keine Anzeichen dafür aufgetreten waren. Was Sardec nervös machte, war das *beinahe*.

Er bemerkte, dass Asea auf die Tanzfläche hinaussah und ihren Schützling und Fürstin Tamara beobachtete. Die beiden gaben ein interessantes Paar ab und tanzten sehr gut. Irgendjemand hatte das Halbblut ausgezeichnet in den bei Hofe notwendigen Tätigkeiten unterwiesen, aber wahrscheinlich war von Prinzessin Asea auch nichts anderes zu erwarten.

»Guten Abend, Leutnant«, sagte sie, als er zu ihr trat, obwohl sie zuvor nicht in seine Richtung geschaut hatte. Das war einer ihrer Zaubertricks.

»Guten Abend, edle Dame.«

»Ich hoffe, Ihr seid nicht gekommen, um mich zum Tanz zu bitten.«

»Mit diesem Haken fällt mir das Tanzen leider schwer. Er neigt dazu, sich in den Ärmeln der Damen zu verfangen.« Sie warf ihm einen Seitenblick zu.

»Es tut mir leid, Leutnant, das war taktlos von mir.«

»Nein, der Mangel an Takt lag ganz auf meiner Seite.«

»Wolltet Ihr über etwas Bestimmtes sprechen?«

»Ich sehe, dass Ihr Fürstin Tamara und Euren Gefährten beobachtet.«

»Das ist sehr scharfsinnig von Euch.«

Ob sie eifersüchtig war? Nicht sehr wahrscheinlich, dachte Sardec, dass diese mächtige, uralte Terrarch überhaupt solche Empfindungen hegte. Möglich war das natürlich immer. Sie maß das Paar mit einem sehr eindringlichen Blick, der ihn bewog, die beiden ebenfalls genauer zu betrachten. Sie waren ein beeindruckendes Paar. Niemand hätte geargwöhnt, dass auch nur ein Tropfen menschliches Blut in dem Halbblut floss. Jeder Zoll ein Terrarch – genauso wie Fürstin Tamara, die die Tocher eines der höchsten Adligen aus einer der ältesten Abstammungslinien war. Bei näherem Hinschauen sahen sie sich sogar ziemlich ähnlich: die gleiche Gesichtsform, die gleichen Wangenknochen, die gleiche Größe. Beide waren auffällige Erscheinungen.

»Ihr habt ganz recht«, meinte Asea nachdenklich, und Sardec wurde klar, dass er seine Gedanken laut ausgesprochen hatte. »Zwischen ihnen besteht eine merkwürdige Ähnlichkeit.«

Ihr Ton war grüblerischer denn je. Tatsächlich, sie ist eifersüchtig, dachte Sardec verblüfft.

»Wie ich höre, habt Ihr Euch duelliert, Leutnant.«

»Die Nachricht verbreitet sich wirklich schnell.«

»Diese hat einen ziemlichen Skandal hervorgerufen. Gerüchte wollen wissen, dass eine Menschenfrau der Anlass für diese Sache gewesen sein soll.« Sardec errötete nicht. Er war stolz darauf.

»So ist es.«

»Seid vorsichtig, Leutnant, mit so etwas macht Ihr Euch viele Feinde.«

»Nehmt es mir nicht übel, Prinzessin Asea, aber wie ich mein Leben führe, das geht nur mich etwas an.«

»Ganz recht. Ich bewundere Euch dafür.«

Sardec spürte, dass Asea aus Gründen, die sie allein kannte, seine Freundschaft suchte. So, wie die Dinge im Augenblick standen, war er froh, dass jemand so empfand. Beim Regiment war er mit einer ziemlich eigenartigen Mischung aus Respekt, Bewunderung und Verachtung empfangen worden. Seine Offizierskollegen schienen einerseits der Meinung zu sein, dass er die Ehre des Regiments verteidigt hatte, indem er sein Duell gewann; doch auf der anderen Seite fühlten sie sich durch seinen Anlass doch düpiert. Eine menschliche Mätresse zu unterhalten war eine Sache, aber eine ganz andere, diesen Umstand so offen zur Schau zu stellen.

Er sagte sich, dass er nichts darauf gab, aber die traurige Wahrheit war, dass es ihm doch etwas ausmachte. Er fragte sich, wie viele Leute in seiner Umgebung davon wussten, und wie viele ihn deswegen verachteten. Asea lächelte, als hätte sie seine Gedanken erraten. Ein sehr verwirrendes Gefühl.

5

Nachdem sich die Tänzer bei der vorherigen Figur bei den Händen gehalten hatten, rückten sie in der nächsten Sequenz enger zusammen. Rik stellte fest, dass er Tamara in den Armen hielt und seine Hand auf ihrem Rücken lag. Die ihre ruhte auf seiner Schulter. Sie war außerordentlich leichtfüßig und lächelte, während sie sich drehten und die anderen Paare umrundeten.

»Du tanzt gut«, sagte sie.

»Ihr ebenfalls.«

»Jemand hat dich Umgangsformen gelehrt.«

»Viele Leute haben das getan.«

»Du bist eine ziemlich wichtige Persönlichkeit geworden, weißt du.«

»Das bezweifle ich.«

»Schon wieder gebrauchst du das Wort ›Zweifel‹.«

»Ich dachte, ich sei derjenige, dessen Aufgabe es ist, Euch zu schmeicheln.«

»Das war keine Schmeichelei, Rik, sondern einfach eine Feststellung. Mächtige Personen sind von dir beeindruckt. Mein Vater zum Beispiel.«

»Ihr habt mit ihm gesprochen.«

»Ich habe meinen Sommer jedenfalls nicht damit verschwendet, mit der Armee auf Feldzug zu gehen, falls du das meinst. Vermutlich hätte ich das äußerst langweilig gefunden.«

»Und was habt Ihr so getrieben?«

»Ich bin nach Harven gereist, um mit meinem Vater zu sprechen. Ich habe ihm von deinen Ruhmestaten erzählt.«

»Habt Ihr ihm auch berichtet, dass Ihr mir Euer zahmes untotes Ungeheuer auf den Hals geschickt habt?«

»Das habe ich.« Rik war verblüfft. Er hätte erwartet, dass sie es abstritt.

»Was hat er gesagt?«

»Du beherrschst deinen Zorn sehr gut.«

»Dann ist Euer Vater ein scharfsinniger Mann.«

»Du weißt ganz genau, dass er das nicht gesagt hat. *Ich* habe mit dir gesprochen.«

»Ihr spürt also, dass ich zornig bin. Das ist sehr aufmerksam von Euch.«

»Der Nerghul sollte nicht dich töten, Rik, sondern Asea.«

»Ich stand nur zufällig im Weg.«

»Etwas in dieser Art.« Er schlang den Arm fester um sie. Beinahe wünschte er, seine Hand hätte stattdessen um ihren Hals gelegen.

»Ihr werdet mir vergeben, wenn ich das trotzdem persönlich nehme«, sagte er.

»Ich hätte nichts anderes erwartet. Aber du musst verstehen, dass wir im Krieg stehen. Deine Gönnerin ist eine sehr gefährliche Frau.«

»Ich weiß – sie übt die bösen Künste der schwarzen Magie aus. So ganz anders als Euer Freund, Fürst Jaderac. Oder Ihr selbst.«

»Ich habe dir das schon einmal erklärt, Rik. Du hast keine Ahnung, womit du zu tun hast. Asea ist uralt und böse und dann auch noch über alle Vorstellungen hinaus mächtig. Sie hat die alte Königin umgebracht – und noch viele andere. Ihr Ehrgeiz kennt keine Grenzen.«

»Wodurch sie sich erheblich von allen anderen Terrarch unterscheidet.«

»Du bist auch ein Terrarch, Rik.«

»Dann weiß ich ja, wovon ich rede.« Er war überrascht, wie stark sein Zorn war. Schon immer war er wütend auf die ganze Welt gewesen. Vielleicht bot ihm Tamara nur eine Zielscheibe für dieses Gefühl.

»Das sehe ich.« Die Musik verklang, und sie blieben stehen, um dem Orchester Beifall zu spenden. Rik führte Tamara von der Tanzfläche. Andere warteten darauf, mit ihr zu tanzen. Ob Feindin oder nicht, sie würde bei den hiesigen Offizieren sehr beliebt sein. Vielleicht gerade deswegen, dachte Rik zynisch.

Als sie die Tanzfläche verließen, bemerkte er, dass Asea und Leutnant Sardec sie anstarrten. Ihre Blicke hatten etwas Eigenartiges.

»Wir müssen reden«, sagte Tamara, während er sich vor ihr verneigte und sie einen Knicks machte.

»Schreibt mir einen Brief«, gab Rik zurück.

6

»Hoffentlich hattest du einen interessanten Abend, Rik«, sagte Asea. Sie sah aus dem Fenster der Kutsche auf die Straße. Hinter ihnen blieben die glitzernden Lichter von Elakars Palast zurück.

»Sehr interessant, vielen Dank.«

»Hast du dich gut mit Fürstin Tamara unterhalten?«

»Ja.«

»Worüber?«

»Über den Schlangenturm. Über Jaderac. Ihren Vater.«

»Was hat sie von ihrem Vater erzählt?«

»Dass er sich in Harven befindet.«

»Was hat er dort zu schaffen?«

»Das hat sie nicht gesagt – ist das wichtig?«

»Das will ich meinen, Rik. Malkior ist ein sehr einflussreicher Terrarch, ein ehemaliger Kanzler von Sardea. Wenn er sich in der großen Hafenstadt aufhält, dann gibt es einen Grund dafür, und der hat mit dem Krieg zu tun.«

»Dann tut es mir leid, dass ich sie nicht genauer ausgefragt habe. Ich hatte genug damit zu tun, sie *nicht* vor den Augen der gesamten Aristokratie von Kharadrea zu erwürgen.«

»Da gibt es auch bessere Orte, um einen Mord zu begehen«, pflichtete ihm Asea bei. Rik warf ihr einen scharfen Blick zu, denn ihm fiel wieder ein, was Tamara noch vor Kurzem über sie gesagt hatte.

13. KAPITEL

Es ist oft einfacher, ein Motiv zu finden
als einen Mörder.

Seddon, Dreißig Jahre bei der Wache

1

Fürst Elakars Leiche lag lang hingestreckt auf seinem riesigen Himmelbett. Von dem Dolch, der in seinem Herzen steckte, ragte nur noch das Heft heraus. Seine Nachtkleidung und die Bettwäsche waren mit Blut befleckt, und jemand hatte, ebenfalls mit Blut, *Tod den Invasoren* an die Wand geschrieben.

»Sein Abend hat wirklich kein gutes Ende genommen«, bemerkte Rik. Kurz zuvor waren sie in den Palast des Gouverneurs gerufen worden: Hauptmann Quinal, der Terrarch, der mit den Ermittlungen beauftragt war, verlangte dringend nach Asea, und sie hatte Rik und Karim als Leibwächter mitgenommen. Sobald sie das Schlafzimmer gesehen hatte, hatte sie den Raum versiegeln lassen und einige arkane Rituale darin durchgeführt. Rik spürte die Kraft der Magie, vermochte jedoch nicht genau nachzuvollziehen, was Asea getan hatte. Als sie fertig waren, begaben sie sich in das Zimmer, in dem Quinal die Dienstboten warten ließ. Es war ein nur mit ein paar Holzstühlen möblierter Raum. Soldaten in der Uniform des Kavallerie-Leibregiments der Königin, Fürst Elakars Regiment, bewachten die Tür.

»Wer hat ihn zuletzt lebend gesehen?«, fragte Asea, sobald sie eingetreten war.

»Antwortet Ihrer Hoheit«, befahl Hauptmann Quinal, ein recht finster wirkender Terrarch, dessen Haar von grauen Fäden durchzogen war. Laut Asea nahm er eine ziemlich hohe Stellung beim Geheimdienst ein.

»Manfred, sein Kammerdiener, edle Dame«, sagte ein großer, hagerer Mensch, ohne Zweifel der Oberdiener hier. Er wies auf einen verängstigt wirkenden Mann mittleren Alters, der einen gepflegten Ziegenbart trug. Manfred machte sich keine Illusionen darüber, auf wen der Mordverdacht zuerst fallen würde.

»Ich wäre dankbar, wenn alle anderen das Zimmer verlassen würden«, erklärte Asea. Manfred sah aus, als würde er gleich ohnmächtig werden. Offenbar hegte er nicht den Wunsch, mit dieser infamen Hexe, ihren Leibwächtern und dem Furcht einflößenden Hauptmann Quinal allein zu bleiben.

»Bitte setz dich«, sagte sie zu Manfred und wies auf einen der Stühle.

»Das geht doch nicht, Euer Hoheit. Nicht, solange Ihr steht.«

»Ich bestehe darauf, Manfred. Hier geht es nicht um Manieren; das ist ein Befehl.« Manfred schluckte und setzte sich. Asea trat zu ihm und nahm eines ihrer Schutzzeichen ab. Sie hielt die Kette hoch, an der es hing, sodass es vor den Augen des Dieners hin- und herschwang, und murmelte die Worte eines Zauberspruchs. Verblüfft spürte Rik, wie sich ihm die Nackenhaare hochstellten. Er spürte den Energiefluss im Raum und sah, dass sich um das Zeichen ein kleiner Nimbus magischer Energie sammelte.

Manfreds Blick klebte an dem schwingenden Symbol. Die Adern auf seiner Stirn waren angeschwollen, und er schluckte immer wieder, als fülle sich sein Mund ständig mit Speichel. Seine Augen wirkten immer glasiger. Nach ungefähr einer Minute war Asea zufrieden und beendete ihren Sprechgesang.

»Hast du Fürst Elakar getötet?«, fragte sie. Manfred schüttelte den Kopf.

»Sprich bitte laut, wenn du meine Fragen beantwortest.«

»Nein, Euer Hoheit, ich habe ihn nicht getötet.«

Ihre Stimme klang begütigend. »Das dachte ich mir zwar schon, aber dennoch ist das natürlich die Frage, die man zuerst stellt. Hast du denn gesehen, wer ihn getötet hat?«

»Nein, Euer Hoheit.«

»Hattest du etwas mit dem Mord zu tun? Hast du seinen Mördern in irgendeiner Weise geholfen?«

»Ganz gewiss nicht. Warum hätte ich das tun sollen? Fürst Elakar war der beste Herr, den je ein Mensch gehabt hat.«

»Wann hast du ihn zuletzt lebend gesehen?«, fragte sie.

»Gestern Abend, Euer Hoheit, als ich ihm eine gute Nacht gewünscht habe, nachdem ich ihm beim Auskleiden geholfen hatte.«

»Hat er etwas Ungewöhnliches oder Eigenartiges getan?«

»Nein, Euer Hoheit. Er trank ein letztes Glas Wein und ging dann zu Bett, so wie immer.«

»Hat er etwas Besonderes gesagt?«

»Nein.«

»Fällt dir jemand ein, der ihm vielleicht den Tod wünschen würde?«

»Nur dieser kharadreanische Abschaum. Sie müssen es getan haben.«

»Wie kommst du darauf?«

»Die Kharadreaner hassen uns, Euer Hoheit. Sie wollen uns nicht hier haben. Ihr solltet hören, wie einige von ihnen die Köchin beschimpfen, wenn sie einkaufen geht.«

»Ist das alles?«

»Und dann noch der Dolch, Euer Hoheit, und die Nachricht an der Wand.«

»Jeder kann so etwas schreiben«, bemerkte Asea.

»Mit Blut, Euer Hoheit? Wer würde so etwas Schreckliches tun?« Der Dienstbote wirkte aufrichtig entsetzt. Rik war es nicht. Er hatte in seinem Leben schon Schlimmeres gesehen.

»Du wirst mit niemandem über diese Angelegenheit sprechen – ausgenommen mit mir selbst, Hauptmann Quinal, Fürst Azarothe sowie allen Personen, die wir dazu bevollmächtigt haben.« Sie murmelte einen Befehl, und Manfred regte sich, als erwache er aus einem Schlaf.

»Du kannst gehen, Manfred«, sagte Asea. Der Diener verließ das Zimmer. Asea ließ sich auf den Stuhl sinken und gab Quinal ein Zeichen.

Die anderen Dienstboten wurden hereingerufen, und die Befragung wurde fortgesetzt.

2

Asea warf Quinal einen Blick zu; die beiden Terrarch verhörten den letzten der Wachposten, der am vergangenen Abend Dienst gehabt hatte. »Habt Ihr noch weitere Fragen, Hauptmann?«, erkundigte sie sich. »Wenn, dann stellt sie bitte rasch, denn der Einsatz solcher Magie ist ziemlich ermüdend.«

»Mir fallen keine weiteren ein, edle Dame.«

»Die Schutzzauber sind alle an ihrem Platz, völlig unangetastet«, erklärte sie. »Kein Zauberspruch hat das angerichtet.«

»Das ist ziemlich verblüffend«, erklärte Quinal. »Niemand hat etwas gesehen. Die Schutzzauber wurden nicht zerstört. In der Nacht wurde kein Zauber gewirkt, und trotzdem ist General Elakar tot und hat einen kharadreanischen Dolch in der Brust stecken.«

»Glaubt Ihr denn, dass dieser Dolch eine Bedeutung hat, Hauptmann?«

»Er trägt das Symbol eines angreifenden Drachen, das Zeichen der Bruderschaft der kharadreanischen Patrioten. Genau die Sorte, die der Name schon verheißt.«

»Pflegen sie Verbindungen zu Hexern?«

»Bei den Bruderschaften weiß man das nie, edle Dame. Die übliche Bande mit allem dazugehörigen Brimborium. Ihr wisst schon, Kapuzenroben und verschlüsselte Namen. Alles, was diese alten Geheimgesellschaften so haben. Dann vermutet Ihr, dass ein Zauberer damit zu tun hat?«

»Der Mord wurde verübt, ohne dass die Schutzzeichen angeschlagen haben. Niemand scheint den Mörder gesehen zu haben. Das riecht nach Magie, Hauptmann.«

»Bei allem Respekt, meine Dame, aber es ist auch schon vorgekommen, dass Schutzzauber wirkungslos bleiben. Manchmal liegt sogar ein Fehler beim Wirken des Zaubers vor.«

»Dessen bin ich mir bewusst. Aber die Schutzzauber hier scheinen gut zu wirken.«

»Wie Ihr zweifellos wisst, meine Dame, haben Schutzzauber manchmal Schwachstellen, die man ausnutzen kann.«

Asea nickte. »Ihr habt natürlich recht, Hauptmann, und ich bin sehr müde. Kann ich sonst noch etwas für Euch tun?«

»Die Dienstboten werden nicht klatschen?«

»Die, mit denen ich gesprochen habe, nicht, Hauptmann. Sie stehen unter einem starken Befehlszauber. Um den rückgängig zu machen, würde es schon eines Magiers von beträchtlichem Format bedürfen.«

»Dann danke ich Euch für Eure Hilfe, edle Dame. Ich werde meine Untersuchung fortsetzen.«

3

»Eine üble Geschichte, stimmt's?«, fragte Rik, als sie wieder in der Kutsche saßen und über das Kopfsteinpflaster der Straßen ratterten. Er fühlte sich ein wenig aufgewühlt. Erst gestern Abend noch war Fürst Elakar am Leben gewesen und hatte prachtvoll gekleidet in seinem Palast Hof gehalten. Rik hatte ihn nicht gekannt und keinen Grund gehabt, ihn zu mögen oder zu hassen, aber dass er nun tot war, erschütterte ihn dennoch. Er war inzwischen an den Tod gewöhnt, doch er rechnete auf dem Schlachtfeld damit oder in einer übel beleumdeten Gasse, nicht aber in den Palästen der Mächtigen.

»Das ist sehr schlimm, Rik«, antwortete sie. »Und der Unbekannte, der das getan hat, weiß das auch. Er hat einen unserer Generäle in seinem eigenen Wohnhaus umgebracht, und er hat keine Spuren hinterlassen.«

»Keine Spuren … Ist so etwas überhaupt möglich?«

»Du hast doch gesehen, wie ich die Rituale durchgeführt habe, Rik. Ich habe im Raum und an der Waffe nach Restenergien gesucht, doch da waren keine. Da muss jemand eine äußerst mächtige Magie eingesetzt haben. Eine solche wäre auch notwendig, um mich daran zu hindern, eine Verbindung herzustellen.«

Rik blickte aus dem Fenster und stellte fest, dass ihnen viele der Einheimischen böse Blicke zuwarfen. Die Kutsche trug die Zeichen der ausländischen Truppen, und der Mob war im Begriff, einen glühenden Hass auf die Ausländer zu entwickeln. Offensichtlich verloren sie ihre Angst vor ihnen.

»Das wird noch schlimmer werden, sobald sich diese Sache herumspricht. Einer unserer hochrangigsten Militärs ist getötet worden, und offenbar von einem Mitglied ihrer Bruderschaften. Unsere Gegner werden kühner werden, und Katheas Feinde werden Oberwasser bekommen.«

»Ihr glaubt also, dass die Bruderschaften dahinter stecken?« Rik war den geheimen Bruderschaften schon begegnet; diesen vielfach verflochtenen Verschwörungen, die sich durch alle Schichten der Gesellschaft woben. Eine davon war zumindest teilweise für die schrecklichen Ereignisse im unterirdischen Achenar verantwortlich gewesen.

»Schon möglich, Rik. Und sie haben den Zeitpunkt zum Zuschlagen gut gewählt. Der Winter steht bevor. Nahrung ist knapp und der Groll groß. Unsere Leute fühlen sich verlassen. Diese Tat wird die Moral nicht gerade stärken.«

Sie klang nachdenklich und sogar wehmütig. Es kam selten vor, dass Asea verletzlich wirkte, aber dies war eine solche Gelegenheit.

»Was bedrückt Euch?«, fragte er.

»Es beginnt wieder, Rik. Ich spüre das.«

»Was denn?«

»Unerklärliche Todesfälle. Nie aufgeklärte Morde. Killer, die einfach nicht zu fassen sind. Ich habe das schon zuvor erlebt. Zuerst auf Al'Terra, und dann noch einmal nach der Ermordung der alten Königin. Es widert mich an, und dieses Mal werde ich dem ein Ende setzen.« Sie klang sehr entschlossen, und er zweifelte nicht daran, dass es ihr, falls es überhaupt möglich war, gelingen würde. Dann ging ihm die Bedeutung ihrer Worte erst richtig auf. *Killer, die nicht zu fassen sind.*

»Ich war das jedenfalls nicht«, sagte er. »Zur fraglichen Zeit befand ich mich im Palast.«

Asea sah ihn aufmerksam an, als bilde sie sich eine Meinung darüber, ob sie ihm trauen konnte. »Ich glaube dir«, sagte sie dann. Doch er war sich nicht ganz sicher, ob sie das wirklich tat.

Wenn der Mörder jemand war wie er, dann könnte eine Verbindung zu seinem lange verschollenen Vater bestehen, zu einem weiteren Schattenblut. Wieder einmal wurde Rik klar, dass sie ihn als eine Art Köder benutzte; doch nun war sie offenbar hinter größerem, gefährlicherem Wild her. Sie suchte nach jemandem, der den Gouverneur in seinem eigenen Palast, umgeben von seinen Wachposten, umbringen konnte.

Rik fragte sich, was dieser Unbekannte wohl als Nächstes tun würde. Doch er hatte das unangenehme Gefühl, dass er es bald erleben würde.

14. KAPITEL

Das Volk spürt häufig den Drang, die Unzufriedenheit mit seinen Herrschern zum Ausdruck zu bringen, indem es seine eigenen Behausungen anzündet. Dies zeigt, ebenso wie vieles andere, warum die Menschen der festen Hand der Terrarch bedürfen.

Fürst Myreon, Rede vor dem Oberhaus

1

»Ruft die Männer zusammen«, befahl Sardec. »Es gibt Arbeit für uns.«

»Jawohl, Herr«, antwortete Sergeant Hef. Falls er sich fragte, warum es sein Kommandeur so eilig hatte, dann sorgte er dafür, dass ihm die Neugier nicht vom Gesicht abzulesen war. Er hatte gesehen, wie der Bote eintraf, und wahrscheinlich auch mit ihm gesprochen. Hef strebte hinaus und rief Korporal Toby und den Männern Befehle zu. Sardec hörte, wie Stiefel die Treppen herunterpolterten und Gewehre aus ihren Halterungen genommen wurden. Fünf Minuten später hatte sich die Kompanie auf dem Hof versammelt, und Sardec bezog vor den Männern Stellung.

»Auf dem Alten Königsplatz rottet sich ein Mob zusammen. Die Menschen protestieren gegen den Brotpreis. Jedenfalls hat es so angefangen. Agitatoren hetzen sie auf, und auf den Straßen erzählt man sich, Patrioten hätten gestern Nacht Fürst Elakar umgebracht.«

Ein Murmeln durchlief die Reihen. Sardec fand, dass er seinen Männern ebenso gut mitteilen konnte, was heute Morgen Gesprächsthema in der Offiziersmesse gewesen war. »Es ist wahr. Fürst Elakar ist ermordet worden. Prinzessin Asea selbst hat die Untersuchungen übernommen. Ich bezweifle nicht, dass sie dieser Sache auf den Grund gehen wird.«

Das ließ die Männer verstummen. Asea hatte die Kompanie begleitet, als sie in die Hölle aus uralter Zeit – die unterhalb der Stadt Achenar lag – hinabgestiegen waren. Die Soldaten der Kompanie brachten ihr also großen Respekt entgegen.

»Aber das ist im Augenblick Nebensache«, fuhr Sardec fort. »Wir müssen dafür sorgen, dass der Mob nicht außer Kontrolle gerät. Es wird nicht geplündert. Der Friede wird nicht gebrochen. Und es wird auf keinen Fall auf Zivilisten geschossen, außer ich gebe den Befehl dazu. Ist das klar?«

»Ja, Herr«, brüllten die Soldaten im Chor.

»Dann lasst uns abrücken.«

2

Von vorn drang Sardec das Murren der Menge entgegen. Auf seine eigene Weise war es ein sanftes Geräusch, das beinahe wie eine Meeresbrandung klang und sich, von einem unbekannten Einfluss gelenkt, hob und senkte. Als die Soldaten auf den Platz marschierten, sah Sardec auch, was das Volksgemurmel auslöste.

Ein Mann war auf die Statue des alten Königs Orodruine geklettert und hielt sich mit einer Hand am Arm des Königs fest, während seine Füße auf seinem Knie standen. Aus dieser Entfernung konnte Sardec nur erkennen, dass er wie ein Straßenhändler gekleidet war. Als die Fourageure den Platz betraten und sich mit schussbereiten Musketen zu einer Einerlinie formierten, zeigte der Mann auf sie. »Da sind sie«, brüllte er. »Das sind die Mörder. Sie sind es, die euren Kindern das Brot vom Munde wegstehlen. Durch sie werden die heiligen Straßen von Halim entweiht.«

Alle Augen in der Menge richteten sich jetzt auf sie. Sardec hatte das Gefühl, einem verdrossenen, vielköpfigen Ungeheuer gegenüberzustehen. In allen Blicken – ob von Männern, Frauen oder Kindern – stand die gleiche unterdrückte Wut geschrieben. Er holte tief Luft. Die Menge war seiner Kompanie zahlenmäßig mindestens zehn zu eins überlegen. Einer oder zwei bückten sich bereits, um Pflastersteine aus dem Boden zu reißen. Er wandte sich an Sergeant Hef. »Stellt die Männer in zwei Reihen auf und sagt ihnen, sie sollen sich bereithalten, das Feuer zu eröffnen.«

Er drehte sich zu der Menge um und hob seinen Haken, eine gewollt dramatische Geste, die ihm ihre Aufmerksamkeit sicherte. »Schluss jetzt«, sagte er. »Ihr werdet euch jetzt auflösen und nach Hause gehen. Diese Versammlung verstößt gegen das Gesetz.«

Die Menge starrte ihm einfach entgegen und maß stumm die Kräfte mit ihm. Er zwang sich zu einem Lächeln und ließ den Blick über die vorderen Reihen schweifen. Keiner der Menschen dort wagte es, ihm in die Augen zu sehen. Auf ein paar Gesichtern ließ er seinen Blick ein wenig länger ruhen und gab den Besitzern Zeit zu erkennen, dass er sich an sie erinnern würde. Einige wandten sich nun ab und gingen mit hängenden Schultern davon.

»Ihr habt Familie. Ihr habt eure Arbeit. Ihr habt Kinder«, rief Sardec. »Warum wollt ihr das aufs Spiel setzen?« Diese Botschaft schien die Menschen erreicht zu haben. Er hatte das Gefühl, dass das vielköpfige Untier ruhiger wurde und seine Wut zu beherrschen begann. Doch er sagte sich, dass er sich nicht zu früh freuen durfte. Noch hatte er das Untier nicht gezähmt.

»Ja, warum all das aufs Spiel setzen?«, höhnte der Agitator. »Was ist aus Kharadreas Ehre geworden? Wo ist euer Mut? Warum solltet ihr euch wie Männer benehmen, wenn ihr euch auch wie geprügelte Hunde verhalten und mit eingezogenem Schwanz davonschleichen könnt?«

Stimmengewirr kam auf. Einige Protestierer waren über die Worte des Agitators verärgert, doch ob ihr Zorn ihm oder den Fourageuren galt, hätte Sardec nicht sagen können.

»Das reicht jetzt, Mann«, schrie Sardec. Seine auf dem Exerzierplatz gestählte Stimme übertönte mühelos die Menge. Die Lage hier stand buchstäblich auf eines Bajonettes Schneide. Er wollte nicht, dass etwas die Menschen reizte, und doch konnte sie der kleinste Anlass in einen tobenden Mob verwandeln. Auf der anderen Seite durfte er nicht zulassen, dass der Mann die Menge weiter aufstachelte.

»Und was willst du dagegen tun, Hakenfaust? Mich zum Duell fordern?«

Sardec fühlte, wie ihm das Blut ins Gesicht schoss. Also wussten sogar die Menschen hier davon? Das niedere Volk tratschte über Privatangelegenheiten! Er ließ seine Züge zu einer ausdruckslosen Maske erstarren. Auf keinen Fall würde er sich provozieren lassen. Einige Versammlungsteilnehmer lachten, aber merkwürdigerweise schien der größere Teil der Anwesenden auf Sardecs Seite zu stehen. Viele schüttelten den Kopf. Frauen zogen ihre Kinder in Hauseingänge hinein. Männer verließen den Platz. Sardec hätte gern gewusst, was hier vor sich ging, aber er hatte keine Ahnung.

Ein paar Minuten später befanden sich nur noch ein paar eingefleischte Aufrührer sowie der Agitator selbst auf dem Platz, obwohl Sardec spürte, wie ihn aus Fenstern und von Balkonen unzählige Augen beobachteten. Immer noch starrte Sardec die Männer an, die sich ihm widersetzten. Er gab ihnen eine letzte Chance.

»Ihr werdet euch jetzt zerstreuen und nach Hause gehen«, befahl er. »Sonst lasse ich euch verhaften. Diese Versammlung verstößt gegen das Gesetz.«

Wieder vermochte keiner von ihnen seinem Blick standzuhalten. Die Männer – hart wirkende, unrasierte Kerle, fraglos waren Straßenschläger darunter – schlichen davon, bis nur noch der Agitator übrig war, der sich immer noch an der Statue festhielt. »Korporal Toby, verhaftet diesen Mann«, befahl Sardec.

»Mit Vergnügen, Herr!«

Sardec wandte sich an Sergeant Hef. »Das ging besser, als ich erwartet hatte«, erklärte er. »Obwohl ich keine Ahnung habe, warum.«

»Bitte um Verzeihung, Herr«, gab das affengesichtige Männlein zurück, »aber der Grund war Euer Duell. Die meisten Menschen in diesem Teil der Stadt, besonders die Frauen, wissen, dass Ihr einen Terrarch wegen einer Menschenfrau zum Duell gefordert habt. Die Menge bestand aus Menschen, Herr. Der Bursche, der die Rede geschwungen hat, hat einen Fehler gemacht, als er sie an Eure Tat erinnerte. Vergebung, Herr, aber die Menschen hier achten Euch höher als die meisten anderen Terrarch.«

Sardec wusste nicht, was er darauf sagen sollte, und schwankte zwischen Stolz und Verlegenheit. Offenbar war er hier so etwas wie eine Berühmtheit. Er sagte sich, dass ihm das Wohlwollen des Mobs nichts bedeuten dürfte, doch das traf nicht zu.

»Lasst uns nur zusehen, dass wir diesen Narren in Eisen legen und dann sollen die Männer zurück in ihr Quartier kommen«, sagte er.

3

»Wie lautet dein Name?«, fragte Sardec den Agitator.

»Kommt es darauf an, Hakenfaust?«, erwiderte dieser. Sardec musste zugeben, dass der Mann Mut hatte. Entweder das, oder er war verrückt. Sogar in der improvisierten Zelle in ihrem Quartier zeigte er keine Angst und kein Anzeichen von Reue.

»Ich will ihn wissen, damit wir ihn auf dein Grab schreiben können.«

»Dann schreib: ›Hier ruht ein kharadreanischer Patriot‹.«

»Wohl eher ein kharadreanischer Idiot«, meinte Wiesel. Er und der Barbar waren eingeteilt worden, um den

Mann zu bewachen, bis der Magistrat eintraf. Der Barbar lachte.

»Lach so viel du willst, Schwachkopf«, sagte der Patriot. »Bald kommt eure Zeit.«

Mit furchterregender Geschwindigkeit und täuschender Lässigkeit versetzte ihm der Hüne einen Schlag, der den Patrioten quer durch den Raum schleuderte. Sardec warf ihm einen Blick zu. »Das reicht, Soldat«, sagte er.

»Ja, Herr.« Der Barbar sah den Patrioten an und lächelte strahlend. In seinem Blick lag nicht die geringste Bosheit, wodurch er irgendwie noch mehr Furcht einflößte. »Ich bin vielleicht nicht der Klügste, aber zumindest wäre ich doch so gescheit, die Männer, die mich gefangen genommen haben, nicht als Schwachköpfe zu bezeichnen.«

»Ich habe dich einen Schwachkopf genannt, Schwachkopf«, sagte er Patriot, der am Boden saß. Ein Blutrinnsal floss aus seinem Mund. Offenbar hatte ihm der Barbar einen Zahn ausgeschlagen, den er jetzt auf den Boden spuckte.

Der Barbar trat zu ihm, hob ihn mit einer Hand am Kragen hoch und klopfte dem Mann den Staub vom Hemd. Die Geste war völlig unschuldig und barg doch alle möglichen finsteren Drohungen. Der Patriot zuckte zusammen. Der Barbar setzte den Gefangenen wieder auf seinen Stuhl, wischte sich die Hände ab und grinste auf ihn herunter. Seine Sanftheit hatte dem Gefangenen so viel Angst eingejagt, wie seine Brutalität es nicht vermocht hatte. Er war verstummt. Jedenfalls für kurze Zeit.

»Ihr werdet alle sterben«, hob er dann erneut an. »Es ist ganz gleich, was ihr mit mir macht.«

»Jeder Mensch muss sterben«, wandte Wiesel ein. »Nur dass es einige von uns früher trifft als andere.«

»Die Bruderschaft wird dafür sorgen, dass ihr einen schmerzhaften Tod erleidet«, verkündete der Mann. Sardec konnte ihn jetzt besser einschätzen: das eingefallene Gesicht, der starrte Blick, diese vollkommene Gewissheit … Der Mann war ein Fanatiker.

»Was weißt du über die Bruderschaft?«, fragte er ruhig.

»Ich weiß, dass sie euch alle töten wird, angefangen mit euren Anführern, aber sie wird auch den einfachen Soldaten nicht verschonen.«

Der Mann war wie ein Vertreter der niederen Kaufmannsschicht gekleidet, aber er sprach nicht wie einer, sondern eher wie ein Priester.

»Warum wollen uns diese Leute töten?«, fragte Sardec. »Wir sind hier, um eurer Königin zu helfen.«

»Helfen? Ihr seid Aasgeier, die sich an Kharadreas Leiche gütlich tun wollen. Aber dieses Mal werdet ihr sehen, dass euch der Bissen im Halse stecken bleibt.«

Sardec dachte an den Propheten Zarahel. Auch er hatte einer Bruderschaft angehört. Und Prinzessin Asea hegte den Verdacht, dass diese Bruderschaft den langen Arm Sardeas darstellte. Es war bekannt, dass das Dunkle Imperium Geheimorganisationen mit Gold, Waffen und Magie unterstützte. Er fragte sich, ob dieser Mann nur einfach eine fehlgeleitete Schachfigur der imperialistischen Außenpolitik Sardeas war. In jedem Fall erschien es jetzt ausgeschlossen, ihm rasch den Prozess zu machen und ihn zu hängen. Vielleicht wusste dieser Mann ja etwas über die Bruderschaft der Patrioten. Da diese Vereinigung offenbar in den Mord an Fürst Elakar verwickelt war, war es ihm nur richtig vorgekommen, die Sache seinen Vorgesetzten zu melden. Der Gefangene würde alles erklären müssen, wenn die Amtmänner eintrafen. Doch unterdessen konnte er ebenso gut selbst ein paar Fragen stellen.

»Anders, als du glaubst«, sagte Sardec in leicht spöttischem Ton, »sind wir tatsächlich hier, um Kathea zu unterstützen; und wir sind gekommen, um euer Volk und euer Land vor dem Dunkeln Imperium zu schützen.«

Der Patriot lachte laut heraus. Sein Lachen klang entsetzlich angespannt und vollkommen freudlos. Er zwang sich dazu. »Bewahrt euch eure Lügen für die Toren auf, die daran glauben wollen. Wir kennen euch und euresgleichen. Ihr wollt nur Land, kharadreanisches Land.«

»Das Dunkle Imperium wird euch Menschen alle versklaven. Königin Arielle steht für die Freiheit der Menschen.«

»Die Freiheit, zu darben und für einen Hungerlohn zu schuften«, hielt ihm der Patriot entgegen. Sardec vermochte ihm nicht einmal zu widersprechen, denn er hatte nur allzu recht. Er wusste, dass die Menschen in Talorea unter elenden Bedingungen lebten.

»Sie haben die Freiheit, Eigentum zu besitzen«, wandte er trotzdem ein. »Bei Wahlen abzustimmen. Dort sind die Menschen keine Sklaven.«

»Nein, aber die Marionetten des Terrarch-Parlaments. Wenn sie Besitz haben. Für die einfachen Menschen ist es genauso schlimm wie immer.«

»Den Menschen in Talorea geht es besser, als es denen in Kharadrea je gegangen ist. Und tausend Mal besser als den Menschen in Sardea.« Erstaunt stellte Sardec fest, dass er sich in die Defensive hatte treiben lassen. Nicht, dass er nicht an seine eigenen Worte geglaubt hätte. Ihm wurde nur klar, dass sie in den Ohren eines Menschen völlig unzulänglich klingen mussten.

»Die Verhältnisse hier werden sich bessern. Wir werden die Gleichberechtigung mit den Terrarch erreichen. Wir werden eine wirklich demokratische Regierung haben – und Gesetze, vor denen alle gleich sind.«

Sowohl Wiesel als auch der Barbar kicherten höhnisch. Das schien den Patrioten mehr in Rage zu bringen als die Prügel vorhin. »Lacht nur, ihr Speichellecker. Lacht, solange ihr noch könnt. Ein neues Zeitalter wird kommen, und ihr werdet alle hinweggefegt werden.«

Sardec sah den Mann an und war von seiner Ernsthaftigkeit beeindruckt. Das war mehr als einfacher Patriotismus; dieser Mann glaubte an ein mächtiges Ideal, das stark genug war, um ihm im Angesicht von Tod und Folter Mut zu schenken. Wenn die Sardeaner eine solche Bewegung mit Gold und Waffen unterstützten, dann hatten sie sich möglicherweise gewaltig verrechnet. Sie hatten ein Feuer entzündet, das schwer zu ersticken sein mochte. Möglich, dass es noch in der Lage war, die ganze Welt in Brand zu setzen.

Dann kam ihm ein Gedanke, der ihm noch mehr Furcht einflößte. Vielleicht hatte das hier gar nichts mit den Sardeanern zu tun, vielleicht war es einfach der Vorbote einer neuen Ära, ein Zeichen des Wandels. Wenn dem so war, dann ging sein Volk schwierigen Zeiten entgegen.

Die Tür öffnete sich, und Hauptmann Quinal trat ein, begleitet von einem Terrarch in der schwarzen Uniform und silbernen Maske der Militär-Magier.

»Ich höre, dass dieser Mann ein Mitglied der Bruderschaft ist«, sagte Quinal. »Ich muss ihm ein paar Fragen stellen. Ihr und Eure Männer könnt gehen, Leutnant.«

Sardec winkte Wiesel und dem Barbaren, den Raum

zu verlassen, während Quinals Leute hereinkamen. Kaum hatten sie die Zelle verlassen, als der Gefangene auch schon losschrie.

4

Als Quinal wieder heraustrat, wirkte er nicht gerade erfreut. Sardec zog fragend eine Augenbraue hoch.

»Er ist gestorben, ohne uns etwas zu verraten.«

»War er mit einem Gegenzauber ausgerüstet?«

Quinal schüttelte den Kopf. »Vielleicht war er dazu ausgebildet, Magie zu widerstehen, und hatte einen starken Willen. Sein Herz ist stehen geblieben, bevor er uns etwas sagen konnte.«

»Dann wollen wir hoffen, dass nicht all seine Landsleute aus demselben Holz geschnitzt sind, sonst stehen uns eine Menge Probleme ins Haus.«

»Leutnant, ich glaube, wir stecken schon jetzt in Schwierigkeiten.«

Sardec widersprach ihm nicht.

15. KAPITEL

Ein Plan ist nur so gut wie seine Ausführung. Und die Ausführung ist nur so gut wie die Männer, die sie ins Werk setzen.

Amande Koth, Kriegführung im Zeitalter der Muskete und des Drachen

1

Rik sah zu dem Gemälde auf, das an der Wand der Palastbibliothek hing. Es zeigte Terrarch-Ritter im Kampf gegen entsetzliche Wesen aus dem Älteren Zeitalter, die wie monströse Würmer aussahen. Die Wände waren von Bücherregalen bedeckt. In Nischen steckten Schriftrollen. Die obersten Etagen der Regale waren nur über Leitern zu erreichen. Aus dem Blickwinkel seines früheren Berufs betrachtet, waren die Bücher hier ein Vermögen wert. Er hoffte, dass er sie eines Tages alle studieren könnte.

Asea setzte sich an ein Lesepult. Rik und Karim standen neben ihr. »Bewach die Tür, Karim«, befahl Asea. »Lass niemanden ein, der nicht von Fürst Azarothe persönlich kommt.«

»Wie Ihr wünscht, Herrin«, gab Karim zurück und verließ den Raum so lautlos, wie er eingetreten war. Asea sprach die Worte eines Schutzzaubers, und die Laute der Außenwelt klangen plötzlich so ausdruckslos und fern, wie es Rik inzwischen vertraut war.

»Es ist Zeit, dass wir beide uns über einige Dinge unterhalten, Rik.«

»Und was wären das für Dinge?«

»Ich glaube, ich habe einen Mord aufgeklärt.«

»Und ich dachte, der Tod von Fürst Elakar hätte Euch vor ein Rätsel gestellt.«

»Nein. Ich glaube, ich weiß, wer ihn begangen hat. Ich glaube übrigens auch, dass ich weiß, wer deine Mutter getötet und wer die alte Königin Amarielle ermordet hat.«

Rik starrte sie mit offenem Mund an. »Da seid Ihr aber äußerst rasch zu sehr vielen Schlüssen gelangt. Wenn Ihr wisst, wer Fürst Elakar umgebracht hat, solltet Ihr dann nicht Hauptmann Quinal und dem Oberkommando Mitteilung machen?«

»Nein. Das ist eine Angelegenheit, die ich selbst in Ordnung bringen möchte.« Etwas in ihrem Tonfall sorgte dafür, dass es Rik kalt über den Rücken lief. In diesem Augenblick sah sie mit jedem Zoll wie die Erzdämonin aus, als die Tamara sie hinstellte. Er zwang sich, ruhig zu sprechen.

»Wer hat meine Mutter ermordet?«

»Derselbe Terrarch, der für Amarielles Tod verantwortlich war.«

»Und auch für den von Fürst Elakar?«

»Nein – das war jemand anders.«

»Jetzt verwirrt Ihr mich.«

»Fürst Malkior hat sich in Drangsal aufgehalten, als

deine Mutter getötet wurde. Er gehörte zu einer Gesandtschaft aus Sardea. Während des Besuchs der Gesandtschaft gab es noch mehr Morde – oder sollte ich sagen: Ritualopfer? Sie hörten auf, als sie abreiste.«

»Warum hat man nichts unternommen?«

»Die Königin und ihr Parlament wünschten zu dieser Zeit keinen Krieg mit dem Dunklen Imperium. Was hätte sie tun können? Das Ganze hätte auch Zufall sein können, oder ein Versuch, die Gesandtschaft zu diskreditieren.«

»Sie wollten damals keinen Krieg?«

»Sie brauchten noch Zeit, um sich vorzubereiten. Unsere Armee musste zuerst aufgebaut werden.«

»Dieser Krieg war aber lange vorauszusehen, meine Dame.«

»Nicht nötig, so missfällig zu klingen. Während des langen Friedens nach dem Vertrag von Oslande haben wir zugelassen, dass unsere Streitkräfte mehr und mehr heruntergekommen sind. Wir konnten es uns nicht erlauben, gleichzeitig Krieg gegen Valon und Sardea zu führen. Aber genau das wäre dann geschehen.«

»Ihr behauptet also, dass der ehemalige Kanzler von Sardea ein Schwarzmagier und ein vielfacher Mörder ist«, sagte er.

»Ich fürchte, so ist es.«

»Und zu diesem Schluss seid Ihr gekommen, als Ihr Fürst Elakars Leiche gesehen habt.«

»Ehrlich gesagt, ich hatte etwas Ähnliches schon länger vermutet.«

»Seit wann?«

»Seitdem ich angefangen habe, deine Geschichte zu untersuchen, Rik. Seit ich herausgefunden habe, dass die Schattenblut-Krieger noch unter uns sind.«

Er sah sie an. Vieles ergab jetzt einen Sinn. »Deswegen habt Ihr mich bei Euch behalten.«

»Das ist ein Grund. Der andere ist – und das kannst du mir glauben oder nicht –, dass ich dich aufrichtig mag und dir außerdem dankbar bin.«

»Wie kommt Ihr darauf, dass Malkior meine Mutter getötet hat?«

»Die Indizien deuten darauf hin, Rik. Er war das einzige Mitglied der Delegation, das alt genug war, um sich an Al'Terra zu erinnern. Andere hätten möglicherweise auch über die magische Ausbildung verfügen können, aber er war der Einzige, der überhaupt das Alter hatte, um ein Schattenblut von Al'Terra zu sein.«

»Das ist aber kein Beweis, der vor einem Gericht standhalten würde.«

»Jetzt verstehst du wohl, warum ich Hauptmann Quinal noch nicht einweihen möchte. Doch es gibt noch einen anderen Grund. Sieh dir einmal dieses Bild an, und betrachte besonders die Gestalt in der Mitte.«

»Den hochgewachsenen Ritter mit dem glühenden Schwert?«

»Eben den. Erinnert er dich an jemanden, Rik?«

Tatsächlich, der Mann strahlte etwas Vertrautes aus. Er hörte, wie auf dem Tisch hinter ihm etwas klapperte. Als er sich umdrehte, sah er dort einen kleinen Schminkspiegel liegen. Asea hielt ihm den Spiegel mit der polierten Seite nach vorn entgegen.

»Nein«, sagte er.

»Doch.«

Fasziniert wie im Angesicht einer Schlange sah er in den Spiegel. Ja, da gab es eine Ähnlichkeit.

»Der Ritter auf diesem Gemälde ist Fürst Malkior. Das

Bild wurde in Auftrag gegeben, um seinen triumphalen Sieg über die Herren der Tiefe bei der Schlacht von Malagia im Jahr 189 der Eroberung zu feiern.«

»Das ist fast achthundert Jahre her.« Rik wusste, dass seine Bemerkung unnötig war, denn was er sagte, war offensichtlich. Aber er wusste nichts anderes zu sagen. »Ihr behauptet, ich sei sein Sohn.«

»Ich glaube, so ist es.«

»Und warum glaubt Ihr, dass er die alte Königin umgebracht hat?«

»Er war dort. Wenn er die Kräfte eines Schattenbluts besitzt, hatte er auch die Mittel und die Gelegenheit, es zu tun.«

»Wenn ...«

»Wenn er ein Schattenblut ist, Rik, dann erklärt das vieles andere. Alte Niederlagen und alten Verrat. Auf Al'Terra wussten die Fürsten des Schattens immer verdächtig gut über unsere Pläne Bescheid. Man hat viele Verräter entdeckt, doch wie es aussieht, nicht alle.«

»Sonst noch etwas? Mir scheint diese Theorie trotzdem auf ziemlich wackligen Füßen zu stehen.«

»Mir ebenfalls, Rik. Aber ich habe fast fünfhundert Jahre darauf verwendet, dieses Rätsel aufzuklären, und ich war der Lösung noch nie so nahe. Ich glaube, dass Malkior Königin Amarielle getötet hat. Auf jeden Fall hat er von ihrem Tod profitiert. Er wurde Kaiserin Arachnes engster Berater.«

Rik gefiel die Eindringlichkeit ihrer Stimme nicht. Da klang ein Unterton von Wahnsinn mit, von einer an Verrücktheit grenzenden Besessenheit. Er rief sich ins Gedächtnis, dass diese Frau mehr als zweitausend Jahre alt war und schon seit Jahrhunderten über dieses Thema gebrütet hatte. Wahrscheinlich brachte einen das auf eine Weise, die er sich einfach nicht vorstellen konnte, um den Verstand. Vielleicht war sie auch nicht verrückt, sondern die Ältesten unter den Terrarch … wurden einfach so. Ein erschreckender Gedanke.

»Aber Ihr seid Euch nicht sicher …?«

»Nein, Rik. Ich habe nur eine Theorie. Und wie alle guten Theorien muss sie nachgeprüft werden.«

»Und wie soll das geschehen?«

»Zwischen dir und Tamara besteht eine Familienähnlichkeit. Sogar Leutnant Sardec ist das neulich Abend aufgefallen.«

Rik erschauerte. »Sardec?«

»Ja, sogar der gute Leutnant hat eine Ähnlichkeit gesehen.«

Rik wurde ein wenig übel. Asea fuhr fort, als hätte sie das nicht bemerkt.

»Fürst Elakar wurde kurz nach ihrer Ankunft ermordet. Von einem Schattenblut, da bin ich mir sicher.«

»Es könnte auch Fürst Jaderac gewesen sein. Oder jemand aus dem Gefolge der beiden.«

»Schon möglich. Aber keiner dieser Varianten passt in meine Theorie. Tamara schon.«

»Ihr sagtet, Ihr wolltet Eure Theorie auf die Probe stellen.« Rik ahnte, wohin das führen würde, und es gefiel ihm überhaupt nicht.

»Ich werde sie … in meine Obhut nehmen.«

»Habt Ihr denn die Macht dazu? Sie ist Diplomatin.«

»In letzter Zeit hat es doch viele Entführungen und Morde gegeben, Rik. Dies wird ein weiterer Fall werden.«

»Von Entführung oder von Mord?«

»Höchstwahrscheinlich von beidem. Wenn sie einmal

weiß, wer wir sind, können wir sie wohl nicht mehr freilassen.«

»Wir?«

»Ich bezweifle, dass Ihre Majestät unser Vorhaben billigen wird. Und unsere Armee-Kommandeure wohl auch nicht. Daher liegt die Sache wohl bei uns und ein paar alten Freunden aus dem Regiment. Du weißt, welche beiden ich meine.«

»Wiesel und den Barbar?«

»Ja. Sie werden schweigen. Da ist immer noch die Sache mit den verbotenen Büchern, die ihr Zarahel, dem Propheten, gestohlen habt. Die Inquisition würde den beiden das Leben schwer machen, wenn sie das herausfindet.«

»Diese alte Geschichte habe ich schon oft bereut, und zwar aus gutem Grund«, bemerkte Rik leise.

»Das Herumspielen mit verbotenem Wissen zeitigt immer diese Folgen, Rik. Glaube mir, ich weiß es.« Ihre Stimme klang sanft und gefährlich. Trotzdem fühlte sich Rik gedrängt, sich ihr zu widersetzen.

»Das ist doch Wahnsinn. Was geschieht, wenn wir gefangen werden? Drei Menschen, die versuchen, eine adlige Terrarch zu entführen? Dafür würden wir auf dem Scheiterhaufen enden – nachdem man uns gefoltert hat.«

»Dann seht besser zu, dass ihr nicht erwischt werdet.« Sie hielt seinem Blick mit Leichtigkeit stand, und er stellte fest, dass er ihren glühenden Augen und ihrem eisernen Willen nicht gewachsen war. Diese Angelegenheit war ihr todernst, und es schien ihr gleich zu sein, wer zu Schaden kam, wenn er sich ihr in den Weg stellte.

»Warum?«

»Was meinst du mit ›warum‹?«

»Warum tut Ihr das? Wieso seid Ihr nur so besessen davon?«

»Weil Amarielle nicht nur meine Königin war, sondern auch meine Freundin, und weil ich sie enttäuscht habe; und ich bin immer noch Terrarch genug, um auf Rache zu brennen. Weil ich es überdrüssig bin, von den Lakaien des Schattens besiegt zu werden. Weil, wenn ich recht habe und die Schattenblut-Krieger hier sind, mehr als das Leben einiger Personen auf dem Spiel steht. Wenn die Kulte des Schattens hier sind, dann haben vielleicht auch die Fürsten einen Weg hierher gefunden, und das müssen wir dringender herausfinden als irgendetwas anderes auf der Welt.«

Ihre Worte jagten ihm einen kalten Schauer über den Rücken. Stumm sah er sie an. Offenbar hatte sie das Bedürfnis, ihn zu überzeugen, denn sie fuhr fort: »Sieh doch, was geschieht, Rik. Denk doch daran, was du mit eigenen Augen gesehen hast. Uralte Kulte, die Dämonengötter heraufbeschwören. Widernatürliche Hexerei von der Art, die den Nerghul geschaffen hat. Das Imperium von Bürgerkrieg zerrissen. Das erinnert ganz genau an die letzten Tage von Al'Terra.«

»Warum teilt Ihr das nicht den Behörden mit? Wieso erfährt die Bevölkerung nichts davon?«

Sie hielt einen Augenblick inne, als wolle sie etwas sagen. Als sie schließlich sprach, war er überzeugt davon, dass ihr etwas anders auf der Zunge gelegen, sie sich aber Einhalt geboten hatte. »Ich habe über meinen Verdacht gesprochen, Rik. Azarothe teilt ihn, und Königin Arielle tut es ebenfalls. Aber noch sind das nur Vermutungen, und es ist nicht der richtige Zeitpunkt, sie öffentlich zu machen.«

»Warum?«

»Zum einen würde man glauben, dass es sich nur um böse Propaganda gegen die Sardeaner handelt. Und zum anderen würden die Menschen …« Sie verstummte und wirkte unsicher, was bei ihr ganz selten geschah.

»Wenn die Menschen den Verdacht hegten, dass Terrarch gemeinsame Sache mit den Fürsten des Schattens machen, würde es zu einer Revolution kommen«, sagte Rik.

»Zumindest würde es den Aufbau unserer Gesellschaft untergraben, und das genau zu dem Zeitpunkt, da wir einig sein müssen. Du verstehst also, warum ich mir sicher sein sollte und warum ich, wenn möglich, dabei kein Aufsehen erregen will. Ich will wissen, wie weit genau der Verfall schon fortgeschritten ist.«

»Was werdet Ihr mit Tamara tun, wenn sie in Eurer Gewalt ist?«

»Ich werde sie zum Reden bringen.«

»Wenn sie ein Schattenblut ist, wird sie Eurer Magie widerstehen können.«

»Es gibt noch andere Methoden, jemanden zum Reden zu bringen.«

Rik kannte diese Methoden genau.

2

»Verdammt kalt heute Abend«, bemerkte Wiesel. Die drei hockten zusammengekauert im vorderen Teil eines Karrens, der in einer Toreinfahrt stand. In dieser Straße lag der Palast, in dem Jaderac und Tamara abgestiegen waren; ein großes, hell erleuchtetes Gebäude in beunruhigender

Nachbarschaft zum Großen Friedhof. Der Wind war kalt, und Schneeregen hing in der Luft und glitzerte im Schein der mit Magie betriebenen Straßenlaternen, der sich im Kopfsteinpflaster spiegelte. Rik kroch tiefer in seinen Umhang hinein, aber er fror trotzdem noch bis auf die Knochen.

»Wenn du das hier kalt findest«, meinte der Barbar, »so bist du offenbar noch nie in den Nordlanden gewesen.«

»Und ich hoffe, dass ich auch nie dorthin kommen werde«, gab Wiesel zurück.

Tausend Gedanken gingen Rik durch den Kopf. Er machte sich Sorgen, die feuchte Luft könnte die Pistolen in seinem Gürtel unbrauchbar machen. Er überlegte, ob Tamara bemerkt hatte, dass sie ihr in der vergangenen Woche nachspioniert hatten, und ob sie irgendwie auf ihr Auftauchen vorbereitet sein würde. Und was sollte er tun, wenn er ihr tatsächlich gegenüberstand? Was würde geschehen, wenn sie bei Asea auspackte? Tamara und er hatten Dinge getan und über Themen gesprochen, von denen er nicht wünschte, dass seine Gönnerin davon erfuhr.

Er überlegte, ob Tamara nicht ein Unfall zustoßen sollte, bevor sie mit der Magierin reden konnte. Seine Pistolen könnten leicht zufällig losgehen. Die Feensilber-Kugel in der einen würde sie töten, ob Schattenblut oder nicht. Das wäre vielleicht das Beste, zumindest von seinem Standpunkt aus gesehen. Doch er war sich nicht sicher, ob er das fertig brächte.

Asea könnte sich irren, was Tamara betraf. Sie wollte sie entführen lassen und töten, nur um eine Theorie auf die Probe zu stellen. Es erstaunte Rik, dass ihn so etwas immer noch schockieren konnte. Er hielt sich für ziemlich kaltblütig, aber Asea verfügte in einem für ihn unerreichbaren

Maße über diese Eigenschaft. Wahrscheinlich hatte sie ihre Gründe; schließlich konnte Tamara ihnen möglicherweise Nachrichten über eine Verschwörung liefern, die ihre gesamte Welt bedrohte.

Wenn Asea recht hatte, war Tamara seine Halbschwester. Das hätte ihm etwas bedeuten müssen, doch in Wahrheit war es ihm ziemlich gleich. Vor Morven hatte er sie nicht gekannt, sie waren nicht zusammen aufgewachsen. Sie war eine Fremde, groß geworden mit allen Privilegien, die das Dunkle Imperium zu bieten hatte, während er auf den Straßen von Drangsal ums nackte Überleben gekämpft hatte.

Tamara hatte bereits zugegeben, dass sie versucht hatte, ihn umzubringen. Sie hatte nur mit ihm geschlafen, um sich die Möglichkeit dazu zu verschaffen. Das gab ihm ja wohl die Berechtigung, sie zu töten. Doch er schob den Gedanken beiseite. Er wollte wissen, was Tamara zu sagen hatte, und ob Asea richtig vermutete, was ihren Vater betraf – der möglicherweise auch *sein* Vater war, obwohl er noch nicht ganz bereit war, dies für bare Münze zu nehmen.

Eine Menge seltsamer Facetten aus seinem ohnehin eigenartigen Leben taten sich in der kalten, windigen Nacht vor ihm auf. Er besaß eine Familie, von der er keine Ahnung gehabt hatte, und es stellte sich heraus, dass sie in diesem Krieg, in dem er kämpfte, auf der gegnerischen Seite stand. Vielleicht hatte sein Vater seine Mutter, die er nie gekannt hatte, getötet. Das kam ihm alles krank und verrückt und auch gefährlich vor. Wäre es nicht besser, er würde einfach ins Dunkel hinauslaufen und sich ein Plätzchen suchen, an dem er sich verstecken konnte, um so bald nicht wieder hevorzukommen?

Er wusste, dass das nicht möglich war. Er wollte diese Sache aufklären, die Rätsel seiner Vergangenheit lösen, wie dunkel diese auch sein mochten. Und wenn er konnte, wollte er sich an den Personen rächen, die sein Leben so unglücklich gemacht hatten. Auf seine eigene, besondere Weise wollte er Gerechtigkeit schaffen.

Terrarch wie Malkior und Tamara standen über den Gesetzen, die für Sterbliche wie ihn selbst galten. Zumindest glaubten sie das. Sie planten Morde, töteten und wurden niemals dafür bestraft. Für jemanden wie Rik gab es keine Möglichkeit, sie zur Verantwortung zu ziehen. Normalerweise. Aber dieses eine Mal mochte es gelingen. Falls Asea recht hatte, und falls dies nicht irgendeine Wahnidee ihres Magierhirns war oder Teil einer verwickelten, nichtmenschlichen Intrige, die er nie begreifen würde.

»Was meinst du, ob sie bald kommen?«, fragte der Barbar.

»Ich weiß es nicht. Der Ball müsste eigentlich vorüber sein«, antwortete Rik.

»Was wollt ihr mit dem Gold anfangen?«, erkundigte sich der Barbar. Asea hatte versprochen, sie mit Gold zu belohnen, wenn alles gut ging.

»Es für Bier, Kartenspiele und Mädchen ausgeben«, gab Wiesel zurück. Er spähte in die Dunkelheit hinein. Trotz des nasskalten Wetters bewegten sich noch ein paar Gestalten durch die Straßen. Rik fragte sich, welche Geschäfte sie wohl zu dieser Zeit und bei diesem Wetter nach draußen treiben mochten. In seine Sorgen und Zweifel mischte sich jetzt Furcht.

Tamara war eine Magierin. Das hatte sie ihm in Morven bewiesen, als sie Zauber eingesetzt hatte, um sich zu verkleiden. Wenn sie tatsächlich ein Schattenblut war, so hatte sie mit Sicherheit noch andere Asse im Ärmel. Die seltsame Magie, derer sie sich bedient hatte, um Fürst Elakar zu ermorden, konnte sie ebenso gut gegen sie drei anwenden.

Falls sie denn ein Schattenblut war.

Er tastete nach dem Amulett, das Asea ihm gegeben hatte und suchte Trost in der Gewissheit, es noch zu spüren. Es war mit den mächtigsten Schutzzaubern belegt und würde sie gegen die stärksten Zaubersprüche abschirmen. Zumindest hatte Asea das behauptet. Auf der anderen Seite war auch Fürst Elakar von Schutzzaubern umgeben gewesen, und das hatte ihn keineswegs gerettet. Vielleicht kannte Tamara auch Möglichkeiten, den Schutz des Amuletts zu umgehen.

In der Ferne hörte er, wie sich Hufgetrappel näherte und Räder über das Kopfsteinpflaster polterten. Das Geräusch kam aus der richtigen Richtung. Das konnte die Kutsche sein, in der Tamara von ihrem Ball zurückkehrte.

»Macht euch bereit, Leute«, befahl er den anderen. Der Barbar hob zustimmend seine beiden Klingen, und Wiesel zog sein langes Gewehr ein Stück weit aus seiner Hülle. Das Verdeck des Karrens schützte sie vor dem Regen. Der Barbar ruckte an den Zügeln, und das Gefährt rollte auf die Straße hinaus und blockierte die Fahrbahn. Sie hörten, wie die Kutsche zum Halten kam und der Fahrer losbrüllte. »Aus dem Weg, ihr Tölpel! Wie könnt ihr es wagen, der edlen Fürstin Tamara den Weg zu versperren – wenn ihr euch nicht sputet und uns die Straße frei macht, bedeutet das den Stock für euch.«

Rik warf Wiesel einen Blick zu. »Zeit für unseren Auftritt«, sagte er.

3

Der Barbar kletterte vom Karren und ging auf die Kutsche zu. Rik gesellte sich zu ihm. Der Kutscher brüllte weiter auf sie ein.

»Bei allem Respekt vor Ihrer Hoheit«, rief Rik, »aber eines unserer Wagenräder ist gebrochen. Wird ne Weile dauern, den Karren von der Straße zu kriegen.«

Der Kutscher fuhr fort, sie mit Schmähungen zu überhäufen. Rik sah, wie jemand den Kopf aus dem Fenster der Kutsche streckte und sich dann rasch zurückzog. Ohne Zweifel, das war Tamara.

Die beiden Kutscher kletterten vom Bock. Der eine war mit einer Keule bewaffnet, der andere mit einer Pistole. Rik spürte, wie ihm ein leiser Angstschauer über den Rücken lief. Ein Schuss würde ausreichen, um seinem Leben ein Ende zu setzen, und diese Kugel mochte sehr gut in dieser Waffe stecken. In der Schlacht konnte er auf einen Mann, der auf ihn zielte, zurennen, aber in einer kalten Nacht, in der die Gesetzeshüter jederzeit auftauchen konnten, war das etwas ganz anderes.

Warum eigentlich?, fragte er sich. Seine jetzige Lage war auch nicht sehr anders.

Er umklammerte die beiden Pistolen, die er unter seinem Umhang trug, und rief sich ins Gedächtnis, dass die rechte mit der Feensilber-Kugel geladen war. Das war vielleicht ein Fehler gewesen. Jetzt sah es so aus, als müsste er die gewöhnliche Pistole zuerst gebrauchen. Merkwürdig, dass man selten an so etwas dachte, wenn man Pläne schmiedete.

Zwei weitere Kutscher kletterten vom hinteren Teil des Wagens. Einer von ihnen hielt eine Laterne und eine kleine Pistole in den Händen; der andere trug eine Donnerbüchse, eine Waffe mit einem trompetenförmig geweiteten Lauf, die Nägel und Schrot verschoss. Ihre Reichweite war nicht groß, doch sie würde alles, was sie traf, zu Brei zermalmen. Der Mann mit der Laterne trat ans Fenster der Kutsche und sagte etwas zu den Passagieren im Inneren. Rik glaubte, eine männliche und eine weibliche Stimme zu unterscheiden, aber er war sich nicht sicher. Vielleicht hatte er auch nur den Diener gehört.

Aseas Quellen hatten ihnen versichert, dass Fürst Jaderac abends für gewöhnlich seiner eigenen Wege ging, während Tamara Bälle und Gesellschaften besuchte; es wäre sein typisches Pech, wenn der Edelmann beschlossen hätte, das Mädchen heute Abend nach Hause zu bringen. Diese Wendung gefiel Rik überhaupt nicht. Sie befanden sich bereits in der Unterzahl, und Jaderac war sowohl ein ausgezeichneter Kämpfer als auch ein besonders gefährlicher Magier.

Wenn man es zuversichtlich betrachtete, hatte Rik noch eine Rechnung mit Jaderac offen, weil dieser ihm den Nerghul auf die Fersen gehetzt hatte. Vielleicht war jetzt der Zeitpunkt, ihm das in voller Höhe heimzuzahlen. Falls er die Gelegenheit dazu bekam. Er probierte eine der Atemübungen, die Asea ihn während seiner Ausbildung gelehrt hatte, und spürte, wie die Spannung von ihm abfiel. Seine Muskeln fühlten sich locker und entspannt an. Wenn es jetzt zum Kampf kam, war er mit allen Sinnen bereit dafür.

»Stehen bleiben«, schrie der Mann mit der Donnerbüchse. »Keinen Schritt näher, wenn euch euer Leben lieb ist.«

Kurz überlegte Rik, ob sie sich verraten hatten, doch

dann wurde ihm klar, dass der Diener wohl einfach Vorsicht walten ließ. Es war Nacht, und die Straßen in diesem Teil der Stadt lagen ziemlich verlassen da.

Jetzt musste er sich entscheiden, entweder ihren ursprünglichen Plan zu verfolgen und Tamara herauszuholen, oder sich zurückzuziehen. Doch lange, bevor er die Möglichkeiten bewusst abwägen konnte, schien sein Körper diese Wahl schon für ihn getroffen zu haben. Er nickte den anderen zu, enthüllte die linke seiner Pistolen, die er unter dem Umhang getragen hatte, und eröffnete das Feuer.

Ein dunkler Gott musste sein Gebet erhört haben, denn die Waffe wurde nicht durch eine Ladehemmung blockiert. Der Mann mit der Donnerbüchse fiel; auf seiner Brust breitete sich ein rasch anwachsender Blutfleck aus. Der Kutscher mit der Pistole stürzte kurz darauf, von Wiesel getroffen, zu Boden. Fast gleichzeitig sprang auch der Barbar in den Kampf hinein, schnellte voran wie ein Säbelzahntiger und stach auf den Anführer der Männer ein. Sein Messer fuhr silbrig in die Brust des Mannes und kam rot wieder heraus. Der letzte Diener warf einen Blick auf das Getümmel, drehte sich um und rannte davon. Rik konnte es ihm nicht verübeln.

Die durch den Blutgeruch erregten Pferde tänzelten nervös. Der Barbar fasste nach ihren Zügeln und versuchte sie zu beruhigen. Rik trat an das Trittbrett der Kutsche, sprang hinauf, riss die Tür auf und steckte die Pistole hinein.

»Hände hoch und keinen Laut«, sagte er.

4

»Bitte, tut mir nichts«, stammelte Tamara, ganz das Bild der verängstigten Adligen. Doch Rik war argwöhnisch. Er wusste, was für eine gute Schauspielerin sie war.

»Wenn Ihr tut, was wir Euch sage, wird Euch nichts geschehen. Steigt aus der Kutsche.«

Tamara nickte und kam auf ihn zu. Es sah aus, als behinderten sie ihre weiten Röcke, und sie schien auch zu stolpern. Rik hatte so etwas kommen sehen, aber trotzdem überraschte ihn die Schnelligkeit und Brutalität ihrer Attacke beinahe. Mit ausgestreckten Fingern schlug sie mit den langen, klauenartigen Nägeln nach seinem Gesicht. Obwohl er damit gerechnet hatte, blieb ihm kaum Zeit, dem Angriff auszuweichen und vom Trittbrett rückwärts auf die Straße zu springen. Dort, wo sie ihn gekratzt hatte, brannte seine Haut.

»Das war höchst unklug von Euch«, sagte er.

»Das finde ich nicht, Rik«, gab sie zurück. »Verstehst du, meine Kutscher haben mir Zeit erkauft, um mich vorzubereiten. Meine Nägel sind vergiftet.«

Es erstaunte Rik nicht, dass sie ihn erkannt hatte. Tamara war sehr scharfsinnig und selbst eine Meisterin der Tarnung. Wahrscheinlich hatte sie die seine sofort durchschaut.

»Ach, wirklich?«, meinte er. Prickelte es in der Wunde? Fühlte er sich nicht ein wenig schwindlig? »Könnt Ihr damit eine Kugel aufhalten?«

»Kosmetika sind eine gute Möglichkeit, Drogen zu verbergen«, bemerkte sie im Plauderton. »Gesichtspuder zum Beispiel kann viele interessante alchemistische Substanzen enthalten. Du darfst dankbar sein, dass ich dich nicht töten will. Wir haben noch vieles zu bereden.«

Er sah, dass sie jetzt lange Nadeln in der Hand hielt, die wie Häkelnadeln aussahen, doch er vermutete, dass sie scharf zugeschliffen waren. Selbst in dem schlechten Licht erkannte er, dass sich auch auf den Nadeln ein weißes Pulver befand. Vielleicht war ihr das ernst, und er hatte einen schweren Fehler begangen. Sie verteidigte sich nicht auf magische Weise, sondern hatte sich offenbar darauf vorbereitet, andere Mittel einzusetzen.

»Wirst du etwa mit dem kleinen Ding nicht fertig, Halbblut?«, fragte der Barbar. »Komm, ich zeige dir, wie man das macht.«

Er schob sich zwischen Rik und Tamara, wofür dieser Sekunden später zutiefst dankbar war, als er hörte, wie der Barbar verblüfft brummte. Rik trat beiseite, um mehr erkennen zu können, und sah, dass der Hüne und die adlige Terrarch-Frau Hiebe austauschten, die so rasch fielen, dass man sie nicht genau unterscheiden konnte. Der Barbar war beängstigend schnell und stark, doch Tamara schien ihn in eine Verteidigungshaltung zu drängen. Einen weniger trainierten Nahkämpfer hätte sie wahrscheinlich schon mit ihren giftigen Nadeln aufgespießt.

Er hob die Pistole. Seine Finger fühlten sich taub an. Tamara hatte seine Bewegung bemerkt und warf eine der Nadeln nach ihm, die sich in seinen Arm grub. Durch den Schmerz verriss er den Schuss, und die Feensilber-Kugel fuhr über ihren Kopf hinweg in die Nacht hinein. Lächelnd drehte sie sich wieder um und machte mit den Fingern ein Zeichen. Ein greller Lichtblitz explodierte vor dem Gesicht des Barbaren. Irgendwie brachte er es fertig, dass sich ihre Nadel nicht in seine Drosselvene bohrte, sondern stattdessen in seinen Hals fuhr.

»Schlampe«, knurrte er. Tamara zog die Nadel zurück und trat kurz nach hinten. Sie hielt inne, als lausche sie auf etwas. In der Nähe erklang ein Donnergrollen. Fast wäre es ihr gelungen, dem Schuss auszuweichen. Die Kugel traf sie in die Schulter, riss sie herum und ließ sie zu Boden gehen.

Rik schüttelte den Kopf und versuchte, zu sich zu kommen. Wiesel hatte das Feuer eröffnet, dachte er, während das taube Gefühl seinen Arm hinauf und über seine Stirn kroch. Sie hatte ihn tatsächlich vergiftet. Sein Arm hing schlaff an seiner Seite hinunter, also konnte er nicht allzu viel unternehmen. Tamara bewegte sich wieder und wollte gerade auf die Beine kommen. Er rannte zu ihr hin und versuchte sie zu treten, doch sie fing seinen Fuß mit der linken Hand ab. Trotz ihres mit Nässe vollgesogenen Kleides brachte sie es fertig, den Körper unter ihm wegzudrehen und ihm die Beine fortzureißen. Er fiel zu Boden, während sie im gleichen Augenblick aufstand und den Kopf drehte. Rik folgte ihrem Blick und sah, wie Wiesel erneut sein langes Gewehr anlegte. Tamara rannte in die dunkle Gasse hinein. Die Wunde an ihrer Schulter blutete stark.

Wiesel kam zu ihnen gerannt und sah auf seine Kameraden herunter. »Das lief nicht besonders gut«, meinte er.

»Was du nicht sagst«, murrte der Barbar. »Wäre mir gar nicht aufgefallen, wenn du nicht davon angefangen hättest.« Er lallte ein wenig, seine Stimme klang schwach. Wiesel bückte sich und berührte den Boden. Als er wieder hochkam, waren seine Finger rot. Er führte sie an die Lippen und betrachtete dann die Blutspur, die Tamara hinterlassen hatte.

»Kümmere dich um den Großen«, sagte er zu Rik. »Ich hole das Mädchen. Weit kann sie ja nicht gekommen sein, und sie blutet wie ein abgestochenes Schwein.«

Rik schaffte es, sich heranzurobben und die Wunde am Hals des Barbaren notdürftig zu verbinden. Kurz darauf spürte er, wie sich ihm die Nackenhärchen hochstellten, und eine ganz seltsame Empfindung durchzuckte ihn. Er hatte das Gefühl, dass aus dem hinteren Teil der Gasse etwas herausdrang, und er vernahm ein schrilles, reißendes Geräusch, von dem er sich sicher war, dass es niemand anders hören konnte. Zauberei, dachte er.

Wiesel blieb so lange aus, dass sich Rik schon Sorgen zu machen begann, doch endlich kam er aus der Gasse.

»Hast du sie eingeholt?«, fragte er. Wiesel schüttelte den Kopf.

»Verflucht komisch«, sagte er. »Das ist eine Sackgasse, und am Ende gibt es nur eine Wand und einen Müllhaufen … Als ob sie sich in Luft aufgelöst hätte. Ich konnte nur ein paar Schatten erkennen, in denen sich etwas zu bewegen schien. Ziemlich gruselig.«

Wenn es ausreichte, um Wiesel Furcht einzujagen, musste es allerdings schon richtig beängstigend gewesen sein. Rik versuchte, gegen das Schwindelgefühl anzukämpfen und stand auf. »Am besten, du zeigst es mir«, sagte er.

»Bist du verrückt? Wir sollten hier verschwinden, bevor die Stadtwache aufkreuzt. Für das, was wir heute Nacht getan haben, werden wir hängen, wenn sie uns kriegen.«

»Nein, ich will es sehen.« Rik taumelte zum Eingang der Gasse und sah sofort, was Wiesel gemeint hatte. Da war etwas am Ende der Gasse, ein dunkler Fleck, der wisperte und schimmerte. Zuerst hielt er den Eindruck für eine Nebenwirkung des Giftes, aber etwas an diesem Ding war merkwürdig. Er wusste nicht, was es sein mochte, und doch erkannte er es irgendwo tief in seinem Inneren wieder.

Er streckte die Hand aus und berührte es. Seine Finger prickelten und waren dann nicht mehr zu sehen. Die Fingerspitzen fühlten sich sehr kalt an. Er zog die Hand wieder heraus, um sich zu vergewissern, dass er nicht verletzt war.

Das Ding verblasste weiter, bis es vollkommen verschwunden war. Was ging hier vor? Dann überwältigte ihn das Schwindelgefühl, und er stürzte vorwärts – ins Dunkel hinein.

16. KAPITEL

Ein Fehlschlag ist die beste Lehre. Für einige von uns ist es die einzige Art zu lernen.

Marases, Gedanken und Lobreden

1

Rik sah zu Asea auf. Einen Augenblick lang hatte er keine Ahnung, wo er sich befand. Hatte er sich bei der Ausübung eines Zaubers wieder übernommen? Dann erinnerte er sich an den Kampf mit Tamara. Er sah sich um und stellte fest, dass er sich in seinen eigenen Gemächern befand.

»Was ist geschehen?«, fragte er. »Wie bin ich hierher gekommen?«

Aseas Miene wirkte verkniffen. Es dauerte eine Weile, bis ihm klar wurde, dass sie nur mit Mühe ihren Zorn beherrschte, und er zwang sich, ruhig zu bleiben.

»Wiesel hat dich und den großen Mann zurückgebracht, auf dem Karren. Er hat mir seine Version der Ereignisse berichtet. Warum erzählst du mir nicht die deine? Tamara ist also entkommen?«

Das ließ sich weder leugnen noch rechtfertigen. »Sie war viel härter im Nehmen, als wir erwartet hatten. Und auch schneller. Sie hat mich und den Barbaren vergiftet. Warum bin ich übrigens nicht tot?«

»Das Gift, das sie eingesetzt hat, sollte dich nicht töten, sondern nur langsamer machen und schwächen und schließlich zur Bewusstlosigkeit führen. Vielleicht kam sie dir deshalb so gewandt und stark vor.«

Rik schüttelte den Kopf. »Sie hat sich bereits so schnell wie ein Blitz bewegt, bevor sie mich getroffen hat. Ich bin mir sicher, dass mein Eindruck nicht an der Wirkung des Gifts lag.«

»Weiter.« Sie empfand mehr als Zorn, wurde Rik klar. Da war auch Aufregung. Asea erinnerte ihn an einen Jagdhund, der Witterung aufgenommen hat und seiner Beute jetzt nachsetzen will.

»Sie hat es fast geschafft, einem von Wiesels Schüssen auszuweichen, und ich bin mir sicher, dass es ihr nicht gelungen ist, ihn zu vergiften.«

»Das hat er mir erzählt.« Rik spürte, wie er das Erlebte jetzt erst richtig begriff. Er hätte gestern Abend sterben können, und er hätte es wahrscheinlich auch getan, wenn Tamara es gewollt hätte.

»Wie ist es möglich, dass sie so schnell war?«, fragte Rik. »Und so stark? Sie ist schließlich nicht wie der Barbar gebaut.«

»Auf Al'Terra gab es mystische Disziplinen, die sich auf Kampftechniken konzentrierten. Sie befähigten ihre Anhänger zu erstaunlichen Leistungen. Malkior dürfte sie kennen, und offenbar hat er auch seine Tochter unterrichtet.«

»Eine Form von Magie?«

»Wenn du so willst.«

»Zauber, die einen stärker, schneller und gefährlicher machen?«

»Ich würde es zwar lieber geistige Techniken nennen, aber Zauber trifft es ebenso gut.«

»Alles, was wir wirklich bewiesen haben, ist also, dass Tamara über magische Fähigkeiten verfügt. Aber das wussten wir bereits.«

»Tatsächlich?«

Rik wurde klar, dass er einen Fehler begangen hatte. *Er* hatte es gewusst, Asea aber nie davon erzählt. »Sie ist eine Terrarch, oder? Also sind die Zauberkräfte wohl eine Naturbegabung.«

»So wird es sein.« Rik spürte, dass Asea unsicher war. Vielleicht spürte sie, dass er sie anlog.

»Jedenfalls wissen wir es jetzt genau.«

»Sie hat dich erkannt.«

»Wie könnt Ihr da so sicher sein?«

»Der große Mann hat gehört, wie sie dich mit deinem Namen angesprochen hat. Wiesel ebenfalls.«

»Wie geht es dem Barbaren?«

»Er wird es überleben. Die Nadel hat seine Vene verfehlt, und ich habe das Gift in seinem Blut aufgelöst, so wie bei dir.«

»Eine nützliche Fähigkeit. Ich wünschte, Ihr hättet mich darin unterrichtet.«

»Ich werde sie zum Schwerpunkt deiner Studien machen, Rik, denn ich habe das Gefühl, dass du sie bald brauchen wirst, ebenso wie die Kunst, dich selbst zu heilen.«

Er war erleichtert zu hören, dass sie ihm immer noch so weit traute. Vielleicht versuchte sie ihn aber auch nur einzulullen und ihm ein falsches Gefühl von Sicherheit einzuflößen. Zugetraut hätte er es ihr.

»Erzähl mir noch mehr von dem wispernden Schatten, den du gesehen hast.«

Er berichtete ihr alles, woran er sich erinnern konnte, auch von seinem Verdacht, der Schatten könnte eine durch das Gift verursachte Halluzination gewesen sein.

»Das glaube ich nicht. Wiesel hat ihn auch gesehen.«

»Habt Ihr eine Ahnung, was das war? Uns beiden war jedenfalls ganz schön mulmig zumute.«

»Ich glaube, das war ein Schattentor.«

»Ein was?«

»Das ist ein Loch im Gewebe der Wirklichkeit, das zwei im Dunkel liegende Punkte miteinander verbindet. Ein Zauberer, der sich darauf versteht, eines zu öffnen, ist in der Lage, sich von einem dieser Punkte zum anderen zu bewegen, ohne den dazwischen liegenden Raum überwinden zu müssen.«

»Und Ihr denkt, Tamara hat so ein Schattentor benutzt, um zu entkommen.«

»Ich bin mir so gut wie sicher.« Da lag wieder die Erregung der Jagd in ihrer Stimme.

»Das ist eine mächtige Magie.«

»Du hast ja keine Ahnung, wie mächtig, Rik.«

»Aber ich nehme an, Ihr wisst es.«

»Unter den Umständen, unter denen ihr mit Tamara gekämpft habt, würde ich das nicht fertig bringen.«

»Ihr meint, dass Tamara eine bessere Magierin ist, selbst als Ihr?«

»Nicht grundsätzlich, aber auf diesem besonderen Gebiet schon, außer sie verfügt über einen Artefakt, der sie in die Lage dazu versetzt hat.«

»Was bringt Euch zu dieser Ansicht?«

»Zauber, die den Magier an einen anderen Ort versetzen, sind sogar unter den günstigsten Bedingungen schwierig. Dabei müssen höchst komplexe Mächte gelenkt werden. Die Sprüche, die es erlauben, einen Pfad zwischen den beiden Punkten zu eröffnen, erfordern eine Vorbereitung durch lange und komplizierte Rituale sowie enorme Kraft.«

Rik ahnte, worauf sie hinauswollte. »Tamara hatte aber keine Zeit für solche Vorbereitungen.«

»Und selbst wenn sie in der Lage gewesen wäre, einen solchen Zauber zu wirken, sie hätte doch durch ihre Verwundung nicht den notwendigen Grad an Konzentration dafür aufbringen können. Zumindest, wenn sie eine gewöhnliche Magierin wäre.«

»Ich kann Euch nicht folgen.«

»Das brauchst du auch nicht, Rik. Es gibt viele unterschiedliche Arten von Magie und zahlreiche Arten, sie einzusetzen. Die Schattenblut-Krieger besaßen Gaben, magische Talente, die ihrer Art angezüchtet worden waren und die sie so leicht einsetzen konnten, wie ein Mann läuft oder rennt. Der Einsatz von Schattentoren gehörte zu diesen Talenten.«

»Ihr sagt, dass sich diese Killer nach Belieben durch die Schatten bewegen konnten.«

»Nicht nach Belieben, Rik. Das ist jetzt nur eine Vermutung, aber ich glaube, sogar ein Schattenblut würde das Öffnen eines solchen Tores beträchtliche Energie kosten. Ich bezweifle, dass Tamara mehr als eines öffnen könnte, ohne in der Zwischenzeit auszuruhen.«

Rik kam ein Gedanke. »Könntet Ihr nicht herausfinden, wohin sie gegangen ist, indem Ihr das Schattentor untersucht? Müsste so etwas nicht Spuren hinterlassen?«

»Eine der Eigenschaften von Schattentoren ist gerade die, dass sie verschwinden, ohne solche Spuren zurückzulassen. Vielleicht hätte ich die Spur aufnehmen können, wenn ich bei dir gewesen wäre und das Portal gesehen hätte, bevor es sich aufgelöst hat. Jetzt würde man an dieser Stelle nicht einmal die üblichen Restenergien an *tau* finden, die die meiste Magie nach ihrem Gebrauch hinterlässt. Du siehst, wie nützlich ein solches Talent für einen Killer wäre.«

Das begriff Rik in der Tat. »So ist sie zu Elakar gelangt.«

»Das würde ich vermuten.«

Ein Gedanke traf Rik wie ein Schlag. »Vor einem Zauberer mit solcher Macht wäre niemand sicher. Er würde nach Belieben kommen und gehen, und niemand könnte ihm Einhalt gebieten.«

»Du hast beinahe recht, Rik. Doch zum Glück gibt es ein paar Einschränkungen.«

»Das würde ich gern wissen – zu meiner eigenen Sicherheit.«

»Die erste ist ihre sehr geringe Reichweite. Ein gewöhnliches magisches Portal kann – zumindest auf Al'Terra – so errichtet werden, dass es mehrere Kontinente überwindet. Ein Schattentor reicht nur wenige hundert Schritte weit.«

»Dann kann Tamara also, auch nachdem sie durch das Tor gegangen war, nicht allzu weit von uns entfernt gewesen sein?«

»So ist es.«

»Was hat diese Magie sonst noch für Schwachstellen?«

»Man kann die Tore nicht einfach irgendwo öffnen. Du

musst ein ziemlich klares Bild von deinem Zielpunkt im Kopf haben, sonst entsteht das Tor einfach nicht.«

»Warum?«

»Ich weiß es nicht, wirklich nicht. Niemand weiß das genau. Die Theorie lautet, dass ein Prinzip der einfühlenden Magie existiert – du musst den Ort vor deinem inneren Auge sehen können, um dorthin zu gelangen.«

Dabei kam Rik ein Gedanke. »Wir haben uns doch in der Nähe von Tamaras Villa befunden, höchstens ein paar hundert Schritte entfernt. Sie hat sicherlich ein Tor öffnen können, das sie dorthin gebracht hat.«

»Ja. Wenn es in ihrem Zimmer oder einem anderen Raum, mit dem sie vertraut ist, Schatten gab.«

»Wozu sind die Schatten notwendig?«

»Das ist eine der Bedingungen, unter denen der Zauber wirkt. Er kann nur zwei Schatten verbinden.«

»Wie konnte sie dann in Fürst Elakars Gemächer gelangen?«

»Vielleicht war sie zuvor schon einmal dort.«

»Ihr meint, sie ist seine Geliebte gewesen.«

»Fürst Elakar war ein sehr heißblütiger und prahlerischer Mann. Es hätte seiner Eitelkeit geschmeichelt, Fürst Malkiors Tochter zu seinen Eroberungen zu zählen.«

»Hat man sie je zusammen gesehen?«

»Das kann ich überprüfen lassen. Sie hätte es auch auf andere Weise einrichten können. Wenn sie sich im Palast auskannte – und das tat sie. Sie war dort häufig zu Besuch, als er noch Freunden von Khaldarus gehörte.«

»Sind wir hier vor ihrem Eindringen sicher?«

»Das ist einer der Gründe, aus denen ich meine Wohnung so oft wechsle, Rik, und warum ich jeden Abend die Möbel umstelle und die Wandbehänge austauschen lasse.«

Natürlich. Man wurde nicht so alt wie Asea, wenn man nicht auf so etwas Acht gab. Ein Schwarm neuer Gedanken überfiel ihn.

»Fürst Malkior dürfte mit dem Palast, in dem die alte Königin ermordet wurde, durchaus vertraut gewesen sein.«

»Er kannte jeden Winkel.«

»Jetzt verstehe ich, wie Eure Vermutungen zusammenpassen, edle Dame. Alle bis auf eine.«

»Und die wäre?«

»Wie konnte dieser Zauber an den Schutzzeichen vorbeikommen?«

»Schutzzauber erstrecken sich nicht über alle Daseinsebenen, Rik. Das würde zu viel Energie kosten.«

»Ebenen?«

»Stell sie dir wie andere Ebenen der Wirklichkeit vor, die parallel zu unserer Welt verlaufen, so wie die Seiten in einem Buch nebeneinander liegen.«

»Also erlauben uns die Schattentore, uns zwischen zwei Punkten in unserer Welt zu bewegen, indem wir sie verlassen und durch die Welt der Schatten gehen.«

»Genau.«

»Wahrscheinlich müssen Ein- und Ausgang deswegen im Dunkel liegen.«

»Diese Erklärung ist so gut wie jede andere. Ich freue mich, dass du das Konzept so rasch begriffen hast.«

»Dorthin ist also meine Hand gegangen, als ich sie in das Tor gesteckt habe.«

»Ja.«

»Dort war es kalt.«

»Höchstwahrscheinlich gab es dort auch keine Luft. Die Parallelebenen sind nicht immer günstig für Leben, zumindest nicht so, wie wir es kennen.«

»Dann kann sie dort drinnen nicht lange überlebt haben.«

»Niemand könnte das. Deswegen ist ein Schattentor auch ein recht kurzlebiges Phänomen.«

Rik wurde von Aufregung ergriffen. »Könnte ich so etwas auch lernen?«

»Bei deinen Erbanlagen ist das durchaus denkbar.«

»Könntet Ihr es mich lehren?«

»Irgendwann schon. Aber du hast noch einen langen Weg vor dir, bevor du solche komplexen Zauber wirken kannst, Rik.«

»Aber werde ich in der Lage dazu sein?«

»Wahrscheinlich.« Die Vision von einer Welt, in der er große Macht besaß, schob sich vor Riks Augen. Er musste nur lange genug leben, damit sie Wirklichkeit wurde.

An der Tür klopfte es laut. »Wer ist da?«, fragte Asea.

»Ein Bote von Fürst Azarothe ist eingetroffen, Herrin«, erklärte Karim. »Er sagt, die Angelegenheit sei von höchster Dringlichkeit.«

2

»Habt Ihr schon das Neueste gehört?«, fragte Leutnant Jazeray.

Sardec sah von dem Bericht auf, an dem er schrieb. »Das Neueste?«

»Offenbar wurde Fürstin Tamaras Kutsche gestern Abend von Straßenräubern überfallen. Ihre Diener wurden alle umgebracht. Sie selbst konnte entkommen.«

Sardec zog eine Augenbraue hoch. »Dann hat sie großes Glück gehabt.«

»Ich kenne die ganze Geschichte zwar nicht, aber sie konnte wohl auf der anderen Seite aus der Kutsche schlüpfen, während ihre Diener die Banditen aufgehalten haben. Als dies geschah, befand sie sich nur ein paar Schritte von der Tür ihres Palastes entfernt.«

»Die hiesigen Räuber werden ziemlich frech.«

»Vielleicht waren es gar keine.«

»Was wollt Ihr damit sagen?«

»Die Patrioten sind in letzter Zeit äußerst rührig gewesen. Kann sein, dass sie das Dunkle Imperium ebenso hassen wie uns.«

»Da können wir uns ja glücklich schätzen.«

»Es hätte schlimmer kommen können. Denkt doch, was geschehen wäre, wenn die Banditen sie getötet hätten.«

»Das würde kein gutes Licht auf unsere Ehre werfen, was? Adlige und Botschafterin umgekommen. Ich habe gehört, dass Fürst Azarothe eine Gruppe von Leibwächtern abgestellt hat, um die Straße vor der Villa zu überwachen. Warum lächelt Ihr?«

»So kann er sie im Auge behalten und ihre Bewegungsfreiheit einschränken.«

»Ihr meint, das alles war eine List, damit er genau das tun konnte? Ihr seid nicht so naiv, wie Ihr ausseht, mein teurer Sardec.«

»Sonst noch etwas?« Sardec warf einen vielsagenden Blick auf den Berg von Papieren, der sich vor ihm aufstapelte.

»Prinzessin Asea unterstützt die Magister, die den Fall untersuchen.«

»Hoffen wir, dass sie hierbei mehr Erfolg hat als mit der Suche nach demjenigen, der Fürst Elakar niedergemetzelt hat.«

»Ich dachte, Ihr stündet ihr nahe.«

»Das tue ich. Mein Wunsch ist aufrichtig gemeint.«

»Ich weiß nicht, wie lange sie ihre Untersuchungen noch durchführen kann.«

»Was meint Ihr?«

»Wie ich höre, soll sie auf eine diplomatische Mission nach Harven geschickt werden, wo sie versuchen soll, die Meeresteufel auf unsere Seite zu ziehen.«

»Tatsächlich?«

»In der Tat. Und außerdem habe ich eine ziemlich gute Vorstellung davon, wer ihr Leibwächter sein wird.«

»Unser junger halbblütiger Kamerad?«

Jazeray lachte. »Wer hat ihre Leibwache in Achenar befehligt?«

Sardec starrte ihn an. »Ich.«

»Oberst Xeno hat soeben einen Brief mit dem Siegel der Prinzessin erhalten. Als ich ging, brütete er mit finsterer Miene darüber. Er hat mir befohlen, ihm zehn Minuten Zeit zu geben und Euch dann zu ihm zu schicken.«

»Dank dem Licht, dass Ihr es mir nicht früher gesagt habt. Ich hätte mir vielleicht Gedanken gemacht.«

»Dann solltet Ihr lieber zu Seiner Hochnäsigkeit gehen. Die zehn Minuten dürften um sein.«

Sardec stand auf und machte sich auf den Weg zur Schreibstube des Obersten.

17. KAPITEL

Ein Aufbruch hebt stets meine Stimmung. Hinter jedem Horizont liegt die Verheißung von etwas Neuem, Besseren. Dabei kommt es kaum darauf an, wie oft sich solche Hoffnungen in der Vergangenheit schon zerschlagen haben.

Stelenson, Reisen auf dem Wyrmrücken

1

»Harven?«, fragte Rik. »Warum reisen wir nach Harven?«

Asea lächelte säuerlich und legte den Brief des Generals auf ihren Schreibtisch. »Fürst Azarothe hat mich gebeten, mit dem Freien Rat über einen neuen Vertrag zu verhandeln.«

»Aber es muss doch noch andere Terrarch geben, die sich ebenso ausgezeichnet haben.«

»Nach Ansicht unseres neuen Oberkommandierenden bin ich nicht nur am qualifiziertesten, sondern man bringt mir auch den meisten Respekt entgegen. In Harven ist bekannt, dass ich das Ohr von Königin Arielle habe. Dass diese Nachricht ein wenig überholt ist, ist bis jetzt nicht bis zum erhabenen Rat der Kaufleute durchgedrungen.«

Er holte tief Luft und ging im Geiste die mystischen Übungen durch, die sie ihm aufgegeben hatte, und versuchte, den Zustand seines Geistes zugleich mit dem seines Körpers zu ändern und dabei auf ihre Worte zu lauschen. Offenbar war das eine gute Übung für Magier.

»Ihr meint, der Fürst hatte andere Gründe?«

»Ja, mein Lehrling, das hatte er. Er vermutet, dass ich hinter dem Anschlag auf Tamara steckte. Deswegen hat er mir auch die Aufsicht über die Magier übertragen, die den Fall untersuchen. Niemand hat meinem Halbbruder je vorwerfen können, er sei ein Narr.«

»Warum sollte er Euch im Verdacht haben?«

»Er hat eine Nase für solche Dinge.«

Rik meinte, in ihren Worten eine Halbwahrheit oder ein gezieltes Ausweichen zu entdecken, aber er war nicht in der Position, sie dafür zur Rechenschaft zu ziehen. »Haben die Magier etwas herausbekommen?«, fragte er und hielt kurz inne. Er hatte ein ganz persönliches Interesse an dieser Frage. Er, Wiesel und der Barbar konnten für ihre Rolle bei dem Angriff sehr leicht gehängt werden. Wenn sie Glück hatten, würde man sie vor ihrer Hinrichtung nicht foltern.

»Nichts auch nur entfernt Aufschlussreiches. Die hellseherische Untersuchung kam zu dem Ergebnis, dass es zwei Angreifer waren, was merkwürdig ist, weil wir die Fußabdrücke von drei Männern gefunden haben. Die Wache sucht noch nach einem Lakaien, der weggelaufen sein soll und seitdem vermisst wird. Sie glauben, dass er vielleicht mit den Banditen zusammengearbeitet hat.«

»Wie geht es Fürstin Tamara nach ihrem schrecklichen Erlebnis?«

»Sie ist sehr bestürzt und weigert sich, auch nur einen Fuß aus der Diplomatenvilla zu setzen. Offenbar wurde sie verletzt, und das arme Liebchen kommt nur schwer wieder auf die Beine, auch wenn sich Fürst Jaderac aufopferungsvoll um sie kümmert.«

»Was wollt Ihr wegen dieses Pärchens unternehmen?«

Asea verzog das Gesicht. »Im Augenblick kann ich gar nichts tun. Ich habe Tamara einen Brief geschickt und ihr angeboten, ihrem Vater Nachricht über ihren Zustand zu geben.«

Rik starrte sie an. »Ihrem Vater?«

»Fürst Malkior leitet eine sardeanische Deputation, die sich in Harven aufhält. Offenbar sind wir nicht das einzige Land, das die Freie Stadt umwirbt.«

Ihr Lächeln wirkte jetzt besonders kalt. »Ihr wollt, dass ich ihm dort begegne«, fragte Rik.

»Allerdings, Rik, das möchte ich wirklich. Das ist ein großer Wunsch von mir.«

»Und dann?«

»Wir werden sehen.«

Ihr Lächeln verriet ihm alles, was er über ihre Gründe, diese Mission anzunehmen, wissen musste. Er vermutete, dass Fürst Malkior, wenn es nach Asea ging, den Freihafen nicht lebend verlassen würde. Und er hatte schon eine ziemlich genaue Vorstellung davon, wer ihn umbringen sollte.

Die Begegnung mit seiner Tochter hatte er nur mit knapper Not überlebt. Er fand, dass er keinen Grund hatte, sich auf das Zusammentreffen mit ihrem Vater zu freuen.

2

»Wie lange wirst du fort sein?«, fragte Rena.

Sardec nahm sie in die Arme. »Zu lange«, sagte er – und meinte es ernst.

Sie küsste ihn, und er reagierte leidenschaftlich darauf.

»Wie lange?« Ihre Stimme klang sehr verzagt.

»Ich weiß es nicht. Die Reise nach Harven dauert mindestens eine Woche, und dann kommt es darauf an, wie lange Prinzessin Asea brauchen wird, um die Bürger auf unsere Seite zu ziehen oder sich wenigstens nicht in den Krieg einzumischen.«

»Und wie lange könnte das dauern?«

»Vielleicht den ganzen Winter«, sagte er, »doch das hoffe ich nicht. Ich hoffe, dass wir zu Katheas Krönung zurück sein werden.«

»Bis der Winter vorüber ist, wirst du mich vergessen haben.«

»Ich werde dich nie vergessen«, versicherte er ihr. »Niemals.«

Im Stillen fragte er sich allerdings, ob er dieses Versprechen würde halten können. Nicht aus dem Grund, den sie fürchtete, sondern weil ihn vielleicht die Ghul-Krankheit überwältigen und um den Verstand bringen könnte. Er schien sich immer noch nicht sicher zu sein, ob er ganz gesund war. Jetzt war er froh darüber, dass er ihr den Brief geschrieben hatte. Sie würde ihn nur bekommen, wenn ihm etwas zustieß, aber wenigstens würde sie dann wissen, was er für sie empfunden hatte, und im Fall seines Todes würde für sie gesorgt sein. Mehr um seinet- als um ihretwillen war er froh darüber, dass er es wenigstens endlich geschafft hatte, ihr mitzuteilen, was er für sie fühlte, obwohl er sich nie überwinden konnte, es laut auszusprechen.

»Niemals?«, fragte sie.

»Niemals.«

»Das ist eine lange Zeit.«

»Es ist mir ernst.«

»Das ist schön.«

»Ich sollte gehen und die Männer antreten lassen«, sagte er in plötzlicher Verlegenheit über seinen Gefühlsausbruch. Es fiel ihm sehr schwer, sie zu verlassen. Er hatte eine Ahnung, dass er sie nie wiedersehen würde. Und er nahm sie sehr ernst.

3

Fürst Jaderac setzte sich an Tamaras Bett. Sie sah blass aus, viel blasser, als sie es nach ihrer leichten Verletzung hätte sein dürfen. Er hatte die Wunde selbst untersucht und keine Spur einer Entzündung gefunden, doch es war immer möglich, obwohl unwahrscheinlich, dass er sich irrte.

»Seid Ihr sicher, dass es Euch gut geht?«, fragte er. Seine Sorge um ihr Wohlergehen war nicht vorgeschützt. Ihr Vater war sein bester Verbündeter beim sardeansichen Adel, und es würde einen schlechten Eindruck machen, wenn ihr etwas zustieß, während sie sich in seiner Obhut befand.

»Ich befinde mich wirklich auf dem Weg der Besserung.«

»Und Ihr seid sicher, dass Euer Angreifer dieses Halbblut war?« Sie nickte.

»Ich hätte ihn damals im Schlangenturm töten sollen«, erklärte Jaderac.

»Soweit ich mich erinnere, habt Ihr Euch die größte Mühe gegeben. Angeblich war der Nerghul unbesiegbar, doch irgendwie hat er es überlebt.«

»Wahrscheinlich hatte das etwas mit Ilmarecs Hexerei zu tun. Schließlich ist ihm das Wesen in den Turm gefolgt.« Jaderac wurde klar, dass Tamara das Gespräch in die Hand genommen hatte und ihn von den Fragen, die er ihr stellen wollte, weglenkte. Er schüttelte den Kopf. Das würde er nicht zulassen. Dazu hegte er einen zu großen Argwohn gegen seine Begleiterin. Er wollte ein paar Antworten hören.

»Warum hat er Euch angegriffen?«

»Ich weiß es nicht.«

»Ich glaube doch, Tamara. Bitte haltet mich nicht für einen dieser törichten Jünglinge, deren Gehirn sich in Gelee verwandelt, wenn Ihr nur mit den Wimpern klimpert.«

»Dann benutzt doch diesen Verstand, dessen Ihr Euch so rühmt. Vielleicht war er auf Rache aus. Er hat den Verdacht, dass ich hinter dem Angriff des Nerghuls gesteckt habe. Das hat er mir auf Elakars Ball gesagt. Möglicherweise wollte er sich bloß rächen.«

»Er kommt mir nicht wie ein dummer Mann vor. Und solch eine Tat ohne den Segen seiner Gönnerin zu begehen, wäre eine Dummheit, die an Wahnsinn grenzt.«

»Ihr seid doch derjenige, der mir immer predigt, die Menschen würden von ihren Hormonen angetrieben. Vielleicht ist er ja dumm oder verrückt.«

»Findet Ihr es nicht ein klein wenig verdächtig, dass – nur wenige Tage, nachdem Fürst Elakar in eine bessere

Welt eingegangen ist – Aseas Schoßhund versucht, Euch zu entführen?«

»Ich weiß nicht, worauf Ihr hinauswollt.«

»Warum sollte sie einen diplomatischen Zwischenfall riskieren? Fürst Azarothe ist ein Terrarch, der es gar nicht schätzt, wenn sein Ruf besudelt wird. In Fragen der Ehre hat er es schon immer ganz genau genommen.«

»Vielleicht hat sie nicht damit gerechnet, dass ich entkommen würde.«

»Ich weiß zwar, dass Ihr viele Talente besitzt, aber ich gebe zu, dass auch ich erstaunt darüber bin, wie gut Euch die Flucht gelungen ist. Ach, übrigens, wo wart Ihr eigentlich, als Fürst Elakar ermordet wurde?«

»Ihr verdächtigt mich doch wohl nicht?« Tamaras Lächeln hatte einen boshaften Unterton. Sie freute sich, dass er sie verdächtigte, war vielleicht sogar stolz darauf. Hätte sie den Mord tatsächlich allein durchführen können? Andererseits erinnerten die Umstände der Tat Jaderac an eine Hexerei, die viel älter und dunkler war als die hier auf Gaeia praktizierte Magie. Er sah Tamara aufmerksam an und dachte, wie ähnlich sie doch ihrem Vater sah. Malkior hatte ihn in vielen merkwürdigen und finsteren Geheimnissen unterwiesen. Vielleicht hatte er ja auch ein paar davon an seine Tochter weitergegeben. Auf jeden Fall hatte sie bisher ein geradezu frappierendes Talent für Magie gezeigt.

Vielleicht stand sie in Verbindung zu alten Verbündeten ihres Vaters. Das kam ihm weit wahrscheinlicher vor. Einige davon waren ziemlich furchterregende Persönlichkeiten. Jaderac spürte, dass er hier in dunklen Wassern segelte, und jeder Instinkt, den er besaß, riet ihm, besser Vorsicht walten zu lassen. Er verfolgte seine eigenen Pläne, und in die passte Elakars Hinscheiden ganz gut hinein. Nichts sollte geschehen, das sein Vorhaben gefährden könnte.

Sie zog eine Rose aus einem Strauß, der auf dem Nachttisch stand. »Seid doch so lieb und zieht diese Vorhänge auf. Ich würde gern Sonnenlicht sehen, so grau und winterlich es auch ist.«

Er erfüllte ihre Bitte, obwohl dies eine niedere Arbeit war, die eigentlich ein Dienstbote hätte verrichten sollen. Sie lächelte ihm zu. »Wie entwickelt sich Euer Plan?«

»Sehr gut. Das Laboratorium der Bruderschaft hat sich als äußerst nützlich erwiesen. Ich habe den Ghulen das Blut abgezapft und schon begonnen, an den Seren zu arbeiten. Meine Nekromanten-Kollegen in der Bruderschaft haben ihrerseits damit begonnen, den Boden vorzubereiten. Katheas Krönung wird ein höchst interessantes Ereignis werden.«

»Und ist es Euch gelungen, einen weiteren Nerghul zu schaffen?« Jaderac sah sie an. Machte sie sich über ihn lustig? Wusste sie, welche Probleme er hatte? Er hatte die Rituale exakt befolgt, aber das Wesen wollte einfach nicht zum Leben erwachen. Es musste ein Fehler in der Matrix vorliegen. Er musste etwas übersehen haben, aber er kam nicht darauf, was es sein konnte. Es war jedoch noch genug Zeit, sagte er sich.

»Er ist beinahe vollendet. Habt Ihr eine besondere Einsatzmöglichkeit für die Kreatur im Sinn?«

Tamara schaute zur Decke auf und lächelte. »Ich bin mir sicher, da wird mir etwas einfallen«, sagte sie.

4

»Wie ich sehe, hast du ein Fluchtfahrzeug für uns vorbereitet, Halbblut«, bemerkte Wiesel. Er saß auf einer Kiste und sah zu, wie Männer Vorräte auf die gewaltige Barke luden, die sie nach Harven bringen würde. Der Rest der Soldaten hielt sich in den nahe gelegenen Tavernen auf, wo sie sich von ihren Familien, Liebsten oder Lieblingshuren verabschiedeten. Es war ein kalter, klarer Tag, und bei solchem Wetter saß Wiesel gern im Freien und rauchte seine Pfeife.

»Was meinst du?«, fragte Rik. Als er den ehemaligen Wilddieb gesehen hatte, war er sofort zu ihm getreten.

»Gar nichts, überhaupt nichts. Wenn du und Ihre Hoheit das so wünschen.« Wiesel glaubte also, diese ganze diplomatische Mission sei nur ein Vorwand, damit sie die Stadt verlassen konnten? Manchmal war er ein wenig zu scharfsinnig, als gut für ihn war. Vielleicht hatte er aber auch recht. Rik hätte ebenfalls nicht behaupten können, dass er Asea vollkommen durchschaute.

»Ich an deiner Stelle würde nicht so laut darüber reden.«

»Bin ja schon still.«

Sie betrachteten die Dockarbeiter. Die meisten waren kleine, stämmige Männer, die Haken einsetzten, um die Vorratskisten und Ballen zu bewegen.

»Dachte gar nicht, dass wir so viel Stoff brauchen würden«, meinte Wiesel und betrachtete die Stoffballen, die an Bord geladen wurden.

»Wir sind nicht die Einzigen, die Fracht mitbringen. Schätze, der Kapitän will auch etwas am Handel verdienen, während er uns befördert.«

»Kann ich ihm nicht verdenken. Ich hätte dasselbe getan, wenn ich daran gedacht hätte.« Rik wäre erstaunt gewesen, wenn Wiesel nicht längst seine eigene Schmuggelware an Bord gebracht hätte; doch er entschied, dass es undiplomatisch gewesen wäre, das zu erwähnen.

»Wie lange die Reise wohl dauert?«, überlegte er.

»Die meisten, mit denen ich geredet habe, schätzen, dass die Fahrt eine Woche in Anspruch nehmen wird. Vorausgesetzt, wir haben keinen Unfall. Oder stoßen auf Flusspiraten oder einen durchgegangenen Wyrm.«

»Das wäre aber ein verflucht dummer Haufen Banditen, der eine Schwadron Fourageure und Prinzessin Asea angreift.«

»Wäre auch ein ziemlich blöder Haufen Straßenräuber, der eine Terrarch-Adlige und ihre Lakaien überfällt. Ist aber trotzdem passiert.«

Rik verstand, worauf Wiesel hinauswollte. »Du meinst, uns könnte ein Unfall zustoßen.«

»Ich meine, dass da draußen jemand ist, der auf Rache sinnt, und wir werden uns den längsten Teil unserer Reise durch Niemandsland bewegen.«

»Das stimmt so nicht. Die Ländereien am Fluss gehörten größtenteils adligen Terrarch. Einige von ihnen haben sich für die eine oder andere Seite erklärt, aber keiner wird einen Angriff auf ein Boot riskieren, das die diplomatische Flagge führt, und erst recht nicht im Winter.«

»Wette, Fürstin Tamara dachte dasselbe.«

»Sie hat dich ganz schön beeindruckt, stimmt's?«

»Ganz recht, Halbblut. Hätte nie gedacht, dass uns ein so kleines Mädchen um ein Haar alle drei außer Gefecht setzen könnte. Wir waren zu dritt, Halbblut, und wir sind alle ziemlich zähe Burschen. Ich habe noch nie einen Mann gesehen, der eine Klinge besser führen kann als der Barbar, aber trotzdem hat er immer noch einen Schal um seinen Stiernacken gewickelt, um die Stichwunde zu verstecken. Ein Mädchen in einem Ballkleid hat ihn mit einer Häkelnadel fast umgebracht, und das, obwohl er seine Fleischermesser in den Händen hatte.«

Rik warf einen Blick über die Schulter, um sich zu vergewissern, dass niemand in der Nähe stand und ihre Unterhaltung mithören konnte. Doch er sah nur ein paar weitere Karren, die heranfuhren. Hafenarbeiter luden einen der gewaltigen Wyrm ab, die den Fluss bewohnen. Aber sie befanden sich in mehr als zwanzig Schritten Entfernung.

»Da ist aber noch etwas, stimmt's?«, fragte Rik.

»Darauf kannst du wetten. Dieses Schattending, das wir gesehen haben. Das war schwarze Magie, ohne jeden Zweifel.«

»Es hat dir wohl Angst eingejagt?«

Wiesel schenkte ihm ein schiefes Grinsen, das spitze, gelblich gefärbte Zähne enthüllte. »Sagen wir einmal, es hat mich nachdenklich gemacht.«

»In welcher Hinsicht?«

»Sie hat dich erkannt.«

»Ja und?«

»Vielleicht weiß sie ja auch, wer der Barbar und ich sind.«

Rik schüttelte den Kopf. »Das bezweifle ich. Mir war sie vorher schon begegnet.«

»Ich hoffe, du hast recht. Sie ist eine Hexe, und ich möchte nicht, dass sie mich mit ihrem bösen Blick belegt.«

»Das hat nicht einmal Uran Uhltar geschafft, und Ilmarec vom Schlangenturm auch nicht. Ich glaube kaum, dass du in Gefahr schwebst.«

Wiesel sah zu dem nahe gelegenen Turm des Hafentempels auf und schlug über seinem Herzen das Zeichen für Schutz. »Glaubst du, dass sie etwas mit diesem Nerghul-Wesen zu tun hatte, das uns in Morven angegriffen hat?«

»Höchstwahrscheinlich – entweder sie oder Jaderac.«

»Dachte ich mir doch. An deiner Stelle würde ich zusehen, dass ich mir Augen im Hinterkopf wachsen lasse, Rik. Diese Frau ist höllisch gefährlich.«

»Ich behüte deinen Rücken, wenn du auf meinen aufpasst.«

Wiesel spuckte in seine Hand und hielt sie ihm zum Einschlagen hin. Rik tat es ihm nach. Es war ihm nicht entgangen, dass der einstige Wilddieb seinen richtigen Namen gebraucht hatte, was dafür sprach, wie ernst er die Lage nahm. »Ich nehme dich beim Wort.«

Sie wischten ihre Hände ab. »Was weißt du eigentlich über Harven?«, fragte Wiesel dann, offenbar, um das Thema zu wechseln.

»Große Stadt«, begann Rik. »Fast so groß wie Halim, errichtet auf einer Inselkette in der Flussmündung. Großer Seehafen, überragende Handelsmacht. Ein freier Staat, regiert von seinem eigenen Rat, der den Handel über alles stellt.«

»Und die Quan? Weißt du etwas über die Meeresteufel?«

»Es heißt, sie seien die einzigen Dämonen aus der Alten Welt, die auf der Welt noch wirklich tätig sind. Prinzessin Asea allerdings sagt, sie seien keine Dämonen, sondern ein Volk von den Sternen, das vor langer Zeit vom Himmel gefallen ist. Sie besitzen Städte auf dem Meeresgrund. Manche der Wesen sind so stark, dass sie

Schiffe, die größer sind als dieses hier, unter Wasser ziehen können.«

»Sie sind mit den Bewohnern von Harven verbündet, nicht wahr?«

»Sie haben eine Art Pakt geschlossen. Deswegen ist Harven auch immer noch eine freie Stadt. Einige behaupten sogar, aus diesem Grund sei sie die Königin der nördlichen Meere. Kein Land, das eine Flotte besitzt, möchte es auf einen Kampf mit den Schiffsbrechern ankommen lassen.«

»Dachte, sie sollten angeblich in allen Konflikten neutral sein. Handel mit allen Seiten, Freihafen, sicherer Treffpunkt und so weiter und so fort.«

»Die Zeiten ändern sich. Dieser Krieg könnte das Machtgefüge auf diesem Kontinent für immer verändern.«

Weitere Wagen rollten heran; auf einem davon saß Karim.

»Da kommt das Gepäck Ihrer Hoheit.«

Die Hafenarbeiter luden riesige Truhen und Körbe von den Karren. Alle waren mit dem Symbol von Aseas Haus, einem roten Turm, gekennzeichnet, und sie bewegten sie behutsam.

»Sie nimmt aber wirklich eine Menge Zeug mit«, meinte Wiesel. »Was hat sie bloß da drin?«

»Überlegst du, ob du etwas davon stehlen kannst?«

»Das ist ja wohl eher deine Spezialität, Halbblut. Zumindest war es das. Nein – ich bin bloß neugierig.«

»Ich weiß ebenso wenig wie du. Kleider, Geld, magische Gerätschaften. Ihr Zelt und ihre Kampfausrüstung. Du bist doch schon mit ihr gereist und solltest wissen, wie viel sie immer mit sich führt.«

»Hätte nie gedacht, dass ich das einmal sagen würde,

aber ich bin froh darüber. Wir leben in seltsamen Zeiten, Halbblut, in seltsamen Zeiten.«

Rik nickte.

»Natürlich wären wir nicht dabei, wenn wir nicht ihre Eskorte wären, oder?«, setzte Wiesel hinzu.

»Ich bin mir sicher, dass die Armee irgendeine stupide Aufgabe für uns finden würde.«

»Du bist nicht mehr bei der Armee, Kleiner, aber ich weiß, was du meinst.«

5

Sardec spürte die Schiffsplanken unter seinen Füßen. Der Schleppkahn schaukelte leicht. Und es roch nach Feuchtigkeit und den leicht fischigen Ausdünstungen der Flusswyrm. Ein Hafenarbeiter mit einem Haken, wie die Stauer ihn zum Verladen verwendeten, schlenderte vorbei, und unwillkürlich glitt Sardecs Blick zu seiner Prothese. Die beiden wiesen eine merkwürdige Ähnlichkeit auf. Ein Mensch beobachtete ihn. Als Sardec in seine Richtung sah, verneigte er sich.

»Ich bin Mathias, der Kapitän, Euer Hoheit«, stellte er sich vor. Er war ein großer, kräftig gebauter Mann mit einem langen schwarzen Bart, den er geölt und geflochten hatte. Er trug ein Wams und Kniehosen aus schwerem, schwarzem Tuch und einen recht großen Dreispitz. Seine Hände waren breit und knorrig, seine Stimme klang heiser und krächzend. »Wenn Ihr gestattet, möchte ich Euch an Bord des *Flussdrachen* begrüßen.«

Sardec lächelte, verbeugte sich aber nicht. Es wäre nicht angemessen gewesen, dass sich ein Terrarch vor einem

Menschen verneigte. »Danke, Kapitän. Auf dieser Reise bin ich im Auftrag der Königin unterwegs, daher sprecht Ihr mich am besten mit Leutnant an.«

»Wie Ihr wünscht, Leutnant.«

»Wann brechen wir auf?«

»Sobald Ihre Hoheit an Bord ist, werden wir die Wyrm anspannen. Wir sollten ziemlich rasch vorankommen, Leutnant, denn wir fahren flussabwärts.«

In einiger Entfernung konnte Sardec eine Gruppe von Wyrmtreibern erkennen, die einen riesigen Breitrücken-Wyrm flussaufwärts führten. Das Tier war gewaltig, sogar noch größer als seine landbewohnenden Artgenossen, und vermochte sogar über den Grund dieses breiten Flusses zu waten.

»Ich hätte nicht gedacht, dass das so viel ausmacht, Kapitän. Das Tier schwimmt doch nicht, da müsste es doch die gleiche Geschwindigkeit erreichen, gleichgültig ob es flussaufwärts oder flussabwärts geht.«

»Beinahe richtig, Herr. Versteht Ihr, das Tier ermüdet weniger, wenn es sich nicht gegen die Strömung stemmen muss. Es ist besser zu lenken und legt an einem Tag eine größere Strecke zurück.«

»Das ist Euer Beruf, Kapitän, daher nehme ich an, dass Ihr recht habt.«

»Das habe ich ganz gewiss, Herr. Und hier ist nun Ihre Hoheit. Mit Eurer Erlaubnis werde ich sie begrüßen gehen.«

»Nur zu, Kapitän.«

Sardec schaute auf den Niedergang hinunter. Sergeant Hef und Korporal Toby zählten die Männer, die an Bord gingen. Eine ganze Reihe von ihnen war betrunken. Früher wäre Sardec vor Zorn außer sich geraten, doch heute verstand er die Männer. Sie gingen fort und ließen geliebte Menschen zurück, die sie vielleicht nie wiedersehen würden. Die Soldaten brauchten schließlich nicht zu marschieren. Solange sie sich nicht ungebührlich betrugen, würde er ein Auge zudrücken, zumindest heute. Wenn sie einmal unterwegs waren und sich durch gefährliche Wasser bewegten, war das natürlich etwas anderes.

6

Rik nahm Aseas Hand und half ihr den Landungssteg hinauf. Es schien wenig wahrscheinlich, dass sie hinunterfallen würde, aber er ging lieber kein Risiko ein. Ein breiter, bärtiger und in Schwarz gekleideter Mensch begrüßte sie. Er war der Kapitän und wollte Asea persönlich auf ihre Kabine führen. Rik hatte oft genug am Hafen von Drangsal herumgelungert, um zu wissen, dass das nicht üblich war, und beäugte den Mann argwöhnisch. Doch offenbar wollte er sich nur bei der adligen Terrarch-Dame einschmeicheln. Wahrscheinlich bekam er nicht oft Gelegenheit dazu.

Die Kabinen waren klein und einfach ausgestattet, doch Asea äußerte sich vollständig zufrieden, und der Kapitän verabschiedete sich und ging nach oben, um das Ablegen zu überwachen. Asea wollte ebenfalls zusehen, und Rik schloss sich ihr an.

Der Kahn legte ab. Matrosen zogen Taue an Bord. Hafenarbeiter schoben das Schiff in den Fluss hinaus. Kleinere Wyrm zogen es in die Mitte des Stroms, wo schon ein riesiges Untier wartete, eine Kreatur, die halb so groß wie der Schleppkahn war und ihr eigenes Gewicht nur im Wasser tragen konnte. An Land wäre das Tier nach ein paar hundert Schritten zusammengebrochen.

Nervös beobachtete Rik das gewaltige Reptil. Wenn ein so gewaltiges Wesen Amok lief, konnte es auch das ganze Schiff in Stücke schlagen. Im Augenblick wirkte es ganz fügsam, aber man wusste ja nie. Seile waren mit Haken an seinem Geschirr befestigt, und ein schweres hölzernes Joch entsprang am Bug des Kahns. Sein gepolsterter Querbalken lag über den Schultern des Flusswyrm und wurde von den Wyrmtreibern befestigt. Nachdem der Vorgang beendet war, hob der Kapitän die Hand, ein Horn erschallte, und sie setzten sich in Bewegung.

Braunes Wasser gurgelte an den Seiten des Schiffes entlang. Soldaten winkten ihren Liebsten, die am Ufer standen. Matrosen warfen Mädchen Luftküsse zu. Prickelnde Erregung stieg in Rik auf. Mehr und mehr stellte er fest, dass er gern auf Reisen ging und dass es ihn freute, das Bekannte hinter sich zu lassen.

Er sah sich aufmerksam um, während sie durch die Stadt glitten und die großen Schwärme kleinerer Boote passierten, die auf dem Fluss ihre Geschäfte machten. Sie ließen die Fahrzeuge der Händler hinter sich, die den Matrosen sogar noch beim Auslaufen ihres Schiffes ihre Waren verkaufen wollten. Er sah zu, wie Paläste, Tempel und Türme, riesige Lagerhäuser und große Tavernen an den Flussufern vorbeizogen.

Wenn sie unter den Bögen gewaltiger Brücken hindurchglitten, zog der Flusswyrm den Kopf ein. Die Bauwerke selbst glichen ganzen Straßen; Läden und Häuser waren darauf errichtet. Am Fuß der Brückenpfeiler saßen Männer, die mit Angelruten und Netzen fischten und versuchten, sich etwas zum Abendessen zu fangen. Einmal meinte er, eine Leiche im Fluss treiben zu sehen. Jedenfalls bezweifelte er, dass jemand an einem Tag wie heute schwimmen ging. Der Himmel war klar und blau, doch es blies ein kalter Wind, und Luft und Wasser waren winterlich kalt.

Er hatte das Gefühl, beobachtet zu werden, drehte sich um und erblickte Asea, die ihn ansah. »Ja?«, sagte er.

»Du siehst glücklich aus«, erklärte sie. »Das sehe ich nicht oft bei dir.«

Er lächelte. »Ich habe soeben festgestellt, dass es mir gefällt, ins Unbekannte aufzubrechen.«

»Also, mir geht das eher nicht so«, erklärte sie. »Nicht seit wir ins Exil gegangen sind und Al'Terra verlassen haben.«

»Wie war es dort?«, fragte er. »Gab es dort Städte wie diese?«

Zuerst dachte er, sie würde ihm keine Antwort geben. Ihr Blick war auf einen Punkt am Horizont gerichtet, als sähe sie etwas, das unendlich lange her und weit entfernt war.

»Unsere Städte waren größer«, sagte sie. »Mit höheren Türmen, magisch beleuchtet und durch Zaubersprüche und Stahl verstärkt, sodass sie bis in den Himmel aufragten und die Wolken berührten. Luftwagen und fliegende Schiffe reisten zwischen ihnen hin und her, so alltäglich wie die kleinen Boote auf diesem Fluss.«

Er konnte es sich beinahe bildlich vorstellen. »Wurden diese Fahrzeuge von Drachen gezogen?«

»Nein – sie wurden durch Magie angetrieben. Das Drachenreiten war vor allem ein Sport, die Fahrzeuge dagegen wurden im Krieg eingesetzt.«

»War es dort so kalt wie heute?« Sie schüttelte den Kopf.

»Das Klima auf Al'Terra war milder, Rik. Zumindest dort, wo ich gelebt habe. Richtig kalt wurde es nie, und in der Nähe des Äquators konnte es sehr heiß werden. Magie hielt unsere Paläste im Sommer kühl und im Winter warm. Wir besaßen solche Macht und wussten es nicht einmal, sondern haben alles als selbstverständlich betrachtet.«

»Was ist geschehen? Haben die Fürsten des Schattens Euch Eure Magie gestohlen?«

»Nein. Sie wurde schon schwächer, bevor sie auftauchten. Nachher meinten einige, das Versagen der großen Zaubersprüche sei ein Vorbote ihres Kommens gewesen. Ich bin mir da nicht so sicher. Manchmal denke ich, dass es Zufall war. Wenn es eine Verbindung gab, dann glaube ich, sie war weniger offensichtlich.

»In welcher Weise?«

»Dies ist weder die Zeit noch der Ort, um über solche Angelegenheiten zu sprechen, Rik.« Sie lächelte so liebreizend wie ein junges Mädchen, und einen Augenblick lang vergaß er, dass sie wahrscheinlich die mächtigste und Furcht einflößendste Zauberin war, der er je begegnen würde. »Frag mich etwas weniger Trübsinniges.«

Er versuchte es, doch er war in Verlegenheit, und ihm fiel nichts ein. »Seid Ihr dort glücklich gewesen?«, fragte er schließlich.

»Glücklicher, als ich es je wieder wurde, seit wir auf diesen Planeten gekommen sind – so viel ist sicher. Dort war es viel leichter, Magie zu wirken. Selbst an unserem Tiefpunkt, als die Magie versagte, gab es dort mehr Energie als hier.«

»Ich hatte mehr an Freunde gedacht, und auch an Familie.« Bevor er in die Armee eingetreten war, hatte es so etwas in seinem Leben kaum gegeben. Er konnte verstehen, warum man diese Dinge wie einen Schatz hütete, da ihre Seltenheit sie umso wertvoller machte.

Sie lachte. »Ich bin Magierin, Rik. Magie ist meine Kunst, meine Sucht, meine Leidenschaft. Die Suche nach Wissen und die Fähigkeit, ihm Gestalt zu geben, das hat mich damals angetrieben, und das bewegt mich noch heute, nach so vielen Jahrhunderten.«

Ihr Tonfall verriet ihm, dass sie die Wahrheit sagte. Auch darum beneidete er sie.

»Aber natürlich hat es auch alles andere gegeben: Freunde, Liebhaber, Lachen, Licht und Freude.«

»Und Kinder?«

Ein Schatten huschte über ihre Miene, und er dachte, dass er jetzt vielleicht zu aufdringlich gewesen war. Ihr Lächeln verflog. »Ja.«

In ihrer Stimme lag etwas, das ihm sagte, dass es keine gute Idee wäre, sie nun auch zu fragen, was aus ihnen geworden war. Sehr, sehr wenige Terrarch hatten es überhaupt bis nach Gaeia geschafft. Die heiligen Schriften sprachen von nur zehntausend. Und dabei hatte Asea eine Stadt beschrieben, die größer als Halim war, und er hatte gelesen, dass es auf Al'Terra viele hundert Städte gegeben hatte.

»Die Fürsten des Schattens haben uns weit mehr genommen, als du dir überhaupt vorstellen kannst, Rik.«

»Was meint Ihr?«

»Du besitzt die Begabung. Aber es ist so schwierig, sie hier einzusetzen. Oft muss man auf die Lebenskraft seines eigenen Körpers zurückgreifen, um einen Zauber zu wirken. Wenn man nicht sehr vorsichtig ist, bringt es einen langsam um. Auf Al'Terra lag die magische Energie im

Überfluss in der Luft. Man brauchte nur die Hand danach auszustrecken und sie zu wunderbaren Dingen zu formen: Kranke heilen, Wesen aus anderen Existenzebenen herbeirufen, fliegende Schiffe konstruieren … und man brauchte keine Angst zu haben, sich umzubringen, indem man seine Kräfte erschöpfte.«

»Das klingt wunderbar«, sagte er, und es war ihm ernst damit. Wie es wohl wäre, wenn er in einer solchen Welt lebte? Doch er musste sich damit abfinden, dass er es nie erfahren würde. Zum ersten Mal hatte er das Gefühl, dass ihm sein Erbe geraubt worden war; ein Verlust, von dem er nicht einmal etwas geahnt hatte, bis Asea es aussprach. In seinem Leben schien ihm immer wieder etwas vor der Nase weggenommen zu werden, und das gefiel ihm nicht.

»Es war wunderbar.«

»Glaubt Ihr, dass Ihr je zurückkehren werdet?«

Sie schüttelte den Kopf. »Nein, Und ich fürchte sogar, das Böse ist uns hierher gefolgt.«

»Die Fürsten des Schattens?«

»Oder zumindest ihre Spione.« Er warf einen Blick in die Runde, um sich zu vergewissern, dass sich ihnen niemand bis auf Hörweite genähert hatte, seit sie ihr Gespräch begonnen hatten.

»Fürst Malkior?«, fragte er.

»Ich wäre sehr erstaunt, wenn er nicht zu ihnen gehören würde.«

Er erschauerte. Wenn sie recht hatte und Malkior sein Vater war, dann stand er selbst in direkter Verbindung zu den Herren den Bösen. »Aber Ihr könntet Euch auch irren.«

»Diese Möglichkeit besteht immer, Rik. Nur ein Narr hält sich für unfehlbar.«

Sie verstummte und betrachtete die Stadt, die hinter ihnen zurückblieb. Er stützte sich auf die hölzerne Reling des Schiffes und tat es ihr nach. Für den Augenblick war er es zufrieden, die Welt einfach an sich vorbeiziehen zu lassen.

18. KAPITEL

Das Leben gleicht einem Fluss, der Tod
hingegen dem Ozean.

Propheten, Buch V, Vers IX

1

Die Nachtluft war kristallklar. Am Himmel brannten die Sterne in eiskaltem Licht. Der eisige Wind wehte so schneidend wie eine Messerklinge. Er hörte Schritte hinter sich, und als er sich umwandte, erkannte er die hochgewachsene, schmale Gestalt von Leutnant Sardec, der näherkam. Noch vor nicht allzu langer Zeit hatte ihn Sardec für Verstöße gegen die Regimentsdisziplin auspeitschen lassen. Wenigstens davor war Rik als Aseas Schützling und Lebensretter von Königin Kathea heute sicher. Er brachte Sardec immer noch Hass und Groll entgegen und war sich sicher, dass der Leutnant ebenso für ihn empfand, aber unter den gegebenen Umständen konnte keiner von ihnen diesen Gefühlen Ausdruck verleihen. Eingedenk ihrer gefährlichen Mission war es wohl das Beste, wenn sie sich miteinander vertrugen, aber Rik wollte verdammt sein, wenn er den ersten Schritt tat. Dass Sardec ihm Rena ausgespannt hatte, quälte ihn immer noch; und umso mehr, da er sich sicher war, dass der Offizier nicht einmal ahnte, was sie ihm einmal bedeutet hatte.

Sardec bemerkte seinen Blick. »Guten Abend«, sagte er höflich. »Ich hatte gedacht, bei dieser Kälte und zu dieser späten Stunde würde ich hier oben allein sein. Bis auf die Wachen schläft alles.«

»Ich sehe mir gern die Sterne an«, sagte Rik.

»Gehört das zu Eurer Ausbildung?«

»Ausbildung?«

»Manche Leute sagen, Ihr wäret Prinzessin Aseas neuer Lehrling. Sie meinen es als Scherz, aber ich frage mich allmählich, ob nicht mehr daran ist.«

»Wie kommt Ihr darauf?«

»Mir ist aufgefallen, dass Ihr Zeichen schlagt. Ich habe die Amulette bemerkt, die Ihr tragt.«

Sardec war gewitzter, als er aussah. »Habt Ihr etwas dagegen einzuwenden?«

»Was Prinzessin Asea tut, ist ihre eigene Sache. Und nach Eurer Tat im Schlangenturm ist das vielleicht sehr klug von ihr.«

In Sardecs Stimme lagen weder Feindseligkeit noch die geringste Spur von Herablassung. Er sprach zu Rik wie zu seinesgleichen. Irgendwann, irgendwie hatte sich die Einstellung des Leutnants zu ihm tatsächlich verändert.

»Sie hat ausdrücklich darum gebeten, dass Ihr ihre Leibwache befehligt«, sagte Rik, weil ihm nichts Besseres einfiel.

»Ich weiß. Das wird dann das dritte Mal sein. Ich hoffe,

dass unser Auftrag dieses Mal unter einem glücklicheren Vorzeichen steht.« Vielsagend hob er seinen Haken.

»Ihr glaubt, dass sie … dass wir in Gefahr sind?«

»Allerdings, das glaube ich. An diesem Krieg ist etwas Eigenartiges, das mir gar nicht gefällt. Ganz anders als in den Kriegen, von denen mir mein Vater erzählt hat.«

»Anders?«

»Mehr Hexerei, mehr Dunkelheit. Natürlich ist es möglich, dass es schon immer so war und mein Vater nur meine kindlichen Empfindungen schonen wollte, als er mir von seinen Erlebnissen erzählte.«

Rik hatte sich Sardec nie als Kind vorgestellt, aber der Offizier war jung; nach Terrarch-Begriffen fast noch ein Jugendlicher, also konnte das noch nicht allzu lange her sein.

»Ihr vermutet doch nicht, dass man in Harven Anschläge auf ihr Leben verüben wird?«

»Als Vergeltung für das, was Fürstin Tamara zugestoßen ist, meint Ihr?«

»Ich dachte mehr an eine allgemeine Bedrohung, aber so könnte man es natürlich auch betrachten.«

»Keine Ahnung. Früher einmal hätte ich mit nein geantwortet, aber die Welt ändert sich. Wer einen Nerghul schicken kann, der kann uns auch alles andere auf den Hals hetzen.«

Rik nickte. Sardec wandte sich ab, um das Ufer zu betrachten. In diesem Augenblick passierten sie ein Dorf. Nur das schwache Licht von Kaminfeuern, das durch Fensterläden schien, beleuchtete die dicht gedrängte Ansammlung klobiger Häuser.

»Ich habe eine Frage«, begann Sardec von Neuem.

»Und welche?«

»Was ist wirklich im Schlangenturm geschehen? Wie ist es Euch gelungen, Ilmarec zu besiegen?«

»Ihr würdet es nicht glauben, Leutnant.«

»Bitte versucht es mir zu erklären.«

Das tat Rik, wobei er viele der blutrünstigeren Einzelheiten ausließ. Er berichtete von dem uralten Schlangenwesen, das er im Turm entdeckt hatte, und erzählte, wie es ihm geholfen hatte. Er sprach von dem Nerghul und auch davon, wie die Kreatur mit den Verteidigern des Turms gekämpft hatte. Er erzählte von seiner letzten Begegnung mit Ilmarec und von seiner Flucht mit der Königin in dem fliegenden Sarg. Sardec lauschte höflich, aber Rik war sich nicht sicher, ob ihm der Leutnant glaubte. Er selbst hätte es an Sardecs Stelle vielleicht nicht getan.

»Ich habe gesehen, was aus dem Turm geworden ist«, sagte Sardec schließlich. »Und ich habe mich gefragt, wie ein so mächtiges Bauwerk zerstört werden konnte. Jetzt weiß ich es. Danke.«

Er stieß einen tiefen Atemzug aus, der wie Drachenrauch aus seiner Nase quoll. »Wir leben in einer älteren und seltsameren Welt, als wir glauben«, sagte er dann. »Die Alten Völker besaßen Kräfte, die über unser Begriffsvermögen gehen.«

»Ja, das ist wohl richtig.«

»Ich hoffe, dass ich niemals wieder Zeuge einer Manifestation solcher Kräfte werde. Einmal im Leben hat mir das gereicht.«

»Da kann ich Euch nur zustimmen, Leutnant.« Es war kalt geworden, und Sardec hatte ihn um die Einsamkeit gebracht, die er gesucht hatte. »Wenn Ihr mich entschuldigt, ich würde jetzt gern unter Deck gehen.«

»Selbstverständlich. Gute Nacht.«

2

»Du siehst sehr nachdenklich aus«, bemerkte Asea, als Rik in ihre Kabine trat. Vor der Tür saß Karim mit gekreuzten Beinen auf dem Boden und hatte die blanke Klinge über den Schoß gelegt. Rik schloss die Kabinentür hinter sich. Asea errichtete ihren Abschirmungs-Zauber.

»Ich bin gerade Leutnant Sardec begegnet«, sagte Rik. »Er hat mich beinahe wie ein intelligentes Lebewesen behandelt.«

Asea lachte. »Sardec ist gar nicht so übel, wie du glaubst, Rik. Er ist einfach sehr jung, sehr stolz – und er weiß noch nicht sehr viel über sich selbst oder die Welt.«

»Ich kann ihn trotzdem nicht leiden.«

»In diesem Leben wirst du noch öfter feststellen, dass du mit Personen, die dir missfallen, zurechtkommen musst. Du wirst dich einfach daran zu gewöhnen haben.«

»Ihr sagtet, Ihr wolltet mich heute Abend sehen.«

»So ist es. Nach dem Zusammenstoß mit deiner teuren Halbschwester habe ich entschieden, dass wir deine Ausbildung beschleunigen müssen.«

»Werdet Ihr mich lehren, so wie sie zu kämpfen? Ich hätte nicht gedacht, dass in dieser Kabine Platz dafür wäre.«

»Das ist nicht komisch, Rik. Gifte sind bei den Terrarch sehr verbreitet, und es gibt viele und äußerst raffinierte. Du musst in der Lage sein, damit umzugehen, dich selbst zu heilen. Ich werde nicht immer da sein, um dich nach deinen Abenteuern wieder zusammenzuflicken.«

Rik meinte, einen betrübten Unterton in ihrer Stimme zu hören. Sie klang wie eine Frau, die sich gezwungen sieht, über ihre Sterblichkeit nachzudenken; doch er sagte sich, dass er sich das sicherlich nur einbildete. Er konnte unmöglich beurteilen, wie eine der Ersten denken mochte.

»Ihr wollt mich Heilzauber lehren?«

»Zuerst werde ich dich darin unterweisen, dich selbst zu heilen und deinen Körper von Giftstoffen zu reinigen.«

»Werde ich auch in der Lage sein, andere zu heilen?« Das wäre eine nützliche Gabe. Doch sie schüttelte den Kopf.

»Die Zaubersprüche werden nur auf dich selbst wirken. Es fällt leichter, den eigenen Körper so zu stimulieren, dass er sich selbst heilt, als anderen zu heilen.«

»Wie kann das sein?«

»Möglicherweise liegt es an unserer angeborenen Selbstbezogenheit, Rik. Es fällt leichter, unsere Energie zu verausgaben, um uns selbst zu heilen, als jemand anderem zu helfen. Der Grund könnte auch einfach dieser sein, dass der Zauber nicht weit zu reichen braucht und so weniger Energie verloren geht als bei der Übertragung auf jemand anderen. Aber wie bei so vielem in der Magie, Rik, so gibt es auch darüber zahlreiche Theorien und wenige genaue Erklärungen. Ich könnte die ganze Nacht damit zubringen, dir die Theorien auseinanderzusetzen. Oder ich zeige dir, wie es geht. Was ist dir lieber?«

»Noch eine Frage. Ich werde mich bemühen, dass es meine letzte ist.«

»Sprich.«

»Ihr habt mir erklärt, dass es auf diesem Planeten unseren Körper erschöpft, Magie zu wirken. Aber ich dachte, die magische Energie käme aus der Tiefe.«

»Für die meisten Formen der Magie wird eine immense Menge an Magie benötigt, und diese zieht man aus der

Tiefe; aber trotzdem muss man den Kontakt aufnehmen, den Brunnenschacht graben, sozusagen. Und das erschöpft unsere Lebenskraft.«

»Was haben wir jetzt vor?«

»Ich muss dich viel lehren und habe wenig Zeit dazu, daher muss ich eine besondere Lehrform einsetzen, die sich ›vorgestelltes Lernen‹ nennt.«

»Wie geschieht das?«

»Wir werden Drogen gebrauchen und unsere Gedanken verbinden müssen, um dir das Wissen rasch zu vermitteln. Das kann gefährlich, ermüdend und schmerzhaft sein, aber ich werde versuchen, dabei so behutsam wie möglich vorzugehen. Sobald die Saat gelegt ist, wirst du allein üben müssen, damit sie aufgeht.«

»Inwiefern kann diese Methode gefährlich sein?«

»Bei manch einem nimmt der Verstand diese Art der Unterweisung nicht hin. Dann brechen die Schüler unter dem Druck zusammen.«

»Sie werden wahnsinnig.«

»Das ist eine Art, es auszudrücken.«

»Glaubt Ihr …?«

»Ich glaube, dass du das ausgezeichnet vertragen wirst, Rik. Du besitzt einen sehr starken Willen. Die Ehrlichkeit gebietet mir aber auch, dir zu verraten, dass diese Methode aus anderen Gründen von Magiern nicht oft eingesetzt wird.«

»Und aus welchen?«

»Du musst mir deinen Geist öffnen. Du wirst auf die schrecklichste Weise verletzlich sein, die man sich nur vorstellen kann. Die meisten Wesen können auch das nicht ertragen – jedenfalls nicht, ohne dazu gezwungen zu werden. Ihr Verstand rebelliert instinktiv dagegen.«

»Ihr meint, Ihr könnt dann meine Gedanken lenken?«

»Einerseits ja. Ich könnte ebenso gut falsche Erinnerungen und Zwänge auf dich übertragen wie Wissen.«

»Aber das würdet Ihr nicht tun.«

»Wenn ich dabei etwas zu gewinnen hätte, Rik, würde ich nicht zögern; aber das würde eher schaden als nützen. Der Verstand ist ein sehr empfindliches Ding. Eine Erinnerung zu verändern kann schreckliche und unvorhersehbare Folgen haben.«

»Ihr meint, dass Ihr mich bei klarem Verstand braucht.«

»So ist es. Und außerdem ist es so, dass solche Zwänge selten lange anhalten, außer sie werden wirklich mit brutaler und überwältigender Macht verankert. Auf lange Sicht hat der Geist die Neigung, seinen ursprünglichen Pfad erneut einzuschlagen. So, nachdem ich dir dies erklärt habe, bist du jetzt bereit, darauf einzugehen?«

»Lasst Ihr mir denn eine andere Wahl?«

»Keine große. Ich vermute, wenn du dieses Wissen nicht erwirbst, und zwar bald, wirst du sterben. Es gibt viele, die dich tot sehen wollen, ehe wir unsere Aufgabe vollendet haben, und sie haben zahlreiche Möglichkeiten, dafür zu sorgen, dass dies geschieht.«

»Aber Ihr behauptet trotzdem, dass Ihr mich nicht zwingen würdet, wenn ich Euch nicht vertraue, oder wenn ich das nicht lernen will.«

Ihr Lächeln betrübte sich. »Ach, das Vetrauen habe ich doch schon, Rik, und das wissen wir beide. Und Magie hatte nichts damit zu tun.«

Rik dachte über ihre Worte nach. Sie hatte recht. Er brauchte sie, und er war gezwungen, ihrem Urteil zu vertrauen. Soweit er wusste, hatte sie ihn noch nie angelogen;

und wenn sie der Meinung war, sein Leben hinge davon ab, dass er dieses Wissen erwarb, dann stimmte das höchstwahrscheinlich auch.

»Ich werde Euch also vertrauen«, sagte er. »Lasst uns beginnen.«

Sie setzten sich einander gegenüber, zwischen sich eine glühende Kristallkugel. Asea verbrannte mit Opium versetztes Räucherwerk und intonierte die Worte des Zauberspruchs wieder und wieder. Als die Droge ihre Wirkung entfaltete, hämmerte sich der Rhythmus der Worte in sein Hirn ein, so regelmäßig wie ein Herzschlag, und etwas in seinem Inneren reagierte darauf. Unwillkürlich wiederholte er ihre Worte und ahmte ihre Gesten nach. Unter dem Einfluss von Drogen und Magie schien die Zeit langsamer abzulaufen und die Nacht kein Ende nehmen zu wollen.

Das Rauschmittel lockerte seine geistige Abwehr und ermöglichte eine mystische Verbindung zwischen ihm und Asea. Auf einer komplexeren Ebene, als Worte oder Gesten es ausdrücken konnten, floss Wissen in ihn hinein. Manchmal trat er in Verbindung zu den unendlich weiten Räumen ihres Geistes und erhaschte einen Blick auf den riesigen Schatz fremdartigen Wissens, der dort lagerte. Vielleicht war es Wahrheit, vielleicht nur eine Halluzination. Er war nicht in der Lage, ein Urteil darüber zu fällen.

Sein Blick wandte sich nach innen, und es kam ihn vor, als hätte sich auch seine Wahrnehmung verändert, bis er durch seine Haut hindurch auf die darunter liegenden Muskeln und Knochen und in sein Blut blicken konnte. Wenn er sich konzentrierte, konnte er die winzig kleinen Wächter erkennen, die seinen Körper vor Schaden beschützten und beschädigtes Gewebe reparierten. Er vermochte seinen Körper zu heilen, indem er magische Impulse durch sein Blut und sein Fleisch fließen ließ. Er war in der Lage, Substanzen, die dort nicht hingehörten, aus seinem Blut und seinen Gedärmen zu befördern.

Erst später, nachdem sich sein Gehirn von der Anstrengung all der aufgezwungenen Meditationen, Beschwörungen und Visualisierungen erholt hatte, wunderte er sich über die verzweifelte Heftigkeit, mit der sie ihn zum Lernen gedrängt hatte. So als glaube sie wirklich, dass sein Leben – und höchstwahrscheinlich ihres ebenfalls – davon abhinge.

3

Rik erwachte vom Geschrei der Fourageure. Er fühlte sich matt und nach einer weiteren Nacht, in der Asea Wissen in ihn hineingepresst hatte, immer noch wie betäubt. Auf dieser Reise hatte er so viele Lehren und so viele Zaubersprüche in sich aufgenommen, dass er sich an die Flussfahrt kaum erinnern konnte. Nach den Heilzaubern hatten sie sich auf Zauber konzentriert, die zuerst seine Kraft und dann seine Schnelligkeit steigern sollten, Formeln, die seine Wahrnehmungsfähigkeit verbesserten, und Zauber, die ihn in die Lage versetzten, die Anwesenheit von Magie zu bemerken. Einfache Zauber, hatte Asea behauptet, doch ihm waren sie nicht so vorgekommen. Rik hatte eher das Gefühl, langsam in einem Meer von Wissen zu ertrinken, das sein Gehirn überschwemmte. Er war erschöpft, ihm war übel, und er wollte eigentlich nur noch, dass das Ganze bald ein Ende nahm.

Das Gebrüll an Deck setzte sich fort. Er zwang sich, aus dem Bett zu kriechen, und stolperte über die hölzerne Stiege nach oben.

»Offensichtlich sind wir da«, erklärte Wiesel und trat am Bug des *Flussdrachen* zu ihm, um besser sehen zu können. »Du siehst übrigens aus wie durch die Mangel gedreht.«

»Prinzessin Asea hält dich die ganze Nacht auf Trab, was? Du Glückspilz«, setzte der Barbar hinzu.

Rik mochte den beiden nicht verraten, wie ausgelaugt und leer er sich wirklich fühlte. Fremdartige Worte trieben aus seinem Unterbewusstsein nach oben, und er musste sich Mühe geben, dabei nicht die Hände in den rituellen Gesten zu bewegen, die zu manchen Zaubersprüchen gehörten. Jetzt verstand er, welche Gefahren diese Unterrichtsmethode mit sich brachte. Sein ganzes Hirn fühlte sich wie zerschlagen an, und seine Gedanken waren umnebelt. Die Drogen und Rituale forderten einen fürchterlichen Tribut. Er hoffte nur, dass es das alles auch wert war.

Er beschattete die Augen mit der Hand, denn das Licht der Meeresküste war ihm zu grell, und er zwang sich, in die Richtung zu sehen, in die auch die anderen starrten. Ohne Zweifel, sie waren da.

Vor ihnen lag das Flussdelta, das in den Ozean überging. An den Ufern zog sich wie eine Schmutzablagerung ein Saum billiger Wohnviertel hin. Je höher die Stadt die Hügel zu beiden Seiten des Flusses hochkletterte, umso solider und respektabler wirkten die Häuser. An Dutzenden von Piers ankerten Hunderte von Schiffen. Aber was aller Blicke anzog, waren nicht die Stadtteile, die an den Ufern lagen. In der Flussmündung erhoben sich mehrere große Inseln. Sie waren dicht mit Türmen bebaut, die sich an manchen Stellen einander zuneigten wie Betrunkene, die einander stützen, um nicht umzufallen. Die Türme waren außerdem noch durch Brücken verbunden. Zwischen ihnen verkehrten seltsame hölzerne Kabinen an Flaschenzügen; und manchmal verliefen diese Seilbahnen sogar von einer Insel zur anderen. Aus der Entfernung hatte man den Eindruck eines gewaltigen, aus Tauen bestehenden Spinnennetzes.

Alle Inseln waren von dicken Mauern umgeben. Der Fluss schirmte sie besser ab, als ein Burggraben dies getan hätte. Bedächtig nahm Rik die Stadt in Augenschein. Jede Insel war eine Festung, die den anderen Inseln Feuerschutz gewähren konnte. Sie waren wie die Bastionen einer befestigten Stadt. Schiffe mit hohen Masten kreuzten dazwischen, und Botenvögel flatterten überall durch die Luft.

Asea kam an Deck. Trotz der langen Nächte, in denen sie ihn unterrichtet hatte, wirkte sie so frisch wie immer. »Wir sind früh dran«, meinte sie. »Da müssen wir wohl rascher vorangekommen sein, als der Kapitän dachte.«

»Vielleicht kommt es Euch nur so vor, weil wir so hart gearbeitet haben.« Ihr warnender Blick teilte ihm mit, dass er einen Fehler gemacht hatte, indem er dort, wo andere mithören konnten, von ihren Lektionen gesprochen hatte. Er war erschöpft, sonst hätte er einen solchen Fehler nie begangen. Glücklicherweise schien ihnen aber niemand die geringste Beachtung zu schenken.

»Diese Inseln sind geradezu uneinnehmbar; außer, man würde eine besonders überlegene Flotte einsetzen«, meinte Rik.

Asea nickte. »Sogar dann wären sie aber nicht zu erobern, nicht, solange Harven mit den Quan verbündet ist. Doch glücklicherweise hat niemand vor, die Stadt anzugreifen.«

»Ihr bereitet Euch wohl schon innerlich auf Eure Diplomatenrolle vor?«, fragte er. Sie nickte.

»Du solltest das ebenfalls tun«, sagte sie.

»Wie heißen diese Inseln?«

»Die nächstgelegene – die mit dem riesigen schwarzen Zentralturm – das ist die Insel der Magier. Die größte mit den weiß getünchten Mauern ist die Goldinsel. Dort wohnen die reichsten der Handelsmagnaten. Und die am weitesten draußen liegende heißt Tempelinsel, obwohl dort kein Tempel für irgendeinen Gott steht, den wir verehren.«

»Dann kommen dort die Quan an Land?«

»Genau. Es heißt, im Haupttempel gebe es zahlreiche Teiche, die mit dem Meer verbunden sind, und dass die Meeresteufel aus ihnen steigen, um sich mit den Mittlern zu verständigen, den Priestern, die mit ihnen sprechen. Man erzählt sich auch von Menschenopfern; doch sobald wir an Land sind, wäre es unklug, davon zu sprechen.«

»Seid Ihr schon einmal hier gewesen?«

»Schon häufig. Der Buchmarkt ist berühmt.«

»Wie sehen die Quan eigentlich aus?«

»Schau selbst – dort unten im Wasser.«

Rik sah über die hölzerne Reling nach unten. Da schwamm etwas im Wasser, eine schattenhafte, unheimliche Gestalt, bei deren Anblick es ihm kalt über den Rücken lief. Das Wesen hatte ungefähr die Größe und auch in etwa die Masse eines Menschen. An der Vorderseite besaß es einen andeutungsweise menschlichen Kopf, doch der ganze Körper flutete knochenlos im Wasser, eine

Masse sich windender Tentakel, die hinter ihm hertrieben. Die Kreatur schien auf einmal zu bemerken, dass sie beobachtet wurde, wand sich wie ein Aal und tauchte in das schlammige Wasser hinunter, wo sie Riks Blicken entzogen war.

»Was er wohl gewollt hat?«, fragte er.

»Ich weiß es nicht. Vielleicht hat er nur das Schiff ausgekundschaftet. Oder er ging einfach seinen eigenen Angelegenheiten nach.«

Kein gutes Omen, fand Rik, doch er behielt seine Meinung für sich und sah zu, wie die gewaltigen Bauwerke näherrückten. Als er an ihnen vorbei über die Flussmündung hinausschaute, wurde ihm klar, dass er zum ersten Mal in seinem Leben das Meer sah. Ein merkwürdiges Prickeln, das aus Furcht und Faszination und noch etwas anderem bestand, durchlief ihn, und er wusste mit vollkommener Sicherheit, dass er jetzt weit, weit von zu Hause entfernt war.

19. KAPITEL

Harven ist die korrupteste Stadt der Welt. Dort brodelt die Sünde. Nachts gehen Dämonen um; und bei Tag wandeln Mörder, Zuhälter, Diebe und Huren ungestraft durch seine Straßen. Und das ist nur der Adel.

Agamon, Der verderbteste Ort auf Gaeia

1

Der *Flussdrache* ging in dem Teil der Bucht, der den Inseln am nächsten lag, vor Anker. Treiber spannten den Wyrm aus und schirrten kleinere Tiere vor das Schiff, die es ins Dock ziehen sollten. Riks Puls ging schneller, als er die belebten Kais betrachtete. Ihm fielen die Geschichten über diese Stadt ein, die er in seiner Jugend gehört hatte.

Harven war eine der großen Hafenstädte dieser Welt, berühmt für ihren Überfluss und ihre Verderbtheit. Geschützt durch den Ozean und die Ungeheuer, die darin lauerten und mit denen sie verbündet war, ging die Stadt ihren eigenen Weg und entrichtete keinem der Reiche, die sie umgaben, Tribute. Man kam nach Harven, um Reichtum und Aufstieg zu suchen, denn dort verkehrten Menschen und Terrarch von gleich zu gleich, wie das nirgendwo anders auf diesem Planeten möglich war, Geld zählte mehr als Herkunft und der Kaufmann war König.

Vielleicht regte sich da noch etwas anderes in Rik – Ehrgeiz. Als junger Bursche, bevor die Armee und dann Asea gekommen waren, hatte er manchmal davon geträumt, hierher zu kommen und sein Glück zu machen. Auf den Straßen von Harven konnte man ebenso leicht Gold finden wie den Tod, hieß es. Wäre sein Leben anders verlaufen, so wäre diese Stadt vielleicht seine Heimat geworden, und er hätte hier seine Fähigkeiten auf die Probe gestellt. Koralyn, sein erster Meister, der ihn das Diebeshandwerk gelehrt hatte, stammte von hier – zumindest hatte er das manchmal behauptet. Und seine Geschichten über die Stadt hatten Rik immer gefesselt.

Er sog die Luft ein. Sie stank nach Geld, nach Leben und noch nach etwas anderem. Er roch Fisch, tonnenweise Fisch. Hunderte kleiner Fischerboote, die mit ihren Schleppnetzen durch die Drachensee kreuzten und dem Kabeljau bis weit in den Westlichen Ozean folgten, brachten ihn an Land.

Rik roch kochendes Fett und einen ekelhaft süßlichen Duft. Beides kam von einem großen Schiff, das weit draußen im Hafen lag. Asea war seinem Blick gefolgt. »Walfänger«, erklärte sie. »Sie jagen die großen Meeressäuger und Seewyrm und entnehmen ihnen Fett, Ambra, Fischbein und noch anderes.«

Da waren noch weitere Schiffe, gewaltige schwimmende Gefängnisse, die tief im Wasser lagen. Diese Kerker hatten eine Hauptrolle in vielen der ziemlich gruseligen Geschichten gespielt, die er als Junge gelesen hatte und in denen es um zu Unrecht eingesperrte Männer ging, die zusahen, wie das Meer über die eingedrückte Bordwand hereinrollte, sodass sie dem Wasser nicht ausweichen konnten, weil die schweren Ketten sie niederhielten. Aus irgendeinem Grund hatte die Alte Hexe großen Spaß daran gehabt, diese besonders lebendigen Schilderungen laut vorzulesen.

Im Hafen lagen Schiffe, die zu Dutzenden von Völkern gehörten; dicke Handelskoggen von den Inseln der Gier, gewaltige, hochseetüchtige Galeonen aus den fernen Kolonien auf dem Verlorenen Kontinent, tiefbordige, schlanke Schiffe von fremdartigem Bau aus der Mittelwelt-See. Dazwischen bewegten sich gewaltige Wyrm, schleppten die Schiffe oder trugen Lasten, die in ihren Gondeln verstaut waren. Einige transportierten wichtige Besucher. Rik erkannte nicht mehr als ein halbes Dutzend unter den hundert Flaggen, die er hier sah. Doch er beschloss, sie im Laufe der Zeit zu lernen. Der kalte Winterwind schnitt ihm messerscharf in die Wangen. Unbehagen, Müdigkeit und Aufregung stritten in seinem Inneren wie Schwertfechter und ließen mit ihrem Kampflärm sein Herz schneller schlagen.

Der Barbar stieß einen Schrei aus und wies auf die Docks. Frauen und geschminkte Knaben schlenderten zwischen den Hafenarbeitern umher, die schwere, exotische Ladungen auf Karren luden. Ihr Ziel waren die nahe gelegenen, riesigen Lagerhäuser. Rik betrachtete die gewaltigen Gebäude mit dem berechnenden Blick eines Berufsdiebes. Darin lagerten unerhörte Reichtümer, alles von Weinen und Whiskys über Pelze bis zu Gewürzen, Tabak und Truhen mit Silber und Gold. Die korpulenten, in Pelze gekleideten Gestalten mussten die Eigentümer und Herren der Baracken sein, denn er hatte gelesen, dass in Harven nur Kaufleute und Terrarch Pelze tragen durften.

Je weiter sich das Schiff den Docks näherte, umso klarer wurde ihm, wie gewaltig diese Anlagen wirklich waren, weit größer als alles, was er je in Drangsal gesehen hatte. Sie wirkten so, als könnten sie den gesamten Reichtum der Welt aufnehmen, und tatsächlich floss ein beträchtlicher Teil davon durch diese geschäftige Stadt. Jetzt hörte er auch Stimmen: das Geschrei von Straßenhändlern und Bandenbossen, die Rufe der Huren, das brüllende Gelächter eines hochgewachsenen, fetten Kaufmanns. Der Geruch nach gebratenem Fleisch und Fisch, immer wieder Fisch, stieg ihm in die Nase.

Die Soldaten sahen einander an und grinsten erwartungsvoll. Die meisten von ihnen hatten immer noch Geld in der Tasche, das aus der Plünderung von Halim stammte, und hier würden sie es ausgeben. Sardec ging auf dem Deck umher, brüllte Befehle und versuchte, unterstützt von Sergeant Hef und Korporal Toby, so gut es ging Disziplin herzustellen. Langsam schickten sich die Fourageure an, in der großen Hafenstadt an Land zu gehen.

Der Barbar rieb sich entzückt die gewaltigen Hände. Er hatte auf dem Kai ein paar Frauen aus seinem kalten Heimatland entdeckt. Ein von einem halben Dutzend Soldaten umgebener Terrarch erwartete sie; in der Nähe standen mehrere Kutschen, auf deren Türen das Drachenbanner von Talorea prangte.

»Das wird Botschafter Valefor sein«, erklärte Asea. »Wie ich sehe, hat er Fürst Azarothes Nachricht erhalten.«

2

Die taloreanische Botschaft lag hoch auf einem Hügel, der einen Ausblick über das Meer bot. Das weitläufige, palastartige Gebäude war rund um einen zentralen Platz errichtet. Für Asea und ihre Leibwache hatte man einen ganzen Flügel reserviert, und wie immer, wenn sie ein neues Quartier bezogen, verbrachten sie die ersten paar Stunden damit, Schutzzauber zu setzen und Wachposten einzuteilen. Als sich Sardec schließlich zu seiner Zufriedenheit vergewissert hatte, dass alle Haupteingänge bewacht und alle Fenster versiegelt waren, fühlte er sich ziemlich erschöpft.

In einem der vielen Empfangssalons der Botschaft gesellte er sich zu Asea, ihrem halbblütigen Liebhaber und dem Botschafter. Im Kamin prasselte ein riesiges Feuer. Gemälde, die Meer und Schiffe oder die Stadt Harven zeigten, schauten von den Wänden auf sie herunter. Schweigsame Dienstboten brachten Tabletts mit dem Branntwein, für den die Stadt berühmt war.

Für einen Terrarch wirkte Botschafter Valefor klein. Er hatte sich in eine prachtvolle, mit Pelz besetzte Robe gekleidet. Sein Haar und der kurze Bart machten einen gepflegten Eindruck. Sein Blick war wachsam und seine Ausdrucksweise zurückhaltend. Sardec wusste, dass er über die Familie seiner Mutter entfernt mit ihm verwandt war, doch er sah auch, dass der Botschafter nicht bereit sein würde, ihm deswegen Vorteile einzuräumen.

Nachdem sie alle von dem Branntwein genippt und von einer hiesigen Delikatesse – kleine Flocken eingesalzenen Fisches, die auf dickem, grobem Brot serviert wurden – gekostet hatten, wandte sich der Botschafter an Asea. »Ich freue mich, dass Ihr kommen konntet. Der Rat wird entzückt sein.«

Sardec lauschte der dick aufgetragenen Schmeichelei und nahm noch einen Schluck Branntwein, um sein Missfallen zu verbergen. Das Aroma erinnerte an Kirschen und warmen Sommersonnenschein.

»Es ist mir angenehm, dass Ihr diese Einstellung gewählt habt«, gab Asea ebenso glatt zurück. »Und ich weiß zu schätzen, dass Ihr diese Papiere für mich vorbereitet habt. Ich hoffe, Ihr könnt mir einen kurzen Überblick darüber verschaffen, was hier vor sich geht: Eure eigenen Eindrücke und die allgemeine Stimmung, über die Ihr ohne Frage durch Eure Agenten Bescheid wisst.«

Wahrscheinlich wollte sie nur sicher gehen. Asea hatte mit Sicherheit ihre eigenen Spitzel in dieser Stadt. Sie hatte die Zeit und das Geld, um ein solches Netzwerk zu unterhalten, und Nachrichten waren für die alten Terrarch-Familien kostbarer als Gold.

»Ich kann Euch nicht allzu viel sagen, was nicht schon in den Berichten stünde, aber ich will mein Bestes tun. Ich muss zugeben, dass ich in all den Jahren, die ich nun schon in Harven lebe, die Stadt noch nie in solchem Aufruhr gesehen habe.«

»In welcher Hinsicht?«

»Der Krieg hat alle in Aufregung versetzt, Prinzessin. Die Handelsmagnaten spüren, dass sie große Profite einfahren können, und jeder will seinen Anteil daran. Aber vor allem möchten sich alle auf die Seite des Siegers schlagen – und wer könnte es den Leuten verdenken?«

Sardec dachte, dass Valefor vielleicht schon zu lange in der Stadt lebte. Für den Geschmack des Leutnants klang er selbst viel zu sehr wie ein Kaufmann.

Falls Asea seine Vorbehalte teilte, so ließ sie sich jedenfalls nichts anmerken. »Ich hege keinerlei Zweifel, dass sie gut daran verdienen werden, beide Seiten zu beliefern und die Tore des Handels zwischen dem Königreich und dem Imperium offen zu halten, so wie immer.«

»Geld fließt in jeder Lebenslage«, zitierte Valefor ein altes Sprichwort aus Harven. »Doch dies ist seit fast einem Jahrhundert der erste Krieg zwischen den großen Mächten. Die Leute haben Angst. Es heißt, sogar die Quan seien besorgt.«

»Wer sagt das?«

»Jeder, edle Dame. Die Wahrheit ist, dass sie in letzter Zeit viel reger sind als sonst. Sie beobachten jedes einlaufende Schiff. Im Tempel kommen und gehen Hunderte von ihnen. Viele, viele Leibeigene und Sklaven sind zu … Verhandlungszwecken gekauft worden.«

»Dann geht der Rat also immer noch seinen abscheulichen Praktiken nach«, stellte Asea fest.

»Das ist der Preis für den Schutz der Seemutter, Prinzessin. Wenn es notwendig wäre, würde er ihn tausendfach bezahlen.«

»Gewiss. Wahrscheinlich würden wir selbst es auch nicht anders machen.« Früher einmal hätten Aseas Worte Sardec schockiert. Mit dem Körper und den Seelen von Menschen zu handeln, das wäre ihm wie der Gipfel der Unehrenhaftigkeit erschienen. Doch jetzt wusste er, dass vor allem ältere und klügere Terrarch seine Ansichten für naiv halten würden. Es gab keinen hochrangigen Berater der Königin, der für ein Bündnis mit den Meeresteufeln nicht mit Freuden jeden Preis gezahlt hätte. Ihm kam ein entsetzlicher Gedanke. War Asea etwa aus diesem Grund hier?

»Etwas Neues von Fürst Malkior?«

»Er befindet sich hier, und ich denke, Ihr werdet ihm bald begegnen. In den Hallen des Rates und in den Palästen der Reichen ist er ein gern gesehener Gast. Er wird sicherlich bei dem Empfang anwesend sein, den der Rat anlässlich Eurer Ankunft geben wird.«

»Und was tut er hier, Fürst Valefor?«

»Malkior bietet den Großen Bestechungsgelder und Konzessionen an. Er hält den Ratsmitgliedern Verträge und das exklusive Handelsrecht unter die Nase – wie ein Angler, der einen Köder auswirft; er schmeichelt den Männern und macht den Damen Komplimente.«

»Kurz gesagt, er verhält sich so wie immer.«

»Ihr kennt ihn ebenso gut wie ich, edle Dame. Ich bin ganz Eurer Meinung.«

»Und wen umgarnt er besonders?«

»Die Ratsmitglieder Rengalt, Malarius und Draaven scheinen seine engsten Freunde zu sein, aber vielleicht ist das auch reine Tarnung. Er redet mit allen, und alle reden mit ihm. Daraus allerdings, wie viel Zeit er mit wem verbringt, würde ich keine Rückschlüsse darauf ziehen, wer seine Freunde und seine Feinde sind.«

»Habt Ihr auch konkretere Neuigkeiten?«

»Manche Häuser haben schon Verträge erhalten. Die Kaiserin erweist gewissen Leuten ihre Gunst.«

»Das sind keine Gerüchte?«

»Unsere Agenten haben die Verträge gesehen. In mehreren Fällen besitze ich sogar Kopien des genauen Wortlauts.«

»Gute Arbeit, Fürst Valefor. Ich bin beeindruckt.« Dieses Lob aus dem Mund einer der Ersten verfehlte seine Wirkung auf den Diplomaten nicht. Er beherrschte sich, doch seine Brust blies sich ein wenig auf, und ein leises Lächeln kräuselte seine Mundwinkel. »Was glaubt Ihr, was er hier zu gewinnen sucht?«, fragte Asea.

»Ihr beliebt zu scherzen, edle Dame. Meiner Ansicht nach versucht er Harven zu bewegen, die langjährige Neutralität aufzugeben und sich in dem bevorstehenden Krieg auf die Seite Sardeas zu stellen.«

»Haltet Ihr das für wahrscheinlich?«

»Hättet Ihr mir die Frage vor ein oder zwei Jahren gestellt, so hätte ich geantwortet, das sei unmöglich. Aber seitdem hat sich vieles verändert.«

Asea nickte, als hätte er nur bestätigt, was sie bereits wusste. »In welcher Weise?«

»Harven hat Angst, edle Dame. Es fürchtet Taloreas Ansprüche. Seit unserer Intervention in Kharadrea scheint der Rat der Ansicht zu sein, das Gleichgewicht der Macht sei zu stark zu unseren Gunsten verschoben worden.«

»Der Rat fürchtet sich doch wohl nicht vor uns. Harven liegt in seinem Ozean so sicher wie hinter hohen Wällen und ist durch seine Verbündeten unbesiegbar.«

»Gerüchte wollen wissen, dass es Probleme mit den Quan gibt, edle Dame.«

Asea warf ihm einen scharfen Blick zu. »Gerüchte?«

»Seit der Vernichtung des Schlangenturms sind täglich, ja manchmal sogar stündlich, Boten zwischen dem Rat und der Stadt unter dem Meer gependelt.«

»Warum hat das die Quan so beunruhigt?«

»Ich weiß nur, dass meine Spione der Ansicht sind, dass die Zerstörung des Turms die Meeresteufel stark beunruhigt hat. Keine Ahnung, warum – nach allen Berichten, über die wir verfügen, waren die Quan und die Schlangenwesen Erzfeinde und haben in den Kriegen des Älteren Zeitalters gegeneinander gekämpft.«

Ein Schauer überlief Sardec. Vielleicht hatte er gerade eine Ahnung davon bekommen, warum das Dunkle Imperium in diesem Sommer in Kharadrea nicht mit all seiner Macht eingeschritten war. Der Schlangenturm war angeblich unzerstörbar gewesen, und dennoch hatte er vernichtet werden können. Und Asea war dabei zugegen gewesen.

Möglicherweise fürchteten die Quan ja, sie hätte einen neuen Dämon an sich gebunden oder eine neue Magie entwickelt. Vielleicht dachten die Sardeaner ebenso. Möglicherweise stimmte das ja sogar … es war nicht undenkbar, dass ihn das Halbblut über die Ereignisse im Turm angelogen hatte. Damals war die Vernichtung des Zauberers Ilmarec und seiner Wohnstatt wie ein Segen erschienen; doch jetzt sah es aus, als hätte sie unerwartete Folgen gehabt. Offenbar hatte die Zerstörung des größten Artefakts ihrer alten Feinde den Quan Furcht eingejagt. Gut möglich, dass sie den Rat zwangen, sich auf die Seite der Sardeaner zu stellen. Und wenn das geschah, so konnte das äußerst gefährliche Konsequenzen zeitigen – für die Frau, die er beschützte, und auch für seine Männer.

»Warum ist das in den Berichten nicht erwähnt worden?«, fragte er kühl. Valefor und Asea starrten ihn an, als wäre er ein Kind, das in eine Unterhaltung zwischen Erwachsenen hereinplatzt.

»Sehr lange waren das alles nur Mutmaßungen und Gerüchte. Erst kürzlich ist klar geworden, worum die ganze Aufregung geht«, erklärte Valefor. Sardec fiel noch eine andere, beunruhigendere Deutung ein, doch er behielt sie für sich. Vielleicht hatte man Valefor bestochen, Asea herzulocken, damit man ihrer habhaft werden konnte. Wenn das so war, dann befand sie sich hier in Gefahr. Er würde also mit ihr darüber reden müssen, und zwar bald.

3

»Eure Vermutungen sind sehr interessant, Leutnant«, erklärte Asea. Sie saßen auf den Sofas in ihren Gemächern, wo noch mehr Gemälde, die Meer und Schiffe zeigten, an den Wänden hingen. Die Räume wirkten zwar nicht ganz so beeindruckend wie ihre Wohnung im Palast von Halim, dennoch war ihr Quartier recht luxuriös.

Rik fand, dass an Sardecs Logik durchaus etwas war. Von allein wäre er nie darauf gekommen, aber nun, da er ihn darauf gestoßen hatte … Für ihn konnte diese Lage genauso gefährlich werden wie für Asea. Schließlich hatte er im Schlangenturm in ihrem Auftrag gehandelt, und wenn jemand herausfinden wollte, was genau dort geschehen war, dann gab er eine viel bessere Zielscheibe ab als sie. Sollte er verschwinden, so würde das wahrscheinlich keinen diplomatischen Zwischenfall hervorrufen.

Hatte sie das gewusst? War das der Grund für die vielen Unterweisungen und ihre plötzliche Sorge um seine Gesundheit gewesen? Der Blick auf ihr glattes, attraktives Gesicht verriet ihm nichts.

»*Interessant* ist nicht das Wort, das ich gewählt hätte, Prinzessin«, sagte Sardec und zog die Mundwinkel verdrossen nach unten. Rik fiel auf, dass er älter aussah. Die Verantwortung lastete schwer auf seinen Schultern.

»Sicherlich, Leutnant; aber was schlagt Ihr vor, das ich dagegen tun soll? Ich kann kaum abreisen, bevor ich nicht mit dem Rat gesprochen habe. Wenn Eure Mutmaßungen zutreffen, würde er mich wahrscheinlich ohnehin nicht ziehen lassen.«

»Wir sollten zumindest Erkundigungen darüber einziehen, wie wir aus der Stadt rauskommen könnten. Mit den Besitzern von Schiffen sprechen und hören, ob es einen sicheren Weg nach draußen gibt.«

»Wenn die Dinge tatsächlich so liegen, wie Ihr glaubt, dann stecken wir bereits mit dem Kopf im Maul des Drachen. Der Rat wird auf jeden Fall davon erfahren, wenn wir versuchen, ein Schiff zu mieten – seine Spione sind tüchtig, und es gibt wenig andere Wege, die aus der Stadt führen. Sie ist von Salzsümpfen umgeben; praktisch nichts als eine Masse von Schlammlöchern, die von Ungeheuern bewohnt werden. Fast jeden, der sie durchquert, befällt das Sumpffieber. Noch ein Grund, aus dem die Stadt nie zuvor erfolgreich belagert worden ist.«

»Wir sollten etwas unternehmen, edle Dame.«

»Allerdings. Ich werde das Personal der Botschaft damit beauftragen.«

»Ich bin mir nicht ganz sicher, ob ich Fürst Valefor vertraue, meine Dame. Ich finde, er hätte Euch vor Eurem Aufbruch vor dieser Lage warnen können, statt Euch geradewegs in die Falle spazieren zu lassen.« Rik unterdrückte ein Lächeln. Sardec war nicht mehr der grüne Junge, der er früher einmal gewesen war. Diese Bemerkung war eines Bandenkönigs aus Drangsal würdig.

»Wir wissen noch nicht, ob es überhaupt eine Falle ist, Leutnant.«

»Ich lasse mich korrigieren. Sollen wir es eine mutmaßliche Falle nennen?«

»Gern. Sonst noch etwas, Leutnant?«

»Die Schutzzeichen sind an ihrem Platz?«

»Sie wirken großartig. Die Botschaft war gut geschützt, bevor wir kamen, aber jetzt ist sie doppelt und dreifach gesichert.«

»Dafür bin ich dankbar. Ich möchte nicht, dass so etwas wie der Mord an Fürst Elakar während meiner Wache geschieht.«

»Ich glaube, da können wir Euch alle beipflichten, Leutnant.« Asea lächelte bezaubernd. Sie schien Sardecs Befürchtungen nicht allzu ernst zu nehmen. Enttäuscht fuchtelte er mit seinem Haken.

»Wenn das so ist, dann werde ich mich mit Eurer Erlaubnis zurückziehen und mich vergewissern, dass unsere Wachen nicht auf ihren Posten eingeschlafen sind.«

»Ihr dürft gehen, Leutnant Sardec, und glaubt mir, dass ich Eure Sorge durchaus zu schätzen weiß.« Sardec verbeugte sich und ging.

»Ihr scheint nicht viel von Sardecs Vermutungen zu halten«, bemerkte Rik, sobald er fort war.

»Im Gegenteil, Rik, der Leutnant hat höchstwahrscheinlich recht.«

»Für jemanden, der möglicherweise bald an die Tintenfische verfüttert wird, kommt Ihr mir sehr aufgeräumt vor.«

»Ich kann in dieser Sache nicht allzu viel unternehmen, Rik. Damit werde ich mich beschäftigen, wenn es so weit ist. Doch im Augenblick habe ich anderes zu tun. Ich muss mich mit Fürst Malkior befassen.« Wieder stand dieser gehetzte Blick in ihren Augen, der Rik beinahe Angst einjagte.

»Eure Besessenheit, was ihn betrifft, könnte uns alle das Leben kosten, Prinzessin. Ich muss das sagen, auch wenn Ihr mich dafür bestraft.«

Zu seiner Überraschung lachte sie. »Rik, das Einzige, wofür ich dich bestrafen würde, wäre Unaufrichtigkeit. Du musst mir deine Meinung in solchen Angelegenheiten sagen – zumindest, wenn wir allein sind. Selbst der klügste von uns kann sich irren – ich habe das schon oft getan.«

»Glaubt Ihr, dass es ein Fehler war, herzukommen – zu einer Zeit, da die Quan von der Zerstörung des Turms so beunruhigt sind?«

»Gut möglich, Rik, aber jetzt müssen wir das Beste aus der Lage machen. Und daher werden wir deinen Unterricht fortsetzen.«

Er unterdrückte ein Aufstöhnen. Im Stillen fragte er sich, ob all die magischen Drogen ihr Urteilsvermögen vielleicht genauso trübten wie seines.

20. KAPITEL

Am besten ist es – wenn auch nicht immer möglich –,
sich auf neutralem Boden zu begegnen.

Anaximer, Handbuch für Diplomaten

1

Der gewaltige Turm ragte hoch über dem kleinen Boot auf. Er war nicht so riesig, wie es der Schlangenturm gewesen war, und strahlte auch nicht ganz die gleiche zeitlose Macht und undurchdringliche Stärke aus wie Ilmarecs Wohnstatt mit ihrer grünen Außenhaut. In Riks Augen aber hatten die beiden Bauwerke dennoch etwas gemeinsam.

Vielleicht wirkte der Turm ja auch nur stark und unerschütterlich, wenn man ihn vor dem Hintergrund des wogenden grauen Meeres und des wolkigen Himmels betrachtete. Oder es lag daran, wie er das kleine, luxuriös ausgestattete Boot, in dem sie saßen, durch seine Masse wie einen Holzsplitter auf einem Teich erscheinen ließ.

Der Turm der Magier überwältigte Rik mit seiner Macht. Dies war ein Ort, in den man eintrat, um ihn vielleicht nie wieder zu verlassen.

Um sich abzulenken, nahm er das Wasser um sie herum in Augenschein. Der Hafen war voller Schiffe, die von Magie und ölbetriebenen Lampen erhellt wurden. Bei näherem Hinsehen erkannte er, dass viele dieser Fahrzeuge Hausboote darstellten, auf denen ganze Familien wohnten. Denn an den Spieren und der Takelage flatterte Wäsche. Einige der Schiffe dienten als Tavernen, andere als Bordelle und wieder andere als Lokale, in denen viele Menschen speisten. Hier draußen im Hafen gab es eine zweite, eine schwimmende Stadt, die Zehntausenden eine Wohnung bot: Ein hölzerner Slum, der auf Wasser erbaut war.

Auf der anderen Seite des Hafens beleuchteten grüne Lichter die riesigen, unheimlichen Gefängnisschiffe. Sie lagen teilweise unter der Oberfläche – wie sterbende Flusswyrm – und schienen kaum in der Lage zu sein, ihre Aufbauten über Wasser zu halten. Rik erschauerte und wandte den Blick ab. Dies waren die Kerker der Stadt, und er hegte eine gesunde Furcht vor jeder Art von Gefängnis, ganz gleich wo es sich befand.

Der Kragen von Riks feinem Rock drückte. Von all den langen Nächten des Lernens schwindelte ihm der Kopf. Sardec, der in eine komplette Gala-Uniform gekleidet war, schien sich ebenso unwohl zu fühlen wie er. Andererseits war ihm vielleicht auch nur übel von den Bewegungen des Schiffes.

Worin bestand nur der Unterschied zwischen Fluss und Meer, überlegte Rik, dass einem auf dem einen schlecht wurde, auf dem anderen aber nicht? Er wusste, dass ein paar der Soldaten Probleme damit hatten. Für etliche waren die Vergnügungsfahrten durch den Hafen zu äußerst unangenehmen Erfahrungen geworden. Er selbst schätzte sich glücklich, denn offenbar war er gegen die Seekrankheit immun.

Nicht weit entfernt stand der Barbar zusammen mit Wiesel und einigen anderen Fourageuren an Deck. Sie hatten dafür zu sorgen, dass Asea sicher beim Empfang des Rats eintraf. Anscheinend waren in letzter Zeit sogar im Hafen Piratenüberfälle vorgekommen. Offenbar bestand hier auf Schritt und Tritt die Gefahr, ausgeraubt zu werden.

Rik bedauerte es nicht, als das Boot anlegte und sie über die breiten Steinstufen, die aus dem Felsgrund der Insel gehauen waren, zum Großen Turm hinaufstiegen. Er spürte sogar ein wenig angespannte Erwartung. Heute Abend würde er Fürst Malkior begegnen, dem Terrarch, der wahrscheinlich seine Mutter umgebracht hatte und möglicherweise sein Vater war.

2

Das Stimmengewirr wurde noch lauter, als die Gruppe aus Talorea den Saal betrat. Die Decke war so hoch und gewölbt wie in einem Tempel. Massive, aus Holz geschnitzte Statuen, die Galeonsfiguren längst nicht mehr existierender Handelsschiffe, schmückten die Wandnischen. Dazwischen hing das Banner von Harven, das einen schwarzen Tintenfisch vor einem blauen Hintergrund zeigte. Das Wesen hielt in jedem Tentakel entweder eine Flagge, eine Schatzkiste oder ein Schwert. Asea würde die Symbolik dahinter mit Leichtigkeit erläutern können. Er konnte beinahe hören, wie sie ihm in belehrendem Ton erklärte, dass die Einwohner von Harven beleidigt wären, wenn er das Wesen einen Tintenfisch nannte. Dies war der Große Krake von Quan, ihr legendärer Schirmherr und Beschützer, und die Mutter aller Meeresteufel.

Am anderen Ende des Saals, dort, wo in einem Tempel der Altar gestanden wäre, erhob sich ein Schiff, eine kleine Handelskaravelle. Rik wusste, dass es eine originalgroße Wiedergabe der legendären *Goldener Morgen* darstellte. Dies war das erste Handelsschiff, das je in diesem Hafen vor Anker gegangen war. Sein Besitzer, der Terrrach Harven, hatte die Stadt gegründet und den Pakt mit den Quan geschlossen.

In der großen Halle war es kalt und feucht. Kein Wunder, dass sich die Händler in Pelz hüllten, und kaum erstaunlich, dass sie Haar und Bart lang und geflochten trugen. Die dicken Kleider der Frauen ließen sogar die Schlanksten unter ihnen irgendwie plump erscheinen. Doch das Erstaunlichste war, dass sich hier ungefähr ebenso viele Menschen wie Terrarch aufhielten und die beiden Gruppen ungezwungen miteinander verkehrten. Sicherlich, die Terrarch blieben größtenteils unter sich, auf einer Seite des großen Saales, und die Menschen bewegten sich auf der anderen; doch man hatte nicht das Gefühl einer erdrückenden Hierarchie, wie das bei einer ähnlichen Versammlung in Talorea der Fall gewesen wäre. Dort wären die einzigen Menschen, die man zu sehen bekam, Dienstboten gewesen. Rik gefiel hier manches gut.

Er musterte die Menge, die ihrerseits den Neuankömmling in Augenschein nahm, es waren Hunderte wohlhabender Männer und Frauen, alle in Pelze gehüllt und die Männer mit langen Krummschwertern bewaffnet. Da gab es eine Anzahl maskierter Terrarch, Magier vermutlich, nach den Zeichen zu urteilen, die in ihre langen, fließenden Roben gewoben waren, und auch wegen der geflügelten Stäbe, die sie mit sich führten. Er erblickte sogar einige Menschen, die auf die gleiche Weise gekleidet waren. Verglichen mit den Terrarch wirkten sie vierschrötig und unelegant, aber Rik war verblüfft darüber, dass sie überhaupt da waren. Auf dem größten Teil des Kontinents Ascalea galt die Ausübung von Magie durch einen Menschen als ein Verbrechen, das mit Folter und Tod bestraft wurde.

Andere Terrarch waren prächtiger gewandet, als er das je gesehen hatte. Ringe glitzerten an ihren Fingern, und Goldketten hingen um ihren Hals. Dies waren die legendären Handelsfürsten von Harven. Ihre Blicke wirkten kalt, doch sie lächelten strahlend. Rik setzte ebenfalls ein Lächeln auf und sah, dass Asea das Gleiche getan hatte.

Die Vorstellungen begannen, ein Appell, zu dem alle Reichen und Mächtigen der Stadt angetreten waren, gleichgültig ob Mensch oder Terrarch. Die Prozedur zog sich in die Länge, und dann, plötzlich, stellte Rik fest, dass er sich vor Fürst Malkior verneigte.

3

Malkior sah immer noch so aus wie auf dem Porträt in der Palastbibliothek. Statt einer Rüstung trug er einen tief violetten Rock und elegante Kniehosen, aber Rik erkannte den Terrarch von dem Gemälde trotzdem wieder. Der Künstler hatte seine schlanke Gestalt und sein gutes Aussehen betont, seinen aggressiven, klugen Blick hervorgehoben und die Narben und das Muttermal am Kinn kaschiert. Sein herzliches Lächeln hatte er nicht dargestellt. Das Gemälde spiegelte die Aura der Macht wieder, die Malkior umgab, aber nicht die Unbeschwertheit und Freundlichkeit, die er auszustrahlen wusste. Rik sah den Terrarch an und hoffte, dass die Mischung aus Interesse und Abneigung, die in ihm aufstieg, nicht gleich für jedermann wahrzunehmen war.

Malkior verneigte sich vor Asea und küsste ihr die Hand. Obwohl die Nationen, die sie vertraten, im Krieg standen, wirkte er völlig entspannt. Sie reagierte ebenso. Rik wusste genau, dass sie den Sardeaner hasste, fürchtete und verabscheute, doch niemand hätte ihr diese Empfindungen vom Gesicht ablesen können, das nur die Freude über seine Aufmerksamkeit zeigte. Rik hatte schon vor langer Zeit gelernt, dass ein Gesicht zwar lügen konnte, die Körpersprache jedoch nicht. Und doch vermochte er in ihren Bewegungen und ihrer Haltung keines der unterschwelligen Anzeichen für Feindseligkeit zu entdecken, die er erwartet hätte. Offenbar beherrschte Asea die Kunst, selbst diese zu verbergen. Er tat gut daran, das nicht zu vergessen. Seine Gönnerin war eine äußerst begabte Lügnerin.

»Ihr seid also der Held vom Schlangenturm«, sagte Malkior, als sie sich voreinander verneigten.

»Held ist sicherlich ein zu starkes Wort«, gab Rik zurück. Er musste sich zu einem beiläufigen Tonfall zwingen. War dieser Terrarch sein Vater? Hatte er wirklich Riks Mutter umgebracht? Am liebsten hätte er den Burschen an seinem Pelzkragen gepackt und geohrfeigt, bis er die Antworten ausspuckte. Er zwang sich, die Schultern zu entspannen, und öffnete schließlich die Hände. Völlig undenkbar, bei diesem Empfang auf einen sardeanischen Adligen loszugehen, so gern er das auch getan hätte.

»Ich kenne viele Personen, die sterben würden, um mit Euch darüber zu reden.« Rik lächelte und fragte sich, was hinter diesen freundlich dreinblickenden braunen Augen vor sich gehen mochte. Wenn Sardecs Vermutungen zutrafen, dann steckte mindestens eine Zweideutigkeit hinter Malkiors Worten.

»Vielleicht könntet Ihr uns vorstellen, dann werde ich tun, was ich kann, um sie aufzuklären.«

»Das ist ein überaus großzügiges Angebot, und ich werde sicherlich darauf zurückkommen.« Malkiors Worte wirkten vollkommen aufrichtig, und dennoch hatte Rik das Gefühl, soeben auf einer untergründigen Ebene bedroht worden zu sein. Er sagte sich zwar, dass er sich das nur einbildete, doch er überzeugte sich nicht einmal selbst.

Malkior lächelte. »Meine Tochter schwärmt in den höchsten Tönen von Euch.«

»Dann habt Ihr noch vor Kurzem mit ihr gesprochen?«

»Bevor sie nach Halim gereist ist.«

»Habt Ihr seit dem Überfall von Ihr gehört? Vielleicht einen Brief erhalten?«

»So ist es, ja«, antwortete Malkior leichthin. »Und ich möchte Euch, Prinzessin Asea, dafür danken, dass Ihr Euch in diesem Fall so eingesetzt habt.«

»Ich bedaure nur, dass ich zu keinem Ergebnis gekommen bin«, gestand Asea. »Es war fast, als hätte ein Schattenblut damit zu tun gehabt.«

»Na, na, meine Liebe, lasst uns von angenehmeren Dingen sprechen. Diese dunklen Umtriebe haben wir auf Al'Terra zurückgelassen.«

Asea sah ihn an und lächelte äußerst kalt. »Das bezweifle ich«, erklärte sie.

Malkior zog eine Augenbraue hoch. »Wenn *Ihr* einen solchen Verdacht hegt, muss ich das sehr ernst nehmen. Aber vielleicht sollten wir lieber in einem privateren Rahmen darüber sprechen.«

»Ich freue mich schon darauf«, sagte Asea. »Wir haben vieles zu klären.«

»Zum Beispiel?«

»Darüber sollten wir unter vier Augen reden. Wusstet Ihr, dass Rik aus Drangsal stammt? Einer Stadt, die Ihr ebenfalls sehr gut kennen müsstet.« Malkiors Miene veränderte sich fast unmerklich und nahm eine maskenhafte Starre an. Vielleicht entsprang dieser Eindruck aber auch Riks Phantasie.

»Ich muss zuletzt vor etwa zwanzig Jahren dort gewesen sein …«

»Neunzehn. Kurz vor Riks Geburt. Und dann noch einmal kurz danach.«

Malkior neigte den Kopf und betrachtete Rik aufmerksamer als zuvor. »Die Welt ist klein«, sagte er.

»Seine Mutter wurde ermordet, wisst Ihr. Auf eine ziemlich spektakuläre Art.«

Malkior sah sie jetzt durchdringend an. Wenn Aseas Botschaft bei ihm angekommen war, dann ließ er sich jedenfalls nichts davon anmerken. »Ich bin mir sicher, dass dieses Thema unserem jungen Freund hier mehr als unangenehm ist.«

»Er ist keine Vollwaise. Ich habe große Mühe darauf verwendet, seinen Vater aufzuspüren, und ich glaube, dass ich ihn möglicherweise gefunden habe.« Rik fühlte sich merkwürdig verlegen und unwohl. So, wie die beiden über ihn sprachen, kam er sich wie ein Gegenstand vor, oder so, als wäre er gar nicht anwesend. Am liebsten hätte er die beiden aufgefordert, damit aufzuhören. Doch er schwieg verbissen und lauschte aufmerksam.

»Wie immer erstaunt mich Eure Gutherzigkeit zutiefst, Prinzessin.«

»Beim Tod seiner Mutter wurden thanatomantische Rituale angewendet.«

»Harven ist sehr tolerant, was Hexerei betrifft, aber nicht einmal hier würde ich so etwas allzu laut sagen, Asea.«

»Ich bedaure, wenn Euch das Thema unangenehm ist.«

»Dass hier die Inquisition nicht existiert, bedeutet noch lange nicht, dass es keine Vorurteile gibt. Ich bin nur besorgt um Eure Sicherheit. Sogar in Harven gibt es ein paar … Fanatiker …, die etwas dagegen haben, wenn über solche Dinge auch nur gesprochen wird. Wie Ihr sicherlich wisst, treiben überall geheime Bruderschaften ihr Unwesen. Einige davon verfügen über große Macht.«

»Ich glaube, dass der Terrarch, der Riks Mutter ermordete, noch andere Scheußlichkeiten begangen hat.«

»Faszinierend. Ihr müsst mich unbedingt benachrichtigen, wenn Ihr ihn gefunden habt.«

»Ihr werdet der Erste sein, der davon erfährt.«

»Auf diesen Tag freue ich mich schon. Aber ich darf Eure Zeit nicht über Gebühr in Anspruch nehmen«, sagte er. »Ich sehe, dass hier noch andere sind, die darauf brennen, mit Euch zu plaudern.«

Sie lächelten einander zu wie alte Freunde, verneigten sich und gingen dann auseinander. »Ihr habt lange dafür gearbeitet, dieses Gespräch führen zu können, nicht wahr?«, fragte Rik leise.

»Du kannst dir nicht vorstellen, wie lange, Rik«, antwortete Asea. Er glaubte, einen angespannten Unterton in ihrer Stimme wahrzunehmen, obwohl ihre Miene nichts davon verriet.

4

Es gab zu essen. Man spielte Musik. Es wurde geplaudert. Und die ganze Zeit über hatte Rik das Gefühl, auf eine unterschwellige, fremdartige Weise unter Beobachtung zu stehen. Ständig meinte er, einen Blick zu spüren, aber wenn er sich umwandte, war niemand da.

Den gesamten Abend über kreisten die überaus Reichen und Mächtigen, Terrarch wie Menschen, in einem stetigen Strom um Asea herum. Sie waren neugierig, und sie wollten reden. Rik spürte, dass die Handelsfürsten beunruhigt waren. In ihrem Umgang mit Asea lagen Gereiztheit und Respekt zugleich, als grollten sie ihr ebenso, wie sie sie fürchteten. Rik bekam Angst um sie. Es war eindeutig, dass die Ratsmitglieder von Harven eher daran gewöhnt waren, andere das Fürchten zu lehren, als selbst darunter zu leiden. Offensichtlich hatten sie etwas gegen jeden, der in der Lage war, ihnen Angst einzujagen, und der Groll der Mächtigen war etwas, wovor man sich besser hütete.

Falls all das Asea irgendwie beeindruckte, ließ sie sich nichts davon anmerken. Sie lächelte freundlich, plauderte unverbindlich, nahm Einladungen an und sprach auch welche aus, lauschte dem Gesellschaftsklatsch, erkundigte sich nach dem Handel, ließ sich auf Gespräche über unbedeutende Fragen der Magie ein und erzählte unangestrengt, flüssig und spannend von der Belagerung von Halim. In ihren Pelzen und ihrer Abendrobe sah sie umwerfend aus. Ihre mit Edelsteinen besetzten Schutzzeichen glitzerten wie Juwelen. Ihr Lächeln war herzlich und freundlich, und mehrmals bemerkte er, wie sich neugierige, ablehnende oder neidische Blicke auf ihn richteten. Offenbar hatte sich das Gerücht, er sei ihr Liebhaber, auch hier verbreitet.

Nicht zum ersten Mal fragte er sich, wie es wohl wäre, wenn das dieser Wahrheit entspräche, wenn er das Bett seiner Gönnerin teilte. Interessant, vermutete er; aber es war doch unwahrscheinlich, dass er es je herausfinden würde. Er hegte auch nicht den Wunsch danach. Das Ungleichgewicht in ihrer Beziehung förderte seine Begierde nicht besonders, im Gegenteil, es dämpfte sie sogar. Und plötzlich wurde ihm klar, dass ihm das sogar lieber war. Seine Beziehungen zu Frauen, insbesondere die intimeren zu Sabena und zu Rena, waren unglücklich und qualvoll verlaufen und hatten ihm viel Schmerz bereitet. Er war noch nicht so weit, sich ein weiteres Mal darauf einzulassen. So eigenartig sein Verhältnis zu der Magierin auch sein mochte, ihm war es recht so. Er fühlte sich auf vielen Ebenen von Asea bedroht, aber die Furcht vor einer intimen Beziehung gehörte nicht dazu. Die Möglichkeit stand einfach nicht zur Debatte.

Er beobachtete Asea eingehend, und eines fiel ihm auf: Ihre Antworten schienen immer offen, aufrichtig und vollständig zu sein; nur dann nicht, wenn sich jemand nach den Ereignissen im Schlangenturm erkundigte. Diese Fragen parierte sie elegant, bog sie ab und lenkte sie so in eine andere Richtung, damit niemand Anstoß nehmen konnte. Doch je mehr sie dem Thema auswich, umso neugieriger wurden ihre Zuhörer. Offenbar hatten viele der Anwesenden ein großes Interesse daran.

Rik stand plötzlich einem kleinen, vierschrötigen, dabei hässlichen Mann gegenüber, der pelzbesetzte Magierroben trug. Sein Gesicht war faltig, seine Augen blitzten wohlwollend, und sein Lächeln hätte auch den argwöhnischsten Straßendieb aus Drangsal in Sicherheit gewiegt. Rik wurde sofort misstrauisch.

»Ich beneide Euch«, sagte der Mann. Sein Lächeln wurde noch ein wenig breiter. Rik stellte fest, dass er den Fremden nicht mochte und ihm noch weniger über den Weg traute.

»Warum?«

Der Mann wies auf Asea, fing Riks Blick auf und lachte achselzuckend. »Nein, ich meine nicht *das*. Ich bin zu alt, um mich von ihrer Schönheit in Bann schlagen zu lassen, obwohl sie diese im Übermaß besitzt. Ihr werdet zum Gegenstand meines Neides, weil Ihr mit ihr reden könnt.«

Rik meinte zu verstehen. »Ihr seid Magier.«

Der Mann nickte, als zolle er Riks Scharfsinn Achtung. »Und sie ist die größte aller lebenden Magierinnen. Ich habe so viele Fragen, die sie beantworten könnte, wenn sie sich dazu herabließe.«

»Warum fragt Ihr sie nicht einfach?« Der Mann führte die Hand an die Stirn und dann an sein Herz; eine zwar knappe Geste, die jedoch eine Bedeutung besitzen musste, die Rik unbekannt war. »Wie Ihr vielleicht bemerkt habt, bin ich ein Mensch, und die Ersten teilen ihre Geheimnisse nicht mit Menschen.«

Rik hätte beinahe bemerkt, dass er es zufällig anders erfahren hatte, doch er gebot sich Einhalt. Wahrscheinlich wollte der Mann genau das erfahren. Er war schlau und gerissen. Das zeigte schon der Umstand, dass er Rik angesprochen hatte, während sich die meisten Anwesenden auf Asea konzentrierten.

»Ich hatte Euren Namen nicht verstanden«, sagte Rik.

»Ich bin Alaryn.«

»Ich heiße Rik – freut mich, Euch kennenzulernen. Ich muss gestehen, ich bin erstaunt, heute Abend so viele menschliche Magier zu sehen.«

»Harven war schon immer ein Zufluchtsort für uns, an dem wir vor den Vorurteilen der Massen und – wenn ich das so sagen darf – der feudalen Aristokratie sicher sind. Die Quan verhandeln lieber mit uns, daher stehen wir seit jeher unter ihrem besonderen Schutz.«

»Woran liegt das?«

»Menschliche Priester haben schon vor der Ankunft der Terrarch mit ihnen kommuniziert. Viele von uns besitzen größeres Wissen über die alten Rituale und hegen weniger Vorurteile gegen die Angewohnheiten des Älteren Volkes.«

»Und Ihr fürchtet Euch nicht vor dem Wahnsinn? Vergebt mir, aber ich habe immer gehört, Menschen seien nicht geschaffen, um Magie zu üben.«

Alaryn lächelte. »Ich möchte Euch nicht zu nahe treten, aber vielleicht solltet Ihr Euch einmal fragen, wer einen Vorteil davon haben könnte, diese Auslegung in die Welt zu setzen.«

»Ihr meint, dass die Terrarch auf diese Weise den Menschen ihren Platz zuweisen? Ich habe das auch schon gehört, aber ich musste auch schon erleben, wie menschliche Magier den Verstand verloren haben.« So war es der Alten Hexe in Drangsal ergangen, und vielen anderen im Viertel der Diebe, die sich an der Magie versucht hatten.

»Ihr habt ein interessantes Leben geführt. Viele schwächere Geister werden in der Tat zerschmettert, wenn sie die Kunst und die Macht anwenden, und in dieser Hinsicht sind die Menschen leider wesentlich schwächer als die Terrarch. Das bedeutet aber nicht, dass der Wahnsinn unvermeidlich wäre. Wenn die richtigen Vorsichtsmaßnahmen getroffen und die richtigen Rituale eingehalten werden, und wenn der Mensch nicht zu ehrgeizig wird oder sich an Kräften versucht, die über seine Fähigkeiten gehen, dann kann man ein recht normales Leben führen und sogar zu Wohlstand gelangen.« Alaryn tippte sich bedeutungsvoll an die Brust. Er klang jedenfalls, als wäre er geistig vollkommen gesund. »Und ich schmeichle mir, dass wir auf manchen Gebieten sogar über größere Gaben verfügen als die Terrarch.«

»Das finde ich interessant«, sagte Rik. »Und welche Gebiete wären das?«

»Der offensichtliche Ausgangspunkt wäre der Umgang mit den Völkern der Alten Welt.« Rik sah genauer hin und bemerkte das Kraken-Symbol, das am Hals des Mannes hing. Er hatte es für ein Schutzzeichen gehalten, jetzt aber wurde ihm klar, dass es etwas anderes darstellte.

Rik dachte an Zaharel, Uran Uhltars Priester – er war ein Mensch gewesen und hatte einen Dämonengott heraufbeschworen. Dies schien ihm allerdings weder der Ort noch die Zeit zu sein, davon zu anzufangen. »Es heißt, in der alten Zeit vor der Ankunft der Terrarch habe es menschliche Zauberer gegeben«, erklärte er stattdessen.

»Sie haben den Fehler begangen, gegen die Eroberung zu kämpfen. Deswegen sind so viele von ihnen den Säuberungen zum Opfer gefallen.«

Selbst im liberalen Talorea hätte ein Mensch diesen

Gedanken niemals laut ausgesprochen, sofern ein Terrarch ihn hören konnte. Hier war wirklich vieles anders.

»Habt Ihr in Harven keine Inquisition?«

»Das lassen die Quan nicht zu. Wir üben hier Toleranz. Wirkt sich auch gut auf den Handel aus.«

Rik hatte das Gefühl, ihm entgehe etwas. Hatten die Gesten, die Alaryn ständig machte, etwas mit einer der Bruderschaften zu tun, diesen alten Geheimgesellschaften, die sich immer noch in den Schatten der Zivilisation herumtrieben? Es hieß, manche davon seien Kulte, die uralte Dämonengötter verehrten; andere widmeten sich der Anhäufung von Wissen und dem Kampf für die Gleichheit zwischen Menschen und Terrarch. Wieder andere stellten den außenpolitischen langen Arm des Dunklen Imperiums dar.

»Die Quan erfreuen sich hier großer Macht.«

»Ich würde lieber von Einfluss sprechen. Sie brauchen uns, und wir brauchen sie. Wir suchen immer nach einem Ausgleich und versuchen, die andere Partei zufrieden zu stellen. Auch das dient dem Handel.«

»Ich verstehe schon, dass die Stadt das Alte Volk braucht. Aber ich begreife nicht, was die Quan von der Verbindung mit Euch haben.«

»Wir versorgen sie mit Rohmaterialien, die sie sich selbst nicht verschaffen können. Wir sind ihre Vermittler an der Oberfläche.«

Rik dachte an die unheimlicheren Geschichten, die er gehört hatte und in denen es um Menschenopfer und das Verschlingen von Seelen ging, doch es schien undiplomatisch, sie anzusprechen. »Habt Ihr denn schon einmal einen gesehen? Einen Quan, meine ich«, sagte er, um das Gespräch nicht einschlafen zu lassen.

»Ich gehöre zu den Mittlern, daher habe ich schon oft mit ihnen gesprochen, bin mit ihnen geschwommen und habe ihre Stadt besucht.«

»Ist das denn möglich?«

»Sie besitzen magische Apparaturen, die das ermöglichen – große, per Magie angetriebene Blasen, mit denen sich ein Mann durch das Wasser bewegen kann.«

»Blasen – müssten die nicht platzen?«

»Sie sind nicht wie Luftblasen im Wasser, sondern eher wie transparente Hüllen, und sie werden von den Quan gesponnen.«

»Ich hätte nicht gedacht, dass darin genug Luft sein könnte.«

»Durch eine seltsame Alchemie zieht sie die Hülle aus dem Wasser. Ich gestehe, dass ich nicht genau weiß, wie das vor sich geht.«

»Das ist eine starke und wunderbare Magie.«

»Die Terrarch sind nicht die Einzigen auf dieser Welt, die über mächtige Magie verfügen, junger Mann. Das solltet Ihr auf Euren Reisen nie vergessen.« Alaryn lächelte, und Rik fragte sich, ob er ihm eine subtile Warnung übermitteln wollte. Hatte er ihm das erzählt, damit er es zu Asea weitertrug, oder sollte er selbst darüber nachdenken?

»Ich habe gehört, die Quan seien dieser Tage sehr aufgeregt.«

»Für einen Neuankömmling in der Stadt wisst Ihr recht gut Bescheid. So ist es tatsächlich. Neue Entwicklungen an der Oberfläche bereiten ihnen große Sorge. Ich glaube, Ihr selbst habt damit zu tun.«

»Ihr sprecht von der Zerstörung des Schlangenturms?« Rik hatte das Gefühl, sie hätten plötzlich den Punkt erreicht, auf den Alaryn von Anfang an zugesteuert war.

»Ganz genau.«

»Warum ist das von Interesse für sie? Der Turm stand weit vom Meer entfernt.«

»Aber der Turm war auch die mächtigste Zitadelle eines Volkes aus der Alten Welt, die auf unserem Planeten noch existierte, jedenfalls habe ich das gehört.« Er hielt inne und ließ Rik Zeit, sich zu fragen, von wem genau er das gehört hatte. »Natürlich ist seine Vernichtung für sie von Interesse. Vor langer Zeit, auf der Höhe ihrer Macht, hätten ihn die Quan selbst gern zerstört. Aber Ihr und Eure Herrin habt das irgendwie fertig gebracht …«

Er hielt inne; sein Schweigen sollte Rik offenbar dazu bewegen, den Faden des Gesprächs weiterzuführen. Instinkt und seine Ausbildung warnten ihn davor. Als junger Dieb hatte er auf den Straßen von Drangsal gelernt, dass Nachrichten eine Ware darstellten, die für die richtigen Personen von großem Wert sein konnte; und offenbar waren die geheimnisvollen Vorgänge um den Schlangenturm für viele Leute in dieser Stadt der Händler von großem Interesse. Er beschloss also, das Terrain zu sondieren.

»Ich könnte mir vorstellen, dass Einzelheiten darüber, wie uns das gelingen konnte, für die richtigen Leute viel wert wären.«

»Das stellt Ihr Euch ganz richtig vor, Rik. Sie sind von großem Wert. Manche Leute würden dafür sogar töten.« Fast wie zufällig blieb sein Blick an Fürst Malkior hängen. Der Sardeaner stand in einer Gruppe von Terrarch-Kaufleuten, die alle über einen Scherz von ihm lachten. Als hätte er gespürt, dass sie ihn ansahen, drehte er sich um und begegnete Riks Blick. Spöttisch hob er das Glas in seine Richtung und wandte sich dann wieder seiner Gesprächsrunde zu.

»Ein äußerst gefährlicher Terrarch«, bemerkte Alaryn. »Es heißt, er habe das Ohr der Königin und Kaiserin.«

»Und was führt ihn zu dieser besonderen Zeit hierher?«

»Er versucht sich Einfluss beim Rat zu erkaufen, damit er sich in Eurem Krieg auf die Seite der Sardeaner stellt.«

»Glaubt Ihr, dass er Erfolg haben wird?«

Alaryn lächelte. »Ich würde sagen, auch diese Mitteilung wäre den richtigen Leuten eine Menge wert.«

»Da habt Ihr sicherlich recht.«

»Die Welt verändert sich, Rik. Und wenn sich die Welt verändert, muss die Politik dem Rechnung tragen. Wir alle müssen das.«

5

Sardec fand sich in der Nähe eines Terrarch wieder, der sogar noch schreiender gekleidet war als die hiesigen Kaufleute. Die Insignien auf seinen Epauletten wiesen darauf hin, dass er aus dem Inselreich Selenea stammte und, so vermutete Sardec, seiner Marine angehörte.

»Eine interessante Veranstaltung«, bemerkte Sardec höflich.

Der Seleneaner betrachtete die Versammlung kühl. »Hier riecht es nach Fisch«, sagte er schließlich.

Er legte die allen hochrangigen Terrarch eigene Geringschätzung gegenüber Kaufleuten an den Tag, was Sardec merkwürdig fand, da seine Heimat eine berühmte Handelsnation war. Sein Vater hatte ihm immer erzählt, die Terrarch aus Selenea seien in dieser Hinsicht eigenartig. Sie verachteten den Handel, obwohl sie den größten Teil ihrer Einkünfte daraus bezogen. Er hatte die Seleneaner noch nie besonders gemocht, obwohl sie traditionell Verbündete Taloreas gegen die Valonier im Westen waren.

»Ihr unterhaltet Euch nicht besonders gut.«

»Mein lieber Leutnant, ich habe keinen Augenblick genossen, seit ich vor drei Jahren den Fuß in diese barbarische Stadt gesetzt habe.«

»Bewundernswert, mit welcher Geduld ihr so viel Leid ertragt.« Sardec gestattete sich einen spöttischen Unterton. Das Lächeln des Seleneaners besagte, dass er den Scherz verstanden hatte und nicht übel nahm.

»Was soll man tun, wenn Königin und Land rufen? Ich sehe, dass Ihr ebenfalls ein Terrarch seid, der weiß, was Pflicht bedeutet.« Sein Blick blieb an Sardecs Haken hängen. Sardec bemerkte, dass der Ärmel des anderen leer war. Es sah aus, als hätte er in Erfüllung seiner Pflichten ebenfalls Verletzungen davongetragen.

»Ist mir ein Vergnügen, Eure Bekanntschaft zu machen«, sagte der Fremde und verneigte sich. »Ich bin Laevin, Kapitän im Dienste Ihrer Majestät Selena, der Mondkönigin von Selenea.«

Sardec stellte sich ebenfalls vor.

»Ihr befehligt die Leibwache Prinzessin Aseas von den Ersten«, stellte Laevin fest. Und das klang keineswegs nach einer Frage.

»Ich habe diese Ehre.«

»An Eurer Stelle würde ich sehr vorsichtig sein. Hier gehen im Augenblick seltsame Dinge vor.« Sardec war geneigt, diese Aussage sehr ernst zu nehmen. »Fürst Malkior gibt eine Menge Geld aus und macht allerhand Versprechen, um die Bewohner von Harven auf die Seite der Sardeaner zu ziehen.«

Das musste den Seleneanern Sorge bereiten. Wenn sich Harven und seine Verbündeten aus der Alten Welt gegen Talorea stellten, würde sich Selenea ebenfalls gegen seine einstigen Alliierten wenden. Selenea war eine Insel und eine mächtige Handelsnation, aber die Meeresteufel konnten seine Flotten gefährden. Angesichts einer solchen Bedrohung war es gut möglich, dass es neutral blieb oder selbst die Seiten wechselte.

»Glaubt Ihr, dass er Erfolg haben wird?«

»Wenn er genug Geld bietet, könnte er den Rat auf seine Seite bringen. Im Allgemeinen darf man sich auf die Quan verlassen. Sie sorgen dafür, dass sich die Kaufleute vernünftig verhalten. Aber irgendetwas hat sie verflucht in Aufruhr versetzt. Die Quan haben sogar mit Malkior konferiert.«

Sardec warf Laevin einen scharfen Blick zu. »Woher wisst Ihr das?«

»Ich habe so meine Quellen«, gab dieser zurück. »Ich bin der militärische Ratgeber des Botschafters.«

Solch ein Posten war häufig eine Tarnung für eine Agententätigkeit. »Warum erzählt Ihr mir das?«

»Ich fand, dass es im Interesse meiner Königin sei, Euch darüber Mitteilung zu machen; denn ich vermute, Ihr werdet das aus den Quellen, die Euch eigentlich in Kenntnis setzen sollten, nicht erfahren haben.«

Sardec zog die Augenbrauen zusammen. Der Seleneaner warf Botschafter Valefor praktisch vor, ihnen mit Absicht wichtige Nachrichten vorenthalten zu haben. Natürlich würde Laevin so etwas nicht offen sagen, aber andererseits war das auch nicht notwendig. Sardec hatte stärker als zuvor das Gefühl, in einer Falle zu stecken.

»Ihr glaubt, Prinzessin Asea könnte in Gefahr sein.«

»Ich bin mir sicher.«

»Was würdet Ihr raten?«

»Versucht nicht, die Stadt an Bord eines Schiffs zu verlassen. Schiffe können Unfälle haben, wenn sich die Quan gegen Euch gestellt haben.«

»Und Ihr denkt, das wäre der Fall.«

»Sagen wir so: Ich würde mich nicht darauf verlassen, dass es nicht so ist.«

»Ihr bringt Euch in Gefahr, indem Ihr mir das sagt.«

»Meine Vorgesetzten haben mir den Auftrag erteilt. Sie fürchten die Folgen eines Bündnisses zwischen Sardea und den Quan.«

»Und zwar mit Recht.« Eine solche Allianz würde die nördlichen Meere kontrollieren. Ganze Armeen könnten auf dem Seewege verlegt werden. Harven würde eine fast uneinnehmbare Basis in Nordkharadrea darstellen, von der aus das Dunkle Imperium das ganze Land überrennen könnte. Die Stadt könnte sogar als Zwischenstation für einen Angriff zu Lande und zu Wasser auf Talorea selbst benutzt werden. Wenn sich die Quan überreden ließen, in dieser Auseinandersetzung Partei zu ergreifen, könnte tatsächlich das ganze Machtgleichgewicht auf dem Kontinent aus den Fugen geraten. Sardec fühlte sich überfordert. Er sagte sich, dass so etwas nicht in seine Verantwortung fiel. Er hatte nur für Aseas Sicherheit zu sorgen. Aber selbst diese Pflicht schien voller Komplikationen zu stecken.

»Ich bin froh, dass Ihr versteht, was ich meine, Leutnant. Ich wünsche Euch einen sicheren und ereignislosen Aufenthalt in Harven, obwohl ich doch fürchte, dass es nicht dazu kommen wird.«

6

Sie standen am Kai und warteten auf ihr Boot, das sie an die Küste zurückbringen sollte.

»Das war eine interessante Abendgesellschaft«, bemerkte Sardec, sah sich um und vergewisserte sich, dass alle Männer in Position waren. Er hatte sie so um Asea herum aufgestellt, dass ein Attentäter kein freies Schussfeld auf sie gehabt hätte.

»In der Tat«, sagte Asea. »Ich habe bemerkt, dass Ihr Euch mit dem seleneanischen Attaché unterhalten habt.«

»Er hatte allerhand Aufschlussreiches zu berichten.« Sardec fiel auf, dass der halbblütige Soldat in das Wasser des Hafens starrte. Er brauchte nicht lange, um den Grund dafür zu erkennen: In den Tiefen des Hafens bewegten sich grünlich angehauchte, durchscheinende Umrisse, die wie eine Kombination aus Mensch, Tintenfisch und noch etwas anderem wirkten. Ein paar Mal hatte Sardec den Eindruck, sie hielten zappelnde menschliche Gestalten zwischen sich fest. Aber er sagte sich, das könne nicht sein.

Sie stiegen in ihr Boot und legten ab. »Ich bin froh, diese Insel zu verlassen«, meinte Rik.

»Ich für meinen Teil werde erst beruhigt sein, wenn diese Stadt hinter uns liegt«, entgegnete Sardec.

»Wollen wir hoffen, dass uns das gelingt«, setzte Asea so leise hinzu, dass sich Sardec sicher war, nur er und das junge Halbblut könnten es gehört haben. Auch sie hegte wohl einen Verdacht.

21. KAPITEL

Auch wer mit einem Sieg rechnet, sollte einen Plan
für den Rückzug in der Tasche haben.

Amande Koth, Kriegführung im Zeitalter der Muskete und des Drachen

1

Am nächsten Morgen traf Rik in den Räumen der Magierin mit Sardec und Asea zum Frühstück zusammen. Ihm fiel sofort auf, dass Botschafter Valefor nicht eingeladen war, dass Abschirmungszauber gesetzt waren und Karim mit außerordentlich grimmiger Miene vor der Tür Wache stand. Wiesel und der Barbar bewachten den Zugang zu diesem Flügel der Botschaft.

»Die Lage stellt sich nicht ganz so dar, wie ich erwartet hatte«, begann Asea. Rik quittierte die Untertreibung mit hochgezogenen Augenbrauen.

»Dann entwickelt sich Eure diplomatische Mission nicht wie erhofft?«, fragte Sardec. Etwas in seinem Tonfall verriet Rik, dass er ganz und gar nicht überrascht war. Er begann zur argwöhnen, dass der Leutnant einen ziemlich schwarzen Humor besaß.

»Es ist schlimmer, als ich dachte. Meine Kontakte hier gibt es nicht mehr.«

Rik bediente sich mit Brot und eingelegten Früchten. Da keine Dienstboten anwesend waren, die das hätten übernehmen können, schenkte er sich selbst Tee ein.

»Wir sind also in eine Falle gegangen?«, fragte er.

»Genauer gesagt, ich habe uns in die Falle geführt. Ich weiß, dass hier sehr viel vor sich geht, das ich hätte wissen müssen, aber von dem ich nichts erfahren habe. Alles deutet auf eine äußerst gründliche Abwehroperation hin.«

»Das ist nicht gerade beruhigend«, sagte Rik. »Habt Ihr einen Plan?«

»Wir sollten nach Möglichkeiten suchen, uns aus der Stadt zurückzuziehen.«

»Man hat mich gestern Abend davor gewarnt, dies auf dem Seewege zu versuchen, da uns sonst ein Unfall zustoßen könnte. Die Quan beherrschen das Meer.«

»Wer hat Euch das erzählt?«

»Laevin, der seleneanische Marineattaché.«

»Möglicherweise ein Versuch, uns einzuschüchtern.«

»Ich glaube, dass er aufrichtig war.«

»Er könnte auch falschen Nachrichten aufgesessen sein. Mir ist es jedenfalls so ergangen.«

»Haltet Ihr das für wahrscheinlich?«

»Nein. Ich bin nur vorsichtig.«

»Findet Ihr, wir sollten versuchen, eine Schiffspassage zu buchen?«

»Wir befinden uns in Harven. Allzu viele Wege nach draußen gibt es nicht, es sei denn Ihr hättet vor, die Sümpfe zu durchqueren.«

»Und selbst dazu bräuchten wir Boote.«

»Richtig.« Asea klang ein wenig gereizt. Rik hatte sie noch nie so erlebt.

»Was versetzt Euch in diese Stimmung?«, fragte er. Sie starrte ihn einen Augenblick lang an.

»Ich habe das Gefühl, dass meine Mission hier bereits gescheitert ist, dass die sich Mehrheit des Rats auf die Seite Sardeas geschlagen hat, und die Quan desgleichen.«

»Wie kommt Ihr darauf?«

»Es klang im Ton der Gespräche gestern Abend an.«

»Fürst Malkior ist jedenfalls ein sehr überzeugender Terrarch«, erklärte Sardec.

»Und sardeanisches Gold hat wahrscheinlich noch zu seiner Überredungskraft beigetragen.«

»Aber dahinter steckt noch mehr, oder?«, warf Rik ein.

»Ja. Malkior mauschelt schon seit einiger Zeit mit den Quan.«

»Ein Magier namens Alaryn hat mir gestern Abend dasselbe erzählt«, sagte Rik. Asea wirkte interessiert.

»Offenbar haben sie sich plötzlich gegen Talorea gestellt.«

»Ich glaube, ich kann mir den Grund denken«, erklärte Asea.

»Der Schlangenturm«, sagte Rik. »Das hat man mir gesagt. Sie scheinen zu glauben, dass wir etwas mit seiner Zerstörung zu tun hatten.«

»Hatten wir ja auch. Zumindest du.«

»Das meine ich nicht – sie vermuten, dass wir eine besondere Magie oder eine eigene Art von Zauber eingesetzt haben.«

»Wenn wir die Macht dazu hätten, müssten sie uns fürchten. Das wäre doch erst recht ein Grund, zu einer

Übereinkunft mit uns zu kommen.« Diese Logik leuchtete Rik ein. Er drehte und wendete das Argument bei sich. Wenn die Quan solche Angst vor ihnen hatten, warum stellten sie sich nicht auf Taloreas Seite, statt seine Feinde zu unterstützen?

»Vielleicht haben sie das Gefühl, mit uns fertig werden zu können«, vermutete Sardec. »Gut möglich, dass sie es vorziehen würden, wenn die schwächere der beiden Seiten die Oberhand behielte. Das würde ihre eigene Position stärken.«

»Kann schon sein«, sagte Asea. »Aber die Quan sind vollkommen fremdartig. Wir haben keine Ahnung, wie sie denken, und wir haben auch keinen von ihnen hier, um ihn zu befragen. Am sichersten gehen wir wahrscheinlich, wenn wir annehmen, dass sie gegen uns sind – und unsere Pläne danach ausrichten.«

»Und wie würden diese Pläne aussehen?«

»Wir sollten uns einen Fluchtweg aus der Stadt suchen. Unterdessen tun wir so, als hegten wir nicht den geringsten Verdacht. Wir wollen unsere Feinde nicht reizen, damit sie nicht gegen uns vorgehen. Solange sie das Gefühl haben, wir wären ihnen ausgeliefert, halten sie vielleicht noch still. Ich werde Botschafter Valefor bitten, sich nach einem Schiff für uns zu erkundigen. Wir können immer behaupten, wir wären überraschend zurückgerufen worden.«

»Laevin hat auch angedeutet, Valefor könnte alles andere als zuverlässig sein.«

»Deswegen ist er auch heute Morgen nicht hier«, erklärte Asea.

»Ich würde die Stadt gern auskundschaften«, schlug Rik vor. »Hören, was man sich so erzählt, so viel wie möglich herausfinden.« In Wirklichkeit hatte er etwas anderes vor, nämlich zuzusehen, dass er für sich selbst und ein paar Freunde wie Wiesel und den Barbaren eine Möglichkeit fand, unterzutauchen und zu fliehen. Gern hätte er das auch für Asea getan, aber er sah keine Möglichkeit dazu. Sie war einfach zu auffällig. Auf der anderen Seite war sie auch eine Magierin. Vielleicht war sie in der Lage, sich zu verkleiden. Tamara hatte das jedenfalls gekonnt.

So viel war sicher, er würde sich nicht darauf verlassen, dass ihnen Botschafter Valefor den Hals rettete.

2

In den schmalen Straßen schneite es, doch das behinderte das geschäftige Treiben nicht. Straßenverkäufer boten gegrillten Fisch und heiße Kastanien feil. Dick eingemummelte Straßenmädchen warben um Kunden. Käufer schlenderten durch die Arkaden und feilschten mit den Händlern. Rik fühlte sich, als wäre ihm eine tonnenschwere Last von den Schultern genommen worden. Er war in Lumpen gekleidet, wie er sie vielleicht in Drangsal getragen hätte. Holzpantinen schützten seine Füße vor dem Schlamm. Ein schwerer, vielfach geflickter Umhang hielt ihn warm. Heute lag keine weitere Nacht mit jener besonderen Art des Lernens vor ihm. Asea hatte darauf bestanden, sich schlafen zu legen, sobald sie in die Botschaft zurückgekehrt waren. Sie hatte ziemlich niedergeschlagen gewirkt.

Er war allein, in einer fremden Stadt, und trug Geld in der Tasche, ein Messer in einem Ärmel und eine kleine Pistole im anderen. Sicher, er hatte viel zu verlieren und allerhand zu fürchten, aber für eine kleine Weile konnte er so tun, als wäre er wieder ein schlichter Straßendieb aus Drangsal. Damals hatte die Welt um einiges einfacher ausgesehen.

Die Gebäude hier unterschieden sich von denen seiner Heimatstadt ebenso wie von den verfallenen Prachtbauten Halims. Die Häuser waren höher und durch Bögen aus Holz und Eisen miteinander verbunden. Aus Holz und Stein errichtete Brücken überspannten die kleinen Wasserläufe und Kanäle. Überall sah man Brücken; die Einwohner von Harven schienen geradezu besessen von ihnen zu sein. Die Luft war rau und vom Geruch des Meeres erfüllt.

Die Macht der Gewohnheit trieb ihn durch das Straßenlabyrinth. Er hielt die Augen offen, um zu erkennen, wo es Schwierigkeiten geben könnte, und nach Gelegenheiten Ausschau zu halten, die er früher einmal hätte ergreifen müssen, um zu überleben. Da war eine Geldbörse, die er stehlen könnte, wenn er schnell genug war. Sie gehörte einem reichen Kaufmann, der mit einem Verkäufer um ein paar Gewürze handelte. Seine Leibwächter waren offenbar damit beschäftigt, ein Mädchen auf der anderen Straßenseite anzustarren. Das sah nach einem so leichten Fang aus, dass sich Riks Selbsterhaltungstrieb meldete. Er sah sich um und stellte fest, dass zwei weitere Männer in einem Torbogen auf der anderen Seite Wache hielten. Sie sahen aus, als wären sie schnell zu Fuß und gewalttätig. Er hätte aber keine Lust gehabt, sich auf eine Flucht vor ihnen einzulassen.

Einer von ihnen bemerkte Riks Blick und grinste ihm drohend zu. Rik ging weiter, vorbei an Ständen und Buden, um die herum Kisten gestapelt waren, und schlug den Weg zum Hafen gemächlich ein, als er bemerkte, dass er verfolgt wurde.

Nicht alle Verfolger waren Männer. Eine war eine Bettlerin, die einen Säugling trug. Das war ungewöhnlich – Bettler hielten sich für gewöhnlich an ihr Revier und verließen es nicht. Danach bemerkte er, dass ein Mann, der auffällig unauffällig in Braun gekleidet war, immer wieder vor ihm auftauchte. Sobald er einmal Lunte gerochen hatte, fielen ihm noch andere Gesichter auf, von denen er sicher war, sie zuvor schon gesehen zu haben. In Drangsal hätte er es vielleicht riskiert, sich in die Hinterhöfe zu schlagen und ihnen eine Nase zu drehen, aber dazu kannte er sich hier einfach nicht gut genug aus; die anderen wussten in der Stadt bestimmt besser Bescheid als er. Schlimmer noch, wenn er sich von den großen Durchgangsstraßen entfernte, würde es ihnen viel leichter fallen, ihn zu fangen, zu erstechen oder was sie sonst vorhaben mochten. Solange er sich auf den dicht bevölkerten Straßen hielt, war diese Gefahr weit geringer.

Jemand musste die Botschaft überwachen. Wussten diese Leute, wer er war, oder folgten sie grundsätzlich jedem, der das Gebäude verließ? Letzteres würde dafür sprechen, dass dieser Jemand eine große Anzahl von Leuten zur Verfügung hatte und bereit war, eine Menge Geld auszugeben, um Aseas Begleiter im Auge zu behalten. Sowohl Malkior als auch der Rat wären dazu in der Lage gewesen. Doch er sagte sich, dass er keine überstürzten Schlüsse ziehen durfte. Dahinter konnte praktisch jeder stecken.

Zumindest zeigte keiner seiner Verfolger bisher die geringste Neigung, ihm Schaden zuzufügen. Verlassen konnte er sich darauf jedoch nicht. Er musste zurück in die Botschaft, und zwar so, dass er sich nicht in Gefahr begab. Die einfachste Methode wäre gewesen, ein paar der Fourageure aufzutreiben, die in der Stadt unterwegs waren, und sich von ihnen eskortieren zu lassen. Er rief sich die Namen einiger Tavernen ins Gedächtnis, die bei den Soldaten beliebt waren. Die meisten lagen in bequemer Nähe zum Botschaftsgelände, einige aber auch am Hafen.

Natürlich war es recht vorhersehbar, dass er diese Taktik einschlagen würde. Genau damit würden seine Verfolger rechnen. Er überlegte sich andere Auswege. Wenn er zu rennen begann, würde mit Sicherheit jemand Zeter und Mordio schreien und annehmen, er hätte etwas gestohlen. Dann war es gut möglich, dass er ergriffen und verprügelt wurde, im Kerker landete oder ausgepeitscht wurde. Keine dieser Möglichkeiten erschien ihm besonders einladend.

Oder er konnte sich eine Kutsche oder Sänfte rufen. Damit wäre er einigermaßen vor einer Entführung geschützt; es sei denn – natürlich – seine Verfolger bestachen die Fuhrunternehmer oder hatten Verbindung zu den Behörden. Er ging schneller und griff in seine Ärmel, um sich zu vergewissern, dass seine Waffen noch an ihrem Platz waren. Wenigstens sie hatte er noch, sagte er sich und wünschte, er hätte Wiesel und den Barbaren gebeten, ihn zu begleiten.

Rik bemerkte eine hochgewachsene Gestalt, die mit großen Schritten auf ihn zustrebte. Er brauchte einen Augenblick, um Fürst Malkior darin zu erkennen. Doch dann hatte er das Gefühl, soeben sei eine groß angelegte, von dem außerordentlichen Reichtum des Dunklen Imperiums geölte Falle zugeschnappt.

3

Der sardeanische Edelmann war heute nicht seinem Rang entsprechend gekleidet. Eher sah er – in dicke Pelze gehüllt, einen Pelzhut auf dem Kopf und von zwei gewaltigen mondgesichtigen Leibwächtern flankiert – wie ein wohlhabender Kaufmann aus. Er trat geradewegs auf Rik zu.

»Welch angenehme Überraschung«, begann er.

»Also, ich bin mir sicher, dass unsere Begegnung nur für einen von uns überraschend ist«, gab Rik zurück.

»Bitte, gestern Abend habe ich mit der bezaubernden Asea schon genug Wortklaubereien ausgefochten. Es ist noch früh, und ich würde meinen Verstand lieber noch nicht anstrengen. Wenn ich einen Brummschädel habe, bin ich nie in Bestform.«

Rik sah in Malkiors klare Augen und bezweifelte, dass der Terrarch unter einem Kater litt. Er wirkte strahlend, munter und zu allem bereit.

»Was wollt Ihr?«, fragte er.

»Gestern Abend haben wir darüber gesprochen, ob Ihr, wenn es Euch recht ist, einige meiner Bekannte über die Ereignisse im Schlangenturm aufklären könntet.«

»Vielleicht.«

»In unserer Unterhaltung wurde auch auf andere Dinge angespielt. Es wäre zu Eurem Besten, wenn wir auch darüber sprechen würden. In jedem Fall werdet Ihr feststellen, dass meine Freunde und ich Personen gegenüber, die uns helfen, außerordentlich großzügig sind.«

»Und was ist mit denen, die sich anders entscheiden?«

»Mich zum Feind zu haben, kann sehr unangenehm werden, mein junger Freund.«

»Daran hege ich keinen Zweifel.«

»Was habt Ihr schon zu verlieren, wenn Ihr mit uns sprecht?«

»Mein Leben, vermute ich.«

»Gewiss beginnt Ihr schon zu argwöhnen, dass Euer Leben ohnehin verwirkt sein könnte. Asea wird Harven nicht wieder verlassen. Und ob Euch das gelingt, liegt allein in Eurer Hand.«

»Was wollt Ihr damit sagen?«

»Tamara hat mir gegenüber angedeutet, sie hätte in Morven – vor den Ereignissen um den Schlangenturm – mit Euch darüber gesprochen, dass Ihr uns helfen könntet, die Erzverräterin vor Gericht zu stellen.«

»Ich bin mir gar nicht sicher, ob Asea eine Verräterin ist.«

Malkior stellte sein verbindliches Lächeln zur Schau. »Sie hat Euren gesellschaftlichen Aufstieg ins Werk gesetzt. Ich kann verstehen, wie das zu Eurem Glauben an sie beigetragen hat. Aber ich versichere Euch, dass ich ebenso viel für Euch tun kann. Und ich stehe auf der Seite, die diesen Krieg höchstwahrscheinlich gewinnen wird.«

»Soweit ich weiß, habt Ihr keine Armeen in Kharadrea stehen. Ich habe auch nicht gehört, dass Ihr viele Siege errungen hättet.«

»Wir haben unsere Legionen noch nicht eingesetzt, aber wir werden es tun.«

»Euer Alter macht sich bemerkbar, Fürst Malkior. Der moderne Ausdruck lautet ›Regiment‹.«

»In der Tat. Ich danke Euch für die Lektion in militärischer Terminologie.« Seine kalte Stimme verriet ihm, dass er verstanden hatte: Rik stellte sich gegen ihn. Er zuckte die Achseln wie ein Händler, der noch ein letztes Mal versucht, einen zögerlichen Kunden umzustimmen.

»Ob Legionen oder Regimenter, die Begriffe sind doch unwichtig. Worauf es ankommt, ist ihre Stärke, und unsere Heere sind unendlich viel größer als die von Talorea.«

»Davon bin ich noch nicht überzeugt.«

»Es wird sich aber erweisen. Sogar Talorea kann keinen Krieg an zwei oder mehr Fronten führen und auf einen Sieg hoffen. Nicht einmal, wenn Koth selbst seine Armeen kommandierte.«

Rik dachte über Malkiors Worte nach. Sie konnten nur eines bedeuten: »Ihr habt ein Bündnis mit dem König von Valon geschlossen.«

»Er wird im Frühjahr Taloreas westliche Grenzen angreifen. Wir werden von Osten attackieren. Selenea wird Euch keine Unterstützung gegen seine Erzfeinde leisten.«

»Weil die Quan sie daran hindern werden.«

»Ich sehe, dass Asea Euch in der Geografie und Politik unserer Zeit gründlich ausgebildet hat.«

»Warum erzählt Ihr mir das eigentlich alles?«

»Weil ich es vorziehen würde, wenn du auf meiner Seite stündest. Aus sentimentalen Gründen. Ich habe noch nie einen Sohn gehabt.«

Diese Worte trafen Rik wie ein Messer, das ihm zwischen die Rippen getrieben wurde. Er starrte den Terrarch an, der vor ihm stand, und fragte sich, was er darauf sagen sollte. Eines schoss ihm sofort durch den Kopf.

»Habt Ihr meine Mutter umgebracht?« Die Worte waren schon hart, der Ton aber noch schärfer.

»Dies ist nicht der richtige Ort, um über so etwas zu sprechen«, gab Malkior zurück.

»Ich kann mir im Augenblick keinen besseren vorstellen«, entgegnete Rik. Er hegte nicht die Absicht, mit dem Terrarch irgendwohin zu gehen, wenn er es verhindern konnte. Malkior schüttelte den Kopf, als hätte er ein eigensinniges Kind vor sich. Er berührte Riks Hand, und ein Schmerz explodierte in Riks ganzem Arm. So etwas hatte er noch nie empfunden. Die Pein war so groß, dass er weder den Mund öffnen noch schreien konnte. Es war, als hätte das Innere seiner Knochen Feuer gefangen, und brennender Schwefel schien durch sein Blut zu rinnen.

Er stürzte mit dem Gesicht voran in den kalten Schnee. Das Letzte, was er hörte, war Malkior, der nach einer Sänfte und einem Arzt rief, um dem Mann, der zusammengebrochen war, zu helfen.

22. KAPITEL

Unerwartete Begegnungen sind eine der Freuden des Reisens.

Soramander, Reisen in den Norden

1

Sardec stand am Kai und fragte sich, wie das alles so weit hatte kommen können. Ihre Lage behagte ihm ganz und gar nicht: vor allem der Gedanke, dass sie hier in der Falle saßen und Davonlaufen ihre einzige Möglichkeit war. Eigentlich gefiel ihm Harven, und er wäre gerne länger in der Stadt geblieben. Er hätte sich gewünscht, Rena wäre hier gewesen. Er hatte das Gefühl, hier hätte sie beide glücklich miteinander sein können; in einer Stadt, in der die Vorurteile der Terrarch geringer wogen und die Menschen größere Achtung genossen. Zu seinem eigenen Erstaunen stellte er fest, dass ihm diese Einstellung gefiel. Sein Vater wäre damit allerdings nicht einverstanden gewesen. Er gab sich einen Ruck und konzentrierte sich.

Gerade wurde ein weiteres großes Schiff in den bereits überfüllten Hafen geschleppt. Es fuhr unter taloreanischer Flagge. Noch vor wenigen Stunden wäre er sich sicher gewesen, dass ihm sein Eigentümer helfen würde, wenn er ihn darum ersuchte und gut genug bezahlte, doch inzwischen hegte er so seine Zweifel. Auf jedem Schiff und in jeder Reederei hatte er das Gleiche gehört. Es fuhren keine Schiffe. Die Gezeiten waren ungünstig. In der Walbucht wurde mit Stürmen gerechnet; in dieser Richtung verkehrten augenblicklich keine Frachtschiffe. Der Kapitän war krank. An Bord war eine Seuche ausgebrochen, und die Mannschaft durfte das Schiff wegen der Quarantäne nicht verlassen. Die Bandbreite und Originalität der Ausflüchte war ziemlich beeindruckend gewesen. Ohne es offen auszusprechen, hatten ihm die Kaufleute und Kapitäne zu verstehen gegeben, dass kein Schiff bereit wäre, sie mitzunehmen; ganz gleich, wer seine Herrin war oder wie viel er zahlen würde. Sardec verlor langsam die Geduld.

Der Mann, der jetzt vor ihm stand, schien durch seine bloße Anwesenheit eingeschüchtert zu sein. Er war Vertreter einer taloreanischen Reederei, ein kleiner, aber wohlhabend wirkender Terrarch. Sardec war an ihn herangetreten, weil Botschafter Valefor ihn empfohlen hatte.

»Bedaure, Leutnant«, sagte er. »Unsere auslaufenden Schiffe fahren alle nach Selenea. Und keines davon befördert Passagiere.«

»Warum sagt Ihr das?«

»Sie sind einfach zu klein dazu.«

»Das habe ich nicht gemeint.«

»Es tut mir leid, Leutnant, aber ich fürchte, ich verstehe Euch nicht.«

»Warum wollt Ihr einem Offizier aus Eurem eigenen Land nicht helfen?«

»Das würde ich ja tun, wenn ich könnte, aber wie ich Euch bereits erklärt habe …«

»Dann lasst *mich* einmal etwas erklären«, unterbrach ihn Sardec. »Wenn Ihr uns nicht helft, werde ich dafür sorgen, dass Ihr sterbt.«

»Wollt Ihr mir drohen, Leutnant?«

Sardec wies auf Wiesel und den Barbaren. »Diese Männer werden Euch die Kehle durchschneiden, wenn ich es ihnen befehle.«

»Die Stadtwache würde sie festnehmen …«

»Ich versichere Euch, dass sie in der Lage sind, das zu einer Zeit und an einem Ort zu tun, wenn und wo die Wache ihrer nicht habhaft wird. Sollte ich sie darum ersuchen, könnten sie dafür sorgen, dass Ihr eines besonders unangenehmen Todes sterbt.«

Der Kaufmann starrte die beiden an. Offenbar nahm er Sardecs Worte für bare Münze. »Wenn es nur an mir läge«, sagte er schließlich, »würde ich Euch ein Schiff zur Verfügung stellen, aber auch dann würde Euch kein Kapitän an Bord nehmen.«

»Warum?«

»Es hat sich herumgesprochen, dass jedes Schiff, das Euch mitnimmt, auf die Schiffsbrecher treffen wird.«

»Wer verbreitet denn solche Gerüchte?«

»Das sind keine Gerüchte. Die Mittler haben diese Warnung ausgegeben.«

»Prinzessin Asea ist eine äußerst versierte Magierin. Sie kann jedes Schiff beschützen.«

»Das Licht behüte sie, aber auf See sind die Quan die unangefochtenen Herrscher. Wenn sie beschließen, ein

Schiff zu versenken, dann wird es auch untergehen. Ich habe das selbst schon erlebt.«

»Ihr wart dabei?«

»Als ich in meiner Jugend mit der Sommerflotte gesegelt bin, gab es da einen Kapitän, der es sich in den Kopf gesetzt hatte, ihren Tempel zu entweihen. Er war ein kühner Mann, ein Ilimarianer, und er fürchtete nichts. Um eine Wette zu gewinnen, fuhr er auf die Tempelinsel und schlug sein Wasser in den heiligen Teich ab. Danach streifte er eine Woche lang betrunken durch die Stadt und prahlte, da ihm trotz seiner Tat nichts zugestoßen war.«

»Und?«

»Die Sommerflotte setzte die Segel und schlug den Kurs zur Mittleren See ein. Doch kaum hatten wir den Hafen verlassen, da wurde sein Schiff zerstört. In der einen Minute war es noch da, ein Dreimaster mit vierzig Kanonen, und in der nächsten war es verschwunden.«

»Ist es auf einen Felsen gelaufen?«

»Im offenen Meer vor Harven? Man merkt gleich, dass Ihr kein Seemann seid, Leutnant. Nein, es wurde unter Wasser gezogen. Ich habe es mit eigenen Augen gesehen. Gewaltige Tentakeln, bedeckt mit Saugnäpfen, die Münder wie Blutegel hatten, tauchten aus dem Meer auf, jeder so groß wie ein Turm. Sie schlangen sich um das Schiff, zogen es unter die Oberfläche und zerschlugen es in Stücke. Kein einziger Mann hat überlebt.«

»Einige müssen doch davongekommen sein. Sie hätten von dem Wrack wegschwimmen können.«

Der Kaufmann lächelte kalt und schüttelte den Kopf. »Da waren Wesen im Wasser, Leutnant, die dafür gesorgt haben, dass ein Mann, der unterging, nie wieder auftauchte. Es gab keine Überlebenden. Kein Einziger aus der Mannschaft hat je wieder den Hafen gesehen. Das war eine Lektion für jeden, und alle haben daraus gelernt. Niemand, der in den nördlichen Meeren segeln will, widersetzt sich den Quan, Leutnant. Und wenn die Mittler weitergeben, dass wir etwas unterlassen sollen, dann wird es in Harven nicht geschehen. Die Quan mischen sich nicht oft in die Angelegenheiten der Stadt ein, aber wenn, dann gehorcht man ihnen. Sie sind die wahren Herrscher dieser Stadt, Leutnant, und das ist eine Tatsache. Ihr könntet jeden Kapitän in diesem Hafen mit Folter und Mord bedrohen, und trotzdem würde Euch niemand an Bord nehmen. Und wisst Ihr auch warum, Leutnant?«

»Ich nehme an, Ihr werdet es mir sagen.«

»Ihr könnt einen Mann nur töten, Leutnant, aber die Quan – und das waren die Wesen, die an jenem Tag im Wasser geschwommen sind – fressen Eure Seele.«

Der Ton des Kaufmanns überzeugte Sardec davon, dass er jedes Wort davon glaubte; und ihm wurde unmissverständlich klar, dass sie nicht in der Lage sein würden, Harven an Bord eines Schiffs zu verlassen.

2

Riks Mund fühlte sich an wie verfaultes Fleisch, seine Zunge war so aufgedunsen wie ein Wurm, und seine Glieder schienen einer alten Stoffpuppe zu gehören. Alle Kraft hatte ihn verlassen. Als die Erinnerung zurückkehrte, stieg Entsetzen in ihm auf.

Er schlug die Augen auf und sah sich um. Die Wände bestanden aus Holz. Er hörte das Meer dagegen schlagen. Die Luft war kühl und salzig. Der Boden wirkte schief.

Zuerst schrieb er das seinem Schwindelgefühl zu, doch dann wurde ihm klar, dass er tatsächlich schräg war. In einer Ecke des Raumes stand Malkior. Sein Gesicht wurde von einem phosphoreszierenden Stein, der in einer alten Schiffslaterne befestigt war, angestrahlt.

»Du kannst ruhig schreien, wenn du willst«, sagte Malkior. »Niemand wird kommen. Hier ist man daran gewöhnt, Schreie aus diesen alten Kähnen zu hören.«

Wäre seine Lage nicht so ernst gewesen, Rik hätte beinahe gelächelt. Diese Szene schien geradewegs aus einem der billigen Romane zu stammen, die er früher gern gelesen hatte. Er war auf einem der gefürchteten schwimmenden Kerker im Hafen gefangen. Ob es ihm gelingen würde, ebenso zu entkommen wie die Helden seiner Jugend?

Er schaute auf seine Füße hinunter. Wie er erwartet hatte, war er angekettet. Das Gewicht zerrte an seinen Knöcheln, und die Kette machte es ihm unmöglich, sich weiter als einen Schritt von der Schiffswand zu entfernen.

»Diese Schiffe werden schon seit mehr als zweihundert Jahren als Gefängnisse benutzt«, bemerkte Malkior im Plauderton. »Bis jetzt ist noch niemandem die Flucht gelungen.«

»Es fällt mir schwer, das zu glauben.«

»Du hast zu viele Geschichtenbücher gelesen. Die Meeresteufel holen alle Schwimmer, die sie in den Gewässern um die Schiffe antreffen. Junge, hungrige Quan lauern genau zu diesem Zweck dort. Dies ist eine der wenigen Stellen im Hafen, an denen ihnen die älteren Quan das erlauben.«

»Ihr scheint viel über sie zu wissen.«

Malkior zuckte die Achseln. »Wir haben in mancherlei Hinsicht den gleichen Geschmack. Ich stehe seit vielen Jahren in Verbindung zu ihnen. Es sind faszinierende Kreaturen, wenn auch ein wenig abstoßend anzusehen.«

Rik tastete seine Handgelenke ab. Verblüfft stellte er fest, dass sowohl seine Pistole als auch sein Messer noch vorhanden waren. Vorsichtig löste er die Pistole aus dem Halfter. Vielleicht hatte er ja doch noch eine Chance zu fliehen. Er konnte Malkior mit der Waffe bedrohen und ihn zwingen, seine Ketten zu lösen. Dann würde er ihn als Geisel nehmen, um das Schiff zu verlassen. Sein Instinkt warnte ihn, so einfach könne das unmöglich sein, aber er entschied, dass er es lieber versuchte. Er ließ die Pistole in seine Hand gleiten, zückte sie und zielte direkt auf Malkiors Leib. In diesem Licht – und nach seiner Erfahrung mit Tamara – wollte er nicht riskieren, auf seinen Kopf zu schießen.

»Ihr werdet befehlen, mich loszumachen. Aber ihr dürft nicht so nah an mich herankommen, dass Ihr mich berühren könntet. Wenn aber doch, dann schieße ich Euch eine Kugel in den Bauch.«

Malkior lachte ihn aus. Es war ein so überaus spöttisches Lachen, dass Rik ihn in diesem Augenblick genug hasste, um den Abzug zu drücken. Nur sein noch größerer Selbsterhaltungstrieb hielt ihn davon ab.

»Ich scherze nicht«, sagte er.

Malkior sah ihn an. »Es ist lange her, seit mir jemand gedroht hat. Und jetzt ist das zweimal innerhalb von vierundzwanzig Stunden geschehen. Zuerst Asea, und jetzt du. Ich finde die Lage recht erfrischend.«

»Ich habe schon viele Bauchschüsse gesehen«, sagte Rik freundlich. »Das ist immer ein unangenehmer Tod.«

»Also wirklich, du musst mein Sohn sein, Rik. Das hätte ich selbst nicht besser ausdrücken können.«

»Dann wisst Ihr auch, dass es mir ernst ist.«

»Ja. Aber denk über deine Lage nach. Was wird die Folge sein, wenn du mich in den Bauch triffst, vielleicht sogar tödlich? Ein unangenehmes Ende durch die Hand – oder sollte ich sagen, die Tentakel – meiner wasserbewohnenden Verbündeten.«

»Ich hätte die Befriedigung, Euch umgebracht zu haben. Damit, dass ich sterben muss, rechne ich ohnehin.«

»Warum schießt du dann nicht?« Wenn es Malkiors Absicht gewesen war, Rik auf die Probe zu stellen, dann hatte er jetzt einen Fehler begangen. Rik drückte den Abzug. In dem engen Raum donnerte der Pistolenschuss so laut wie eine Kanone. Zu Riks großem Erstaunen hatte das Pulver in der feuchten Luft gezündet. Malkior taumelte rückwärts; Blut schoss in Stößen aus einer Bauchwunde. Schmerzlich verzog er das Gesicht, doch dann lächelte er wieder.

»Sehr gut, Rik. Du bist wirklich bösartig genug, um eines meiner Bälger zu sein.« Er richtete sich auf, und ein seltsam grünliches Glühen trat in seine Augen. Die Schatten, die ihn umgaben, waberten und wisperten. Mit einem reißenden Geräusch schoss die Kugel aus seinem Körper und rollte über den Boden. Malkior knöpfte sein Hemd auf, und Rik sah, dass die Wunde in seinem Bauch bereits zu heilen begann.

»Man kann mich nicht mit Kugeln töten, Rik. Ich bin mir nicht einmal ganz sicher, ob man mich überhaupt umbringen kann. An meinem Körper sind schon vor langer Zeit gewisse … Veränderungen vorgenommen worden. Vielleicht hätte dir deine Gönnerin davon erzählen sollen, bevor sie dich mir auf den Hals geschickt hat.«

»Woher sollte sie das wissen?«

»Asea weiß viele Dinge, wie sie uns beiden neulich Abend erklärt hat. Sie hat deutlich zum Ausdruck gebracht, dass sie mich des Mordes an der alten Königin verdächtigt.« Er lächelte verschlagen. »Und damit hat sie sogar recht.«

»Dann habt Ihr Amarielle getötet, genau wie meine Mutter.«

»Diese Geschichte mit deiner Mutter lässt dir wirklich keine Ruhe, oder? Wer war sie denn? Ich fürchte, ich muss sie vergessen haben.«

»Ein Straßenmädchen aus Drangsal, das Ihr bei einem Eurer Rituale zu Tode gefoltert habt.« Malkior hielt einen Augenblick inne und schien zu überlegen.

»Ach ja, natürlich. Die Zeiten müssten stimmen. Nun, ich muss sagen, dass ich bedaure, nichts von deinem Dasein gewusst zu haben. Hätte sie es mir nur gesagt; es hätte ihr vielleicht das Leben gerettet. Oder dir. Das war verflucht gedankenlos von ihr.« Malkiors spöttischer Ton brachte Rik in Rage. Genau das war auch die Absicht gewesen.

»Vielleicht hat sie geglaubt, mich vor Euch bewahren zu müssen.«

»Tja, wenn das so ist, dann ist es ihr wohl nicht gelungen, stimmt's?«

»Ihr seid ein Bastard.«

»Nicht nötig, grob zu werden, Rik. Du wirst meine Geheimnisse mit niemandem mehr teilen, und ich finde es eine sehr nette Abwechslung, nach so langer Zeit einmal jemandem gegenüber ehrlich zu sein. Dies ist unsere letzte

Gelegenheit zu einer Plauderstunde zwischen Vater und Sohn. So, und nun zum Geschäftlichen. Ich habe dir ein paar Fragen zu stellen, und ich möchte diese hübschen Pelze wirklich nicht mit Blut besudeln. Daher hoffe ich doch, du wirst uns beiden die Ungelegenheit ersparen, dich zu foltern. Das würde mir diesen zauberhaften Augenblick irgendwie ruinieren.«

»Fahrt doch zur Hölle«, stieß Rik hervor. Er hatte die Worte noch nicht ganz ausgesprochen, als Malkior schon ein sehr langes und scharfes Messer in der Hand hielt.

»Ich kann dich nicht töten, und ich kann keine Magie anwenden, die deinen Verstand schädigen würde. Unsere Gastgeber hätten etwas dagegen. Aber ich kann mir eine Anzahl anderer Möglichkeiten denken, die dir auch nicht gefallen würden. Ich bitte dich, zwing mich nicht, sie einzusetzen. Salzwasser und abgezogene Haut sind eine äußerst unangenehme Kombination.«

Trotz seines gelangweilten Tonfalls hegte Rik nicht den leisesten Zweifel daran, dass Malkior bereit war, ihn bei lebendigem Leibe zu häuten. Asea hatte ihn zwar Zaubersprüche gelehrt, mit denen er Schmerz ausblenden konnte. Doch deren Wirkung hatte Grenzen; und außerdem wollte er nicht, dass Malkior von seiner Ausbildung erfuhr. Das war einer der wenigen kleinen Vorteile, die ihm noch blieben.

»Ich bin bereit, Euch einen Handel anzubieten«, sagte er schließlich.

»Du befindest dich wirklich nicht in der Position dazu, aber heute bin ich großmütig gestimmt. Mach deinen Vorschlag, und ich werde dir sagen, was ich davon halte.«

»Ich werde Eure Fragen ehrlich beantworten, wenn Ihr

mir Antwort auf die meinen gebt.« Malkiors Lächeln wirkte echt.

»Warum nicht?«, gab er zurück. »Erzähl mir vom Schlangenturm. Was hat sich dort abgespielt?«

»Ich weiß nicht, ob Ihr Eure Seite der Abmachung einhalten werdet, und ich habe nicht die Macht, darauf zu bestehen. Daher wäre es mir lieber, wenn Ihr meine Fragen zuerst beantworten würdet.«

»Wenn du Zeit schinden willst, weil du auf eine Rettung in letzter Minute hoffst, dann täuschst du dich. Niemand wird kommen.«

»Ich glaube Euch. Aber neugierig bin ich trotzdem.«

»Nun gut. Wir haben Zeit. Frag nur.«

»Dient Ihr wirklich den Fürsten des Schattens?«

»Ja.«

»Dann gibt es sie tatsächlich.«

»Allerdings.«

»Und warum dient Ihr ihnen?«

»Genau genommen ist das schon deine dritte Frage, ohne dass du auch nur eine einzige von meinen beantwortet hättest. Aber ich will es dir durchgehen lassen. Ich diene ihnen, weil sie mir Macht und Unsterblichkeit geschenkt haben, und die Mittel, um Rache an meinen Feinden zu nehmen. Und aus anderen, sentimentaleren Gründen.«

»Ihr seid ein Terrarch. Macht und Unsterblichkeit hattet Ihr doch bereits.«

»Die Zustände auf Al'Terra waren nicht ganz so, wie wir dein Volk glauben machten, Rik.« Malkior klang nachdenklich. »Unsere Magie wurde schwächer, und mit ihr verging auch unsere Unsterblichkeit. Die Fürsten des Schattens boten uns die Mittel, diesen Prozess umzukehren, aber der Hohe Rat hat ihr Angebot abgelehnt. Einige unter uns fanden, das sei töricht.«

»Warum?« Wieder wirkte Malkior gedankenverloren. Rik versuchte sich zu sammeln, um einen guten Zuhörer abzugeben. Er hatte festgestellt, dass manchmal nichts weiter nötig war, um Leute zum Reden zu bringen. Und jedes Wort, das er Malkior entlockte, bedeutete einen Augenblick, in dem er nicht mit seinem Messer zu tun bekam. Er war noch nicht bereit zu sterben.

»Der Rat hat das Wissen der Fürsten aus moralischen Gründen abgelehnt, denn dazu gehörte ein gewisses Maß an … nennen wir es Vampirismus.«

»Thanatomantie?« Das war die Fähigkeit, die Lebenskraft intelligenter Wesen auszusaugen und sie in Magie umzusetzen.

»Aha – Asea hat dich verbotenes Wissen gelehrt. Wie äußerst unartig von ihr. Ja, Thanatomantie. Sie fanden, dass es besser wäre, wir gingen alle gemeinsam unter, statt auf das Überleben und Gedeihen der Stärksten zu setzen.«

»Vielleicht fürchteten sie die Strafe Gottes.«

»Es gibt keinen Gott, Rik, und auch keine Hölle. Sünden werden nicht geahndet. Glaube mir, wenn Gott die Sünder bestrafen würde, so wäre jeder einzelne Terrarch auf dem Angesicht dieses Planeten tot, angefangen mit deiner hoch verehrten Asea.« Malkior klang ein wenig betrübt, als wünschte er, es wäre anders. Er seufzte, und als er weitersprach, war seine Stimme kräftiger und selbstsicherer. »Sie waren gegen uns, weil sie an ihren Verboten hingen, Rik. Sie hielten das, was wir taten, für eine Art Kannibalismus, und wahrscheinlich hatten sie sogar recht. Aber wenn man verzweifelt genug ist, stellt man fest, dass man sich über viele Verbote hinwegsetzen kann.

Natürlich ist das heute ganz anders. Damals mussten wir einander verschlingen. Doch jetzt besitzen wir eine ganze neue Welt, belebt von einer Spezies, die man kaum als intelligente Wesen beschreiben kann.«

Es erstaunte Rik, dass er noch in der Lage war, schockiert zu sein. »Die Menschen?«

»Genau. Es ist erstaunlich, dass eine so kleine Veränderung einen so gewaltigen Unterschied machen kann. Ich habe im Osten auf verschiedene, unauffällige Arten gewisse Kenntnisse in Umlauf gebracht, und jetzt wendet jeder zweitklassige Nekromant, der sein Privatgut hat, diese Techniken an. Thanatomantie ist einer der Gründe, aus denen Sardea diesen Krieg gewinnen wird. Seine Magier sind wirklich sehr stark geworden.«

»Ihr wollt Euch der Menschen als Schlachtvieh bedienen?«

»Kannst du dir eine bessere Verwendung für sie vorstellen?« Malkior sah auf, und seine Augen blitzten belustigt. »Doch jetzt finde ich, dass ich genug deiner Fragen beantwortet habe. Erzähl mir, was im Schlangenturm geschehen ist.«

Rik lieferte ihm einen ehrlichen, vollständigen Bericht und ließ nichts aus. Malkior hielt inne, um darüber nachzudenken. »Ich glaube dir sogar; aber selbst wenn du lügst, werden die Quan die Wahrheit aus dir herausbekommen. Deine nächste Frage bitte.«

Dieses Spiel schien ihm beinahe Freude zu bereiten. Rik stellte fest, dass er neugierig war: auf seine wahre Herkunft.

»Seid Ihr als Schattenblut geboren worden?«

»Ja. Meine Mutter hat mich von Kindheit an ihre Geheimnisse gelehrt. Ich vermute, dass ihr Ehemann nicht mein wirklicher Vater war. Er starb unter recht mysteriösen Umständen. Sie war dem Schänder alles Heiligen äußerst zugeneigt, und ich vermute, dass er mein richtiger Vater war. Und also dein Großvater.«

»Wer war dieser Schänder?«

»Das ist jetzt zwar eine zusätzliche Frage, aber ich werde sie dir beantworten. Die Wahrheit ist, dass ich seine wahre Herkunft nicht kenne. Ich weiß nur, dass er ursprünglich ein Terrarch war, wie ich. Und um die ganze Wahrheit zu sagen, ich hoffe, eines Tages so zu werden wie er.«

»Wie wollt Ihr das anstellen?«

»Ich meine, jetzt bin ich an der Reihe. Du solltest mir nun sagen, was Asea weiß. Nicht, was sie vermutet, sondern was sie wirklich weiß.«

»Sie weiß, dass Ihr ein Schattenblut seid. Keine Ahnung, ob sie das beweisen kann, aber das braucht sie auch nicht. Sie wird Euch töten, wenn sie kann.«

»Das bezweifle ich nicht. Deswegen muss ich sie zuerst töten. Ich hätte sie schon längst umgebracht, doch bis vor Kurzem ist sie immer sehr vorsichtig gewesen. Aber jetzt sag mir, wie sie zu ihrem Verdacht gekommen ist.«

Rik erzählte es ihm. Als er zu Tamara und dem Mord an Elakar kam, schüttelte Malkior den Kopf. Er wirkte beinahe ärgerlich. »Ich habe Tamara davor gewarnt, ihre Kräfte einzusetzen, ihr gesagt, sie solle sich nicht damit brüsten. Aber sie wollte nicht hören.«

»Das ist ein Jammer«, sagte Rik und konnte den Spott nicht aus seiner Stimme verbannen. Malkior lächelte, eine furchterregende Grimasse.

»Ja, für dich. Ihre Tat hat nämlich Asea in die Lage versetzt, alle Puzzle-Stückchen zusammenzusetzen, und das wiederum hat dazu geführt, dass du hier sitzt. Letzten Endes könntest du Tamara auch dafür die Schuld geben.

Sie durchlebt eine dieser immer wiederkehrenden Zeiten, in denen sie den Drang hat, mir ihre Unabhängigkeit zu beweisen. Ich muss sie wohl bald zur Raison bringen.«

»Bereut Ihr irgendetwas von dem, was Ihr getan habt?«

Malkior lachte. »Ich kann mir so etwas wie Reue gar nicht leisten, Rik. Das Streben nach Göttlichkeit lässt keinen Platz dafür.«

»Ist es das, was Ihr wollt?«

»Wärest du denn nicht gern ein Gott, wenn du könntest?«

»Nein.«

»Der Unterschied zwischen uns beiden, Rik, ist der, dass ich in der Lage bin, diesen Zustand zu erreichen, du aber nicht. Das macht sehr viel aus.«

»Und Ihr würdet jeden töten, der sich Euch in den Weg stellt?«

»Ich habe schon oft getötet, Rik, und ich vermute, dass ich noch weit mehr töten muss. Asea, Kathea, Azarothe, sie stehen alle auf meiner Liste. Ich glaube, heute Nacht werde ich mit Asea beginnen.« Rik glaubte Malkior jetzt etwas besser zu verstehen; offenbar trieb ihn die Eitelkeit zu seinen Prahlereien an. Wahrscheinlich hatte er diesen Teil seiner selbst sehr lange unterdrückt, und jetzt brach er sich Bahn. Schade, dass ihm seine Mitteilsamkeit nichts mehr nützen würde.

»Gibt es noch mehr wie Euch?«

»Jeder ist wie ich, Rik, oder jeder wäre es, wenn er damit durchkäme. Der Unterschied ist, dass ich stark genug bin, es zuzugeben.«

»Zumindest Euch selbst gegenüber.«

»Damit halte ich immerhin die Hauptperson auf dem Laufenden.«

»Ihr habt meine Frage nicht beantwortet.«

»Natürlich gibt es noch mehr Terrarch wie mich. Von einigen weiß ich, andere leben im Verborgenen, aber sie sind da. Ich bin mir sicher, dass eine ganze Anzahl von ihnen mit den Ersten auf diesen Planeten gekommen ist. So, ich fand diese kleine Plauderei sehr anregend, aber jetzt fällt mir nichts mehr ein, was ich von dir wissen will. Wenn du eine letzte Frage hast, dann stelle sie lieber rasch. Die Quan warten, und der Hunger bessert ihre Stimmung nicht.«

»Werden sie wirklich meine Seele verschlingen?«

»Glaube mir, wenn es eine Möglichkeit gäbe, dir das zu ersparen, ich würde es tun.« Malkior klang vollkommen aufrichtig, und dennoch öffnete er die Tür. Etwas Riesiges, Feuchtes und Wimmelndes schwebte dort. Die gewaltige Gestalt war in einen Umhang gehüllt und trug eine Maske. Schon der Geruch machte Rik klar, dass er sich in der Gesellschaft eines der Meeresteufel befand.

23. KAPITEL

Hütet euch vor den bösartigen Quan, auf dass nicht
Eure Seele in Gefahr gerate.

Marlon Sheldrake, Verbotene Lehren der Alten Welt

1

Vor dem Fenster war es bereits dunkel, obwohl es erst später Nachmittag war. Dicke Schneeflocken fielen. Vom Fenster aus sah Sardec, wie sich die Lichter der Schiffe in dem ölfarben schillernden Wasser spiegelten, in dem sie lagen. Sie schienen über ihn zu spotten.

»Ich konnte keine Passage für uns buchen«, erklärte Sardec. »Es tut mir leid.«

»Keine Ursache. Zumindest seid Ihr dabei gesehen worden, wie Ihr es versucht habt, und das ist das Wichtigste. Unsere Feinde werden glauben, dass wir festsitzen und sie uns genau dort haben, wo sie uns hinhaben wollten.«

»Wahrscheinlich, weil es auch genauso ist, edle Dame.«

»Vielleicht«, sagte sie.

»Wenn wir die Stadt nicht per Schiff verlassen können – und ich bin überzeugt davon, dass wir nicht weit kämen, selbst wenn es uns gelänge, eines zu mieten –, wie sollen wir sonst herauskommen – sollen wir etwa fliegen?«

»Sprecht leise, Leutnant. Ja, es ist gut möglich, dass wir genau das tun.«

»Habt Ihr einen der verlorenen gegangenen Zaubersprüche von Al'Terra wiederentdeckt?«

»Sie sind nie verloren gegangen, Leutnant. Es ist nur einfach unmöglich, auf diesem Planeten genug Energie aufzubringen, um sie zu wirken – jedenfalls nicht ohne den Einsatz gewisser verbotener Praktiken.«

»Ihr wollt doch wohl nicht andeuten …«

»Nein, so etwas würde ich weder jetzt noch sonst irgendwann tun, Leutnant. Völlig ausgeschlossen. Aber Ihr müsst mir noch ein wenig vertrauen.«

»Ihr habt diesen Plan schon, seit wir hergekommen sind?«

»Ja.«

»Warum habt Ihr mir dann nicht davon erzählt?«

»Ich dachte, Ihr könntet den Verzweifelten überzeugender spielen, wenn Ihr nicht davon wüsstet.«

»Da hattet Ihr recht.« Obwohl sie ihn getäuscht hatte, war Sardec mit einem Mal das Herz leichter geworden. Vielleicht gelang es ihnen doch noch, Harven zu verlassen.

»Doch im Augenblick fürchte ich, dass wir ein anderes Problem haben.«

»Und welches?«

»Mein Schützling ist noch nicht wieder da. Ich hatte ausdrücklich angeordnet, er solle vor dem Dunkelwerden zurückkehren.«

»Wahrscheinlich sitzt er irgendwo in einer Taverne. Ich weiß, dass einige von unseren Männern ebenfalls unterwegs sind.«

»Ich habe schon Dienstboten ausgeschickt, um das zu überprüfen.«

»Sie können nicht in jede Taverne gesehen haben, Prinzessin. Ich bin mir sicher, er wird bald auftauchen.«

»Ich wünschte, ich könnte Eure Zuversicht teilen, Leutnant.«

2

Der Quan floss in den Raum. Anders ließ sich die Art, wie er sich fortbewegte, nicht beschreiben. Falls er Füße besaß, dann berührten sie den Boden nicht. Langsam glitt er heran. Um das Wesen herum schimmerte die Luft leicht, als wäre es von einer transparenten Schicht umgeben. Rik fiel ein, wie der Magier Alaryn die Blase beschrieben hatte, in der er die Stadt unter dem Meer besucht hatte. War dies eine ähnliche Vorrichtung, nur dass sie umgekehrt genutzt wurde? Er meinte, Wasserblasen über den Umhang des Quan treiben zu sehen. War es so, dass eine Art Magie die unbekannte Nahrung, derer die Lungen dieses Wesens bedurften, aus der Luft saugte und in einen wassergefüllten Kokon leitete?

Malkior stand in der Tür und warf ihm einen letzten bedauernden Blick zu. »Wirklich, ich wünschte, alles wäre anders gekommen.«

»Darauf wette ich.«

»Töricht und trotzig bis zum Letzten. Ich finde das richtig anrührend. Hast du noch ein paar letzte Worte zu sagen, die ich Asea überbringen soll? Ich würde daran denken, sie ihr mitzuteilen, bevor ich sie töte.«

»Ich bezweifle, dass Ihr nahe genug an sie herankommen würdet, um sie mit Eurer Magie zu schlagen, so wie Ihr es bei mir getan habt.«

»Im Gegenteil, ich kenne mich in der Botschaft ziemlich gut aus. Ich bin schon oft bei Botschafter Valefor zu Gast gewesen.«

Rik erinnerte sich daran, wie Fürst Elakar getötet worden war, und ihm sank der Mut. Der Schattenblut-Fürst kannte den Weg ins Innere der Botschaft und konnte jederzeit ein Schattentor dorthin öffnen. Er hatte keine Möglichkeit, Asea zu warnen. Der Quan glitt näher und erinnerte ihn daran, dass er seine eigenen Probleme hatte.

»Lebe wohl«, sagte Malkior und schloss auf dem Weg nach draußen die Tür hinter sich. Rik spürte eine seltsam reißende Empfindung im Schädel und eine Übelkeit, wie er sie in Halim, in der Nähe des von Tamara geschaffenen Schattentors, gefühlt hatte. Offenbar hatte Malkior ihn tatsächlich seinem Schicksal überlassen und sich auf den Weg gemacht, um Asea zu töten. Der Quan schwebte näher an Rik heran. Wasserblasen liefen über seinen Umhang. Dann nahm das Wesen die Maske ab, und Rik unterdrückte einen Aufschrei.

Sein Gesicht hatte nicht die geringste Ähnlichkeit mit dem eines Menschen. Am ehesten erinnerte es ihn an einen Tintenfisch. Die feuchten Augen besaßen etwas eigenartig Menschliches, aber die untere Hälfte des Kopfes bestand aus einer Masse wabernder Tentakel. Als sie sich bewegten, sah er, dass an jedem Ende ein Mund saß, der dem eines Blutegels ähnelte. Aus den Öffnungen ringelten sich hässliche weiße Polypen hervor. Er hatte das Gefühl, dass er bald herausfinden würde, wozu genau sie dienten.

Malkior hatte ihm das versteckte Messer gelassen. Er war sich sicher, dass das nicht nur ein Zufall gewesen war. Er ließ es in seine Hand gleiten und stach blitzschnell auf den Quan ein. Doch so flink er war, das Wesen war schneller. Ein Tentakel schoss unter dem Umhang hervor und schlang sich um sein Handgelenk. Dieses Wesen schien aus puren Muskeln zu bestehen. Er vermochte die Hand nicht zu bewegen, so fest hielt es ihn. Der Tentakel zog sich zusammen und Saugnäpfe bissen sich fest. Er ließ das Messer fallen.

Der Quan stürzte voran. Dort, wo sein merkwürdiger, schimmernder Umhang Rik berührte, floss Wasser. Eine Masse von Tentakeln strich über seine Wangen, seine Stirn, seine Lippen. Fremdartige Augen starrten in die seinen. Er spürte einen brennenden Schmerz im Gesicht und hatte das Gefühl, winzige Mäuler grüben sich in Fleisch und Knochen. Dann spürte er Entsetzen und Pein, als sich etwas durch seine Haut bohrte. Ihm fielen die weißen Polypen ein, die ihn an Leichenwürmer erinnert hatten. Jetzt schienen sie sich langsam bis zu seinem Gehirn durchzufressen.

So rasch, wie der Schmerz gekommen war, begann er zu verschwinden, als wäre mit den Bissen eine betäubende Substanz in seinen Körper gelangt. Kühle strahlte von den Stellen aus, wo die Tentakel über seine Haut glitten. Sie blähten und kontrahierten sich obszön, als pumpten sie Blut aus seinem Gesicht. Er versuchte zu atmen, doch sein Mund füllte sich mit Salzwasser aus dem Umhang des Wesens. In diesem Augenblick begriff er, dass es den Tod wirklich gab und das Ende seines Lebens unmittelbar bevorstand.

Der Schmerz kehrte doppelt so stark zurück. Der Quan saugte nicht nur Blut, sondern seine Lebenskraft aus ihm heraus. Er spürte die Gegenwart des Wesens in seinem Geist. Es war dabei, ihn zu töten. Seine fremdartigen Denkprozesse mischten sich mit seinen eigenen. Eine Flut längst vergessener Erinnerungen stieg in ihm auf, und Gedankententakel durchwühlten sie wie ein Dieb, der in einer Kommode nach Wertgegenständen sucht. Der Quan, der nicht fand, was er wollte, zapfte weitere Erinnerungen an.

Triumph! Das Wesen hatte gefunden, was es suchte und brauchte. Bilder von Schlangenmenschen und einem gewaltigen grünen Turm huschten durch Riks Kopf. Sie sahen nicht ganz so aus wie in seiner Erinnerung; wahrscheinlich, weil sich das Sehvermögen dieser Kreatur von seinem eigenen unterschied.

Das Gefühl, ausgesaugt zu werden, verstärkte sich. Ihm wurde klar, dass der Quan nicht nur sein Leben und sein Blut verschlang. Er würde ihm auch seine Gedanken und Erinnerungen rauben, obwohl er sie nicht vollständig verstand. In ihm war etwas, das auf dieses Wesen aus war, und um es zu bekommen, würde es ihn aussaugen, bis von ihm nur noch eine seibernde, leere Hülle ohne Verstand übrig war.

Nein.

Er weigerte sich, auf die gleiche Weise zu sterben wie seine Mutter. Sein Wille stand auf und rebellierte gegen dieses Entsetzen und die Angst vor dem Tod. Er griff in sein Inneres hinein und schöpfte aus seinem Zorn und seinem Schmerz. Tastend, halb instinktiv griff er auf Aseas

Lehren zurück, schmiedete seine Empfindungen zu einer Klinge und hieb damit auf den Meeresteufel ein. Zu seiner großen Verblüffung – und zur noch größeren des Quan – traf er auch. Das Gefühl, ausgesaugt zu werden, wich, als der Geist des Quan zurückfuhr. Er war es nicht gewöhnt, dass sich seine Beute so heftig wehrte.

Nachdem sich das Wesen auf die neue Lage eingestellt und die Stärke seines Gegners abgeschätzt hatte, warf es sich wieder in den Kampf und schlug jetzt auf Rik ein. Er versuchte den Schlag zu blockieren, doch es war, als ringe er mit einem Tintenfisch. Der Quan griff an so vielen Stellen gleichzeitig an, dass er gar nicht darauf reagieren konnte. Geist gegen Geist kämpften sie, und einmal mehr hatte Rik das Gefühl, er werde sich gleich aus seinem Körper lösen.

Er erinnerte sich an das Initiationsritual, das Asea ihm auferlegt hatte, und zog sich in sein Inneres zurück, bis ihm war, als schwebe er körperlos an einem seltsamen Ort zwischen den Welten – dem Ort, an dem er Kontakt zu der Großen Tiefe aufgenommen hatte. Selbstbewusst folgte ihm der Meeresteufel. Doch jetzt befanden sie sich in Riks Welt. Er war nicht länger ein ertrinkendes, von Schmerzen geschütteltes Fleischbündel, das auf einem halb im Wasser liegenden Wrack gefangen war. Hier besaß er Macht. Dies war seine Traumwelt, der Ort, an dem sein Geist die Tiefe berührte.

Er stellte sich eine glühende Klinge in seiner Hand vor und eine Rüstung, die seinen Körper umgab. Beides erschien. Dann hieb er auf den Quan ein. Der geistige Schrei des Wesens hallte durch das Weltall. Es gab nicht auf, sondern blähte sich zu einem titanischen Monstrum auf, das groß genug war, ein Schiff auf den Meeresgrund zu ziehen.

Rik tat es ihm nach und wandelte sich zu einem Riesen von der gleichen Größe. Er heizte seine Klinge auf, bis sie so heiß war wie die Sonne. Sie durchschlug die wassergefüllte Schutzhülle des Quan, brachte einen Teil davon zum Verdampfen und hinterließ eine große, verkohlte Wunde. Wie ein Berserker ging der Quan jetzt auf ihn los, und eine Masse von Tentakeln mit gierigen Mäulern klatschte auf seine Rüstung. Überall, wo sie auftrafen, spürte er, wie das Leben aus ihm herausgesogen wurde. Die Bisse waren so kalt wie Stahl, der im winterlichen Eis gelegen hatte.

Er ließ sein Schwert noch stärker glühen und stellte sich vor, dass es dieselben Eigenschaften besaß wie diese klaffenden Mäuler und in der Lage war, seinem Opfer die Kraft auszusaugen. Wieder traf die Klinge, und die Kraft strömte heiß in ihn zurück, zusammen mit einer Masse fremdartiger Erinnerungen. Bilder zuckten durch seinen Geist.

Er sah eine Stadt auf dem Meersgrund, errichtet aus schimmernden Korallen, in der Hunderte von Quan durch das Wasser glitten. Monströse Wesen, hundertmal größer als sie, schwammen im Kreis und entließen winzige, kaulquappenähnliche Quan ins Wasser, von denen nur einer von Tausend das Erwachsenenalter erreichen würde. Er erblickte die gewaltigen, schimmernden Ungeheuer, die in den Tiefen des Ozeans wohnten, und dazu noch versunkene Städte, die nie ein Mensch gesehen hatte.

Wieder traf seine Klinge, und neue Kraft strömte in ihn ein und wärmte ihn. Die Bisse der Tentakeln erschienen ihm jetzt klein und unbedeutend. Immer mehr Erinnerungen ergossen sich in ihn, die er weder verarbeiten noch auch nur annäherungsweise verstehen konnte. Er schmeckte rohes Fleisch, rohen Fisch, die Ekstase, einen

Geist leerzusaugen, den Fluss von Gedanken, Empfindungen und Erinnerungen. Ihm wurde klar, dass sich auf eine gewisse Weise ein Teil all der Wesen, die der Quan verschlungen hatte, noch immer in ihm befand, und nun wurde ein winziges Körnchen der Erinnerungen jeden Opfers zu seinen eigenen. Er nahm sie auf, und die Flutwelle des Entsetzens, die ihm entgegenbrandete, brachte ihn fast um den Verstand. Einen Augenblick lang, während er den Tod hunderter Wesen noch einmal erlebte, war er abgelenkt und spürte, wie sich der Quan loszureißen begann.

Sein Instinkt sagte ihm, dass er das nicht zulassen durfte. Wenn die Verbindung zwischen ihnen jetzt abgeschnitten wurde, konnte das seinen Körper töten. Inmitten des Schmerzes und des Sturms gestohlener Erinnerungen zwang er sich zu handeln und wob ein Netz aus gesponnenen Gedanken, um das Untier einzufangen und zu sich zurückzuziehen. Wieder und wieder schlug er mit seinem Flammenschwert auf die Kreatur ein und entzog ihr immer mehr Kraft und Erinnerungen, bis er schließlich nicht mehr konnte. Er wusste, dass seine Illusion verblasste, und legte seine ganze verbliebene Kraft in einen allerletzten Hieb.

Eine Flutwelle von Energien und Erinnerungen überrollte ihn und riss ihn in die Dunkelheit hinab.

3

Als er erwachte, lag er über der schleimigen, feuchten Leiche des Quan. Er fühlte sich merkwürdig, anders, verändert. Beschmutzt, so als wäre da etwas in ihn hineingeschlüpft, als hätte er sich, indem er den Quan tötete, irgendwie in ihn verwandelt. Hunderte von Stimmen flüsterten in ihm. Er versuchte sich die Ohren zuzuhalten, doch das Flüstern endete nicht, weil sich die Stimmen in seinem Geist befanden. Er fragte sich, ob er bei Verstand war, ob er nach dem, was er gerade erlebt hatte, je wieder geistig gesund sein würde.

Eines jedoch war ihm klar: Er besaß jetzt eine gewaltige Macht. Er beschwor die Heilzauber, die Asea ihn gelehrt hatte, und sein Körper begann von ihrer Energie fast zu glühen. Seine Lungen wurden frei. Er fühlte sich besser und stärker als seit Jahren. Er lächelte. Zumindest das war gut so.

Hundert Stimmen verlangten in seinem Kopf verzweifelt nach Aufmerksamkeit. Tausende von Gedanken und Erinnerungen stiegen in ihm auf. Er rang mit ihnen und zwang sie nieder. Dank seiner neu erworbenen Kraft fiel ihm das leicht. Er fühlte sich wie ein Gott und wusste, dass er genug Kraft besaß, um jede beliebige Magie zu wirken. Er hatte sie dem Quan weggenommen. Und er vermutete, dass er auf gewisse Weise zum Thanatomanten geworden war.

Jetzt verstand er, dass man nach dieser Erfahrung süchtig werden konnte, nach dem Gefühl von Macht und Wohlbefinden, die sie schenkte. Er überprüfte die anderen Zaubersprüche, die er kannte. Seine Gedanken schienen eine neue Klarheit zu besitzen. Er wendete die Zauber an, die ihm Kraft und Schnelligkeit verleihen sollten, und wirklich spannten und wölbten sich seine Muskeln. Macht floss wie eine Droge durch seine Adern.

Rik hob die Leiche des Meeresteufels auf. Sie war erstaunlich leicht. Die unbekannte Magie, die dem Wesen erlaubte, sich an der Oberfläche zu bewegen, verringerte offensichtlich auch sein Gewicht. Er legte den Körper beiseite, nahm sein Messer und untersuchte die Ketten, mit denen er gefesselt war. Sie waren alt, die Schlösser einfach – und er war ein Dieb aus Drangsal. Mit der Messerspitze sprengte er den Mechanismus und war frei.

Er formulierte eine Reihe von Zaubersprüchen und schickte die Energie durch seinen Körper. Seine Wahrnehmungsfähigkeit wurde vervielfacht. Er hörte aus den entferntesten Winkeln des Rumpfes ein Flüstern und wusste, dass im Korridor Wachen standen und darauf warteten, den Quan herauszulassen. Also nahm er den schwebenden Körper und donnerte ihn gegen die Tür. Sie wurde geöffnet. Er warf den Wachen die Leiche entgegen, sodass sie zurückfuhren, sprang dann auf sie zu und tötete beide mit seinem Messer.

Es war leicht. Im Vergleich zu ihm bewegten sie sich sehr langsam. Ihr Fleisch platzte geradezu auf wie das einer Melone. Er sprang in den Flur hinaus, wo weitere Männer warteten. Einige von ihnen waren mit Pistolen bewaffnet. Während sie noch verwirrt dastanden, stürmte er voran. Einmal, zweimal, dreimal fand seine Klinge ihr Ziel. Drei Männer starben, ehe sie überhaupt begriffen, wie ihnen geschah. Er hob ein Entermesser auf und stopfte Pistolen unter seinen Gürtel. Jetzt würde er sich an einigen Leuten für das rächen, was sie ihm angetan hatten.

Ja, ja, kreischten die Stimmen. Er rang sie nieder, denn jetzt durfte er sich nicht ablenken lassen.

Rik trat auf das Deck hinaus. Die Schreie aus dem Unterdeck hatten die Wachen hier oben gewarnt. Mit den Waffen im Anschlag kamen sie auf ihn zugerannt. Er lachte, schlug den Schwertarm eines Mannes zur Seite und stieß ihm den Dolch in die Kehle. Mit einer einzigen fließenden Bewegung hob er die Leiche hoch und schleuderte sie den übrig gebliebenen Wachposten entgegen. Dann stürzte er sich selbst auf sie und tötete, tötete. Eine seltsame Hochstimmung und ein Drang, sich von ihnen zu nähren, erfüllten ihn. Die Stimmen drängten ihn ebenfalls dazu, doch er wehrte sie ab. Er hatte weder die Zeit dazu, noch wusste er, wie er das hätte anstellen sollen. Und er hoffte, dass er nie den Wunsch danach entwickeln würde.

Innerhalb von Minuten hatte er das Schiff gesäubert. Anscheinend war er der einzige Gefangene gewesen. Jetzt fragte er sich, wie er an Land kommen sollte. Das Gefängnisschiff lag weit draußen im Hafen, und im Wasser rund um den Rumpf sah er Gestalten treiben. Noch mehr Quan – Schwimmen kam also nicht infrage. Er suchte, bis er das kleine Boot fand, das am Heck angebunden war.

Er hatte keine Ahnung, ob ihn die Quan auch im Boot angreifen würden, aber das musste er riskieren.

24. KAPITEL

Der Tod ist das Schicksal des Tieres, das zu langsam ist, um dem Räuber zu entkommen. Das Leben ist der Lohn des Leichtfüßigen.

Malestar, Das Reich der Natur

1

Sardec war verblüfft, als der halbblütige Soldat in den Raum taumelte. Er sah aus, als hätte er soeben ganz allein eine Schlacht geschlagen. Sein Gesicht war mit kleinen, runzligen Narben überzogen. Die Kleidung war blutverschmiert. Er stank nach Meerwasser und nach noch etwas anderem, ekelhaft Fischigem. In seinen Augen stand ein Wahnsinn, der nicht nur von Schmerz hervorgerufen sein konnte. Sogar seine Bewegungen waren anders als sonst, irgendwie fremdartig. Instinktiv trat Sardec zwischen Asea und Rik und bemerkte, dass Karim mit blanker Klinge hinter ihm Stellung bezog.

»Was ist geschehen, Rik?«, fragte Asea.

Das Halbblut hielt einen Augenblick lang inne, als lausche es auf etwas oder suche in einer fremden Sprache nach Worten. Sardec zog seine Pistole. Hier stimmte etwas nicht. Das Halbblut schüttelte den Kopf. »Nicht nötig, Leutnant. Ihr seid nicht in Gefahr – jedenfalls nicht durch mich.«

»Was meint Ihr?«

»Ihr solltet die Botschaft verlassen.«

»Und wohin sollen wir gehen?«

»Überallhin, nur nicht hierbleiben. Malkior kennt sich in der Botschaft aus. Ich glaube, Valefor hat ihn herumgeführt.« Er hielt den Blick fest auf Asea gerichtet, als hätten seine Worte größere Bedeutung für sie als für die anderen, und anscheinend traf das auch zu.

»Du bist Malkior begegnet«, stellte sie fest.

»Er hat mir das angetan. Er und ein Freund von ihm.«

»Dann hattest du großes Glück, den beiden zu entkommen.« Aseas Stimme klang argwöhnisch. Sie bewegte ihre Finger und beschrieb einen Zauber, dann sprach sie ein Wort in einer der alten Sprachen. Ein glühendes Zeichen tauchte vor Rik in der Luft auf, legte sich gleich darauf auf seine Stirn und brannte dort weiter.

Seine Miene verzerrte sich zu einem grimmigen Ausdruck, ein eigenartiges Licht erschien in seinen Augen, und die Haut auf der versengten Stelle kräuselte sich und löste sich auf. »Das hat weh getan«, sagte er. »Ich wäre Euch dankbar, wenn Ihr das nicht noch einmal tätet.«

»Es war notwendig, Rik. Was immer hier das Problem ist, du stehst jedenfalls nicht unter einem magischen Zwang.«

»Ich freue mich, dass wir uns in diesem Punkt einig sind. Wir müssen sofort weg von hier. Malkior hat einen Pakt mit den Quan geschlossen. Und er hat vor, heute Nacht herzukommen, um Euch zu töten. Eigentlich erstaunt es mich, dass er noch gar nicht hier ist.«

»Vielleicht hatte er noch anderswo zu tun. Oder er hat das Gefühl, viel Zeit zu haben.«

»Schon möglich. Ich weiß nicht, was ich sonst noch sagen soll. Hier wird es für uns bald ziemlich ungemütlich werden. Ich habe auf der Flucht einen der Meeresteufel getötet.«

»Wie bitte?«

»Ich habe einen dieser Tintenfisch-Bastarde umgebracht, und ich bin froh darüber.«

Sardec dachte an die Erzählungen des Kaufmanns über die Schiffsbrecher, und ihm sank der Mut. Diese Botschaft war zum Untergang verurteilt. Offenbar hatte Aseas Liebhaber einen der geheimen Herrscher dieser Stadt massakriert, eines jener Wesen, mit denen sie hatten verhandeln sollen.

»Du solltest mir besser berichten, was geschehen ist, Rik. Leutnant, Ihr kümmert Euch bitte darum, dass die Reisekörbe mit meinen Kleidern auf den Hof gestellt werden.«

»Mit allem gebotenen Respekt, Prinzessin Asea, ich glaube nicht, dass es jetzt an der Zeit ist, Euch um Eure Garderobe zu kümmern.«

»Tut bitte einfach, was ich Euch sage, Leutnant. Eure Fragen beantworte ich später.«

2

Rik wartete, bis die anderen den Raum verlassen hatten und Asea ihre Schutzzauber aufrichtete, dann ließ er sich in einen Sessel fallen. Sein ganzer Körper schmerzte, und er wusste auch warum. Als er seine Kraft und Schnelligkeit verstärkt hatte, da hatte er Muskeln und Knochen so beansprucht wie noch nie zuvor, und jetzt zahlte er den Preis dafür. Asea betrachtete ihn nachdenklich.

»Ihr vertraut mir also noch«, sagte er schließlich.

»So sieht es aus. Jetzt aber sag mir, was geschehen ist.«

Er erzählte es ihr und berichtete alles, was in den letzten paar Stunden geschehen war. Sie lauschte ihm aufmerksam.

»Du hast einen Quan getötet und dir seine Seele einverleibt? Dann bist du noch stärker, als ich gedacht hatte.« Eine Spur ehrfürchtigen Staunens lag in ihrer Stimme.

»Entweder dieses Wesen oder ich. Ich hatte kaum eine Wahl.«

»Und nun trägst du seine Kraft in dir. Du brauchst mir nicht zu antworten – ich sehe es, und das erklärt auch vieles andere.«

»Und nun?«

»Was?«

»Was habt Ihr jetzt mit mir vor?« Rik wappnete sich. Er war sich nicht sicher, ob er Asea töten konnte, wenn sie sich gegen ihn stellte, oder ob er das überhaupt wollte. Andererseits aber war er auch nicht bereit, sich wie ein Lamm zur Schlachtbank führen zu lassen. Dafür hatte er in der letzten Zeit zu viel durchgemacht.

»Weswegen sollte ich dir übel wollen?«

»Also, erstens sieht es so aus, als wäre ich jetzt ein vollwertiges Mitglied der Gilde der Thanatomanten.«

»Wie du sagtest, war das ein Zufall.«

»Außerdem glaube ich, dass ich vielleicht verrückt werde. Ich höre hundert Stimmen in meinem Kopf.«

»Sie werden leiser werden, wenn du erst lernst, sie zu beherrschen.«

»Ihr scheint eine Menge davon zu verstehen.«

»Mehr, als mir lieb ist.«

Rik fragte sich, wie sie das meinte. Jemand klopfte laut an die Tür. Sardec. »Wenn Ihr über irgendeine Idee verfügt, wie wir dieses Gebäude verlassen können, Prinzessin, dann wäre es jetzt wohl an der Zeit dazu.«

»Was ist los?«, erkundigte sich Asea.

»Unsere Beobachtungsposten haben gemeldet, dass im Hafen etwas sehr Eigenartiges vorgeht, und es sieht aus, als wäre eine kleine Armee hierher unterwegs.«

»Wir reden später weiter, Rik. Jetzt sollten wir zusehen, dass wir von hier verschwinden.«

3

Malkior trat an das Fenster der Wohnung, die auf der anderen Straßenseite lag, gegenüber der Botschaft. Bald war es Zeit, seinen Angriff durchzuführen. Der Spion, den er angeheuert hatte, um die Taloreaner zu beobachten, sah zu ihm auf und lächelte. Die Kraft der Seelen, die er soeben verschlungen hatte, lief durch Malkiors Körper. Er fühlte sich stark und mächtig genug, um sogar mit Asea und ihresgleichen fertig zu werden. Wie immer, nachdem er ein Ritual durchgeführt hatte, flüsterten ihm die Stimmen in seinem Kopf zu wie alte Freunde und erinnerten ihn daran, dass er am Leben und kraftvoll war, während sie als bloßer Bodensatz in seinem Geist vegetierten.

»Seit der Bettler hineingegangen ist, war alles ruhig, Herr.«

»Welcher Bettler?«

»Derselbe, der heute früh am Morgen herauskam, wenn ich mich nicht irre. Der, von dem Ihr uns gesagt habt, wir sollten ihn im Auge behalten.«

»Das Halbblut, Rik? Aseas Liebhaber?«

»Ja, Herr.«

»Das kann nicht wahr sein.«

»Ich habe ihn mit eigenen Augen gesehen.« Malkior fluchte. Er hätte früher herkommen sollen, er hatte jedoch abwarten wollen, bis sein Opfer fest schlief, und unterdessen seine magischen Kräfte durch thanatomantische Rituale aufgebaut. Gerade heute Nacht musste er stark sein.

»Bist du dir vollkommen sicher?« Noch während Malkior diese Worte sprach, öffnete sich die Tür und einer der Mittler trat in den Raum. Es war Alaryn, ein Mensch, dem Malkior keinen Fußbreit über den Weg traute. Er brauchte nicht zu fragen, wie dieser Lakai der Quan ihn gefunden hatte. In der Stadt ging wenig vor, von dem der Rat und die Meeresteufel nichts erfuhren.

»Habt Ihr mir eine Erklärung zu geben, Fürst Malkior?«, fragte er.

»Kann diese Sache nicht warten?«, gab Malkior leutselig zurück. »Ich habe heute Nacht noch sehr viel zu tun.«

»Die Quan sind nicht glücklich über Euch.«

Malkior fuhr herum und starrte den Menschen an. Seine Stimmen brachen in einen wütenden, verwirrten Chor aus. »Wie bitte?«

»Einer ihrer Exarchen ist getötet worden, und sie glauben, Ihr hättet etwas damit zu tun.« Malkior unterdrückte den Wunsch, den Schwachkopf auf der Stelle zu erwürgen.

»Was soll dieser Unsinn?«

»Der Exarch ist auf dem Gefängnisschiff umgekommen.«

»Das ist nicht möglich. Ich habe ihn vor weniger als einer Stunde gesehen, und da war er noch am Leben.«

»Jetzt ist er aber tot.«

»Was ist geschehen?«

»Ich weiß es nicht. Aber er war körperlich unverletzt, und die Ältesten der Quan glauben, dass jemand seine Seele ausgesaugt hat.« Alaryn sah ihn misstrauisch an. Malkior fragte sich, ob der Mittler erkennen konnte, dass er sich vor Kurzem in einem Ritual genährt hatte. Wenn er hier einen falschen Eindruck hinterließ, konnte sich das als äußerst gefährlich erweisen.

»Was haben die Männer auf dem Schiff gesagt?«

»Nichts. Sie waren alle tot.«

Malkior lief es kalt über den Rücken. Die Stimmen erhoben sich zu einem ängstlichen Crescendo. War es möglich, dass sein mutmaßlicher Sohn das getan hatte? War dieser kleine Bastard so viel stärker gewesen, als er ihm zugetraut hatte? Hatte er tatsächlich da gesessen und Malkior ausgelacht, dann wie beiläufig einen Exarchen der Quan und dessen Leibwachen ermordet, bevor er vom Schiff geflohen und in die Botschaft zurückgekehrt war? Malkior lachte auf, hin- und hergerissen zwischen der unmöglichen Vorstellung und dem Umstand, dass es sich anscheinend genau so abgespielt hatte.

»Ich versichere Euch, dass diese Angelegenheit nicht zum Lachen ist, Fürst Malkior. Ihr habt uns gesagt, der Junge sei ein leichtes Ziel, und habt selbst darum gebeten, dass ein Exarch der Quan ihn verhört. Nun ist er fort und alle Zeugen seiner Flucht sind tot – alle bis auf Euch. Die Quan brennen darauf, Euch einige Fragen zu stellen.«

»Darauf möchte ich wetten.«

»Um Fürstin Asea braucht Ihr Euch keine Gedanken zu machen«, sagte Alaryn. »Der Rat schickt eine Kompanie Soldaten, um sie ebenfalls festzunehmen.«

Malkior spürte, wie ihm sein gesamter Plan aus den Händen glitt. Wenn er hier blieb, fingen ihn vielleicht die Meeresteufel, und er konnte sich schon vorstellen, wie ihr Verhör aussehen würde. Er hatte nicht den Wunsch herauszufinden, ob er in der Lage war, in einem magischen Kampf mehrere Exarchen zu überwältigen, oder ob er ihr auf magische Weise geführtes Verhör überleben würde. Und auf keinen Fall wollte er in dieser Stadt festsitzen, wenn sich die Quan gegen ihn wandten. Zum Glück hatte er wie immer ein Schlupfloch vorbereitet, in das er sich jetzt zurückziehen konnte. Wenigstens saß Asea hier in der Falle und war den Quan auf Gedeih und Verderb ausgeliefert. Er bezweifelte, dass sie sehr zartfühlend mit ihr umspringen würden.

4

Rik trat auf den Hof, der in der Mitte der Botschaftsgebäude lag. Nach den Ereignissen der Nacht drehte sich ihm der Kopf. Doch was er jetzt sah, verwirrte ihn endgültig. Die Leibwache war vollständig angetreten, und Aseas Kleiderkörbe standen auf der gepflasterten Fläche.

»Wenn Ihr so freundlich sein würdet, die Körbe zu öffnen und ihren Inhalt hervorzuholen«, wies sie Sergeant Hef an. »Und seid dabei bitte sehr vorsichtig.«

Langsam begriff Rik, was er sah. Die Männer öffneten die Weidenkörbe. Darin befand sich Stoff, aber er war nicht zu Kleidern verarbeitet, sondern hatte die Form von Benjarios riesigem Ballon. Unter Aseas ruhigen, genauen Anordnungen legten die Männer die riesigen Gasballons flach aus und befestigten sie mit Spinnenseide, die sie durch Ösen in den Wänden der Körbe zogen. Insgesamt waren es drei Flugapparaturen, in denen Platz genug für alle zehn Fourageure, Sardec und Asea war. Mit einem Mal ergab vieles einen Sinn.

Asea sah in jeden der Körbe und zog ein kleines, mit Runen bedecktes Fläschchen hervor. Die Behältnisse waren viel kleiner als jene, aus denen sie schon vorher Elementarkräfte heraufbeschworen hatte, aber wenn Rik richtig vermutete, befanden sich darin Kreaturen, die für ihren Zweck stark genug waren.

»Könnt Ihr denn alle zugleich beherrschen?«, fragte er.

»Sie sind viel schwächer als die Elementarkräfte, die wir im Krieg einsetzen, und auch weit fügsamer. Anstrengend wird es bestimmt, sie alle zu kontrollieren, aber ich schaffe das schon.«

»Was ist mit den Schutzzaubern auf den Stadtmauern? Werden sie die Elementarwesen nicht zerstören?«

»Das bezweifle ich, aber wenn, dann macht es nichts aus.«

»Für uns schon, denn wenn Eure Kreaturen versagen, werden wir in unser Verderben stürzen.«

»Das wird nicht geschehen, Rik. Vertrau mir.«

»Ich schätze, das werde ich wohl müssen.«

Ohne weitere Umschweife öffnete sie das erste der Fläschchen. Ein kleiner Salamander huschte heraus, ein winziges Feuer-Elementarwesen. Das Flackern, das von ihm ausging, spiegelte sich auf der polierten Außenhaut der Flasche.

Auf Aseas Anweisung hielten die Männer die Öffnung des Gasballons auf. Das Elementarwesen näherte sich, und heiße Luft blähte die Hülle auf. Weitere Salamander verließen das Fläschchen, und die Ballons richteten sich auf. Asea befahl den Männern, sie am Boden festzuhalten.

Sardec wandte sich an Wiesel und den Barbaren. »Eigentlich schade, dass Botschafter Valefor diesen Unfall hatte«, bemerkte er.

»Unfall, Herr?«, fragte Wiesel.

»Ihr wisst schon, er ist aus dem Ballon gefallen, als wir zu fliehen versuchten.«

»Ganz richtig, Herr«, sagte Wiesel. »Ich geh ihn holen.«

»Tötet ihn aber nicht«, wandte Asea ein. »Vielleicht ist er ja unschuldig, und selbst wenn nicht – wir haben keine Zeit dazu. Geht an Bord. Wenn es nötig ist, werde ich mich später mit Valefor befassen.«

Ihr Tonfall sagte ihnen, dass ein rascher, sauberer Tod das Beste für ihn gewesen wäre, falls er sie verraten hatte. Aseas Rache würde nicht angenehm ausfallen.

Rache ist gut, flüsterten die Stimmen in Riks Kopf.

5

Mit einem Ruck stieg der Ballon in die Luft. Der Hof der Botschaft blieb unter ihnen zurück. Bald trieben sie über die mit roten Ziegelpfannen gedeckten Häuser der Stadt hinweg und stiegen mit jedem Herzschlag höher. Sardec krallte sich mit seinem Haken am Flechtwerk des Korbs fest und starrte nach unten. Offensichtlich hatten sie keinen Augenblick zu früh abgehoben.

Auf der Straße, die zur Botschaft führte, näherte sich ein

großer Trupp. Im Licht ihrer mit Leuchtsteinen betriebenen Laternen konnte er erkennen, dass dort hunderte Männer waren, mit Musketen bewaffnet. Rasch überschlug er die Entfernung und kam zu dem Schluss, dass sie höchstwahrscheinlich schon außer Schussweite waren, was sehr gut war, denn ihn schauderte bei dem Gedanken, was geschehen würde, wenn eine Musketenkugel die seidene Hülle über ihnen durchschlug.

Der Wind drückte sie landeinwärts, worüber Sardec froh war; denn aus dieser Höhe sah er, dass im Meer etwas Eigenartiges vorging. Das Wasser am Rande des Hafens brodelte. Eine gewaltige, phosphoreszierende Masse blockierte den Hafenausgang. Die Kreatur sah wie ein Tintenfisch aus, war aber größer als jedes Meereswesen, von dem Sardec je gehört hatte. Es besaß die Ausmaße einer Insel, und seine Tentakeln waren so lang, dass es aussah, als könnten sie die Ballons vom Himmel holen. Er erschauerte und kroch tiefer in seinen Mantel. Hier oben war es kalt, doch die Temperatur war nicht der Grund dafür, dass es ihm eisig über den Rücken lief.

Sie trieben über die Türme von Tempeln hinweg. Unter ihnen lag das silbrige Glitzern unzähliger Wasserläufe. Ein oder zwei Mal hörte er Rufe oder Geschrei. Vielleicht hatte jemand nach oben geblickt und die Ballons vor der Mondscheibe vorübertreiben sehen.

Rik beunruhigte Sardec noch immer. Er hatte diese wilde, unmenschliche Ausstrahlung, die ihm schon zuvor aufgefallen war, und seine Bewegungen und Gesten besaßen etwas Eigenartiges, Schmerzliches. Hätte Sardec es nicht besser gewusst, so hätte er den Mischling geradezu für besessen gehalten.

Was genau mochte zwischen dem Sardeaner und dem

Halbblut vorgefallen sein? Was hatte Rik so übel zugerichtet? Worum genau war es in ihrem Gespräch gegangen? Und überhaupt, warum sprach da einer der höchsten Adligen des Dunklen Imperiums mit Rik? Vielleicht verhandelte Asea ja insgeheim mit ihm, und Rik diente ihr als Vermittler. Aber wenn dem so war, warum hatte Rik dann behauptet, er sei Malkior entkommen und habe dabei einen Meeresteufel getötet?

Die Stadtmauern kamen näher, und damit auch der Augenblick, den Sardec fürchtete. Diese Mauern waren mit starken Schutzzaubern versehen, die unter anderem auch dazu dienten, im Krieg Elementarkräfte abzuwehren. Was würde geschehen, wenn die Salamander, die die Ballons mit heißer Luft füllten, auf diese Schutzzauber trafen? Vielleicht würden sie einfach verlöschen. So hoch über dem Boden war das kein besonders beruhigender Gedanke.

6

Fürst Malkior zog sich in die Schatten im hinteren Teil des Raums zurück. Das rhythmische Trommeln, zu dem die Soldaten des Rates marschierten, war vor der Botschaft verstummt, und man hörte, wie sie verlangten, dass ihnen die Tore geöffnet wurden. Drinnen würden sie jedoch eine herbe Enttäuschung erleben.

Alaryn beobachtete ihn wie ein Habicht. Malkior schüttelte den Kopf. »Ich bin nicht so dumm zu glauben, ich könnte aus der Stadt fliehen, wenn die Quan anders entschieden haben. Bitte erlaubt mir nur, einige persönliche Gegenstände aus meiner Unterkunft zu holen, dann werde ich gleich vor dem Rat erscheinen.«

»Ich fürchte, das kann ich nicht gestatten«, entgegnete Alaryn.

Malkior trat näher an ihn heran und täuschte Zorn vor. »Könnt Ihr nicht oder wollt Ihr nicht? Ihr mögt die Terrarch nicht, ist es nicht so, Mensch?«

»Das ist nichts Persönliches«, antwortete Alaryn, und dann brach er zusammen, als ihn Malkiors Schlag an der Schläfe traf. Malkior fing den stürzenden Magier auf und ließ ihn sanft zu Boden gleiten. Er wünschte, er könnte den Mann für seine Dreistigkeit bestrafen, aber wenn er seine besondere Art von Magie einsetzte, würde dem Rat klar werden, was er wirklich war; und es war nicht nötig, alles noch schlimmer zu machen, als es ohnehin schon war.

»Mittler Alaryn scheint unwohl zu sein«, sagte Malkior zu dem Spion am Fenster. »Seht zu, dass man sich um ihn kümmert, während ich meine Sachen hole.«

Bevor der Mann Zeit hatte, ihm eine Antwort zu geben, rauschte Malkior schon an ihm vorbei, durch die Hintertür und in die Nacht und die Schatten hinein. Er war ärgerlich, weil seine sorgfältig geschmiedeten Pläne hier gescheitert waren. Irgendwie würde er eine Möglichkeit finden, Asea und ihr Schoßhündchen dafür bezahlen zu lassen. Aber jetzt musste er erst einmal aus der Stadt fliehen.

Anschließend musste er seinen Plan, Kathea zu töten, rascher durchführen, und dafür sorgen, dass es den Taloreanern leid tat, in Kharadrea einmarschiert zu sein. Die Stimmen in seinem Kopf bekundeten schreiend ihre Zustimmung. Er weckte die Kraft in seinem Inneren, trat in die Schatten und verschwand an einen Ort, an den ihm sterbliche Augen nicht folgen konnten.

25. KAPITEL

Naivität ist oft die beste Verteidigung gegen eine überlegene Macht.

Amande Koth, Kriegführung im Zeitalter der Muskete und des Drachen

1

»Woher wusstet Ihr, dass uns der Wind nach Süden tragen würde?«, fragte Sardec, als sie sich den Stadtmauern näherten.

»Um diese Zeit weht er an neun von zehn Tagen landeinwärts«, erklärte Asea.

»Dann hättet Ihr Euch also trotzdem irren können.«

»Ja. Ich hatte damit gerechnet, zu einem Zeitpunkt meiner Wahl aufzubrechen, aber die Möglichkeit hätte bestanden. Doch ich hätte noch einen Plan für den Notfall gehabt, falls der Wind nicht günstig gestanden hätte.«

Bevor Sardec fragen konnte, wie dieser ausgesehen hätte, überquerten sie schon die Mauern. Er zuckte zusammen, doch nichts geschah.

»Wir haben die Schutzzauber passiert«, sagte er und konnte es noch nicht glauben.

»Natürlich, sie sind dazu konstruiert, Eindringlinge abzuwehren, aber nicht, eine Flucht zu verhindern«, rief Asea. »Aber selbst wenn die Elementarkräfte ausgeschaltet worden wären, uns hätte das nicht in Gefahr gebracht.«

»Wie könnt Ihr Euch da so sicher sein?«

»Die Ballons sind jetzt mit heißer Luft gefüllt. Es hätte einige Zeit gedauert, bis sie abgekühlt wäre, und wir wären sanft zur Erde zurückgesunken. Aber ehe wir gelandet wären, hätte ich schon längst neue Salamander aus der Flasche gelassen, und wir hätten unsere Reise fortgesetzt. Es wäre gar nicht gut, bei Nacht in diesem Sumpf niederzugehen.«

»Nein, wohl nicht.« Sardec lächelte erleichtert. Offenbar hatten sie tatsächlich eine Aussicht, dies zu überleben.

2

Im Morgengrauen ließen sie den Sumpf hinter sich. Rik war froh darüber. Der Gestank nach Fäulnis, Sumpfgas und anderen Dingen, der von dem Land unter ihnen aufstieg, hatte Erinnerungen geweckt, von denen nicht alle seine eigenen gewesen waren. Er hatte die Nacht in unruhigen Träumen verbracht. Immer wieder war er in der Kälte erwacht, die auch die Hitze erzeugenden Salamander nur teilweise vertrieben, während die Erinnerungen toter Menschen – und darüberhinaus noch weiteres – wie Wasserblasen an die Oberfläche seines Geistes stiegen.

In den kältesten, dunkelsten Stunden der Nacht hatte es Augenblicke gegeben, da hatte er er sich beinahe gewünscht, der Quan hätte ihn getötet. Zumindest bräuchte er dann nicht diese Tortur auszuhalten. Dann sagte er sich, dass es auch noch schlimmer hätte kommen können. Wenn er der Kreatur unterlegen wäre, könnte ein Teil von ihm noch am Leben sein und in alle Ewigkeit in den Erinnerungen des Meeresteufels ertrinken, denn ein Teil seiner Seele wäre in ihm erhalten geblieben, so wie er jetzt die Seele des Wesens in sich trug.

Er fühlte sich schrecklich, schlimmer als je zuvor, wenn er krank oder verkatert gewesen war. Und er wusste, dass er dieses Gefühl nicht durch Heilzauber kurieren konnte, weil es etwas war, das unmittelbar in seinem Geist entsprang. Rik beschloss, nicht zu ruhen, bis Malkior dafür bezahlte, dass er das hier durchmachen musste.

Ja, ja, Rache, jubelten die Stimmen im Hintergrund seines Bewusstseins.

Er sah auf die schneebedeckte Landschaft unter ihnen hinunter. Manchmal, wenn sie über ein befestigtes Herrenhaus oder einen Bauernhof glitten, schauten winzige Menschen zu ihnen auf, als zöge ein Gott oder Dämon über sie hinweg.

»Du bist wach«, stellte Asea fest. »Gut – genau zur rechten Zeit, um den zweiten Teil dieses Experiments mitzuerleben.«

»Und worin besteht es?«

»Sieh zu und lerne«, sagte sie. Sie hielt jetzt ein zweites Fläschchen in der Hand, murmelte einen Zauberspruch und öffnete es. Die Luft schien kälter zu werden, und eine winzige, durchscheinende, menschenähnliche Gestalt kam herausgehuscht und wieselte geisterhaft um sie herum –

wie eine belebte Wolke. Asea sagte noch etwas, und das Wesen wirbelte davon. Der Wind frischte auf und trieb sie jetzt schneller gen Süden. Ein ums andere Mal wiederholte Asea diesen Vorgang, und mit jedem Wesen, das sie losließ, erhöhte sich ihre Geschwindigkeit. Aus dieser Höhe und ohne Vergleichspunkte in der Nähe konnte Rik nicht beurteilen, wie schnell sie flogen, doch er vermutete, dass sie sich mindestens so schnell bewegten wie ein galoppierendes Pferd. Doch selbst wenn sie von einem Trupp Husaren verfolgt würden, hätten die Reiter immer noch den Straßen folgen und die Hügel umrunden müssen, während die Ballons einfach über die Hindernisse hinwegzogen.

»Mir wäre nämlich wohler, wenn uns eventuelle Verfolger aus Harven nicht überholen würden«, erklärte sie.

»Kann ich gut verstehen. Wie lange könnt Ihr dies hier aufrechterhalten?«

Sie wirkte auch jetzt schon ein wenig benommen. Bei genauerem Hinsehen stellte er fest, dass ihre Pupillen geweitet waren, und vermutete, sie mochte wieder einmal auf ihre Tränke zurückgegriffen haben, die sie einsetzte, um Kraft und Wachheit zu steigern.

»So lange, wie ich muss«, antwortete sie.

»Ich bete darum, dass Euch das gelingt.«

3

Tagelang flogen sie über eine Landschaft, die wie eine erstarrte weiße Wüste wirkte. Manchmal sahen sie Truppen, die auf Proviantsuche unterwegs waren, aber meist erblickten sie nur den Rauch und die Lichter kleiner Städte.

Es war kalt, sie hatten nichts zu essen, und es wurde sehr anstrengend, sich über dem Rand des Korbes zu erleichtern, während sich unter ihnen nur tausende Fuß Luft befanden.

Manchmal, insbesondere wenn sie Wolken durchquerten, hatte Sardec fast das Gefühl, sie wären tot und trieben durch einen der niederen Himmel, in denen die verdammten Seelen wohnten. Und offenbar war er nicht der Einzige, der so empfand. Wenn sie durch Wolken flogen, schrien und sangen die Männer und veranstalteten Lärm, als wollten sie sich vergewissern, dass dort draußen noch andere Menschen und sie keineswegs in einem himmlischen Nichts verloren waren, sondern durchaus eine Chance hatten, irgendwann wieder auf die Erdoberfläche zurückzukehren.

Sardec betete, dass es so käme. Vieles bereitete ihm Sorgen; die Haltbarkeit der Körbe und die Kraft der Taue. Das kleinste Unglück, und ein Korb stürzte mitsamt seiner Besatzung in die Tiefe.

Er stellte fest, dass er über viele Dinge nachdachte. Ob man die Ballons auch militärisch einsetzen konnte? Vielleicht war es möglich, Kundschafter damit zu befördern, aber ohne eigenen Schutz wären sie im Sommer durch Drachen und im Winter durch Elementarkräfte angreifbar. Wahrscheinlich hatten sie großes Glück gehabt, indem sie den Rat von Harven so überrumpelt hatten, dass er nicht ebenfalls Elementarkräfte hatte einsetzen können. Doch als er diesen Gedanken Asea gegenüber erwähnte, hielt sie dagegen.

»Glück hatte nur wenig damit zu tun. Es dauert einige Zeit, Elementarwesen loszulassen, und sogar noch länger, sie zuvor zu zähmen. Ich dagegen war vorbereitet. Da der

Rat nicht gewarnt war, hatten wir gute Aussichten zu fliehen, ohne dass uns jemand aufhielt.«

Ihre Aussprache wirkte verschwommen, und ihr Zustand bereitete Sardec Sorge. Ihre Augen wirkten riesig, und sie sah noch blasser und hagerer aus als die Herrin der Ghule, der er in Halim begegnet war. Offenbar beanspruchte sie ihre magischen Kräfte bis aufs Äußerste und würde irgendwann in naher Zukunft noch einen furchtbaren Preis dafür entrichten müssen. Er sah den halbblütigen Soldaten an, doch der zuckte nur die Achseln, als wolle er ihm bedeuten, dass er nichts dagegen tun könne. Höchstwahrscheinlich hatte er recht.

Sardec fühlte sich äußerst unwohl in seiner Haut. Er hasste das Gefühl, nichts unternehmen zu können und keine Kontrolle über sein Schicksal zu haben. Die Dinge waren ihm aus der Hand genommen, und das würde auch so bleiben, bis sie wieder auf festem Boden standen. Unterdessen dachte er viel an Rena, betete, dass er eine Chance hatte, sie wiederzusehen, und grübelte lange darüber nach, wie in dem großen Seehafen Terrarch und Menschen zusammenlebten. Er fragte sich, ob das eines Tages überall so sein würde.

Vor gar nicht langer Zeit wäre ihm die Vorstellung noch ein Gräuel gewesen, und viele seiner Kameraden dachten zweifellos genauso. Aber er fand den Gedanken inzwischen nicht mehr so schlimm. Asea gegenüber hatte er einmal genau die umgekehrte Meinung vertreten, und jetzt musste er wieder an ihr Streitgespräch denken. Am liebsten hätte er ihr gesagt, dass er ihren »roten« Ideen inzwischen weit mehr zuneigte als früher, doch er wollte sie nicht in ihrer Konzentration stören. Stattdessen drehte er sich auf der Suche nach Gesellschaft und einem Gespräch zu Rik um, der unglücklich und krank aussehend in einer Ecke des Korbs hockte und jeden mit irrem, hasserfülltem Blick anstarrte. Er war so unrasiert wie sie alle, und sein Stoppelbart ließ ihn wild und raubtierhaft aussehen.

Sardec versuchte sich einzureden, der lange Flug habe diese Seite der Persönlichkeit des Halbbluts zum Vorschein gebracht. Aber die Wahrheit war, dass er so aussah, seit er in die Botschaft zurückgekehrt war. Einiges von dem, was er in seinen Träumen murmelte, ließ ihm das Blut gefrieren.

Sardec hockte sich neben ihn und hängte den Haken in den Rand des Korbs. »Was ist in Harven geschehen?«, fragte er und lächelte dann. »Es scheint zur Gewohnheit zu werden, dass ich Euch ausfrage. Zuerst über den Schlangenturm und jetzt über diese Sache.«

Riks kaltes Lächeln war das eines Mannes, der vollständig den Verstand verloren hat. Sardec lief es eisig über den Rücken, doch er sprach weiter. »In welche Schwierigkeiten seid Ihr hineingeraten?«

»Es war Malkior. Er hat den Quan auf mich gehetzt.«

»Ihr habt also mit einem Quan gesprochen.«

»Die Quan reden nicht. Sie fressen Euren Geist, und während sie Eure Seele fressen, verdauen sie Eure Gedanken.« Er lachte grauenhaft. »Nur dass diesmal ich den Quan verschlungen habe. Ich habe ihn gefressen.«

Vielleicht lachte er gar nicht, sondern versuchte nur, nicht zu weinen. Sardec hatte Rik einmal – heute schämte er sich dafür – auspeitschen lassen. Dieser hatte die Strafe so unbekümmert hingenommen, wie Sardec das noch nie erlebt hatte. Rik hatte die düstere Hölle des unterirdischen Achenar bei Verstand verlassen und die Vernichtung des Schlangenturms offenbar unverletzt überstanden. Was war ihm in Harven zugestoßen, das ihn in diesen Zustand versetzt hatte? Welches Entsetzen hatte er erlebt, das all die anderen schrecklichen Erfahrungen übertroffen hatte?

Dann wurde ihm etwas anderes klar. Asea fielen die Augen zu. Der Wind begann um sie herum zu heulen. Es wurde kälter. Die Elementarwesen gerieten außer Kontrolle.

Sardec sprang auf, packte Asea an den Schultern und rüttelte sie sanft. »Wacht auf. Aufwachen!«, drängte er sie. Die Magierin riss die Augen auf und schien auch zu erkennen, was geschah. Sie murmelte Bindezauber, und der Wind ließ nach. Die Salamander glühten wieder gleichmäßig.

»So könnt Ihr nicht weitermachen«, sagte er. »Wir müssen hinuntergehen.«

»Nur noch ein paar Stunden«, bat sie.

»Ihr habt keine Kraft mehr für ein paar Stunden. Wir müssen landen. Inzwischen haben wir doch längst alle eventuellen Verfolger hinter uns gelassen.«

Zu seinem großen Erstaunen erhob sie keine Einwände. »Nun gut«, sagte sie. »Wenn ich einen geeigneten Landeplatz sehe, versuche ich, uns nach unten zu bringen.«

4

Sardec sah zu, wie die Ballons verbrannten. Die Landung war hart gewesen, aber niemand hatte mehr als ein paar Kratzer und blaue Flecken abbekommen. Am Ende waren die Elementarkräfte außer Kontrolle geraten und hatten die Körbe und die Seide in Flammen aufgehen lassen. Aber zuvor hatten sie noch alle die Flugapparaturen verlassen können. Asea lag, in Decken gehüllt, im Schnee. Die Männer umstanden sie. Sie wirkte sterbensmatt. Aber das war in Ordnung, dachte Sardec. Sie durfte ausruhen. Jetzt war es an der Zeit, dass er seine Arbeit tat.

Er schaute sich um und sah, dass Wiesel und der Barbar aus der nahe gelegenen Stadt zurückgekommen waren. »Es ist Khalastrea, Herr«, erklärte Wiesel. »Wir befinden uns nicht mehr als zwanzig Meilen nördlich von Halim. Dort ist eine kleine Garnison stationiert, unsere Armee.«

Sardec wusste aus seinen Karten, wo die Stadt lag, und stellte ein paar rasche Berechnungen an. Falls nötig, konnte er sich einige Schlitten und Pferde schicken lassen. Wenn sie an den Poststationen Halt machten, konnten sie in längstens drei Tagen zurück in Halim sein. In diesen seltsamen Flugapparaten hatten sie in sehr kurzer Zeit eine lange, lange Strecke zurückgelegt.

Sardec stieß einen Seufzer der Erleichterung aus, der als weiße Dampfwolke aufstieg. Sie waren aus der uneinnehmbaren Stadt Harven entkommen. »Reißt euch zusammen, Männer«, befahl er den Soldaten. »In ein paar Tagen sind wir wieder bei unserem Regiment.«

Als ihn die Männer und Prinzessin Asea dann aus rauen Kehlen dreimal hochleben ließen, musste er den Kopf abwenden. Er wollte nicht, dass sie ihn weinen sahen.

26. KAPITEL

Hüte dich ebenso vor denen, die dir Freundschaft bekunden,
wie vor denen, die sich zu deinen Feinden erklären.

Meril, Einige Bemerkungen über die Etikette

1

Im Palast in Halim klopfte es leise an der Tür zu Riks Gemach. Er lag noch im Bett und schwelgte in dem Gefühl, es warm und bequem zu haben. Ihre Rückkehr aus Harven lag jetzt eine Woche zurück, und er hatte begonnen, sich von seinem furchtbaren Erlebnis zu erholen. Schlaf, Essen und der seltsame goldfarbene Wein, den Asea benutzte, um ihre Kräfte nach der Ausübung von Magie wieder herzustellen, hatten ihm dabei geholfen. Die Stimmen ertönten immer noch in seinem Kopf, aber sie waren zu einem leisen Murmeln herabgesunken, ständig anwesend, aber fast nicht bemerkbar. Nur wenn er müde war, oder wenn er zu zaubern versuchte, schwollen sie zu einem Chor an, der ihn fast um den Verstand brachte.

»Herein«, sagte er.

Ein Diener in der Livree des Palasts trat ein und brachte ihm auf einem Silbertablett eine Botschaft. Ebenso leise, wie er gekommen war, zog er sich zurück, um Rik ungestört lesen zu lassen. Der Umschlag bestand aus dickem, teurem Papier, und das Siegel kannte er nicht. Kurz dachte er an Gift oder an einen im Brief gebundenen Fluch, beschloss dann aber, dass er wahrscheinlich niemandem so viel Mühe wert war. Also brach er das Siegel und studierte den Inhalt. Der Schreiber besaß eine schöne Handschrift mit klaren, präzisen Zügen.

Fürst Sardontine und seine Gattin würden sich freuen, wenn Ihr ihnen am Abend des siebten Tages des zwölften Monats die Ehre geben würdet. Unsere musikalisch untermalte Abendgesellschaft wird um acht Uhr abends beginnen.

Unterzeichnet war die Einladung von Fürst Sardontine. Rik faltete den Brief zusammen und steckte ihn in den Umschlag zurück. Er fragte sich, warum der alte Terrarch gerade ihn zu seiner Gesellschaft einlud. Vielleicht sollte er sich ja sein Abendessen verdienen, indem er Geschichten über seine tapferen Taten erzählte. Oder die adligen Herrschaften erhofften sich, noch mehr Klatsch über ihre Königin zu hören oder ihn nach seiner kurz zurückliegenden Reise nach Harven auszufragen. Riks Instinkt riet ihm, die Einladung abzulehnen. Er hatte ein ungutes Gefühl dabei, sich unter die Terrarch-Aristokratie zu mischen. Schließlich war er ein ehemaliger Straßendieb aus Drangsal, und im Herzen fühlte er sich immer noch als solcher, trotz der Ausbildung durch Asea und ihre Diener. Er bezweifelte, dass er sich unter solchen Leuten wohl fühlen würde.

Als er Asea in ihren Gemächern besuchte, erzählte er ihr davon.

»Ich finde, du solltest hingehen«, sagte sie. Wieder war sie in einen Morgenmantel gekleidet, und sie sah noch immer blass und ziemlich ausgezehrt aus. Ihre Reise nach Harven hatte sie sogar noch mehr gekostet als ihn. Er bezweifelte, dass sie viel Schlaf abbekam. Wenn er nachts an ihren Räumen vorbeikam, hörte er trotz der schalldämpfenden Schutzzauber ihren rituellen Sprechgesang. Sie bereitete sich darauf vor, starke Magie zu wirken. Ohne Frage rechnete sie damit, in nicht allzu ferner Zukunft gegen Fürst Malkior antreten zu müssen.

»Warum?«, fragte er.

»Weil Fürst Sardontine zu diesen alten Aristokraten gehört, die gern einen Fuß in beiden Lagern haben. Es könnte nicht schaden, ein Gefühl dafür zu bekommen, was er so erzählt.«

»Wenn er irgendwelche verräterischen Pläne hegt, dann bezweifle ich ganz stark, dass er sie mir beim Essen erläutern wird.«

»Manchmal bist du erstaunlich einfältig, Rik«, sagte sie und lächelte. Offenbar wusste sie ganz genau, dass ihn das ärgern würde. Die Stimmen in seinem Kopf zischelten empört.

»In welcher Hinsicht?«

»Sardontine weiß, dass du mein Schützling bist. Er versucht ganz einfach, eine direkte Verbindung zu mir aufzubauen.«

Das ergab immerhin einen Sinn. Doch der Gedanke, dass er gleichsam als Aseas Abgesandter betrachtet wurde, versöhnte ihn trotzdem nicht damit, zu dieser Gesellschaft zu gehen. Sein Zusammentreffen mit Malkior und vor allem die Leichtigkeit, mit der es ihm gelungen war, ihn zu entführen, hatten ihn ziemlich argwöhnisch gemacht. »Ich treibe mich nicht gern zwischen den oberen Zehntausend herum«, sagte er, um seinen wahren Beweggrund zu verbergen.

»Erst recht ein Grund, es zu tun«, erwiderte sie. »Du hast nur Aussicht, dich jemals beim Adel wohlzufühlen, wenn du dich auch unter ihn mischst. Ich versichere dir, daran ist nichts, wovor du Angst zu haben brauchst.«

Asea mit ihrem Jahrtausende weit zurückreichenden Stammbaum, die sich ständig unter dem Hochadel bewegte, hatte da natürlich leicht reden. Er fragte sie, ob sie auch nur die leiseste Vorstellung davon hatte, wie es war, ein Mensch wie er zu sein, und beschloss, dass das nicht der Fall war. Doch in einem mochte sie recht haben: Nur wenn er sich dieser Situation aussetzte, würde er sich jemals daran gewöhnen, und das musste er doch, wenn sich seine gesellschaftlichen Vorhaben jemals erfüllen sollten.

»Dann werde ich Euren Rat wohl annehmen.«

»Gut. Nur eines …«

»Ja?«.

»Es wäre wahrscheinlich besser, wenn du die Ausbildung, der du dich unterzogen hast, nicht erwähnst. Lass die Leute denken, dass du ein müßiges Leben führst. Und versuche, nicht über unsere haarsträubenden Eskapaden kürzlich in Harven zu sprechen.« Ihr Lächeln teilte ihm mit, dass sie genau wusste, er würde das Thema ganz gewiss nicht aufbringen.

»Ich werde mein Bestes tun.«

»Du wirst dich ausgezeichnet schlagen, da bin ich mir sicher, und allem, was wir dich gelehrt haben, Ehre machen.«

Ihr Lächeln wurde noch eine Spur strahlender. Rik fragte sich, was sie im Schilde führte.

2

Fürst Sardontines Villa lag in der Nähe des Palasts. Hohe weiße Mauern, gekrönt von eisernen Spitzen, umgaben sie. Am Tor wachten kräftige Lakaien. Unter Bögen, die aus Drachenbäumen gebildet waren, rumpelte die Kutsche die lange Auffahrt entlang. Als Rik ausstieg, erwarteten ihn weitere Diener, um ihn willkommen zu heißen. Er fühlte sich eigenartig und fast so nervös wie damals, zu jenem Zeitpunkt, bevor er sich in den Schlangenturm eingeschmuggelt hatte. Das hier würde viel weniger gefährlich werden, sagte er sich. Doch irgendwie glaubte er das selbst nicht: Die Stimmen in seinem Kopf wimmerten unruhig.

Aus dem Haus drangen die Klänge einer komplizierten Kammermusik. Er hielt einen Augenblick lang inne und sog die duftende Luft ein. Hier wuchsen viele Blumen von einer Art, wie er sie noch nie gerochen hatte. Offenbar begeisterten sich entweder Fürst Sardontine oder seine Frau für exotische Pflanzen. Rik holte tief Luft, legte seine Züge in die maskenhafte Starre, die er bei Terrarch-Offizieren gesehen hatte, und stieg die Treppe hinauf.

Ein menschlicher Bediensteter leitete ihn durch die Korridore und führte ihn schließlich in einen elegant ausgestatteten Saal. Die weißen Wände waren mit Täfelungen versehen, in die goldene Terrarch-Schriftzeichen eingelegt waren. Von der Decke hing ein gewaltiger, mit Glühsteinen besetzter Kronleuchter. Auf einem Podium spielte ein kleines Kammerorchester. In den Ecken standen Gruppen von Terrarch und plauderten. Als er eintrat, erhob sich Fürstin Sardontine von ihrem Platz und trat auf ihn zu, um ihn zu begrüßen.

»Ah, da haben wir ja den Helden vom Schlangenturm«, sagte sie. Ihre leise Stimme klang rauchig, und sie ließ ihre Hand länger auf seinem Arm liegen, als das unbedingt notwendig gewesen wäre. Seinen Blick erwiderte sie keck und mit einem schelmischen Glitzern in den Augen. »Kommt, ich will Euch vorstellen.«

Rik sah sich im Saal nach ihrem Ehemann um, doch der ältliche Terrarch war nirgendwo zu sehen. Er wurde von einer Gruppe zur anderen weitergereicht, bis sich ihm der Kopf drehte. Er verneigte sich vor Damen und Herren gleichermaßen und bediente sich der Floskeln der formellen Hofsprache, die Asea ihn gelehrt hatte. Und er bemühte sich nach Kräften, die Namen zu behalten, wobei der starke Alkohol in jenem Kelch, den Fürstin Sardontine von dem Tablett eines livierten Lakaien genommen und ihm in die Hand gedrückt hatte, dabei nicht eben hilfreich war.

»Ihr seht heute Abend äußerst anziehend aus«, sagte sie, während die beiden zwischen den Grüppchen pendelten.

»Und Ihr seid außerordentlich schön.« Das schien die leichteste Art zu sein, darauf zu reagieren. Dieses einfache Kompliment ließ das Gesicht der Fürstin aufleuchten. Sie neigte den Kopf zur Seite und musterte ihn. »Ihr habt Euch verändert. Ihr wirkt ein wenig … weltläufiger.«

»Das war eine interessante Wortwahl.«

»Ich habe gehört, dass Ihr Euren vielen Fähigkeiten eine neue hinzugefügt habt – Ihr seid jetzt unter die Luftfahrer gegangen.« Nun fängt es an, dachte Rik, das sind die ersten Fragen der Inquisition.

Ein großer, goldblonder Terrarch in der Uniform des Hauptmanns eines der kharadreanischen Regimenter hatte ihre Worte mit angehört. »Ich finde, man kann das Ballonfahren keineswegs mit dem Drachenfliegen vergleichen«, erklärte er, indem er in ihr Gespräch platzte.

»Es erstaunt mich, dass Ihr in der Lage seid, beides zu vergleichen«, versetzte Rik leichthin. »Ich hatte gedacht, das Ballonfahren sei noch eine Neuheit.«

»Man braucht auch keine Keule zu schwingen, um zu wissen, dass sie sich nicht mit einem Rapier messen kann.« Die Stimme des Terrarch hatte einen gefährlichen Unterton. Rik fragte sich, warum er so geschickt auf das Thema Waffen gekommen war. Würde er ihn als Nächstes zum Duell fordern? Er bezweifelte es – er war nicht die Art von Person, bei der sich ein adliger Terrarch zu einem Kampf herabließe.

»Das ist ein Argument«, meinte Rik und wies auf das Schwert des Hauptmanns. Zu seiner Verblüffung lachte der Terrarch, und Fürstin Sardontine fiel in das Lachen mit ein.

»Ihr habt Euch im Schlangenturm gut geschlagen«, bemerkte der Hauptmann. »Ich hörte, die Königin habe vor, Euch dafür zu belohnen.«

»Eine Belohnung ist nicht notwendig«, gab Rik zurück. »Es war mir ein Vergnügen, Ihrer Majestät zu dienen.«

Er stellte fest, dass er für seinen eigenen Geschmack viel zu leicht in die ihm vorbestimmte Rolle des angemessen bescheidenen Helden verfiel, aber andererseits schien ihm das die beste Art zu sein, mit dieser Situation umzugehen. Unter diesen schillernden und schönen Terrarch fühlte er sich wie ein Fisch auf dem Trockenen; da präsentierte er ihnen lieber die Fassade, die sie erwarteten. Auch seine Stimmen flüsterten, dass es immer das Beste sei, die Leute sehen zu lassen, was sie wollten. Mit Mühe bewahrte er sein aufgesetztes Lächeln.

»Wenngleich es mir nicht zusteht, über die Absichten unserer Königin zu spekulieren«, fuhr der Hauptmann fort, »so vermute ich doch, dass sie Euch ihre Dankbarkeit auf wahrhaft majestätische Art erweisen wird.«

Der Offizier und Fürstin Sardontine tauschten ein verschwörerisches Lächeln, und Rik fragte sich, ob sie über ihn spotteten oder über die Königin.

»Wir sind einander noch nicht vorgestellt worden, oder?«, fragte Rik, und erneut berührte Fürstin Sardontine vertraulich seine Hand.

»Ich vernachlässige meine Pflichten als Gastgeberin. Hauptmann Talarion, dies ist Rik. Rik, dies ist Hauptmann Talarion.« Sie verneigten sich voreinander, und der Hauptmann nahm sich ein neues Glas von einem Tablett, das an ihm vorbeigetragen wurde.

»Wie ich höre, dientet Ihr früher in derselben Einheit wie Leutnant Sardec.«

Rik spürte die Falle, war sich aber nicht sicher, wie er ihr ausweichen sollte. Bestimmt wusste jeder hier, dass er ein einfacher Soldat und Sardec Offizier gewesen war. Wollte Talarion ihn daran erinnern? »So ist es«, antwortete Rik.

»Es heißt, er hätte sich wegen einer Frau duelliert«, sagte Talarion. Sein Lächeln wurde ein wenig breiter. Es war, als sähe man zu, wie ein Schwert langsam aus der Scheide gezogen wurde.

»Das kling sehr romantisch«, bemerkte Fürstin Sardontine.

»Wegen einer Menschenfrau«, setzte Talarion hinzu. Einen Augenblick lang trat Schweigen ein, und die Terrarch tauschten ein süffisantes Lächeln aus. Talarion hielt kurz inne und holte dann zum Schlag aus. Rik sah ihn kommen »Offenbar ist es heutzutage in Talorea geradezu üblich, sich Menschen ins Bett zu holen.«

Rik sah von ihm zu Fürstin Sardontine hinüber und lächelte ebenso kalt zurück. »Vielleicht wird sich diese Mode auch hier in Halim ausbreiten«, bemerkte er, während er ihr fest in die Augen sah. »Man weiß nie.«

Sie erwiderte sein Lächeln. »In der Tat, man weiß nie«, antwortete sie.

Talarion bemerkte diesen Austausch und verdrehte die Augen zur Decke. Auf seiner Stirn pochte eine kleine Vene; vielleicht war er zornig. »Wenn Ihr uns entschuldigen würdet, Hauptmann«, sagte Fürstin Sardontine. »Ich muss unseren jungen Helden meinen anderen Gästen vorstellen.«

»Lasst Euch auf keinen Fall aufhalten, meine Liebe. Ich habe schon zu viel von Eurer Zeit vergeudet.«

»Achtet gar nicht auf den guten Hauptmann«, sagte Fürstin Sardontine, sobald er sich in ihrem Schlepptau weit genug entfernt hatte. »Er gehört zur alten Schule und kann manchmal sehr taktlos sein. Schließt von ihm bitte nicht auf uns alle. Einige von uns in Kharadrea haben verstanden, dass die Welt dabei ist, sich zu ändern.«

Ihre Stimme hatte einen entschuldigenden Unterton bekommen, und es lag noch etwas anderes darin, vielleicht Angst. Ihm wurde klar, dass Fürstin Sardontine sehr daran gelegen war, sich gut mit ihm zu stellen – oder höchstwahrscheinlich mit Asea. Vielleicht wollte sie auch einfach freundlich zu ihm sein, dachte er, schloss diese Möglichkeit aber sofort wieder aus.

Die Stimmen fanden, das sei klug von ihm.

3

Sie näherten sich einer weiteren, vor allem aus Frauen bestehenden Gruppe. Sie umringten einen hochgewachsenen Terrarch, der so mager war, dass er geradezu kränklich wirkte; ein Eindruck, der noch dadurch verstärkt wurde, dass er ständig in ein Taschentuch hustete. Ungewöhnlich war, dass er keine Uniform trug, sondern einen Abendanzug aus schwerem, purpurfarbenem Samt sowie eine ganze Reihe von Seidenschals.

Alle, sogar der Mann, sahen ihm freundlich entgegen. Er wurde vorgestellt und musste die üblichen Fragen beantworten. Dann ergriff erneut der kränkliche Terrarch, dessen Name Petron war – von Beruf Schriftsteller und Fürstin Sardontines leiblicher Bruder – das Wort. »Ich für meinen Teil bin froh darüber, dass Kathea bald korrekt auf ihrem Thron sitzt, und dass die Taloreaner hier sind. Kharadrea verkümmert schon zu lange im Schatten des Dunklen Imperiums.« Er hielt für einen Augenblick inne. Rik vermutete, dass das Wort »Schatten« für Terrarch einen Beiklang hatte, den er nicht spürte; etwas, das mit den Mächten zu tun hatte, die sie von Al'Terra vertrieben hatten. »Jetzt wird es endlich Fortschritte geben und unser zurückgebliebenes Land wird erwachen.«

Die Damen stießen leise, empörte Ausrufe aus, obwohl Rik der Meinung war, dass sie Petrons Vortrag in Wahrheit genossen.

»Mein Bruder ist ein Radikaler«, flüsterte ihm Fürstin Sardontine ins Ohr. »Er ist ein großer Bewunderer Eurer Herrin. Unser Vater hat ihn jedoch wegen seiner ›roten‹ Ansichten enterbt.«

»Meine Schwester berichtet Euch fraglos gerade von

dem schwarzen Schaf in der Familie«, warf Petron ein. »Mein Vater ist ein alter Tyrann. Er bedauert, dass die Tage der Eroberung vorüber sind und er unsere Menschen nicht länger mit der Peitsche zu Tode prügeln darf … wie in den alten Zeiten.«

Er schenkte Rik ein herzliches Lächeln, bei dem er sich ebenso unwohl fühlte wie angesichts der Kälte, mit der ihm einige der anderen Terrarch begegneten. Petron gab sich zu große Mühe, freundlich zu sein und zu zeigen, dass er keinerlei Vorurteile hegte. Er sah nicht Rik als Person, sondern einen Menschen, irgendeinen Vertreter der Menschheit. In diesem Gespräch ging es nicht um Rik; er nahm nicht daran teil und würde es auch nie tun. Es ging ausschließlich um Petron und darum, seine radikalen Ansichten herauszustellen. Rik erwiderte sein Lächeln. Er wurde in diesem heuchlerischen Spiel allmählich zum Experten.

»Soweit ich weiß, geschieht das in Sardea immer noch – das Totprügeln, meine ich.«

»Mein lieber Bursche, auch in Kharadrea gibt es das noch. Nicht alle unsere Landbesitzer sind so aufgeklärt. König Oroduines Erlasse haben es zwar für illegal erklärt, menschliche Leibeigene zu töten – außer in Fällen von Schwerverbrechen –, aber irgendwie haben diese Gesetze unsere großen Güter nie erreicht. Khaldarus hat ohnehin die Absicht, diese Edikte aufzuheben, das hat er vielfach öffentlich erklärt. Deswegen ist es auch unerlässlich – ganz und gar unerlässlich! –, dass Kathea unsere Königin wird.«

Rik spürte, wie der alte, schwelende Zorn langsam in ihm aufstieg. Die Empörung, die er schon als Kind über die Ungerechtigkeit der Welt empfunden hatte, war noch immer da, obwohl er etwas anderes heuchelte. Je wütender er wurde, umso lauter kreischten die Stimmen in seinem Kopf. Manchmal meinte er sogar die Anwesenheit des Quan zu spüren, der irgendwo in den Tiefen seines Geistes dahinzog und dort wie ein Hai unter einer stillen Wasseroberfläche lauerte.

Petrons Worte erinnerten ihn daran, dass die Weltordnung immer noch verkehrt war, dass Mord noch immer legal verübt wurde, dass die Terrarch, die Herren dieses Planeten, immer noch Menschen töteten, wenn ihnen der Sinn danach stand, und dass alles nur noch schlimmer werden würde, wenn das Dunkle Imperium siegte. So, wie Malkior erzählt hatte, geschahen in Sardea noch schlimmere Dinge, und ausnahmsweise hatte Rik allen Grund, seinem mutmaßlichen Vater zu glauben.

Entschlossen, diese Leute auf keinen Fall erkennen zu lassen, was er wirklich empfand, wahrte er seine maskenhafte Miene. Er befand sich in einem absurden Zwiespalt zwischen der zynischen Politik der Terrarch-Fraktionen und der Beutelust seiner ehemaligen Kameraden. Da fiel es manchmal schwer, dachte er, den Umstand nicht aus den Augen zu verlieren, dass die Auseinandersetzung, in der sie steckten, wirklich noch eine Bedeutung über die Ziele der einzelnen Parteien hinaus besaß, dass die Welt tatsächlich ein besserer Ort werden konnte, wenn die eine Seite gewann und die andere verlor.

Er konzentrierte sich erneut auf Petron, der immer noch die Verbrechen seines Vaters gegen seine Leibeigenen aufzählte, und ihm kam eine weitere Erkenntnis: So leicht es auch war, Petron und seine Beweggründe zynisch zu betrachten, wahrscheinlich war der Terrarch dennoch ein echter Verbündeter für die Sache der Menschheit.

Unter Trinken, Musik und Gesprächen setzte sich der

Abend fort. Rik hörte meist zu, erzählte selbst Geschichten aus seinem Soldatenleben und ging allen Fragen über die Geschehnisse im Schlangenturm oder in Harven aus dem Weg. Er trank weit weniger als die Terrarch, denn er fürchtete, die Stimmen könnten sonst lauter werden. Doch seine Mäßigung schien nur zu seinen Gunsten zu sprechen und trug zu der geheimnisvollen Aura noch bei, die ihn ohnehin umgab. Er bekam das Gefühl, dass hier vieles anders war. Da diese Leute nichts über seine Vergangenheit wussten, schienen sie ihn mehr oder weniger so zu nehmen, wie er daherkam: als Angehöriger der Armee, die ihr Land erobert hatte, als Helden, der ihre zukünftige Königin gerettet hatte, als den geheimnisvollen jungen Mann, der angeblich der Liebhaber einer Zauberin aus der Alten Welt war. Das Gefühl war berauschend. Er hatte die Straßen von Drangsal mit ihrem Schmutz, ihren Schrecken und den schmierigen Triumphen weit hinter sich gelassen.

Alles, was diese Leute sahen, waren sein eleganter Rock und seine Terrarch-Züge. Sie wussten nichts von seiner Vergangenheit als Dieb und brauchten auch nie davon zu erfahren. Er grinste. Er selbst würde nie vergessen, wer er einmal gewesen war. Nicht nur sein Schattenblut-Erbe ließ ihn anders erscheinen. Es war seine Vergangenheit, die ihn von diesen Leuten unterscheiden würde, so lange er lebte.

Irgendwann während der Nacht bemerkte er, dass sich einige Paare diskret zurückgezogen hatten, was durch den reichlich fließenden Alkohol und die Musik jedoch kaum auffiel. Er war nicht im Mindesten erstaunt, als ihn Fürstin Sardontine bei der Hand nahm, aus dem Saal zog und durch ein Gewirr von Korridoren in einen dunklen, höhlenartigen Raum führte. Ihr Atem roch nach Alkohol, und ihre Lippen schmeckten nach altem kharadreanischen Wein.

Die Stimmen flüsterten ihm eine Warnung zu, und er rückte von ihr ab. Er spürte, dass sich noch eine andere Person im Raum aufhielt, und drehte Fürstin Sardontine so herum, dass sie sich zwischen ihm und dem Unbekannten befand. Es dauerte nur Sekunden, bis er in den Schatten eine Gestalt stehen sah. Er erkannte sie sofort.

»Tamara«, sagte er. »Welch angenehme Überraschung.«

In ihrer Hand blitzte eine Klinge auf, und er spürte einen leisen Anflug von Furcht. »Ich sehe, dass Ihr Euch dieses Mal mit etwas Besserem als einer Stricknadel bewaffnet habt.«

»Danke, dass du mir diesen gut aussehenden jungen Mann zugeführt hast, Ilea«, sagte Tamara zu Fürstin Sardontine. »Jetzt wäre ich dankbar, wenn du uns eine Weile allein lassen könntest.«

»Es war mir ein Vergnügen, meine Liebe«, gab Fürstin Sardontine zurück. »Eines, von dem ich hoffe, es bald einmal wiederholen zu können.«

4

»So treffen wir also wieder zusammen«, sagte Rik. Die Stimmen in seinem Kopf schnatterten panisch. Sie fürchteten sich vor dem Schwert, hatten Angst, dass er stürbe, da sie dann ihre letzte Verbindung zum Leben verlieren könnten. Er konnte es ihnen nicht übel nehmen.

»Ich würde sagen, seit unserem letzten Gespräch hat sich die Lage umgekehrt«, sagte sie.

»Ihr habt doch sicher nicht vor, mich hier umzubringen«, warnte er sie. »Nicht in der Nähe all dieser hochrangigen Terrarch. Oder soll die kharadreanische Befreiungsfront ein weiteres Opfer finden?«

»Eines der Dinge, die ich an dir mag, Rik, ist dein Sinn für Humor.«

»Das ist beruhigend.«

»Manchmal erinnerst du mich an meinen Vater.«

»Ich gebe Euch den guten Rat, diese Richtung des Gesprächs nicht weiter zu verfolgen.«

»Wie ich höre, hattest du in Harven eine Begegnung mit ihm und seinen interessanten Freunden.«

»Nachrichten verbreiten sich rasch.«

»Ich glaube, du hast ihn ziemlich beeindruckt. Er hatte nicht damit gerechnet, dass du eurer letztes Zusammentreffen überlebst. Und in den meisten Fällen irrt sich mein Vater in solchen Dingen nicht.«

Der Chor in seinem Kopf klang immer lauter und wütender. Er versuchte die Stimmen zu dämpfen, um sich konzentrieren zu können. Woher wusste Tamara, was in Harven geschehen war? Die Stimmen wollten sich nicht zum Schweigen bringen lassen. Sie wollten, dass Malkior starb. Um die Wahrheit zu sagen, er wünschte sich das ebenfalls, doch es wäre nicht besonders diplomatisch gewesen, dies zu erwähnen. »Fast hätte er recht behalten.«

»Und trotzdem bist du immer noch da, genau wie nach dem Schlangenturm. Du scheinst ein Talent zum Überleben zu besitzen.«

Er sah auf das Schwert, das sie in der Hand trug. »Ist die Waffe vergiftet?«, fragte er. Er war sich sicher, dass er mit Hilfe der Zaubersprüche, die Asea ihn gelehrt hatte, eine

Vergiftung überleben konnte, aber er bezweifelte, den Hieb einer gewöhnlichen Klinge überstehen zu können. Nicht, wenn Tamara sie führte. Trotzdem würde er sein Bestes tun. Nach seiner Begegnung mit dem Quan besaß er noch immer erstaunliche Energiereserven, und er trug weiterhin seinen Dolch und die mit einer Feensilber-Kugel geladene Pistole versteckt bei sich. Damit hatte er eine Chance, sogar gegen sie.

»Nein«, antwortete sie. »Aber ich habe ein paar besonders hässliche Zauber um die Klinge gewoben. Ich würde dir raten, Abstand zu halten.«

Sie schien ihm ebenso zu misstrauen wie er ihr. Zumindest diesen kleinen Vorteil konnte er für sich verbuchen. »Warum bin ich hier?«, erkundigte er sich.

»Ich möchte wissen, ob du über das Angebot nachgedacht hast, das ich dir bei unserem letzten Gespräch gemacht habe.«

Er musste lachen. »Ich glaube, so, wie sich Euer Vater verhalten hat, kommt das überhaupt nicht infrage.«

»Das Angebot stammt nicht von meinem Vater, sondern von mir.«

»Ich war der Meinung, Ihr beiden würdet dieselben Interessen vertreten.«

»Das habe ich auch einmal gedacht, aber in letzter Zeit wird mein Vater zunehmend unberechenbar. Ich glaube, die Magie, die er benutzt, um seinen Körper zu erhalten, zeitigt einige merkwürdige Nebenwirkungen, die ihn schließlich eingeholt haben.«

Das kann ich nur bestätigen, dachte Rik, und seine Stimmen taten ihre Zustimmung flüsternd kund. Tamara schien es vollkommen ernst zu sein, aber das war ja auch zu erwarten gewesen. »Malkior hätte sicher etwas dagegen, wie sich dieses Gespräch entwickelt«, erklärte er. »Außerdem will er mich ohnehin tot sehen.«

»Jaderac und ich werden bald in der Lage sein, dich vor ihm zu beschützen.«

»Das bezweifle ich.«

»In nicht allzu ferner Zukunft werden Jaderac und ich hoch in der Gunst der Kaiserin und Königin stehen. Gegen sie wird nicht einmal mein Vater etwas unternehmen.«

»Er hat bereits eine Kaiserin und Königin umgebracht. Warum nicht noch eine töten? Ich glaube nicht, dass er vollständig bei Verstand ist.« Rik glaubte nicht einmal, dass er selbst noch ganz bei Verstand war, und wenn eine einzige Begegnung mit der Thanatomantie das bei ihm auslösen konnte, was würde mit jemandem geschehen, der diese Praktiken seit Jahrhunderten – wenn nicht Jahrtausenden – ausübte? Ihm fiel auf, dass seine Enthüllung über den Tod der alten Königin Tamara nicht besonders zu überraschen schien.

»Ich stimme dir zu. Deswegen mache ich dir ja dieses Angebot. Du hast eine Begegnung mit ihm überlebt, obwohl er dich töten wollte. Das ist bisher nur wenigen gelungen. Du könntest uns ebenso nützen wie wir dir.«

Rik betrachtete den Vorschlag aus allen Blickwinkeln, die er sich vorstellen konnte. Hatte sich Tamara wirklich von ihrem Vater abgewandt und auf die Seite seines Rivalen Jaderac gestellt? Und was hatte der Magier vor, um in Kürze die Gunst der Dunklen Kaiserin zurückzugewinnen? Er hätte wetten können, dass es nichts war, was die Sache Taloreas fördern würde.

»Die Welt verändert sich, Rik. Die Ersten sterben oder fallen dem Wahnsinn anheim. In den Landen der Terrarch werden die Zügel der Macht bald in jüngere Hände übergehen. Du könntest deinen Anteil an dieser Macht bekommen.«

»Oder ein Messer in den Rücken, sobald ich getan habe, was Ihr von mir wollt.«

»Warum sollten wir das tun? Du bist ein nützlicher Terrarch, Rik. Nützlicher und mächtiger, als dir selbst klar zu sein scheint. Was glaubst du denn, warum sich Asea so eifrig um dich bemüht?«

»Offensichtlich wegen meines außerordentlich guten Aussehens und meines ungeschliffenen Charmes.«

»Das könnte zum Teil der Grund sein, aber so denkt Asea nicht. Gerade du solltest das wissen.«

»Ich werde sie nicht für Euch töten.«

»Bist du dir sicher?«

»Ja. Und wenn Ihr nicht aufhört, dieses Schwert auf mich zu richten, werde ich es Euch wegnehmen und Euch damit schlagen.«

»Glaubst du wirklich, das könntest du?« Rik lauschte den Stimmen, die in seinem Inneren flüsterten. Sie wollten töten, sich nähren. Die schleimige Präsenz des Quan-Exarchen schob sich in den Vordergrund seines Geistes. Daran, wie sich Tamaras Augen weiteten, sah er, dass sie die Veränderung in ihm bemerkt hatte.

»Du bist anders geworden«, sagte sie schließlich. »Ich glaube, du könntest besessen sein.«

»Genau wie Euer Vater«, sagte Rik, indem er beschloss, seinen eigenen Anteil zu dem gewaltigen Labyrinth aus Lügen und Täuschungen beizutragen, in das sie alle verstrickt waren. Warum auch nicht? Alle anderen taten das ebenfalls. »Er weiß, was geschehen ist.«

»Du hast also beschlossen, dich auf seine Seite zu schlagen? Dann hat er dir ein besseres Angebot gemacht, als wir das vermocht haben.«

»Stellt Euch doch einmal die Frage, Tamara – wäret Ihr überhaupt noch am Leben, wenn dem so wäre? Angesichts dessen, was Ihr mir gerade gesagt habt.«

»Vielleicht willst du einfach Zeit schinden, damit du mich bei ihm anschwärzen kannst.«

»Nein, Tamara, wenn ich Malkior das nächste Mal begegne, wird einer von uns sterben; und wenn *ich* dabei etwas zu sagen habe, wird er derjenige sein. Es wäre klug von Euch, wenn Ihr mir aus dem Weg gehen würdet.«

»Du kannst ihn nicht töten. Auch wenn du noch so stark geworden bist, er ist immer noch stärker.«

»Das werden wir ja sehen.« Plötzlich huschten Erkenntnis und Furcht über Tamaras Gesicht.

»Jetzt weiß ich, was mit dir geschehen ist. Du bist genau wie er, nachdem er sich *genährt* hat.«

Rik schenkte ihr ein kaltes Lächeln. Sie hatte ja keine Ahnung, wie wertvoll diese Mitteilung für ihn war. Jetzt brauchte er nur noch die Sardontine-Villa gemeinsam mit ihr zu verlassen.

»Warum sollte er dieses Geheimnis ausgerechnet mit dir teilen? Bist du selbst darauf gekommen, oder hat Asea es dich gelehrt? Ich frage mich langsam, ob du überhaupt der bist, der du zu sein scheinst. Vielleicht gehörst du ja zu den Neuen, die durch das Tor gekommen sind.«

Rik musste sich große Mühe geben, seine Gesichtszüge zu beherrschen. Tamara konnte nur eine Art von Tor meinen, und wenn Leute hindurchkamen, dann konnten sie wahrscheinlich auch nur von einem Ort stammen. Möglicherweise hatten die Fürsten des Schattens tatsächlich Fuß auf dieser Welt gefasst. Das musste er unbedingt Asea berichten. Tamara musterte ihn argwöhnisch, als sei ihr durch ihre eigenen Worte etwas klar geworden. Er hatte nicht vor, sie von irgendwelchen Vorstellungen, die sie sich machte, abzubringen. Wenn möglich, wollte er dieses Haus mit heiler Haut verlassen. Zuvor hatte er sich so wagemutig gefühlt, doch jetzt wurde ihm klar, dass er sich besser nicht auf einen Kampf mit ihr einließ.

»Ich kann dich also nicht überreden, dich auf unsere Seite zu stellen?«, fragte sie.

»Ich schlage Euch eine Abmachung vor«, erklärte Rik schließlich.

»Und worin sollte die bestehen?«

»Ich versuche Euch nicht umzubringen, wenn Ihr nicht versucht, mich zu töten. Dieser Pakt gilt nur für Euch und mich und für niemanden anders. Weder für Jaderac noch für Euren Vater oder Asea. Halten wir uns alle Möglichkeiten offen. Die Lage ist ungewiss, und alle unsere Positionen könnten sich ändern. Vielleicht braucht Ihr ja bald jemanden auf unserer Seite, oder ich jemanden auf Eurer. Zwischen uns braucht es nicht zum Kampf zu kommen. Jedenfalls nicht jetzt.«

Eine Weile stand sie schweigend da, während sie über seine Worte nachdachte. Dann sackten ihre Schultern nach vorn – und die Schwertspitze senkte sich. Die Atmosphäre im Raum veränderte sich fast unmerklich. »Gut, abgemacht«, sagte sie und schien das ehrlich zu meinen.

Du darfst ihr nicht vertrauen, flüsterten die Stimmen. Vertraue niemandem. Das tat Rik auch nicht. Er fragte sich sogar, ob er sich selbst noch trauen konnte.

27. KAPITEL

Wenn du deinen Feind schlagen willst,
musst du wissen, wie er denkt.

Armande Koth, Kriegführung im Zeitalter der Muskete und des Drachen

1

»Sie sagte also, es gäbe andere, die durch die Tore gekommen seien«, sagte Asea. Rik nickte und trat ans Fenster. Auf der anderen Seite der dunklen Straße sah er die Lichter der gegenüberliegenden Häuser, wo das Leben so wie immer zu verlaufen schien. Er versuchte die Stimmen in seinem Kopf zu unterdrücken. Die Nacht hatte unwirkliche Züge angenommen. Er konnte immer noch kaum glauben, dass er die Villa der Sardontines unbehelligt hatte verlassen können. Auf dem gesamten Rückweg hatte er mit einem Überfall auf die Kutsche gerechnet, der aber nicht stattgefunden hatte.

»So ist es.«

»Bist du dir sicher? Wie hat sie sich genau ausgedrückt?«

Rik wiederholte Tamaras Worte, so gut er sich erinnerte. Asea sah ihn aufmerksam an. Er hatte ihr fast alles genau so erzählt, wie es sich abgespielt hatte. Nur eines hatte er ausgelassen, nämlich dass Tamara ihn schon mehrere Male zuvor hatte überreden wollen, Asea zu töten.

»Glaubt Ihr, dass sie die Wahrheit gesagt hat?«, fragte Rik. »Und wenn, warum sollte sie es mir gerade jetzt verraten?«

»Vielleicht hast du sie so erschreckt, dass sie etwas gesagt hat, was sie eigentlich nicht enthüllen wollte.«

»Das kommt mir ein wenig unwahrscheinlich vor. Tamara ist äußerst beherrscht.«

»Ich bin mir nicht sicher, ob du selbst weißt, wie Furcht einflößend du wirkst, seit du den Klauen der Meeresteufel entronnen bist. Sie hätte durchaus zu der Überzeugung kommen können, dass du ein gefährlicher Thanatomant bist, der allein operiert. Die Zeichen sind für jeden, der weiß, wonach er zu suchen hat, deutlich zu sehen, und sie weiß ganz gewiss Bescheid.«

»Meint Ihr denn wirklich, dass sie sich gegen ihren Vater gewandt hat?«

»Das könnte zu einer seiner Intrigen gehören, die er inszeniert, um dich auf seine Seite zu ziehen«, sagte Asea. »Er weiß sicherlich, dass du ihm nicht trauen würdest, Tamara möglicherweise aber schon, vor allem, wenn du glaubst, dass er nicht hinter ihr steht.«

»Der Gedanke war mir auch schon durch den Kopf gegangen.«

»Dann sieh zu, dass er auch dort bleibt. Und vergiss ihn nicht. Du wirst länger leben.«

»Woher wisst Ihr eigentlich so viel über die Thanatomantie?«

Seufzend schüttelte sie den Kopf, und einen Augenblick lang dachte er schon, sie würde seine Frage nicht beantworten. »Weil die Fürsten des Schattens den Magiern von Al'Terra die Grundprinzipien zugänglich gemacht haben. Sie wollten, dass wir uns auf ihre Seite schlagen und in Versuchung geraten, ihre Lebensweise anzunehmen. Viele haben es getan.«

»Malkior hat behauptet, auf Al'Terra habe die Magie versagt, und damit wäre auch die Unsterblichkeit der Terrarch in Gefahr geraten. Ist das wahr?«

»Offenbar war er dir gegenüber sehr offen, Rik. Genau das war der Fall.«

»Und Ihr seid nie in Versuchung geraten?«

»Natürlich war ich versucht, Rik. Selbst zu jener Zeit wusste ich, dass ich eines Tages sterben würde. Selbst wenn die Unsterblichkeitszauber nicht versagt hätten.«

»Woher wolltet Ihr das wissen?«

»Einfache Mathematik, Rik. Es gibt immer wieder Unfälle oder Morde. Wenn du lange genug lebst, wird dir irgendetwas zustoßen. Ganz gleich, wie gut dein magischer Schutz ist, früher oder später wird er versagen, und dann ereilt dich der Tod.«

»Dann habt Ihr Euch der Thanatomantie nicht verweigert, weil Ihr glaubtet, Eure Seele wäre in Gefahr?«

»Ich bin mir nicht einmal sicher, ob wir Seelen in dem Sinne besitzen, wie die Priester es meinen.«

»Warum habt Ihr dann die Fürsten des Schattens abgewiesen – sie müssen Euch doch zumindest eine größere Hoffnung auf ein langes Leben gemacht haben, als Ihr sie hegtet.«

»Nein. Sie haben uns nur einen Weg in den Untergang und in den Wahnsinn gewiesen. Wenn man sich von der

Lebenskraft anderer nährt, nimmt man auch Spuren von ihnen in sich auf. Das ist genau wie bei manchen Giften: Wenn du täglich eine kleine Menge davon zu dir nimmst, reichert sich in deinem Körper eine immer größere Menge davon an, bis sie schließlich ausreicht, um dich zu töten. Wenn man die Thanatomantie lange genug praktiziert, treibt sie einen in den Wahnsinn. Du bist nicht mehr du selbst, sondern nur eine Persönlichkeit unter vielen.«

»Wird mir das auch passieren?«

»Ich weiß es nicht. Du unterscheidest dich bereits in so vielerlei Hinsicht von anderen, dass dies schwer zu beurteilen ist. Niemand hat vor dir jemals einen Quan verschlungen. Offenbar nehmen sie Seelen auf andere Weise auf als Malkior. Schon jetzt trägst du weit mehr Erinnerungen in dir, als das bei einem Thanatomanten sonst der Fall wäre. Wenn du meinen Rat hören willst, so solltest du dieses Erlebnis nicht wiederholen.«

»Das habe ich auch nicht vor.«

»Viele meiner Kollegen auf Al'Terra hatten das ebenfalls nicht. Dennoch haben sie es getan.«

»Das verstehe ich nicht. Sie wussten doch, dass sie davon verrückt werden würden.«

»Der Grund war, dass viele von ihnen nicht über alle Kenntnisse verfügten. Viele verstanden nicht ganz, was sie taten. Und anderen war es einfach gleich. Magier halten sich immer für etwas Besonders, Rik. Was anderen zustößt, kann ihnen auf keinen Fall passieren.«

Trau ihr nicht, flüsterten die Stimmen. Sie sagt dir nicht die ganze Wahrheit. Er brachte sie zum Schweigen, denn er hatte noch weitere Fragen. »Tamara hat erraten, was mit mir geschehen ist. Ihr ebenfalls. Was geschieht, wenn mich die Inquisition holen kommt?«

»Dazu darf es auf keinen Fall kommen. Das Beste wäre, wenn du deine Kräfte geheim hältst und den Dienern der Heiligen Flamme aus dem Weg gehst, bis das, was du in deinem Inneren trägst, weniger … offensichtlich geworden ist.«

»Das werde ich.«

»Gut. Ich brauche dich nämlich hier, Rik, und ich brauche dich bei Verstand.«

»Gibt es dafür einen besonderen Grund?«

»Du besitzt ein Gespür für Schattentore.«

Er begriff sofort, was sie dachte. »Malkior wird herkommen.«

»Ja. Er kann gar nicht anders, denn er muss dich töten – und mich auch. Wir wissen inzwischen zu viel über ihn.«

»Was sollte ihm das ausmachen? Er ist ein hoher Adliger des Dunklen Imperiums. Die Inquisition wird schon nicht an seine Tür klopfen.«

»Das könnte sie aber, sollten wir diesen Krieg gewinnen. Außerdem weiß er, dass ich ihn zwangsläufig früher oder später töten muss. Er weiß auch, dass du es versuchen wirst, und je länger du lebst, umso gefährlicher wirst du.«

»Ihr schmeichelt mir.«

»Du solltest eines über menschliche Magier wissen, und ich vermute, das gilt auch für Mischlinge, Rik. Verglichen mit Terrarch erlangen sie ihre Kräfte in sehr jugendlichem Alter. Du hast in den letzten paar Monaten bereits größere Fortschritte gemacht als die meisten Terrarch-Magier in mehreren Jahren, und du bist viel, viel stärker, als es ein Terrarch deines Alters wäre.«

Er drehte und wendete diese Aussage. Die Stimmen flüsterten ihm zu, dass sie stimmte. Der Quan war noch nie einem Menschen begegnet, der so stark war. Der Beweis war, dass er noch lebte. »Um die Wahrheit zu sagen, Rik, du bist schon jetzt bei Weitem der stärkste sterbliche Magier, dem ich je begegnet bin, und du wirst nur noch mächtiger werden, wenn du genug Zeit hast.«

Er sagte nichts darauf und hoffte, dass sie weitersprechen würde, um das Schweigen auszufüllen. »Ich habe keine Ahnung, ob es an deinem Schattenblut-Erbe oder an irgendeinem anderen Faktor liegt, aber du unterscheidest dich von allen anderen sterblichen Magiern, die ich getroffen habe.«

»Glaubt Ihr, dass ich in der Lage bin, Malkior zu töten?«

»Nein, Rik. Aber gemeinsam bringen wir es vielleicht fertig. Ich habe noch eine Rechnung mit ihm zu begleichen. Königin Amarielle war meine Freundin, und es gehörte zu meinen Aufgaben, sie zu beschützen. Doch Malkior hat sie ermordet. Er hat schon schrecklich viele Leute umgebracht, und er wird weiter töten, wenn wir ihn lassen. Es ist längst an der Zeit, ihn aufzuhalten.«

»In diesem Punkt sind wir uns einig, aber wie sollen wir ihn finden?«

»Er wird zu uns kommen, Rik. Und wenn nur aus dem einen Grund, weil er dich zurück zu den Quan bringen muss, um zu beweisen, dass er nicht an deiner Flucht schuld war.«

»Ehe ich das zulasse, sterbe ich lieber.«

»Wenn es zum Äußersten kommt, wäre das wahrscheinlich deine beste Wahl. Wir haben übrigens noch andere Schwierigkeiten.«

»Gut – wir hatten ja bisher nicht genug davon.«

»Fürst Jaderac und Tamara haben etwas vor. Das hat sie dir gegenüber so gut wie zugegeben. Da sich die beiden in Halim aufhalten, vermute ich, dass sie ihren Plan hier durchführen werden. Ich kann mir vorstellen, dass es nichts ist, das der taloreanischen Armee besonders gefallen wird.«

»Und was wollt Ihr deswegen unternehmen?«

»Ich habe bereits Spione in die Stadt geschickt, die nach Anhaltspunkten suchen sollen. Die sardeanische Botschaft wird auf mein Betreiben Tag und Nacht überwacht – obwohl das Tamara nicht davon abhalten wird, nach Belieben zu kommen und zu gehen. Möglicherweise ist sie in der Lage, Jaderac mit durch das Schattentor zu nehmen.«

»Was könnten diese beiden vorhaben?«

»Wir wissen, dass Jaderac Magier ist und sich auf Nekromantie spezialisiert hat. Sicherlich plant er etwas in dieser Richtung. Ich habe der militärischen Aufklärung Mitteilung darüber gemacht, und ich habe deinen alten Freunden, Wiesel und dem Barbaren, den Auftrag erteilt, Kontakt zur hiesigen Unterwelt aufzunehmen, damit sie dort vielleicht Spuren finden. Außerdem habe ich einige hellseherische Rituale durchgeführt und auf diese Weise allerhand erfahren.«

»Und was?«

»Während unserer Abwesenheit hat sich in der Stadt eine ganz ungewöhnliche Menge nekromantischer Energien aufgestaut.«

»Das heißt, jemand hat vor, die Toten zum Leben zu erwecken?«

»Ich weiß es nicht. Und auch die Quelle kann ich nicht genau feststellen; aber in der Aura der Stadt haben sich am dunklen Ende des magischen Spektrums eindeutig Energien zu einer Wolke verdichtet, die täglich stärker wird. Höchstwahrscheinlich eine Nebenwirkung ritueller Magie, die irgendwo gewirkt wird.«

»Könnt Ihr nicht eingrenzen, woher das kommt?«

»Vielleicht, aber bis dahin könnte es zu spät sein. Die Krönung findet schon in ein paar Tagen statt.«

»Glaubt Ihr, sie wollen sie verhindern?«

»Das wäre der sinnvolle nächste Schritt.«

»Und wie wollt Ihr dieser Sache auf den Grund gehen?«

»Auf die ganz altmodische Art: indem ich eine Menge Geld ausgebe und mit vielen Leuten spreche. Jedenfalls werden du und deine Freunde das tun. Und ich werde weiter an meiner Kunst des Hellsehens arbeiten.«

2

»Bist du dir ganz sicher?«, fragte Rik. Der Wodka brannte, während er durch seine Kehle rann. Uri wischte sich mit dem linken Ärmel den Mund und den gewaltigen, gezwirbelten Schnurrbart. Dann sah er Riks leeres Glas und schenkte ihm – und sich selbst – noch einmal ein.

»Auf einem Bein kann man nicht stehen«, sagte er. Um diese Tageszeit war es im »Alten Klepper« ruhig. Nur wenige Gäste bevölkerten das Lokal, und diese Nische hätte ohnehin keiner von ihnen betreten können. Der Barbar und ein paar von Uris härtesten Burschen hielten Wache, um das zu verhindern.

»Bist du dir wirklich sicher?«, fragte Rik noch einmal. Zum Teil lag es am Alkohol, dass er sich wiederholte, teilweise aber auch daran, dass sich Uri mehr für den Wodka zu interessieren schien als dafür, Rik zu erzählen, was er wusste. Uri setzte das Glas wieder an die Lippen und leerte es mit einem einzigen Zug. Rik tat es ihm nach und setzte gleichzeitig einen der Zaubersprüche gegen die Wirkung des Giftes ein, um dem Alkohol und allen Drogen, die Uri vielleicht hineingegeben hatte, entgegenzuwirken. Er traute dem Bandenkönig keinen Fußbreit über den Weg.

»Natürlich bin ich mir sicher. So sicher, wie man sich bei solchen Dingen nur sein kann. Meine Leute haben einem sogenannten Forscher Leichen verkauft. Sie dachten, es wäre das Übliche – du weißt schon, zum Sezieren, um sie Medizinstudenten zu zeigen. Sie dachten, sie könnten ein wenig Geld aus dem Burschen herauskitzeln, aber als sie das versucht haben, hat er sie nur ausgelacht und gesagt, wenn sie das täten, würden sie eines sehr langsamen, schmerzhaften Todes sterben. Sie haben ihm gesagt, er hätte zu viel schwarzen Lotos geraucht, was auch stimmte, weil seine Pupillen so groß wie Untertassen waren. Und seine Haut war bleich und gelb. Er ist dann durchgedreht. Hat ihnen eine wandelnde Leiche gezeigt und gesagt, wenn sie jemandem davon erzählten, würde er dafür sorgen, dass sie genauso endeten. Er hätte einflussreiche Freunde, so sagte er. Jedenfalls haben Standa und Rudi das so erzählt. Hat ihnen aber niemand geglaubt. Sie waren für ihre Flunkereien bekannt.«

»Und warum glaubst du ihnen jetzt?«

»Seit Tagen hat sie niemand mehr gesehen. Sie hätten eigentlich vor ein paar Nächten hier auftauchen und mir ihren Anteil bringen sollen, aber sie sind nicht gekommen.«

»Vielleicht sind sie ja mit deinem Geld durchgebrannt.«

Uri sah ihn an und lachte schallend. Er schenkte noch einmal Wodka nach. »Das würden sie nicht wagen. Und sie würden ihre Familien auch nicht einfach zurücklassen. Lucie, Standas Frau, erzählt, er hätte sich ziemlich seltsam benommen, als sie ihn zum letzten Mal gesehen hat. Leerer Blick. Schien wie in Trance zu sein. Er ist einfach hinausgegangen und nie wiedergekommen. Hat etwas über Gräber vor sich hingemurmelt.«

»Wenn du denkst, das war ein leerer Blick, dann solltest du dem Barbaren gelegentlich in die Augen sehen.«

Uri trank noch ein Glas, bot Rik aber nichts mehr an. Der Alkohol schien keine allzu große Wirkung auf ihn auszuüben, er machte ihn höchstens aggressiver. »Schau mal, Goldlöckchen. Es ist mir gleich, ob du mir glaubst. Ich habe bloß mir dir geredet, weil mein Freund Wiesel da gesagt hat, dass du und die Taloreaner genau diese Art von Geschichte suchen. Deswegen habe ich ihm davon erzählt.«

Die Stimmen flüsterten Rik zu, er solle diesen überheblichen Dummkopf umbringen und sein Leben austrinken. Er brachte sie zum Verstummen. »Vielleicht hast du dir die Geschichte ja nur ausgedacht, weil Geld damit zu verdienen ist.«

»Ja, und vielleicht weiß ich auch nichts Besseres mit meiner Zeit anzufangen, als hier zu sitzen und dir diese Geschichten zu erzählen. Aber ich kann mein Geld auch anders verdienen. Ich habe nur einem Freund einen Gefallen getan. Einen Gefallen, der offensichtlich nicht besonders geschätzt wird.«

»Beruhige dich«, sagte Rik. Er konnte keine Schwierigkeiten mit den hiesigen Banden gebrauchen. »Weißt du, wo dieser Leichenräuber seinen Unterschlupf hatte?«

Uri nickte. »Meine Jungs haben ihn ausgekundschaftet, seit du dich bei uns angekündigt hast.«

»Dann biete ich dir ein Geschäft an. Wir überprüfen das, und wenn etwas an der Sache dran ist, hast du bei uns was gut. Geld, Gefälligkeiten, was du brauchst. Wir vergessen die Leute nicht, die uns helfen.«

Uri sah aus, als überlege er, nach einem Vorschuss zu fragen; dann fiel ihm wieder ein, dass er behauptet hatte, er täte lediglich einem Freund einen Gefallen. Schließlich nickte er. »Sag deinen Herren, sie sollen den Keller des alten, zusammengefallenen Mietshauses in der Straße des Engels der Hoffnung überprüfen. Das ganze Gebiet ist zwar zusammengeschossen worden, als eure Leute die Stadt erobert haben. Aber ein paar Bettler leben immer noch dort.«

»Könntest du dafür sorgen, dass uns jemand den Weg zeigt?«

Uri nickte. »Sicher.«

28. KAPITEL

Manchmal haben wir durch Wissen ebenso viel zu fürchten wie durch Unwissen.

Asea Selari, Reflexionen

1

Sardec lag auf dem Rücken und sah zu den hellen Streifen des Mondlichts auf, die durch die Spalten in den Vorhängen einfielen. Der Schlaf mochte sich einfach nicht einstellen. Neben ihm regte sich Rena. Er lag still, weil er sie nicht wecken wollte. Auf der Treppe ließen sich leise Schritte vernehmen, und er setzte sich auf. Jemand klopfte an die Tür. Sardec stand auf, schob den Riegel zurück und sah nach. Sergeant Hef stand da. »Was ist?«, fragte Sardec.

»Wiesel und der Barbar sind eben zurückgekommen. Prinzessin Asea ist unten. Es sieht aus, als hätten sie eine Spur zu den Nekromanten gefunden, nach denen alles sucht. Ihre Hoheit möchte gern, dass Ihr mit den Männern ausrückt und die Sache untersucht.«

»Kann das nicht bis morgen früh warten, Sergeant?« Sardec wusste, dass dies nicht möglich war, aber er musste seinem Ärger irgendwie Luft machen.

»Ich glaube nicht, Herr«, antwortete der Sergeant. »Sie sagen, es sei wichtig.«

»Nun gut, dann geht schon einmal«, gab Sardec zurück.

»Was ist passiert?«, fragte Rena vom Bett aus.

»Die Pflicht ruft.«

2

Sardec trottete durch den Schnee und fragte sich, was hier vor sich gehen mochte. Die zerlumpten Männer, die mit Asea gekommen waren, hatten seine Einheit zu den Überresten eines zusammengebrochenen Gebäudes geführt. An dem Bau waren ein paar Brandspuren zu erkennen, aber vor allem sah es aus, als wäre es von etwas Großem getroffen und dadurch zerstört worden. Die gesamte Straße hatte durch die Belagerung schwer gelitten. Ein ganzer Teil der Stadt war von den Bewohnern inzwischen verlassen worden; nur noch Plünderer, Bettler und Schlimmeres hausten hier. Ein merkwürdiger Geruch hing in der Luft, der ihn an etwas denken ließ, dem er schon einmal begegnet war; etwas Aufstörendes und Fremdartiges, das ihn an die Begegnung mit den Ghulen auf dem Friedhof erinnerte. Seine Nasenflügel zuckten, und zugleich griff er nach seiner Pistole. Sardec hatte gelernt, Ghule zu fürchten.

»Hier ist es«, erklärte der übler aussehende der beiden Männer. Er war ein Kharadreaner von der verkommensten Sorte. Dieser Krieg hatte ihnen wahrlich eigenartige

Verbündete beschert. Sardec überprüfte seine Pistole und vergewisserte sich, dass alle Männer ihre Waffen mit Feensilber-Kulgeln geladen hatten. Er war gewarnt worden, sie müssten mit Hexerei rechnen. Sein Armstumpf juckte an der Stelle, wo die Polsterung aus Guttapercha auf das Fleisch drückte: Es war eine ständige Erinnerung daran, wie gefährlich bösartige Magie sein konnte. Er sah zu Asea hinüber, die zusammen mit ihrem halbblütigen Liebhaber dastand. Sie war zum Kampf gerüstet und trug ihren merkwürdig lebendigen Schutzanzug und die silberne Gesichtsmaske. Sardec hob eine Laterne.

»Wartet hier«, sagte er, besonders um allen zu bedeuten, dass er hier das Kommando hatte, und winkte dann den Fourageuren, die Ruine zu betreten. Die Decke war noch vorhanden, hing aber in einem merkwürdigen Winkel herunter. Durch Lücken im Mauerwerk schien der Mond herein und erhellte das teilweise schneebedeckte Innere. An einem Dutzend Stellen fielen silbrige Lichtbündel auf den Boden. Überall lagen Schutt, zerbrochene Möbel und zerrissene Kleider. Am hinteren Ende des Raums befand sich eine offen stehende Falltür von der Art, die gewöhnlich in einen Kohlenkeller führte. Als Sardec darauf zutrat, wurde der Geruch stärker – eine Andeutung von Fäulnis und chemischer Bleiche, so als hätte jemand eine Gerberei in einem alten Schlachthaus aufgemacht.

Er sah seine Männer an. Sie wirkten blass und nervös und schienen darauf zu warten, dass er die Führung übernahm. Mit seinem Haken hielt er die Lampe hoch und ging zur Treppe. Der Sergeant, Wiesel und der Barbar folgten ihm.

Blut, dachte er, während er in die Dunkelheit hinunterstieg. Blut und Chemikalien. Die Stufen führten in einen weitläufigen Kellerraum. Als er unten ankam, trat er auf etwas, das ein schmatzendes Geräusch von sich gab. Ein Pfeifen wie von einem Blasebalg, und dann stieg eine Woge von Verwesungsgestank auf. Sardec stand auf etwas Weichem, Glitschigem, und er erkannte nur allzu bald, um was es sich dabei handelte: Er war auf eine Leiche getreten. Weitere Leichen lagen um ihn herum. Sie waren merkwürdig blass. Er sah sich um und stellte fest, dass ihre Haut weiß war, die Augäpfel grau. An den Armen und im Hals befanden sich verblasste Druckstellen.

»Kein Blut«, sagte Wiesel. Seine Stimme klang düster. »Jemand hat ihnen das Blut abgezapft.«

»Was ist das?«, fragte Sardec und wies auf die Metallwanne, die die Mitte des Raumes beherrschte und größer als ein Weinbottich war. Es kam ihm vor, als stießen sie schon das ganze Jahr ständig auf dunkle Hexerei, seit sie in die unterirdische Stadt Achenar vorgedrungen und mit den Anhängern des Spinnengotts und dem Wesen, das sie verehrten, gekämpft hatten. Sardec erschauerte. Bei dieser Begegnung hatte er seine Hand und beinahe auch sein Leben verloren. Seitdem war er argwöhnisch. Er wünschte, er hätte sein Feensilber-Schwert noch besessen, doch die Klinge war während der letzten Schlacht in der verlassenen Stadt zu Schlacke verglüht.

Er sah sich an den Wänden um. Dort hingen weitere Leichen an Haken; manche waren ausgeweidet wie Schweine in einem Fleischerladen, andere schienen noch unberührt, aber blass, entsetzlich bleich. Ihm wurde übel, und er kämpfte gegen den Drang, einfach wegzulaufen. Wäre er allein gewesen, er wäre vielleicht sogar geflüchtet; aber die Männer durften auf keinen Fall bemerken, dass er Angst hatte. Daher ging er forschen Schrittes auf den Bottich zu und war sich dabei der Furcht bewusst, die in seinen Eingeweiden wie eine gewaltige Ratte wühlte, die versuchte, sich bis zu seinem Herzen durchzufressen.

Er hörte etwas und hielt entsetzt inne. Eine der Leichen hatte sich an ihrem Haken bewegt. Einen Augenblick lang fürchtete er, sie sei zum Leben erwacht und griffe ihn sicher gleich an. Schreckerfüllte Erinnerungen an den Nerghul, den fremdartigen, durch Magie erzeugten Killer, den Jaderac damals in Morven ausgeschickt hatte, um Asea zu töten, stiegen in ihm auf. Die Kreatur hatte ihn beinahe umgebracht, und das, obwohl er eine Abteilung Soldaten und die mächtigste Magierin der westlichen Welt bei sich gehabt hatte.

Sardec trat näher heran, setzte die Lampe ab und blickte in den Bottich. Er war mit einer rötlich-schwarzen, dicklichen Flüssigkeit gefüllt. Blut, dachte er, mit Chemikalien versetzt, damit es nicht gerann. Tief unter der Oberfläche schien etwas zu treiben, eine vage menschenähnliche Gestalt, die auf unheimliche Weise lebendig wirkte, als würden ihre Glieder von Strömungen in der Flüssigkeit bewegt. Hitze stieg aus der Wanne auf. Das Blut blubberte obszön, und die aufsteigenden Blasen entließen beim Zerplatzen chemisch riechende kleine Gaswolken.

Sardec bückte sich und sah unter den Bottich, der auf kleinen Metallfüßen stand. Dort befand sich ein Mechanismus, der wie ein Kessel aussah und über Rohre mit dem Boden der Wanne verbunden war. Der chemische Gestank war hier noch stärker.

Etwas berührte seine Stirn, durchnässte den Rand seines Dreispitzes und tropfte dann auf seinen Kopf und seine Hände hinunter. Ihm lief es kalt über den Rücken. Er sah auf und stellte fest, dass die Flüssigkeit über den

Rand des Bottichs geschwappt war. Etwas Großes, Spinnenartiges kroch in sein Blickfeld. Er brauchte eine Weile, um zu erkennen, dass es eine Hand war.

Sardec sprang auf, holte mit dem Haken aus und schlug ihn in hohem Bogen durch den Handrücken. Rötliche Flüssigkeit quoll hervor und rann in den Bottich zurück. Ein Kopf tauchte aus der Flüssigkeit auf, gefolgt von breiten, nackten Schultern und einem gewaltigen, stämmigen Torso. Er schlug mit dem Haken nach der Kreatur und verletzte sie erneut. Das Ding gab keinen Laut von sich, sondern versuchte ihn nur zu packen. Er warf sich zurück.

»Was zum Teufel …?«, brüllte der Barbar. Sardec sah sich um. Die an den Wänden hängenden Körper, die nicht ausgeweidet waren, bewegten sich jetzt und schlugen um sich, als versuchten sie sich von ihren Haken loszumachen, um die Soldaten, die in ihr Reich eingedrungen waren, zu vertreiben. Einer nach dem anderen klatschten sie auf den Kellerboden – wie obszöne Früchte, die von einem übervollen Baum fallen – und rückten auf die verblüfften Männer vor.

Mit seinem Haken schnappte sich Sardec die Lampe. »Rückzug!«, schrie er. »Hinaus aus dem Keller.« Sie durften auf keinen Fall hier eingeschlossen werden. Sobald sie an der Oberfläche waren, konnten sie die übrigen Fourageure zu Hilfe rufen. Wenn ihnen die Flucht nicht gelang, würden diese nächtlichen Wesen auftauchen und die Soldaten überrumpeln. Das würde er nicht zulassen.

Er hob die Pistole und feuerte auf den Kopf jenes Dings in dem Bottich. Die Kugel traf es genau zwischen die Augen, und der ganze Hinterkopf der Kreatur explodierte. Geleeartige Hirnmasse spritzte auf eine der lebenden Leichen, die dahinter hing. Das untote Wesen verschwand wie ein ertrinkender Schwimmer unter der Oberfläche der Flüssigkeit. Ein langes Gewehr donnerte und Wiesel schoss einen weiteren wandelnden Toten nieder. Von verzweifelter Wut erfüllt und mit einer Klinge in jeder Hand kam der Barbar herbeigerannt und attackierte seinen untoten Gegner.

»Zurück!«, brüllte Sardec. »Wieder nach oben, sage ich euch. Wir dürfen hier nicht eingeschlossen werden.«

Der Barbar hatte bereits einen ihrer Widersacher erreicht. Er stach mit der einen Klinge zu und schlitzte ihm mit der anderen die Kehle auf. Doch die Kreatur torkelte trotz ihrer schrecklichen Wunden weiter auf sie zu.

»Zurück, du Riesenschwachkopf von einem Nordmann!«, schrie Sergeant Hef, hob sein Gewehr und schoss. In dem schlechten Licht zielte er nicht so gut wie Wiesel, und seine Kugel schlug so in eine der wie Schweinehälften von der Decke hängenden Leichen, dass sie an ihrem Haken zu schaukeln begann. Wiesel stand bereits oben auf der Treppe, lud nach und schickte sich an, seinen Kameraden auf ihrem Rückzug Deckung zu geben. Was immer Sardec sonst von dem ehemaligen Wilddieb halten mochte, geistesgegenwärtig war er jedenfalls, das musste er ihm lassen.

Er lief zu dem Barbaren und befahl ihm schreiend, sich zurückzuziehen. Mit hoch erhobenem Haken machte er sich bereit, auf den lebenden Toten einzuschlagen. Er würde so lange hierbleiben, bis der Barbar den Keller verlassen hatte. Unter diesen Umständen würde er keinen seiner Männer zurücklassen. »Du kannst sie nicht umbringen, Nordländer. Sie sind doch längst tot.«

Die Logik seiner Worte schien durch die – von seiner Angst vor allem Übernatürlichen ausgelöste – Wut des

Barbaren zu dringen. Er grinste breit und erschrocken und zog sich zur Treppe zurück. Seine Augen wirkten zu weit aufgerissen und seine Haut zu blass, so als begänne sich hier bereits etwas von der bösen Hexerei auf ihn auszuwirken. Sardec betete, dass es sich nicht so verhielt.

Er ließ den Barbaren vorbei, obwohl er sich nicht sicher war, warum. Pflichtgefühl, dachte er. Der Hüne aus dem Norden konnte es zweifellos viel besser mit einem dieser Wesen aufnehmen als er. Wieder donnerte Wiesels Flinte, und ein weiterer wandelnder Toter taumelte zurück und fiel in die brodelnde Flüssigkeit in der Wanne. Sardec sah noch, wie seine blutverschmierten Füße einen Augenblick lang krampfartig zuckten, bevor das Wesen unter der Oberfläche verschwand. Ein Bild von einem grauenhaften Paarungsakt in den Tiefen des Bottichs stieg in ihm auf. Angewidert schob er es beiseite und wich rückwärts zur Treppe zurück.

»Raus hier«, schrie er Wiesel zu. »Und alarmiere die anderen. Wir brauchen jeden Mann, den wir bekommen können.«

Ein anderer Gedanke kam ihm. Vielleicht war es das Beste, diese bösartigen Kreaturen in die Luft zu jagen. »Macht auch Granaten bereit.«

Er riskierte einen Blick über die Schulter und sah, dass Wiesel verstanden hatte und sich bereits zum Gehen wandte. Sergeant Hef folgte ihm dichtauf, und der Barbar rannte die ersten Stufen hinauf. Sardec hoffte nur, dass er nicht stolperte. Das war nicht der richtige Zeitpunkt, um auf der Treppe übereinander zu poltern. Er richtete seine Aufmerksamkeit wieder auf die näher kommenden Untoten. Ihre Augen glühten rötlich, und bei jedem Schritt schien übel riechende Luft aus ihren Körpern zu entweichen. Es war, als würden bei allen Bewegungen faulige Gase aus ihren zerfallenen Lungen, aus ihren Mündern und den klaffenden Löchern in ihrer bleichen, nackten Haut gepresst. Einige von ihnen hatten lange Fingernägel, fast schon Klauen. Er hegte nicht den geringsten Zweifel daran, dass sie ihm damit das Fleisch von den Knochen reißen oder die Augen auskratzen konnten. Aber wenn er es irgendwie vermeiden konnte, hatte er nicht vor, hier unten zu bleiben und es auf eine Probe ankommen zu lassen.

Die wandelnden Leichen schienen Kraft zu sammeln. Sie bewegten sich jetzt merklich schneller, wie benommene Schläfer, die nach und nach vollständig erwachen. Einer oder zwei von ihnen taumelten vorwärts. Ihr Gleichgewichtssinn war schlecht, sie gingen wie Betrunkene und stießen immer wieder gegeneinander. Auf dem mit Leichen übersäten Boden fanden sie nur schlecht Halt. Wieder setzte Sardec den Fuß auf die unterste Treppenstufe und begann hinaufzusteigen. Er steckte die Pistole in seine Schärpe, nahm die Laterne in die gesunde Hand und schwang sie vor den Untoten hin und her – in der Hoffnung, das werde die Kreaturen auf Abstand halten. Das Licht flackerte, verlosch jedoch nicht.

»Bin draußen, Herr«, hörte er den Barbaren hinter sich schreien. Das reichte Sardec. Er wandte sich ab und stürmte die Treppe hinauf. Sobald er das Kellerloch verlassen hatte, knallte der Barbar – geistesgegenwärtiger, als sein Leutnant ihm das zugetraut hatte – die hölzerne Falltür zu und stellte sich mit seinem ganzen Gewicht darauf. Kurz darauf vernahmen sie von unten ein unheimliches Poltern.

Ohne Frage versuchten die Kreaturen herauszukommen. Sardec sah sich nach etwas um, das auf die Falltür geworfen werden konnte. Herabgestürzte Mauerstücke boten sich an. Wie ein Dockarbeiter zog Sardec mit seinem Haken eilig ein Stück Ziegelwand zu sich heran und zerrte es zu dem Barbaren. Kaum hatte er es an seinen Platz geschoben, da stürzte der Barbar davon und hob ein weiteres, größeres Mauerbruchstück hoch. Mit wesentlich größerer Leichtigkeit, als Sardec das vermocht hätte, ließ er es auf die Klappe fallen. Sardec erwiderte das Grinsen des Hünen und machte sich dann auf, weitere Trümmerstücke zu holen, während sich seine Gedanken überschlugen.

Worauf waren sie hier gestoßen? Hatte dieses Haus einmal einen Nekromanten beherbergt, der ohne Wissen der Nachbarn seine schwarzen Künste ausgeübt hatte? Oder war dies der Tempel eines grausamen Kults, der seine Opfer zu seinen eigenen, unheiligen Zwecken wieder belebte? Sardec wusste, dass in diesem Land zahlreiche geheime Bruderschaften existierten, und einige davon versuchten sich tatsächlich an sehr dunklen Praktiken. Er dachte an den Propheten Zaharel und seine Anhänger, denen es beinahe gelungen war, den Spinnengott Uran Uhltar loszulassen. Waren sie hier auf einen ähnlichen Kult gestoßen?

Prinzessin Aseas Gedanke fiel ihm ein, Zarahel könnte möglicherweise von den Feinden Taloreas unterstützt worden sein – mit Geldern. Und er erinnerte sich an den Nerghul, den jemand in Morven auf ihre Fersen gesetzt hatte. Vielleicht war dies ein weiterer Ort, an dem die Spione des Dunklen Imperiums Wühlarbeit leisteten. Möglicherweise waren diese Wesen dort unten, die versucht hatten auszubrechen, zu einem militärischen Zweck geschaffen worden. Vielleicht gab es noch mehr solcher

Laboratorien. Wenn das zutraf, dann mochte diese ganze große Stadt nichts weiter als eine gigantische Falle sein. Einen Augenblick lang zog das Bild ganzer Regimenter untoter Soldaten, die aus der Nacht auftauchten, vor Sardecs innerem Auge vorüber. Wahrscheinlich konnte man diese Wesen nicht töten, und sie würden alles niedermähen, dem sie begegneten. Oder sie waren nur die Stoßtruppen einer neuen magischen Bedrohung. Er stellte sich vor, wie der Nerghul oder eine ganze Schar ähnlicher Wesen die Führung dieser Horde auf die schwarzmagische Weise wiederbelebter Krieger übernahmen.

Reiß dich zusammen, sagte er sich. *Bis jetzt ist dieses Schlupfloch das einzige, von dem ihr wisst. Es ist die einzige sichtbare Bedrohung. Kümmere dich darum.*

Sardec wandte sich um und sah Asea und ihren Liebhaber näher kommen. Beiden stand die Sorge ins Gesicht geschrieben.

»Wir haben etwas gefunden«, erklärte er. Er war sehr stolz darauf, wie ruhig seine Stimme klang.

»Was ist los, Leutnant?«, fragte Asea.

»Wir haben wandelnde Tote entdeckt«, antwortete Sardec. »Wir könnten ein paar Granaten in den Keller werfen und ihnen den Garaus machen.«

»Auf keinen Fall, Leutnant. Ich möchte mich dort unten umsehen, und dazu wäre es besser, wenn noch alles in einem Stück bliebe.«

Sardec zuckte die Achseln. Gerüchte wollten wissen, dass Azarothes Spione auf der Suche nach Spuren einer okkulten Verschwörung in der Stadt jeden Stein umgedreht hatten. Wenn das hier ein Hinweis war, dann mussten sie eben ihr Bestes tun. »Ich möchte aber keinen meiner Männer in Gefahr bringen«, sagte er zu Asea.

»Ohne Not bringe ich niemanden in Gefahr«, gab Asea zurück. »So gut solltet Ihr mich inzwischen kennen, Leutnant.«

Ihre Stimme war so kalt wie die Silbermaske, die Sardec das gespiegelte Mondlicht zurückwarf. In der Hand trug sie einen langen, glitzernden Stab.

»Was habt Ihr sonst noch gesehen?«, wollte sie wissen. Sardec berichtete ihr von dem Bottich und den Apparaturen. Ihr interessierter Blick gefiel ihm nicht.

3

»Ich hätte gern, dass du mich begleitest, Rik«, erklärte Asea. »Ich möchte diesen Keller untersuchen und mir vor allem die Ausrüstung, die Sardec gefunden hat, genauer ansehen.«

»Ihr wollt dort hinuntergehen? Zu all diesen lebenden Toten?« Rik wusste, dass sie es tun würde. Er versuchte nur, das Unvermeidliche noch etwas hinauszuschieben.

»Es können doch nur einige wenige sein, und außerdem gehe ich ja nicht allein – du und Karim, ihr kommt mit mir.«

»Ich hatte befürchtet, dass Ihr so etwas sagen würdet.« Warnend flüsterten die Stimmen im Hintergrund seines Bewusstseins. Sie mochten die lebenden Toten nicht. In ihnen war nichts mehr, von dem sie sich nähren konnten.

»Ihr solltet bei Euren Männern bleiben, Leutnant, und dafür sorgen, dass wir keine Überraschungen erleben«, befahl Asea. »Ich würde mich allerdings über die Hilfe von zwei Eurer Soldaten freuen, die mich schon früher mit ihrer Tapferkeit beschützt haben.«

Der Barbar grinste breit. Wiesel nickte nur. Sein Gewehr war bereits geladen. »Rik, du und Karim, ihr geht als Erste hinein. Du kannst im Dunkel besser sehen.«

»Na, wunderbar«, sagte Rik.

»Ist mir eine Ehre, Herrin«, erwiderte Karim. Die weißen Zähne blitzten in seinem dunkelhäutigen Gesicht auf.

Asea zog eine Sphäre aus ihrer magischen Ausrüstung und schraubte sie auf das Ende eines Stabs aus Messing. Mit einem Wort weckte sie den Kristall, aus dessen Tiefen ein sanftes Leuchten aufglomm. Hörbar stieß sie den Atem aus und bedeutete ihnen, in das zusammengestürzte Gebäude zu treten. Ein paar Soldaten folgten ihnen und begannen die Steinbrocken, die die Falltür geschlossen hielten, wegzuräumen. Unten herrschte jetzt eine unheimliche Stille. Als sie gleich darauf die Falltür zum Keller öffneten, war von den wandelnden Toten nichts zu sehen.

»Lasst uns gehen«, sagte Asea.

Karim stürzte regelrecht auf den Treppenabsatz. Rik folgte ihm langsamer. Der Barbar hielt sich hinter ihnen. Er mochte ja begierig sein, Prinzessin Asea zu beeindrucken, aber so sehr nun auch nicht. Rik trat auf die oberste Stufe und sah nach unten. Der Barbar verdeckte den größten Teil von Aseas Licht, das so hinter ihnen leuchtete, dass die Ecken des Raums im Dunkel lagen. Aber auch so gefiel ihm nicht, was er sah. Die Kammer war ein Schlachthaus voll menschlicher Leichen. In der Mitte stand eine Wanne mit einer heftig brodelnden Flüssigkeit.

Karim sprang die Treppe leichtfüßig hinunter, doch Rik folgte ihm verhaltener. Er trat so lautlos auf wie früher als Dieb in Drangsal und achtete ebenso genau auf verborgene Fallen. Karim bewegte sich durch den Raum und suchte nach Gegnern.

Vorsichtig, mit gezogenem Schwert, trat Rik auf den brodelnden Bottich zu. Vor Furcht drehte sich ihm der Magen um. Die Stimmen spürten seine Angst, reagierten darauf und plapperten panisch.

Seine Augen hatten sich jetzt an das Halbdunkel angepasst. Er wünschte, seine Nase würde sich ebenso an den Gestank gewöhnen, doch er bezweifelte, das es je so weit käme. Einen Augenblick lang hielt er inne und schaute sich um. Er kam sich vor wie in einem Fleischerladen, nur dass statt halben Rindern oder Schweinen hier die Leichen von Männern und Frauen am Haken hingen. Er schüttelte den Kopf, als er zum ersten Mal richtig darüber nachdachte, was hier vor sich gegangen war.

Jemand hatte mit all dem experimentiert. Die Leichen und die Apparaturen befanden sich nicht einfach zufällig hier. Was er sah, war das Ergebnis von viel Arbeit und langen Vorbereitungen. Jemand hatte allerhand Zeit und Geld eingesetzt, um all das hier aufzustellen. Aber was für ein krankes Hirn würde so etwas erschaffen? Es war noch gar nicht so lange her, da hätte Rik die Frage nur schwer beantworten können. Doch diese Zeit war vorüber. Dazu war er inzwischen zu vielen verdorbenen Magiern und ihren Schöpfungen begegnet. Er wusste, dass es Leute gab, die alles tun würden, um Macht zu erlangen. Und noch schlimmer waren diejenigen, die sich dunklen Hexereien widmeten, um ihre Neugier zu befriedigen und sich selbst aufzublähen.

Er spähte in die Wanne. Die Flüssigkeit brodelte, und er hatte den Eindruck, zwei dunkle Gestalten darin zu erkennen. Ein fast überwältigender Drang, sich darüber zu beugen und hineinzusehen, stieg in ihm auf. Er unterdrückte ihn. Aus bitterer Erfahrung wusste er, welchen

Preis man für solche Neugierde bezahlen konnte. Daher war er nicht gerade überrascht, als ein Kopf durch die Oberfläche der Flüssigkeit brach. Er fand sich einer blassen wiederbelebten Leiche gegenüber, aus deren Haar Blut troff, ebenso wie aus dem offenen Mund und den Augenhöhlen. Das Wesen wollte auf ihn losgehen. Instinktiv hob er grüßend die Klinge, wie Karim es ihn gelehrt hatte. Die Spitze seines Schwerts berührte beinahe die Brust der Höllenkreatur.

Doch dies konnte das Wesen nicht aufhalten. Es drängte vorwärts und versuchte trotz der Spitze, die in seine Brust eindrang, aus der blutgefüllten Wanne zu klettern. Rik beugte sich vor und legte sein ganzes Gewicht auf das vordere Bein, während er die Klinge tiefer hineintrieb. Dunkle Flüssigkeit quoll hervor. Er nahm ein merkwürdiges Zischen und den Geruch verbrannten Fleisches wahr, während das magische Schwert sein Ziel fand. Rauchfäden stiegen aus der Wunde auf, und auch aus den Mundwinkeln der Leiche tröpfelte rötlich-schwarze Flüssigkeit. An der Klinge entlang schob sich das Wesen auf Rik zu. Sein Grinsen, das gelbe Zähne und graues Zahnfleisch enthüllte, war umso grässlicher, als seine trüben, toten Augen keinerlei Ausdruck zeigten.

Rik sprang zurück und riss seine Klinge los. Aus dem Dunkel heraus zischte etwas an ihm vorbei. Es bohrte sich in das eine Auge der Kreatur und kam am Hinterkopf wieder heraus. Einen Herzschlag später wurde Rik klar, dass das Geschoss ein schwarz gefiederter Pfeil war. Kaum einen Herzschlag später fuhr ein zweiter Pfeil in das andere Auge. Die Leiche torkelte nach vorn und blieb reglos auf dem Boden liegen.

Eine ganze Weile standen alle zu Statuen erstarrt da und

warteten darauf, was als Nächstes geschehen würde. Asea brach schließlich den Bann und trat vor, um die Leiche und den Bottich voll von brodelnder Höllenbrühe, der sie entstiegen war, zu untersuchen. Sie sog die Luft ein.

Dann trat sie an die ihr am nächsten liegende Leiche. Der Gestank war entsetzlich. Es roch nach Verwesung, Chemikalien und noch etwas anderem, das geronnener Milch ähnelte. Asea beugte sich über die Leiche, zog eine kleine Stahlnadel aus ihrem Beutel und nahm eine Probe von der ekelerregenden Flüssigkeit. Sie betrachtete sie genau und roch daran. Rik fragte sich, wie sie es fertigbrachte, ohne dass ihr übel wurde; aber er vermutete, dass man sich, wenn man zweitausend Jahre lang Magie praktizierte, an alles gewöhnen konnte.

»Was ist das, Hoheit?«

»Nekroplasma«, sagte sie.

»Was?«

»Nekroplasma. Eine Substanz, die Alchemisten und Nekromanten benutzen, wenn sie Leichen wieder zum Leben erwecken. Es wird auf der Grundlage von Blut hergestellt und an seiner Stelle eingesetzt. Man zapft einer Leiche das Blut ab, versetzt sie mit Chemikalien, vollführt gewisse unheilige Rituale damit und spritzt es dann wieder in die Leiche, um sie zu erwecken.«

»Dann ist dieser Stoff offenbar hier benutzt worden.«

»Deinem Scharfsinn entgeht nicht viel, oder, Rik?« Er warf ihr einen durchdringenden Blick zu. Asea neigte eigentlich nicht zum Sarkasmus. Vielleicht fühlte sie sich angespannter, als sie durchblicken ließ.

»Was geht hier vor, meine Dame? Warum sollte jemand den Wunsch hegen, diese Kreaturen zu schaffen?«

»Gute Frage, Rik, aber eine, auf die es mehrere Antworten gibt. Die offensichtlichste ist, dass die Unbekannten die Leichen als Soldaten einsetzen wollten.«

»Ein Keller voll von ihnen wäre aber kaum genug, um unsere ganze Armee zu behindern.«

»Allerdings – deswegen wäre es wahrscheinlich klug, davon auszugehen, dass es mehr als ein Schlupfloch gibt, in dem diese Wesen lauern.«

»Vielleicht war es aber auch nur ein einzelner Nekromant, der seine Experimente durchgeführt hat.«

»Der Gedanke wäre mir angenehm; aber ich stelle fest, dass ich in letzter Zeit äußerst argwöhnisch geworden bin.«

»Falls Euch das ein Trost ist, mir geht es nicht anders. Was sollen wir jetzt tun?«

Asea untersuchte den alchemistischen Ofen unter der Wanne. Die Apparatur war komplex, sie betrachtete die solide Verarbeitung beinahe bewundernd. »Wir werden diesen Bottich leeren und die gesamte Ausrüstung ans Tageslicht bringen. Ich möchte sie mir genau ansehen und feststellen, ob ich einen Hinweis auf ihren Konstrukteur finden kann.«

Rik fragte sich, ob das der einzige Grund war. In seiner Zusammenarbeit mit Asea hatte er eine gewisse besessene Faszination für die dunkelsten Lehren an ihr entdeckt. Manchmal fand er diese Seite seiner Gönnerin ziemlich beunruhigend.

Er schritt die Ecken des Raumes ab. Als er hinter die hängenden Leichen sah, entdeckte er eine weitere Tür, die von den Körpern verborgen worden war.

»Ich glaube, ich bin auf etwas gestoßen«, sagte er. Er brach das Schloss auf und öffnete die Tür. Mit einem Unheil verkündenden Quietschen schwang sie auf.

4

Der Raum, den Rik entdeckt hatte, war weit größer als der erste und stand voller Maschinen. Mit ihrem Lichtstab erleuchtete Asea das Areal. Rik konnte eine weitläufige Anlage aus Messingrohren und Glaskolben erkennen. Auf Tischen lagen weitere Leichen. Eine davon war seziert worden; in den Armen anderer, die merkwürdig eingeschrumpft wirkten, steckten Röhrchen.

»Was nun?«, fragte Rik. Das alles gefiel ihm überhaupt nicht. Die Körper auf den Tischen sahen sehr seltsam aus. Er trat zu der Leiche auf dem Seziertisch. Sie wirkte eigenartig langgezogen, die Haut war schuppig. Der Mund war voller rudimentärer Fangzähne.

»Hölle und Verdammnis«, sagte der Barbar, der hinter Rik getreten war. »Ein Ghul. Dem hat aber jemand übel mitgespielt.«

Er hatte recht. Die Bauchhöhle war geöffnet, verschiedene Organe waren entnommen worden. Nach dem verzerrten Gesicht des Wesens zu urteilen, musste es dabei noch am Leben gewesen sein. Falls man bei diesen Kreaturen von »Leben« sprechen konnte. Der Leib war noch zur Hälfte mit den geschwärzten, kränklich wirkenden Nieren und anderen inneren Organen gefüllt. Etwas schien merkwürdig, doch Rik brauchte eine Weile, um darauf zu kommen, was es war.

»Kein Blut«, sagte er.

»Und wahrscheinlich überhaupt keine Körperflüssigkeiten«, setzte Asea hinzu. Sie wies auf die Röhrchen, die mit den Körpern verbunden waren. Rik folgte ihrem Blick und bemerkte, dass alle Metallteile auf einen Komplex von Wannen und alchemistischen Apparaturen zuliefen.

»Aber warum?«, fragte Rik. »Zapft jemand die Flüssigkeit aus den Körpern ab, um Zaubertränke herzustellen?«

»Ich weiß es nicht. Was sollte auch jemand mit den Körperflüssigkeiten von Ghulen anfangen? Ich weiß von keinen Zaubern oder alchemistischen Seren, die danach verlangen. Das behagt mir ganz und gar nicht. Alles hier sieht aus, als wäre der Besitzer nur für einen Augenblick hinausgegangen.«

»Vielleicht sollten wir eine Wache zurücklassen?«

Asea nickte sichtlich besorgt. Dann durchsuchte sie das Laboratorium. In den Regalen an der rückwärtigen Wand des Raumes entdeckte sie einige in Leder gebundene Bücher.

»Irgendetwas, das uns von Nutzen sein könnte?«, erkundigte sich Rik.

»Ich weiß es nicht. Auf den ersten Blick sieht es wie Kauderwelsch aus. Höchstwahrscheinlich sind die Aufzeichnungen in einem persönlichen Code verfasst, den zu entziffern einige Zeit erfordern dürfte.«

»Malkior hat behauptet, im Dunklen Imperium operierten sehr viele Thanatomanten. Würden sie so etwas tun?«

Asea nickte. »Es fühlt sich ganz wie ihre besondere Art von Wahnsinn an. Ich kann mir nur einfach nicht vorstellen, wozu genau diese Versuchsanordnung dienen sollte.«

»Aber Ihr werdet es herausfinden.«

»Unser Leben könnte davon abhängen.«

Die Stimmen in Riks Kopf flüsterten. Sie fühlten sich hier wohl, sehr wohl sogar. Er erschauerte und ging nach draußen, während Asea nach Sardec rief und ihm Anweisungen erteilte, dieses Haus abzuriegeln.

5

Jaderac sah zu, wie Asea und ihre Lakaien aus dem Gebäude kamen, und fluchte. Die Warnung seiner Mitbrüder hatte ihn gerade noch rechtzeitig erreicht. Ein paar Minuten später, und er wäre dort gewesen, statt sich in den Schatten dieser Ruine zu verstecken. Zum Glück war das meiste, dessen sie bedurften, inzwischen in tiefster Nacht in die verlassenen Mausoleen auf dem Großen Friedhof geschafft worden. Und die Substanzen wurden bereits zur Vorbereitung des Rituals, das morgen Nacht stattfinden sollte, eingesetzt. Zumindest befand sich nichts in dem Laboratorium, das auf ihn hingewiesen hätte.

Brodelnd vor Zorn gegen den Verräter kroch Jaderac tiefer in seinen Umhang hinein, um sich vor der Kälte zu schützen. War es dieser Tölpel Sardontine gewesen? Oder Tamara, diese hinterlistige kleine Schlampe? In letzter Zeit hatte sie sich gar nicht mehr in die Karten sehen lassen. Gerüchte wollten wissen, dass sich ihr Vater in Halim aufhielt, aber Jaderac mochte ihnen keinen Glauben schenken. Was hätte der alte Mann auch hier zu schaffen?

Er sah Asea, ihren Liebhaber und diesen überheblichen Krüppel Sardec an und wünschte, sein neuer Nerghul wäre jetzt hier. Er hätte das Wesen auf sie angesetzt, damit es sie alle niedermetzelte. Verglichen mit seiner ersten Schöpfung erschien er ihm zwar fehlerhaft und weit weniger schnell. Dafür aber wäre er mehr als in der Lage, die drei zu töten. Doch seine Kreatur befand sich auf dem Friedhof, wo sie die für das Ritual notwendigen Gegenstände vor Eindringlingen schützte. Außerdem, so sagte er sich, würde er den Nerghul jetzt nicht gefährden; nun, da er seinem endgültigen Erfolg so nahe war. Morgen, nachdem sein großer Plan ausgeführt war, würde er genug Zeit haben, alle Rechnungen zu begleichen.

29. KAPITEL

Die Auswahl des richtigen Schlachtfelds ist ebenso wichtig wie der Einsatz der besten Truppen.

Armande Koth, Kriegführung im Zeitalter der Muskete und des Drachen

1

In Aseas Gemächern lag Rik auf einem Sofa und starrte seine Füße an. Die gewaltige antike Uhr tickte laut. Er fühlte sich nutzlos. Sogar die Stimmen schienen bedrückt. Sie murmelten im Hintergrund seines Geistes leise vor sich hin, drangen aber nicht bis in sein Bewusstsein. Um sich abzulenken, führte er eine der magischen Übungen durch, die ihn Asea gelehrt hatte, rief sich zur Ruhe und griff nach seiner inneren Kraft. Sie schien ein wenig zurückgegangen zu sein. Vielleicht war es eine Eigenheit der thanatomantischen Energie, dass sie abnahm, wenn sie über Tage oder Wochen nicht eingesetzt wurde.

Er fühlte sich bedroht, so als stünden sie alle am Rande eines tiefen Abgrunds. Morgen würde Katheas Krönung stattfinden, und sie waren dem Plan ihrer Feinde noch keinen Schritt weiter auf die Spur gekommen. Asea hatte sich den ganzen Tag und den größten Teil der vergangenen Nacht in ihren Gemächern eingesperrt und war nicht einmal hervorgekommen. Nur Karim war hineingegangen, um ihr etwas zu essen zu bringen. Sie hatte alle Boten fortgeschickt und mit niemandem gesprochen. Rik hatte sie noch nie so gehetzt erlebt. Ein paar Mal hatte er durch die geöffnete Tür einen Blick auf sie erhascht und gesehen, dass sie erschöpft und ausgehöhlt wirkte. Doch er konnte nichts für sie tun, nur wie ein treuer Wachhund vor ihrer Tür schlafen.

Rik hatte Angst, und nicht nur um sich selbst. Er spürte, dass Malkior kommen würde, und er würde Asea und ihn töten, wenn es ihm möglich war. Rik hatte sich so gut er konnte auf diesen Fall vorbereitet. Sein versteckt getragenes Messer war vergiftet. Seine ebenfalls verborgene Pistole war mit einer eigens präparierten Feensilber-Kugel geladen. In einer weiteren Pistole steckte ebenfalls eine besondere Kugel. Dazu kam noch das Schwert, das Asea ihm geschenkt hatte. Doch er wusste, dies würde wahrscheinlich nicht ausreichen. Selbst die Energie, die er dem Meeresteufel geraubt hatte, wäre wohl nicht genug. Aber er war entschlossen, Malkior dieses Mal so gut wie möglich vorbereitet gegenüberzutreten. So leicht würde er sich nicht noch einmal überwältigen lassen.

Aseas Zimmertür öffnete sich, sie trat heraus. Ihr Gesicht war blass und ausgezehrt, ihre Augen wirkten riesig. Die Tränke, die sie nahm, um die Müdigkeit zu vertreiben, hatten ihre Pupillen geweitet.

»Ich habe es«, sagte sie leise.

»Ihr habt den Code entschlüsselt?«

»Das habe ich schon vor Stunden. Aber jetzt habe ich auch die Notizen übersetzt.«

»Was steht darin?«

»Die Maschinen dienten dazu, ein besonderes Serum herzustellen, als Bestandteil eines nekromantischen Rituals.«

»Das steht in dem Buch?«

»Nein, aber wenn ich in den Aufzeichnungen über die Experimente zwischen den Zeilen lese und die Schlussfolgerungen weiterdenke, bin ich mir ziemlich sicher, wozu das Serum dienen soll. Sein unbekannter Schöpfer war Mitglied einer nekromantischen Bruderschaft. Diese Leute haben vor, die Toten zum Leben zu erwecken. Und sie wollen es heute Nacht tun.«

»Ist so etwas denn möglich?«

»Die Kreaturen werden nicht leben, so wie wir es verstehen – sie sind Ungeheuer, ähnlich wie die Ghule. Man kann einen bestimmten Teil der Ghul-Krankheit dazu benutzen, dass sich der untote Zustand wie eine Seuche verbreitet.«

»Eine Armee aus wandelnden Toten, die die Lebenden anstecken können?«

»Ja. Ich glaube schon. Dazu braucht man nur Leichen und eine starke Konzentration nekromantischer Energien.«

»Wenn sie eine Armee aufstellen wollen, brauchen sie aber eine ganze Menge Leichen. Und was die Energien betrifft …« Sobald Rik die Worte ausgesprochen hatte, wusste er genau, wo beides zu finden war. »Der Große Friedhof.«

Asea schrieb eine Nachricht an General Azarothe. »Geh Leutnant Sardec holen«, sagte sie. »Ich finde, wir sollten dem Friedhof sobald wie möglich einen Besuch abstatten.«

Seine Stimmen flüsterten und plapperten, und manchmal meinte er sogar, einzelne Worte verstehen zu können. *Ich rieche Tod. Tod und Hexerei. Dinge, die sich unter dem Boden bewegen. Falscher Ort. Falscher Ort*, wisperten die Stimmen. Rik kam ein Gedanke.

»Und wenn das alles nur eine Ablenkung darstellt? Wenn sich Malkior bereits hier befindet und versucht, die Königin umzubringen? Er könnte sich ganz leicht einschleichen, während wir versuchen, diese Krise zu bewältigen.«

Kurz erstarrten Aseas Züge, während sie darüber nachdachte. »Du könntest recht haben, aber im Augenblick kann ich nichts dagegen unternehmen. Wenn Jaderac vorhat, die Toten auferstehen zu lassen, dann muss ich ihm Einhalt gebieten.«

»Dann halte ich Malkior auf«, erklärte Rik. »Jedenfalls werde ich es versuchen.«

Einen Augenblick lang herrschte Schweigen. Rik fragte sich, ob sie annahm, dass er bloß versuchte sich seiner Pflicht zu entziehen. Aber dazu musste sie ihn inzwischen zu gut kennen.

»Ich glaube nicht, dass du Malkior besiegen könntest.«

»Es werden ja auch Soldaten hier sein, und irgendjemand muss Kathea beschützen. Sonst ist vielleicht keine Königin mehr da, die wir krönen können. Ich kann die Gegenwart von Schattentoren spüren. Zumindest könnte ich die Wachen warnen.«

»Du könntest dich auch irren.«

»Wenn ich mich irre, haben wir nichts verloren. Aber wenn ich recht behalte …«

»Nun gut. Viel Glück«, sagte sie und rauschte aus der Tür.

»Euch ebenfalls«, rief Rik ihr nach.

2

»So langsam wird das zur Gewohnheit«, meinte Sardec. Die Fourageure marschierten im Eilmarsch zum Friedhof. Sardec hatte alle Soldaten des Siebten Regiments, die er in der Kürze der Zeit hatte auftreiben können, als Verstärkung aufgeboten. Einige der Männer waren vom Schlaf noch benommen, andere waren betrunken. Und keiner von ihnen schaute besonders glücklich drein.

»Ich bedaure, dass ich wieder einmal Eure Nachtruhe stören musste, Leutnant«, sagte Asea. Sie hatte sich der Hochsprache der Terrarch bedient, damit die Männer sie nicht verstanden. Wieder einmal war sie gekleidet, um in den Krieg zu ziehen. Dieses Mal hielt sie einen glühenden Stab in der Hand, an dessen Spitze in einem blauen Juwel gefesselte Blitze zuckten. »Aber ich kann Euch versichern, dass dieser Einsatz wichtig ist. Die Sicherheit Königin Katheas und auch die unserer ganzen Armee könnte davon abhängen.«

»Dann hat jemand vor, die morgige Krönung zu verhindern?«, erkundigte er sich in derselben Sprache. Wenn Asea etwas geheim halten wollte, dann hatte sie ohne Frage einen guten Grund dafür.

»Sollten wir nicht bald finden, was wir suchen, wird es vielleicht keine Krönung geben. Dafür könnte sich die Stadt bei Sonnenaufgang in den Klauen einer Seuche befinden, die schlimmer ist als die Pest.« Mit einem Mal wirkte die Nacht besonders dunkel und kalt. Der Schnee unter ihren Stiefeln knirschte Unheil verkündend.

»Was meint Ihr?«

»Ich glaube, unser alter Freund Fürst Jaderac führt in diesem Augenblick ein Ritual durch, das alle Leichen auf diesem Friedhof zum Leben erwecken und zu einer unschlagbaren Armee machen soll. Möglicherweise stecken auch andere dahinter, mit denen er sich verbündet hat.«

Sardec spürte, wie es ihm vor Furcht kalt über den Rücken lief, doch er wahrte eine ausdruckslose Miene und einen gelassenen Tonfall. »Ihr sprecht von der allerdunkelsten Hexerei, Hoheit.«

»Allerdings, Leutnant. Überrascht es Euch, dass unsere Feinde so etwas einsetzen?«

»In diesen Tagen überrascht mich eigentlich nichts mehr, Prinzessin.«

Die Tore des Großen Friedhofs ragten drohend vor ihnen auf. Sardec schauderte bei der Erinnerung an die Ghule, auf die sie hier getroffen waren. Das Bild stand ihm noch so lebhaft und furchterregend vor Augen, als wäre es erst gestern Nacht gewesen.

»Wonach halten wir Ausschau?«, fragte er.

»Das werdet Ihr leicht erkennen, sobald Ihr es seht. Sucht nach Terrarch, die ein magisches Ritual durchführen. Ich wäre nicht erstaunt, wenn einer von ihnen Jaderac wäre – und eine andere Tamara.«

»Und was sollen wir dann tun?« Sardec vermutete, dass er es bereits wusste, daher war ihre Antwort keine Überraschung für ihn.

»Geht kein Risiko ein. Tötet sie – wenn Ihr könnt.«

Sardec nickte und brüllte den Soldaten Befehle zu. Sie sollten sich in kleine Gruppen aufteilen und den Friedhof nach Eindringlingen durchkämmen. Wenn sie jemanden sahen, der ein Ritual durchführte, sollten sie ohne Vorwarnung schießen.

»Hoffen wir nur, dass nicht gerade ein Begräbnis stattfindet«, murrte der Barbar.

»Wenn, dann gibt es bald noch ein paar mehr«, bemerkte Wiesel dazu.

Sardec sah zu, wie die Soldaten zwischen den Grabsteinen ausschwärmten. Er hatte ein schlechtes Gefühl dabei. Die Nacht war neblig, Reif glitzerte auf Grabsteinen und Ästen. Nur ab und zu schien der Mond durch die Wolken.

»Was war das?«, fragte Asea. »Dieser Geruch gefällt mir gar nicht.« Ein eigenartiger, ekelhaft süßer und fauliger Gestank lag in der Luft. Etwas daran ließ Sardecs Haut prickeln. Seine Lippen fühlten sich taub an. »Heute Nacht liegt eine höllische Hexerei in der Luft«, sagte Asea. »Ich glaube, wir suchen an der richtigen Stelle.«

»Eine Menge Leute würde behaupten, dass wir uns genau am falschen Ort aufhalten«, warf Sardec ein.

»Ich fühle mich versucht, ihnen zuzustimmen. Aber wenn ich recht habe, müssen wir das hier verhindern. Niemand sonst ist dazu in der Lage. Wenn wir das nicht schaffen, wird vielen der Tag der Krönung verdorben werden.«

3

Jaderac schritt um sein Pentakel herum. Der Geruch des Dunstes, der aus den großen Behältern waberte, erfüllte den Raum. Er spürte die Zersetzung, die davon ausging, und das erregte ihn. Darin lag so viel Macht. Die Macht, die Toten zum Leben zu erwecken, und auch die Macht, sie zu einer Armee aufzustellen. Macht, mit der er die Taloreaner zerschmettern würde, ehe die Nacht vorüber war.

Er setzte die Flasche an die Lippen und trank. Das Elixir besaß die dickliche Konsistenz des halb geronnenen Blutes, das einer seiner Bestandteile war, und schmeckte auch süß wie Blut. Kraft erfüllte ihn, jene Energie, die er Dutzenden von Gefangenen zusammen mit ihrem Blut abgezapft hatte. Er fühlte sich ein wenig abgestoßen; nicht, weil er Blut trank, sondern weil es das Blut von Menschen war und durch ihre Schwäche verunreinigt. Doch er sagte sich, darauf käme es nicht an. Das alles diente einem höheren Zweck. Und das Ziel war es, den bevorstehenden Krieg für Sardea zu gewinnen und dafür zu sorgen, dass er in die Gunst der Kaiserin und Königin zurückkehrte.

Verächtlich musterte er seine Mitverschwörer. Die meisten von ihnen waren nichts als Schafe. Fürst und Fürstin Sardontine hatten so verzweifelt versucht, sich mit beiden Seiten gut zu stellen, doch schließlich waren sie gezwungen gewesen, sich auf seine Seite zu schlagen. Sie wussten, welches Ritual er durchführen wollte, und dass er morgen um dieselbe Zeit der Herrscher dieser Stadt sein würde. Sie wollten auf der Seite des Siegers stehen, und sie wussten, dass er ihnen nie vergeben würde, wenn sie ihre Pflicht gegenüber der Bruderschaft jetzt nicht erfüllten. Alle Anwesenden starrten angsterfüllt die massige, ungeschlachte Gestalt des Nerghul an. Er war sogar noch größer als Jaderacs erstes Geschöpf und besaß monströse Klauen und lange weiße Fänge, die sich von seinem skelettartigen Gesicht abhoben. Seine Augen glühten in einem düsteren Rot. Etwas Dunkles, Bösartiges strahlte von ihm aus.

Für die Adligen, ihre Leibwächter und ihr Gefolge hatte

er nur Verachtung übrig. Einzig Tamara war anders, und nicht nur, weil sie einer der ältesten und hochrangigsten Familien in Sardea entstammte. Sie war selbstbewusst, wo die anderen verschlagen waren, und sie war so fähig wie ihr Vater. Jaderac fragte sich immer noch, ob sie tatsächlich beschlossen hatte, sich auf seine Seite zu stellen, oder ob sie immer noch als Spionin ihres Vaters handelte. In letzter Zeit war ihr Kommen und Gehen sogar noch rätselhafter gewesen als sonst.

Doch darauf kam es nun nicht mehr an. Sein Plan war so weit gediehen, dass er jetzt nicht mehr scheitern konnte. Er bemerkte, dass sie ihn ansah. Auf ihrem Gesicht lag ein verschmitztes Lächeln.

»Da kommen Leute«, sagte sie. Jaderac grinste verächtlich. Welche Dummköpfe spazierten ausgerechnet heute Nacht auf dem Friedhof herum? Vielleicht waren es wieder Ghule.

»Das macht nichts«, gab er selbstsicher zurück, da er sah, dass Sardontine und die anderen Teilnehmer an dem Ritual unruhig wurden. Sie waren nervös und würden vielleicht versuchen wegzulaufen, wenn sie genug Angst hatten. Das durfte er nicht zulassen.

»Ich glaube doch«, entgegnete Tamara. »Es sind Soldaten.«

»Sind wir verraten worden?«, verlangte Sardontine zu wissen. Seine Stimme zitterte ein wenig. Jaderac sah Tamara an. »Ja, hat man uns verraten?«

Tamara sah den Nerghul an. Sie wusste, wozu er in der Lage war, denn sie hatte solche Kreaturen schon manchmal erlebt. »Also, ich war es nicht«, sagte sie. Ihr Lächeln wirkte rätselhaft, und wie immer vermochte Jaderac es nicht zu deuten. Er erteilte seiner Schöpfung einen Befehl.

»Geh und töte jeden, den du nicht hier in diesem Kreis siehst.«

Die gewaltige untote Kreatur knurrte erst und lief dann gehorsam davon. Jaderacs Feinde waren schon so gut wie tot. Kein lebendes Wesen konnte es bei Nacht mit einer solchen Vernichtungsmaschine aufnehmen. Es hatte ihn viel gekostet, dieses Wesen zu schaffen, aber jetzt würde es beweisen, dass es alles wert gewesen war.

Er warf einen Blick auf die Teilnehmer des Rituals. Sie wollten an seiner Macht teilhaben, und nun war es an der Zeit, dass sie es sich auch verdienten. »Nehmt eure Stellungen ein«, sagte er. »Haltet eure Räuchergefäße bereit. Wir beginnen.«

Er sammelte seinen Geist und konzentrierte sich auf das Ritual. Es war schon einige Zeit vergangen, bis er bemerkte, dass Tamara verschwunden war.

4

Plötzlich hörte Sardec Schreie. Im Halbdunkel flammte das Mündungsfeuer von Musketen auf. Er hörte, wie Knochen brachen und Männer starben. Ein Trupp Soldaten gab auf und wollte gerade fliehen. »Haltet stand«, brüllte er und hörte, wie Sergeant Hef das Gleiche schrie. Dann brach etwas Entsetzliches aus dem Busch vor ihm. Ehe er reagieren konnte, stürzte sich die Kreatur auf ihn, und er spürte, wie sich ein eisenharter Griff um ihn legte. Er fühlte sich wie eine Maus, die zwischen den Kiefern einer Katze steckt.

Glühend rote Augen starrten ihn an. Gelbe Zähne und ein lippenloser Mund grinsten auf ihn hinunter. Sardec sah dem Tod ins Gesicht. Er wusste, dass er einem Nerghul gegenüberstand, und er bezweifelte, dass er diese zweite Begegnung überleben würde.

Mit seinem Haken schlug er nach dem Gesicht des Wesens und riss einen Teil der Wange weg, sodass die Zähne zu sehen waren. Er zerrte weiter, aber das Metall schien sich an einem Knochen verfangen zu haben. Mit der freien Hand holte der Nerghul aus, und er selbst flog davon und hörte, wie Knochen krachten, als er auf einen Grabstein prallte.

Ganz in seiner Nähe schlugen gleißend helle Blitze ein. Ozongestank stieg ihm in die Nase, seine Haare standen zu Berge. Er schaute auf und sah, wie der verkohlte Körper des Nerghuls taumelnd vor Asea zurückwich. Die Blitze fuhren aus dem Stab in ihrer Hand, trafen das Wesen und hielten es auf Abstand, während sie ihm das Fleisch von den Knochen rissen. Es versuchte näher zu kommen, doch trotz seiner gewaltigen Kraft kam es nicht gegen die tödliche Energie an, die ihm entgegenbrandete. Asea ließ nicht locker. Sie wusste, wenn sie den Beschuss einstellte, würde sich das Ding im Bruchteil einer Sekunde auf sie stürzen. Blaue Funken sprühten aus dem Kopf des Nerghul. Wo sie in den Schnee fielen, zischte es.

Sardec stöhnte, rappelte sich auf und klopfte seine Glieder ab. Sein Rock war zerrissen und geschwärzt, er roch verbranntes Haar. Doch sonst schien er vollständig beisammen zu sein, bis er feststellte, dass er seinen Haken verloren hatte. Der musste sich aus seiner Halterung gelöst haben und im Kiefer des Nerghul stecken geblieben sein. Offenbar zog das Metall Aseas Blitze an. Er sah, wie es glühte, und verstand jetzt, warum dieser Lichtbogen, der sich wie ein Wurm wand, immer auf den Kopf des untoten Monstrums gerichtet blieb, ganz gleich, wie heftig es sich hin- und herwarf, um ihm zu entrinnen. Das Metall zog wie ein Blitzableiter die Energie an. Unaufhörlich schlugen Funken aus Sardecs Haken. Hatte Asea das vorher gewusst? Er erschauderte bei dem Gedanken, was geschehen wäre, wenn sich seine Prothese nicht losgerissen hätte.

Der Nerghul bäumte sich auf und stürzte. Der Blitz knisterte noch einmal und verschwand dann. Sofort stürzten die Fourageure herbei und stachen mit ihren Bajonetten auf die Kreatur ein. Doch obwohl das Wesen bereits verkrüppelt war, gelang es ihm, sie abzuschütteln, und es rannte unverdrossen auf den Ausgangspunkt seiner Qualen zu – Asea. Der Barbar attackierte es von der Seite und hackte mit seinen beiden Klingen auf das verkohlte, rauchende Fleisch des Nerghul ein. Dann donnerte Wiesels Flinte, und eine Feensilber-Kugel schlug in das Hirn des Wesens ein.

Karim sprang herbei und trennte mit einem einzigen Hieb den Kopf vom Körper. Augenblicklich begann der Nerghul zu zerfallen, als hätte sich die unheilige Energie, die seinen Körper zusammenhielt, verflüchtigt. Vielleicht hatten die Blitze damit zu tun. Kurz darauf war nur noch eine Pfütze Protoplasma von ihm übrig, die im Schnee vor sich hinbrodelte.

»Wir haben … gewonnen«, sagte der Barbar. Er klang fassungslos.

»Dieser war schwächer als der Letzte«, erklärte Asea überzeugt.

»Wenn das ein schwaches Wesen gewesen sein soll, dann möchte ich seinen großen Brüdern aber nicht gern begegnen«, meinte Sergeant Hef.

»Trommelt die Männer zusammen, Sergeant«, befahl Sardec, stolz darauf, dass seine Stimme nicht so zittrig klang, wie er sich fühlte. Er brachte es fertig, seine schmerzenden Rippen zu vergessen und trat zu Asea, die das Wenige, was vom Körper des Nerghul noch übrig war, betrachtete.

»Ich an Eurer Stelle würde diesen Haken nicht anrühren«, riet sie. »Er glüht rot und ist noch dazu höchstwahrscheinlich vergiftet.«

»Hoffen wir, dass da draußen nicht noch mehr von diesen Kreaturen lauern«, meinte Sardec. »Beim nächsten Mal haben wir vielleicht nicht so viel Glück.«

Sie nickte. »Uns läuft die Zeit davon«, sagte sie. »Das Ritual hat begonnen.«

5

Jaderac intonierte Zaubersprüche, und seine Jünger wiederholten seinen Sprechgesang. Aus den Räuchergefäßen, die sie in den Händen hielten, stieg Rauch auf, gesättigt von den Substanzen, die sie den Ghul-Körpern entzogen hatten, und trieb über den Friedhof.

Schwarzer Nebel zog auf Jaderac zu, drang in seinen Mund und seine Nase und streckte seine Fühler nach seinen Lungen und seinem Hirn aus. Er spürte den Nebel jetzt wie eine Verlängerung seines Körpers, so als besäße er Finger aus Rauch. Spielerisch berührte er Sardontine damit. Der alte Fürst zuckte zusammen, sang aber weiter. Was hätte er auch sonst tun sollen? Wie alle anderen wusste auch er, dass das Ritual nicht unterbrochen werden durfte, wenn sie nicht die schlimmsten Folgen riskieren wollten.

Jaderac reckte seine Nebel-Gliedmaßen und berührte den Boden. Seit Tagen hatten seine Jünger dieses Areal mit alchemistischen Stoffen vorbereitet, hatten den Boden damit getränkt und sie tief in die Erde einsinken lassen, bis es nur noch des Rituals als Auslöser bedurfte, um alle Wesen, die dort begraben lagen, zu einem untoten Dasein zu erwecken. Jaderac fühlte, wie die Substanzen auf seine Berührung reagierten. Er schickte sein Bewusstsein in die Erde, in die es sich eingrub wie ein Wurm, und spürte die verwesenden Körper und die winzigen, mit einer Halbintelligenz begabten Fragmente nekromantischer Energie, die auf dem Friedhof ausgesät worden waren. Dann erteilte er Befehle. Die dunklen Geister flossen in die Leichen und brachten alles mit, was nötig war, um eine alchemistische Reaktion, die bereits begonnen hatte, zu vollenden. Körper regten sich und wühlten sich, geleitet von Jaderacs unbeugsamem Willen, an die Oberfläche durch.

Er stand jetzt im Zentrum eines gewaltigen Energienetzes, das sich langsam über den gesamten Friedhof ausbreitete. Er berührte die in den Mausoleen verborgenen Körper und konnte fühlen, wie sie reagierten. Auch sie waren von Todesenergien erfüllt. Jaderac rief sie zu sich und schickte seine Nebeltentakel dann weiter über den Friedhof aus.

In hundert Krypten sprangen tote Augen auf. Grüne Irrlichter brannten in ihnen. Hundert Leichen standen auf und schlurften, von einem seltsamen Hunger getrieben, in die Nacht hinaus.

30. KAPITEL

Manchmal können wir unsere Schlachten nicht gewinnen, sondern nur eine Niederlage vermeiden.

Amande Koth, Kriegführung im Zeitalter der Muskete und des Drachen

1

Rik lauschte dem Ticken der Uhr. So laut wie Trommelschläge hallte es durch Aseas stille Gemächer. Er feilte die Spitze einer weiteren Feensilber-Kugel an und steckte sie in seine Tasche. Zwar bezweifelte er, dass er die Möglichkeit haben würde, sie zu benutzen, aber gute Vorbereitung war alles. Er besaß jetzt ein halbes Dutzend dieser Geschosse.

Und er fragte sich, was wohl gerade auf dem Friedhof geschah und wie es Asea und seinen Kameraden ergehen mochte. Am liebsten wäre er bei ihnen gewesen, doch die Stimmen flüsterten ihm zu, sein Platz sei hier. Heute sei die Nacht, in der Malkior zuschlagen werde. Die taloreanischen Soldaten patrouillierten auf dem verschneiten

Friedhof. Alles befand sich in Aufruhr. Eine bessere Gelegenheit für einen Mordversuch würde es nie wieder geben.

Er dachte über die Notizen nach, die sie gefunden hatten und die sie auf das Ritual hingewiesen hatten. Das Ganze roch nach einer Falle. Rik war sich sicher, dass Asea dies ebenso gut wusste wie er, aber sie konnte es sich nicht erlauben, der Angelegenheit nicht nachzugehen. Diese Gefahr war einfach zu groß.

Die Uhr tickte lauter und begann die Stunde zu schlagen. Es war Mitternacht. Alle Uhren im ganzen Palast fielen ein. Und dann spürte es Rik, dieses reißende Gefühl, das ihm sagte, wenn sich irgendwo in seiner Nähe ein Schattentor öffnete. Nun, da der Augenblick gekommen war, fühlte er sich plötzlich schwach, als hätte ihn alle Kraft verlassen. Ihm wurde klar, dass er vielleicht nur noch ein paar Minuten zu leben hatte. Die Stimmen plapperten panisch los. Einige drängten ihn, sich zu verstecken. Andere wollten, dass er seiner Beute nachsetzte. Er stand auf und vollführte die Zauber, die ihn Asea gelehrt hatte. Kurz darauf stürzte er auf den Gang und rannte durch den Palast.

Obwohl sein Stoffwechsel durch die Geschwindigkeitszauber beschleunigt und durch die dem Quan geraubten Energien angetrieben wurde, hatte er das Gefühl, zu langsam zu sein. Es war wie in einem dieser Albträume, in denen man auf ein Ziel zurennt, das vor einem zurückweicht und das man niemals erreichen wird.

Während die Korridore an ihm vorbeizogen, war er sich nicht einmal sicher, ob er dort wirklich ankommen wollte. Ein Teil von ihm fürchtete sich zu Tode davor, Fürst Malkior gegenüberzutreten. Er wusste, dass seine Überlebenschancen bei diesem Kampf nicht groß waren. Malkior war viel älter als er und ein erfahrenerer Magier. Er gehörte zu den Schattenblut-Killern und hatte Zugang zu all ihrer Macht und ihren unheimlichen Fähigkeiten. Ein Teil von Rik wäre am liebsten in die Nacht davongelaufen und hätte sich irgendwo verkrochen, doch er zwang sich zum Weiterrennen.

Ein gewaltiger Hass brannte in ihm, der noch stärker war als seine Angst. Malkior hatte schon Riks Mutter getötet und würde auch noch seine Gönnerin umbringen, wenn er konnte. Er hatte Rik dem entsetzlichsten Tod überantwortet, den man sich vorstellen konnte, und alle Schrecken, die ihm jetzt keine Ruhe ließen, gingen auf dieses Erlebnis zurück. Malkior hatte vor, die Welt in ein einziges Gefangenenlager zu verwandeln, in dem die Menschen – darunter Riks Freunde – nichts als Schlachtvieh sein würden, das eine Rasse von verderbten Unsterblichen am Leben hielt. Für Rik war Malkior zum Dreh- und Angelpunkt eines ganzen Lebens voller Groll und Angst geworden. Er war ein Symbol für alles, was Rik auf dieser Welt je gefürchtet und verabscheut hatte, und er war in Wirklichkeit noch viel bösartiger, als Rik es sich vorgestellt hatte. Dieser Terrarch hatte den Tod verdient, und wenn es auch nur eine geringe Chance gab, dass er Erfolg haben konnte, so würde Rik sie ergreifen.

Vor ihm lag der Wohnflügel der Königin. Heute Nacht wirkte er auf eine unheimliche Weise still. Rik betete, dass er sich das nur einbildete.

2

»Das gefällt mir ganz und gar nicht«, sagte Sardec. Der Nebel war dichter und dunkler als zuvor. Der Fäulnisgestank schien noch stärker geworden zu sein. Seltsame Geräusche erklangen überall auf dem Friedhof. Der Boden unter seinen Füßen bebte leicht. Irrlichter brannten grün auf den Baumästen und den Gräbern.

»Wir müssen weiter und den Ausgangspunkt des Ganzen finden«, erklärte Asea. »Nur dort können wir den Prozess aufhalten.«

Irgendwo öffnete sich mit quietschenden Angeln ein Metalltor. Der Schnee knirschte unter schweren Schritten. Sardec bezweifelte, dass sie von einem seiner Männer stammten. Er wandte sich um. In der Finsternis waren die meisten Soldaten nicht zu sehen. Er erkannte gerade noch die Silhouetten von Wiesel und Sergeant Hef; und dieser große, massige Umriss musste der Barbar sein. Karim kauerte neben Asea, eine blanke Klinge in der Hand. In diesem Halbdunkel wirkte die Magierin wie eine Krieger-Göttin.

»Was ist los, Herr?«, fragte Sergeant Hef, doch es war offensichtlich, dass er die Frage in Wirklichkeit an Asea richtete. »Die Toten sind heute Nacht unruhig, Sergeant«, antwortete sie. »Hier sind Nekromanten am Werk, und wir werden ihnen Einhalt gebieten.«

»Oh, gut«, sagte Wiesel. »Ich habe in den letzten paar Monaten noch lange nicht genug Hexerei erlebt.«

»Könnt Ihr uns etwas darüber sagen, wie wir uns verhalten sollen, Hoheit?«, wollte Hef wissen.

»Lasst Euch nicht von ihnen beißen.«

»Darauf wäre ich nie gekommen«, brummte Wiesel.

»Und seht auch zu, dass ihr – wenn möglich – nichts von ihrem Blut abbekommt. Darauf liegt ein Fluch, dem ihr besser aus dem Weg geht.«

»Danke, Euer Hoheit«, sagte der Sergeant.

»Versucht die Männer ab jetzt zusammenzuhalten. Niemand weiß, was uns als Nächstes begegnen mag.«

3

Jaderac sah in die Nacht hinaus. Da waren Leichen, tote Körper, die sich bewegten, belebt von der dunklen Energie, die er angerufen hatte. Mehr und mehr davon tauchten, angezogen von seiner düsteren Macht, aus dem Dunkel auf, Dutzende wandelnder Leichen. Und ständig schlurften noch mehr herbei. Je zahlreicher sie wurden, umso dünner wurde der Nebel, als würde er in die Lungen der Kreaturen gesogen, um den dunklen Geistern, die sie bewohnten, Kraft zu schenken.

Sardontine und die anderen, die sich im Inneren des Pentakels aufhielten, stand das Entsetzen ins Gesicht geschrieben. Sie sahen aus, als wollten sie weglaufen, aber schließlich wussten sie es doch besser. Solange sie sich innerhalb des Schutzkreises befanden, konnten die Toten sie auch nicht anrühren. Doch sobald sie seine Grenzen überschritten, waren sie nicht mehr sicher.

In der Nähe knallten Schüsse und rissen Jaderac aus seinen Machtphantasien. Da kamen Soldaten, genau wie Tamara gesagt hatte. Auf eine Weise war das gut. Sie würden die ersten Rekruten für seine neue Armee abgeben.

4

Die Wachen ließen Rik ein. Sie wussten, dass er Katheas Lebensretter war, und sie erkannten Aseas Siegel. Niemand schien an seiner Behauptung zu zweifeln, er habe eine dringende Nachricht von der Magierin an die Königin.

Ein Kammerherr wurde herbeigerufen. Rik vergeudete eine Minute damit, auf ihn zu warten, und erklärte dann den Posten, er könne nicht länger ausharren. Die Angelegenheit sei dringend, eine Frage von Leben und Tod. Da die Männer ihn nicht einfach erschießen oder festnehmen wollten, begleiteten sie ihn in den Palast. Rik war froh, dass er sich auskannte.

In den Gängen war es ruhig. Niemand schien in diesem Palastflügel unterwegs zu sein. »Ist es hier immer so verlassen?«, fragte er einen der Soldaten.

»Ich komme sonst nicht hierher«, antwortete der Mann. Er war sichtlich nervös. Rik war ein wichtiger Gast, aber er benahm sich höchst ungewöhnlich, daher fühlte er sich nicht in der Stimmung zu einem Plausch.

Über eine weitere Treppe erreichten sie den Flügel, in dem die Gemächer der Königin lagen. »Hier müssten doch sicherlich Wachen stehen«, meinte Rik.

»Eigentlich ist dafür die Hausgarde zuständig«, pflichtete ihm der Soldat bei, angesteckt von Riks Besorgnis.

»Ihr holt Verstärkung«, wies Rik einen der Soldaten an. »Und Ihr kommt mit mir.«

Sie drangen tiefer in den Palast ein. Um sie herum herrschte Grabesstille.

5

Wenigstens begann sich der Nebel zu verziehen, dachte Sardec, wünschte sich dann aber den Dunst zurück, als er vor sich eine Horde wandelnder Leichen erblickte. Immer mehr tauchten um ihn herum aus dem harten Boden auf, mit Graberde bedeckt und Kopf und Schultern mit Schnee überzogen. Sardec mochte sich gar nicht vorstellen, welch entsetzliche Kraft es sie gekostet haben mochte, sich an die Oberfläche durchzugraben, oder was für eine bösartige Magie sie wohl in die Lage dazu versetzt hatte.

Die lebenden Toten zählten jetzt nach Dutzenden, und mit jeder Sekunde tauchten weitere auf. Sie befanden sich in allen Stadien des Verfalls. Die frischen Leichen waren einfach nur kreidebleich. Manche waren wurmzerfressen und zerfallen, andere wiederum nur noch Skelette, an denen Fleischfetzen klebten. Doch allen glühte grünes Licht aus den Augen, und alle wandten die Köpfe und sahen den anrückenden Soldaten entgegen. Sardec wünschte sich plötzlich, er hätte mehr Männer.

Inmitten dieser wimmelnden, schlurfenden Masse befand sich zwischen den Grabsteinen ein freier Raum. Dort standen große Bottiche wie jene, die sie in den Kellerräumen des Hauses der Grabräuber gefunden hatten. Und in der Mitte des Kreises erblickte er eine Gruppe von Personen. Mit ihren schwarzen Kapuzenumhängen wirkten sie wie Mönche.

»Legt eure Waffen an, Männer«, befahl Sardec, »und macht euch zum Angriff bereit.«

6

Jaderac war ein wenig erstaunt, dass die Soldaten noch zu so vielen waren. Er hatte damit gerechnet, dass der Nerghul die meisten von ihnen tötete. Schließlich war es Nacht; da war das Wesen in seinem Element, die Männer waren es dagegen nicht. Dann sah er die hochgewachsene Gestalt mit der Silbermaske zwischen den grün berockten Männern und ihrem Offizier, der ihm bekannt vorkam, stehen und wusste genau, was geschehen war.

»Asea«, rief er. »Welch angenehme Überraschung. Ich dachte, ich müsste Euch jagen, doch nun stelle ich fest, dass Ihr von selbst zu mir kommt.«

»Fürst Jaderac. Wie schön, Euch zu sehen. Schau an, Fürst Sardontine ist ebenfalls hier. Was für einen merkwürdigen Ort Ihr Euch für Eure kleine Zusammenkunft ausgesucht habt. Wie ich sehe, habt Ihr Eure nekromantischen Kenntnisse im Lauf der letzten hundert Jahre erheblich vertieft.«

Ihr selbstbewusster Ton gefiel Jaderac nicht. Genau wie Malkior strahlte sie den üblichen Hochmut der Ersten aus, der ihn seit jeher verdrossen hatte. »Ihr werdet erleben, wie sehr. Ich werde diese Stadt von Euren Soldaten säubern. Wenn diese Nacht zu Ende geht, wird es in Halim keine taloreanische Armee mehr geben.«

»Wenn Ihr dazu solche Mittel einsetzt, so habt Ihr bereits verloren. Glaubt Ihr, die Herrscher der anderen Nationen werden tatenlos zusehen, wie Ihr zu den Praktiken aus dem Krieg gegen die Schatten zurückkehrt?«

»Ich bezweifle, dass ihnen viel anderes übrig bleibt.« Sie versuchte ihn in ein Gespräch zu verwickeln, dachte Jaderac, während sie auf Verstärkung wartete. War ihr nicht klar, dass die Zeit auch für ihn arbeitete? Mit jedem Augenblick, der verging, wuchs die Legion seiner untoten Kämpfer. Er sah den Stab an, den sie in der Hand trug. Gefesselte Blitze zuckten darin, aber er befand sich im Inneren des schützenden Kreises, den er geschaffen hatte, in Sicherheit. Ihre Magie vermochte ihn ebenso wenig zu durchdringen wie die Untoten.

»Ich sehe schon, dass Ihr Euch nicht ergeben werdet«, sagte Asea. »Schade. Dann werden wir es wohl auf die harte Weise entscheiden müssen. Erschieß ihn, Wiesel.«

Jaderac sah, wie ein großer, hagerer, schmuddlig wirkender Soldat eine lange Flinte auf ihn anlegte. Kurz stieg Furcht in ihm auf. Aber der Kreis würde die Kugel des Mannes ablenken. Er hatte ihn mit mächtigen Schutzzaubern verstärkt.

»Tötet sie alle«, befahl Jaderac der Armee der wandelnden Leichen. Seine unheimlichen Schöpfungen schlurften auf die Soldaten zu.

7

Tote Terrarch in der Uniform der Palastgarde lagen auf dem Boden. Der Wachposten, der neben Rik ging, murmelte etwas, das ein Fluch oder ein Gebet hätte sein können. Vorsichtig stieß Rik die Tür auf. Dahinter trafen sie auf noch mehr Tote, Männer und Frauen. Dienstmägde und Hofdamen lagen in Blutlachen auf den Teppichen. Rik war bestürzt. Ihm war klar, wohin diese Spur der Verwüstung führen würde. Er war zu spät gekommen. Die Stimmen plapperten in seinem Kopf, wahnsinnig vor Furcht die einen, blutgierig die anderen.

Mit dem Schwert in der einen und der Pistole in der anderen Hand stürzte er voran und rannte die Gänge entlang, die zu den Gemächern der Königin führten. Immer wieder musste er über Leichen hinwegspringen. Mit seiner magisch verstärkten Geschwindigkeit ließ er den Wachmann weit hinter sich.

Die Tür am Ende des Ganges stand offen. Sie führte in ein luxuriös ausgestattetes Schlafgemach. Kathea lag lang ausgestreckt auf dem Bett. Ihre Augen standen offen, in der Brust steckte ein Dolch. Eine hochgewachsene, schwarz gekleidete Gestalt beugte sich über sie. Der Eindringling trug eine Kapuze, und als er sich umdrehte, sah Rik, dass er sich einen Schal über die untere Gesichtshälfte gebunden hatte. Aber er erkannte ihn trotzdem.

»Malkior«, sagte er. Die Gestalt verneigte sich elegant.

»Wenn das nicht mein illegitimer Sprössling ist. Ich muss sagen, ich bin erstaunt und erfreut, dich zu sehen. Ehrlich gesagt dachte ich, du wärest inzwischen Futter für den Exarchen. Du must mir unbedingt erzählen, wie du ihm entwischen konntest.«

Rik starrte auf Katheas Leiche. In seiner Erinnerung sah er sie lebendig und gesund vor sich. Er hatte sie aus dem Schlangenturm gerettet, nur damit sie in ihrem eigenen Bett ermordet wurde. Ein entsetzlicher Zorn stieg in ihm auf. »Ich habe den Quan getötet, genau wie ich Euch töten werde.«

Er hob die Pistole.

»Ein einfacher Plan, so wie alle guten Pläne, aber eigentlich hatte ich gehofft, du würdest auf Einzelheiten eingehen.«

»Wir hatten unser Plauderstündchen schon. Das hat mir für ein ganzes Leben gereicht.«

»Sei doch vernünftig, Junge. Du kannst mich nicht besiegen. Ich tue das schon seit tausend Jahren.«

»Zeit, dass jemand etwas dagegen unternimmt.«

»Und das hast du dir vorgenommen. Wie edelmütig.« Selbst mit seinen magisch verstärkten Sinnen sah Rik kaum, wie Malkior sich bewegte. Seine Gestalt schien sich in die Länge zu ziehen, und plötzlich stand er vor ihm und schlug Rik die Pistole weg.

»Wie ich dir schon sagte, Junge, du kannst mich nicht besiegen. Selbst Azarothe wäre das schwer gefallen, als er noch ein ganzer Mann war. Und du bist nicht er.«

Rik schöpfte aus der Macht, die in ihm war, und verstärkte die Kraft seiner eigenen Zauber. Er sprang von Malkior weg und zu der Pistole hin, die auf den Boden gefallen war. Sein Körper pochte vor Magie. Er war sich jedes Details in seiner Umgebung bewusst: des Geruchs nach Urin und Exkrementen, der von der Leiche aufstieg, der kleinen Blutstropfen auf Katheas Brust, die zu gerinnen begannen, und der näher kommenden Schritte der Soldaten, die über den Flur rannten.

»Netter Trick. Ich sehe, dass Asea dich tatsächlich unterrichtet hat. Und so viel magische Kraft! Als wir uns zuletzt begegnet sind, hast du die noch nicht besessen – oder du verstehst dich darauf, sie zu verbergen.«

In der Hoffnung, Malkior zu überrumpeln, zog Rik sein Messer und holte aus. Er war so schnell wie ein Tiger, aber die schwarz gewandete Gestalt wich ihm mit Leichtigkeit aus. Ein Krachen, und seine Klinge segelte davon. Schmerz jagte durch Riks Hand. Sein Gelenk stand in einem seltsamen Winkel ab. Gebrochen, stellte er fest und wirkte einen Zauber, um den stechenden Schmerz zu betäuben.

»Weißt du«, bemerkte Malkior im Plauderton, »ich bin wirklich froh, dass du hier bist. Es ist beinahe, als gäbe es doch einen Gott. Wenn, dann muss er mir hold sein.«

Rik wich zurück und hielt sich das Handgelenk. Es war das rechte. Auf dieser Seite steckte noch seine verborgene Pistole, und er bemühte sich, sie freizubekommen. »Was wollt Ihr damit sagen?«

»Asea befindet sich auf dem Friedhof. Sie ist gesehen worden, wie sie sich mit einem Trupp Soldaten dorthin begab. Morgen früh wird eine Armee von lebenden Toten vom Friedhof kommen und über die Stadt herfallen. Das Licht allein weiß, welch entsetzliche, nekromantische Rituale sie dort durchgeführt hat.«

»Ihr habt das geplant?«

»Schön, dass du meinen Scharfsinn zu schätzen weißt. Ein paar Spuren hier, einige Dokumente da. Ich wusste, dass Asea sich zusammenreimen würde, was Jaderac vorhatte, und nichts Eiligeres zu tun hätte, als diesen Idioten bei seinem Ritual zu unterbrechen.«

»Ihr habt auch die Hinweise in dem Laboratorium platziert.«

»In der Tat. Mit ein wenig Hilfe von Seiten meiner liebenden Tochter. Eigentlich wollte ich Asea vor allem aus dem Weg haben, während ich meinen eigenen Angelegenheiten nachging. Mit etwas Glück wird entweder sie diesen Schwachkopf Jaderac töten, oder aber er tötet sie. Vielleicht kann Jaderac ja sein Ritual vollenden, und wenn nicht, so werde ich das später tun, auf dem Boden, den er bereitet hat. In jedem Fall wird man Asea für verantwortlich halten, und dass du hier bist, ist einfach nur ein wunderbares Sahnehäubchen auf dem Ganzen.«

Keuchend und schnaufend tauchte der Wachmann in

der Tür auf. Noch einmal verschwamm Malkiors Gestalt zu seinem Schatten, und er stand neben ihm. Mit einem Schlag brach er dem Soldaten den Hals. Rik sprang auf ihn zu, aber Malkiors Faust traf ihn mit der Wucht eines Vorschlaghammers in die Seite und schleuderte ihn auf das Bett, wo er neben Katheas Leiche aufschlug. Ihre toten Augen starrten zur Decke. Rik sah Sterne. Mühsam erhob er sich wieder. Ein entsetzlicher Schmerz raste durch seine Seite und durchdrang sogar die betäubenden Zauber. Gebrochene Rippen, dachte er, und fragte sich, ob sie wohl in die Lunge eingedrungen waren. Wenn, dann war er ein toter Mann. Dann hätte er beinahe laut aufgelacht. Es sah ohnehin aus, als wäre er so gut wie tot. Malkior kam näher.

»Warum ist es gut, dass ich hier bin?«, fragte er. Sogar in seinen eigenen Ohren klang seine Stimme schwach. Einen Augenblick lang wurde es schwarz um ihn.

»Überleg doch selbst, Junge. Du hast ja schon bewiesen, dass du ein Gehirn besitzt.«

Rik stöhnte.

»Nun gut, ich will es dir erklären. Du bist Aseas Liebhaber, und du befindest dich hier im Schlafgemach der toten Königin. Mit einer kleinen Inszenierung meinerseits, bei der die Leichen ein wenig anders hingelegt werden, wird es sehr bald aussehen, als hätten dich ein paar tapfere Soldaten bei deiner ruchlosen Tat ertappt. Darauf folgte ein brutaler Kampf, der unglücklicherweise damit endete, dass alle tot zurückblieben.«

»Niemand wird Euch das glauben.«

»Die Leute glauben das, was sie glauben wollen, und die Geschichte wird einem so großen Teil des kharadreanischen Adels so wunderbar entgegenkommen, dass sie in die Historie eingehen wird. Nimm mein Wort darauf. Ich habe das alles schon einmal erlebt, als die unglückliche Königin Amarielle ermordet wurde.«

Rik versuchte sich aufzusetzen. Er wollte dem Tod wenigstens ins Auge sehen, wenn er schon auf ihn zukam. Das Kreischen der Stimmen in seinem Kopf schwoll zu einem Crescendo an. *Wir werden sterben*, schrien sie. *Wir werden alle sterben.*

»Zeit, ein Ende zu machen«, sagte Malkior.

8

Wiesel drückte den Abzug. Rauch quoll aus der Gewehrmündung. Funken stoben, und die Luft schien Wellen zu schlagen, als die Feensilber-Kugel den mystischen Schutzwall durchschlug. Verblüffung breitete sich auf Jaderacs Zügen aus, als die Kugel ihn traf. Sie drang in seine Schulter. Sardec vermutete, dass die Energie des Kreises sie ein wenig abgelenkt und Wiesels Schuss verrissen hatte.

Asea hob ihre Blitzschleuder. Die Fourageure legten die Gewehre an. Die Untoten setzten sich in Bewegung.

9

Jaderac fluchte. Eine Feensilber-Kugel! So etwas Einfaches, und er hatte es nicht in seine Überlegungen einbezogen. Wer hätte aber auch gedacht, dass ein schlichter Soldat mit so etwas schoss! Jetzt steckte sie in seiner Schulter und störte seine Konzentration. Als er versuchte, die Energie des Zaubers zu fokussieren, heizte sie die magischen Schwingungen, die durch seinen Körper liefen, glühend heiß auf. Ihre bloße Gegenwart machte seine Heilzauber wirkungslos. Seine Armee geriet außer Kontrolle.

Und was noch schlimmer war, der Kreis war zerbrochen. Die hungrigen Kreaturen strömten über seine Begrenzung. Die Toten waren auf der Suche nach warmem Fleisch und Blut. Die Teilnehmer des Rituals gerieten in Panik, als die ausgehungerten Monster über sie herfielen. Jaderac sah, wie sich Asea und ihr Gefolge durch die Masse der wandelnden Leichen hindurch gewaltsam einen Weg zu ihm bahnten. Mit größter Anstrengung zog er sein Schwert. Um ihn herum tobte das Chaos. Entschlossen, Asea zu töten, torkelte er auf sie zu.

Weitere Schüsse krachten, und er hörte Schreie und Gebrüll. Die Schlacht zwischen den Soldaten der Königin und Jaderacs Armee der Toten war in vollem Gange.

10

Mit seiner kalten Hand berührte Malkior Riks Gesicht. »Ein Jammer, dass ich meine Ausrüstung nicht bei mir trage«, sagte er. »Dann wäre das hier so viel nahrhafter für mich. Nun ja, einem geschenkten Gaul schaut man nicht ins Maul.«

Seine Berührung strahlte Kälte aus, Grabeskälte. Malkior lächelte. »Interessant«, bemerkte er. »Du hast den Quan und seine Erinnerungen aufgesogen. Ich wünschte, ich hätte mehr Zeit, diesen Vorgang zu genießen.«

Rik spürte die gleiche Empfindung, entleert zu werden, wie bei dem Quan. Doch dieses Mal stand ein weit stärkerer Wille dahinter, und er wusste, dass er keine Chance hatte, sich dagegen aufzulehnen. Stattdessen ließ er die

Pistole in seine Hand gleiten, presste sie gegen Malkiors Unterleib und drückte ab.

Der Sardeaner taumelte zurück, die Verbindung brach ab. Aus seiner Wunde strömte das Blut in Stößen. »Das hast du doch schon einmal versucht«, sagte er. »Es hat dir damals nicht geholfen, und das wird es auch jetzt nicht tun.«

Mit einer gewaltigen Willensanstrengung setzte Rik sich auf. Malkior grinste ihn an. Die Schatten zogen sich um ihn zusammen, seine Augen leuchteten grünlich auf. Durch seinen mächtigen Heilzauber begann sich seine Verletzung zu schließen. Und dann schrie Malkior auf.

Rot glühende Punkte erschienen in seiner Magengegend und an anderen Stellen auf seinem Leib. »Was hast du getan? Das brennt«, keuchte er. Rik warf sich herum und griff nach seiner anderen Pistole.

»Feensilber-Kugel«, murmelte er. »Ich habe sie angefeilt, damit sie beim Aufprall zerspringt. Die Bruchstücke haben sich in Eurem ganzen Leib verteilt. Eure Heilmagie heizt sie nur auf.«

Malkior hatte ihm nicht zugehört – und in seinem Schmerz und seiner Panik beging er einen verhängnisvollen Fehler. Rik spürte, wie er immer mehr Energie in seine Zauber verströmte und so das Feensilber noch weiter erhitzte. Aus seiner Wunde quoll ein Tropfen flüssigen Metalls. Riks Blickfeld verdunkelte sich. Er zwang sich, vorwärts zu stolpern. Auf keinen Fall wollte er jetzt ohnmächtig werden. Er setzte Malkior die Pistole an die Schläfe und drückte mit dem Rest seiner schwindenden Kräfte den Abzug.

Es krachte, und dann stieg ihm der beißende Gestank von Schießpulver in die Nase.

11

Sardec befahl den Fourageuren, ihre Stellung zu halten. Die wandelnden Leichen waren zu zahlreich und der Ausgang des Kampfes zu ungewiss. Asea schleuderte Blitze. Kurz flammte ein gleißend helles Licht auf und illuminierte eine Szene, die aus der Höllenvision eines Wahnsinnigen hätte stammen können.

Überall schwärmten die lebenden Leichen umher. Einige kauerten über den frisch getöteten Terrarch, rissen ihnen die Eingeweide heraus und stopften sie sich in den Mund. Andere hatten sich in Nahkämpfe mit den Soldaten gestürzt, die mit Bajonetten bewaffnet waren. Wiesel schlug einem von ihnen den Schädel mit dem Gewehrkolben ein. Der Barbar rannte im Zickzack zwischen den Grabsteinen umher und kämpfte mit beiden Messern, schlug Gliedmaßen ab und hackte jedem Gegner, der in seine Nähe kam, große Fleischstücke aus dem Körper. Es half nichts. Nicht einmal der Verlust von Armen oder Beinen verlangsamte das Vorrücken ihrer Gegner. Sie kamen immer näher. Man konnte nicht töten, was bereits tot war.

Sardec sah, wie Jaderac aus dem Getümmel auftauchte und mit dem Schwert nach Asea ausholte. Die Magierin parierte den Hieb und schlug mit ihrer eigenen Klinge zurück. Karim tänzelte um sie herum und versuchte gleichzeitg, die lebenden Toten auf Abstand zu halten und sich zwischen seine Herrin und den vor Wut tobenden Magier zu werfen. Asea und Jaderac tauschten weitere Hiebe aus. Sie war schneller und schien auch stärker zu sein. Wellen liefen über ihren Schutzanzug, der offenbar ein Eigenleben führte und ihre Kraft und Geschwindigkeit erhöhte. Bevor sich Karim in Stellung bringen konnte, hatte sie Jaderac schon den Kopf abgeschlagen. Als der Nekromant fiel, stieß seine Horde einen eigentümlich unartikulierten Schrei aus. Einige torkelten und stürzten, andere begannen nun alles zu attackieren, was sich in ihrer Nähe befand, auch ihresgleichen. Ohne einen Willen, der sie führte, schienen sie fast keinen Verstand zu besitzen, sondern wurden nur von einer rasenden Angriffslust beherrscht.

Der Leutnant schlug sich zu Asea durch. Der Mann aus dem Süden hätte ihn beinahe gefällt, ehe er ihn erkannte. Karims Klinge hielt einen Fingerbreit vor Sardecs Kehle inne.

»Könnt Ihr nicht etwas dagegen unternehmen?«, fragte er die Magierin.

»Wir haben das Ritual unterbrochen. Der Zauber wurde nicht vollendet. Jetzt müssten sich die magischen Energien zerstreuen.«

»Wie lange wird das dauern?«

»Ich weiß es nicht. Stunden, vielleicht sogar Tage.«

»Können wir denn gar nichts tun?«

»Versuchen, am Leben zu bleiben, bis es so weit ist.«

»Das ist möglicherweise leichter gesagt als getan.«

Sardec sah sich um. Augenblicklich hielten seine Soldaten ihre Stellung, aber es war nur eine Frage der Zeit, bis sie überwältigt werden würden. »Rückzug«, brüllte Sardec. »Zieht euch zurück. Schart euch um die Fahne.«

Die Nachricht verbreitete sich entlang der Kampflinie, und die Soldaten begannen sich von ihren Gegnern zu lösen und ließen die führungslose Armee der grauenhaften Untoten zurück, damit sie sich gegenseitig zerreißen und an ihren eigenen Eingeweiden gütlich tun konnten.

Bis zur Morgendämmerung war noch viel Zeit.

EPILOG

Rik blickte aus dem Palastfenster auf die brennende Stadt. Es war die dritte Nacht nach der Ermordung der Königin, und ihr war ein dritter Tag des Aufstands vorangegangen. Die Krönung war ausgefallen. Ein Gerücht nach dem anderen hatte in den Straßen die Runde gemacht, und nun erschütterte Gewalt die Stadt. Demagogen hatten die patriotischen Bürger gegen die ausländischen Eindringlinge aufgestachelt. Loyalisten hatten gegen sie zu den Waffen gegriffen. Die taloreanische Armee hatte bei dem Versuch, den Frieden zu wahren, höhere Verluste erlitten als bei der Einnahme der Stadt. Dreimal hatte der Mob bereits den Palast gestürmt, nur um von einem Hagel taloreanischer Kugeln in die Flucht geschlagen zu werden.

Er wandte sich ab und humpelte zum Kamin. Trotz der Heilzauber schmerzten seine Wunden noch immer. In Aseas Gemächern war es ordentlich und still, ein schreiender Gegensatz zu dem Wirrwarr außerhalb der Palastmauern. »Ein ziemliches Chaos, nicht wahr?«, sagte er. Die Magierin stocherte im Feuer und nickte dann.

»Ein Chaos, allerdings. Wir stecken in einer Stadt fest,

die sich gegen uns gewandt hat, und keine Königin, die uns freundlich gesonnen ist, sitzt auf dem Thron.«

»Daran ist Malkior schuld«, verteidigte sich Rik.

»Versuch das dem Mob zu erklären, der dich lynchen will, Rik. Viele geben dir die Schuld. Man hat dich bei der Leiche gefunden. Du hattest Glück, dass dich die Palastgarde nicht gehängt hat. Und die Männer hätten es getan, wenn ihr Kommandant die Hinrichtung nicht hätte öffentlich vollziehen wollen, weil er den ganzen Ruhm für die Gefangennahme des Mörders der Königin einheimsen wollte.«

Rik hatte einige unangenehme Stunden erlebt. Niemand hatte ihm seine Geschichte der Ereignisse geglaubt. Niemand hatte ihm abgenommen, dass Fürst Malkior die Tat verübt hatte. Es war eine Nacht voller Angst und Verwirrung gewesen, in der Truppen marschiert waren und Geschichten über arkane Rituale, die auf dem Großen Friedhof im Gange waren, die Runde gemacht hatten. Irgendwie hatte sich auch das Gerücht verbreitet, Asea wäre dafür verantwortlich. Rik hatte die Wärter darüber reden hören, als sie ihn in seine Zelle geführt hatten.

In der verworrenen Lage hatten hiesige Regimenter den Palast besetzt und sich auf Prinz Khaldarus' Seite gestellt. Fast, als hätte jemand das Ganze geplant, dachte Rik zynisch. Er wusste, dass es so gewesen war. Erst nach einem Tag schwerer Kämpfe war es Azarothe gelungen, den Palast wieder einzunehmen.

»Warum wollen die Leute nur die Wahrheit nicht glauben?«, fragte Rik.

»Weil sie nicht wissen, dass es die Wahrheit ist, Rik. Alles, was sie hören, sind Gerüchte, und sie müssen versuchen, aus ihnen die Wahrheit zu erraten. Du warst hier, dein Gesicht ist bekannt, und dann bist du ein Halbblut und ein Außenseiter. Daher gibst du einen guten Sündenbock ab. Warum sollten sie glauben, dass es Fürst Malkior gewesen ist? Jedermann glaubt zu wissen, dass er sich entweder einhundert Meilen entfernt in Harven oder in Sardea befindet, dreihundert Meilen weit weg.«

»Man hat eine Leiche gefunden.«

»Und es gibt nur deine Aussage darüber, wer es war.«

»Was habt Ihr mit seinem Körper angefangen?«

»Ich habe ihn in fünf Stücke zerschlagen und sie an fünf verschiedenen Orten begraben, in Särgen, die mit Blei ausgeschlagen sind.«

»Ich glaube nicht, dass Ihr übervorsichtig wart.«

»Wenn es um Malkior geht, kann man nicht sicher genug gehen.«

»Ich höre, dass man Euch die Schuld an der Seuche und der Invasion der wandelnden Toten gibt.«

Asea lächelte säuerlich. »Allerdings. Ich glaube, wir können uns denken, wer hinter diesen Gerüchten steckt.«

»Die Leute können so dumm sein«, rief Rik.

»Sie haben Angst, Rik, und sie können sich nur an das halten, was man ihnen erzählt. Hier hat uns jemand eine sehr raffinierte Falle gestellt, und wir sind geradewegs hineingetappt. Wir haben Glück, mit knapper Not davongekommen zu sein.«

»Ach, sind wir das?«

»Azarothe wird die Stadt befrieden. Wir werden den Winter über hierbleiben, und dann werden wir sehen … Unsere Verbündeten haben wir jedenfalls verloren.«

Rik fühlte sich sehr erschöpft. Die Kraft, die er dem Meeresteufel entzogen hatte, war erschöpft. Er hatte sie vollständig verausgabt, zuerst in dem Kampf gegen Malkior und anschließend, um sich zu heilen. Und jetzt fühlte er sich wie eine leere Hülle. Er wollte diese Macht erneut spüren, wollte vor gestohlenem Leben strotzen. *Nahrung! Nahrung*, verlangten die Stimmen in ihm, doch er brachte sie zum Verstummen. Er würde nicht wie sein Vater werden. Nicht, wenn er etwas dagegen tun konnte.

»Und was jetzt?«, fragte er Asea. Sie starrte lange in die Flammen.

»Jemand hat die Tore im Osten wieder geöffnet. Sardeas Legionen haben sich in Bewegung gesetzt. Ich fürchte, dass der Krieg jetzt erst richtig beginnt, Rik, und ich habe Angst, dass noch Schlimmeres als Malkior dahintersteckt. Ich fürchte, hinter all dem stehen die Fürsten des Schattens.«

Auch Rik sah ins Feuer und beobachtete, wie die gelb und orange leuchtenden Kohlen zerfielen. Er fürchtete, der Tag mochte kommen, an dem noch mehr Städte als Halim brannten. Vielleicht würde sogar die ganze Welt in Flammen aufgehen. Und er fürchtete auch, dass er dabei sein würde, um es mitzuerleben.

PIPER

Jonathan Barnes

Das Albtraumreich des Edward Moon

Roman. Aus dem Englischen von Biggy Winter. 400 Seiten. Gebunden

London, im Jahr 1901: Edward Moon hat seine besten Zeiten als Bühnenzauberer hinter sich. Seine wahre Vorliebe gilt jedoch dem Lösen von Kriminalfällen. Gemeinsam mit seinem Assistenten, einem zwei Meter großen, schlafwandelnden Giganten, wird er von Scotland Yard berufen, eine bizarre Mordserie aufzuklären. Die Ermittlungen führen Moon und den Giganten in die Unterwelt des viktorianischen London: ein Reich der Fliegenmenschen, Hellseher und Geheimbünde … Für alle Fans von Susanna Clarkes Bestseller »Jonathan Strange und Mr. Norrell« – ein schillerndes Meisterwerk voll schauriger Poesie, Verschwörungen und wandelnder Toter.

»Barnes' superbes Debüt ist ein betörendes, geistreiches und geisterhaftes Kabinett der Kuriositäten.«
The Observer

01/1680/01/L